가넬로크

하얀 늑대들

White Wolves

VIII

윤현승 장편소설

제우미디어

윤현승

1978년생. '다크문'으로 1999년부터 작품 활동을 시작해 이후 '하얀 늑대들', '라크리모사', '뫼신사냥꾼' 등을 출간했으며, 2019년 현재 온라인에서 '이스트 로드 퀘스트'를 연재하는 등 활발한 활동을 이어가고 있다.

하얀 늑대들 · VIII

초판 1쇄 2019년 7월 10일
초판 5쇄 2024년 6월 19일

지은이 윤현승
펴낸이 서인석 | **펴낸곳** 제우미디어 | **출판등록** 제 3-429호
등록일자 1992년 8월 17일 | **주소** 서울시 마포구 독막로 76-1 한주빌딩 5층
전화 02-3142-6845 | **팩스** 02-3142-0075 | **홈페이지** www.jeumedia.com

제우미디어 트위터 twitter.com/Jeumedia
제우미디어 페이스북 facebook.com/jeumedia
제우미디어 네이버 포스트 post.naver.com/jeumediablog

ISBN 978-89-5952-618-5
978-89-5952-610-9 (set)
• 파본은 구입하신 서점에서 교환해드립니다.

만든 사람들
출판사업부 총괄 손대현 | **편집장** 전태준 | **책임 편집** 성건우
기획 홍지영, 박건우, 장윤선, 안재욱, 조병준, 서민성, 오사랑
디자인 총괄 크리에이티브그룹 디헌 | **영업** 김금남, 권혁진

4부

죽지 않는 자들의 군주

✦ 차례 ✦

Prologue 얼음 성의 전투 ✦ 007
Chapter 1 레오피오의 행정관 ✦ 015
Chapter 2 한밤의 사냥꾼들 ✦ 034
Chapter 3 가넬로크의 의회 ✦ 066
Chapter 4 로크 ✦ 093
Chapter 5 집정관 나르베니 ✦ 139
Chapter 6 아버지의 과거 ✦ 175
Chapter 7 데라둘을 돕는 자 ✦ 213
Chapter 8 아로크의 탑 ✦ 255
Chapter 9 붉은 장미의 여백작 ✦ 293
Chapter 10 두 남자의 약속 ✦ 328
Chapter 11 리마 성 ✦ 363

◈ Prologue ◈

얼음 성의 전투

눈 섞인 바람이 깨진 창문을 통해 방 안으로 무섭게 쏟아지고 있었다. 그곳은 바닥도, 벽도, 천장도 모두 얼음으로 이루어진 성의 맨 꼭대기 방이었다. 바람을 타고 날리는 얼음 조각들이 문자 그대로 살갗을 찢었다. 로핀의 뺨도 얼음에 베여 피가 흘렀다. 적의 칼과 마법이 아닌, 얼음 바람 탓이었다.

로핀의 옆에는 메이루밀이 창을 들고 서 있었다. 그의 어깨에서 흐르는 피가 바닥에 떨어져 얼음을 녹였다가 금세 얼음과 함께 얼어붙었다.

두 사람의 앞에 선 테일드의 지팡이가 달빛마저 차단하는 어둠을 밀어내고 주위를 밝히고 있었다. 그는 방 안에 그려진 푸른 원의 중앙에 서 있었다. 그 원의 끄트머리에 한 남자가 미라처럼 말라 허공에 고정되어 있었다. 슈라이튼 백작, 론타몬의 정복 전쟁을 시작한 모든 것의 원흉.

"위대한 마법에 경의를 표한다, 마스터 테일드. 그러나 헛수고다. 어떤 살아 있는 존재도 나를 죽일 수는 없다."

백작의 입이 열리지도 않았는데, 그의 목소리가 흘러나오고 있었다. 그의 목소리에는 여전히 자신감이 가득했다. 한때 북쪽 땅의 선량한 귀족이었던 슈라이튼 백작은 지금 인간이 아닌 존재가 되어 세상을 파괴할 저주를 내뱉고 있었다.

세 남자의 뒤에는 아이린이 바닥에 꽂은 칼에 의지해 한쪽 무릎을 꿇고 앉아있었다. 그녀의 무릎과 바닥이 맞닿은 자리에는 피가 얼어붙어 있었고, 피처럼 붉은 기운이 칼날 주변을 맴돌고 있었다.

"베나 에사르크가 네 어둠의 저주를 깨트려 줄 것이다."

아이린이 칼을 뽑으며 일어나자, 붉은 기운이 칼날에 빨려 들어갔다.

그녀는 세 남자를 지나쳐 달려가 늙은 마법사를 베었다. 동시에 늙은 마법사도 숨겨 놓은 마지막 암흑의 힘으로 손을 휘둘렀다. 베나의 붉은 섬광이 늙은 마법사의 몸을 베었으나, 동시에 그녀 역시 암흑의 힘에 휘말렸다.

아이린은 칼을 떨어뜨리고, 얼음 바닥에 얼굴부터 떨어졌다. 로핀이 먼저 달려가며 소리쳤다.

"루밀, 내 등을 지켜라!"

로핀은 쓰러진 백작을 경계하며, 아이린의 부상을 살폈다. 그녀의 핏기 없이 하얀 목에서 이어진 상처는 갈비뼈를 부러트리고 배까지 가르고 있었다. 일순간 하얗게 보이던 내장이 금방 붉게 물들었고 흘러나오는 피가 그녀의 배와 바닥을 적셨다.

"아이린……."

성 전체에 봉인을 걸어, 늙은 마법사를 묶어 두었던 테일드가 놀란 눈으로 아이린을 바라보았다. 로핀은 베나의 검에 두 동강 난 얼음 성의 군주를 가리켰다.

"테일드! 녀석이 달아난다."

백작의 몸에서 피어오른 검은 연기가 뱀처럼 꿈틀대며 성의 깨진 창문으로 빠져나가고 있었다.

테일드는 로핀의 다급함은 아랑곳하지 않고 아이린 쪽으로 달려왔다. 그는 아이린의 창백한 얼굴에 손을 대더니 말했다.

"내가 준 치유의 가루, 다들 아직 안 썼지? 그걸 뿌려. 어느 정도는 버틸 수 있을 거다."

로핀은 품에서 가죽 주머니를 꺼내 입으로 끈을 풀어 가루를 뿌렸다.

테일드는 검은 연기가 빠져나간 창문 쪽으로 뛰어오르면서도 시선은 아이린을 향하고 있었다. 치유의 가루 덕분에 가까스로 눈을 뜬 아이린이 테일드를 향해 손을 내밀었다.

"가, 가지 마."

테일드는 아이린을 안심시키려는 듯 미소 지었다.

"금방 돌아올게, 아이린."

테일드는 눈보라 치는 밖으로 뛰어나갔다.

그것이 그의 마지막 모습이었다.

아이린은 땀에 젖은 이마에 손을 얹고 침대에서 일어났다. 잠시 기

억 속에 남아 있는 꿈을 정리해 보던 그녀는 길지 않은 머리카락을 쓸어 넘겼다.

"어린애도 아니고 아직도 이런 꿈을……."

아이린은 커튼을 걷고 평화로운 나디움의 아침 풍경을 내다보았다.

바로 며칠 전, 화이트 게이트 앞에 죽음에서 되살아난 익셀런이 몰려왔었다는 걸 생각하니 이 평화로움이 곧 있을 위험을 가리기 위한 속임수 같았다. 그녀는 자고 일어나 엉망인 머리를 긁적이다가 뒤늦게 방 안에 있는 퀘이언을 발견했다.

"깜짝이야!"

아이린은 놀라긴 했으나 재미있다는 얼굴로 물었다.

"내 방에 들어와도 된다고 허락한 적이 있던가?"

"흐음, 안 했었나? 요새는 기억력이 엉망이라."

퀘이언은 얼버무리며 옆의 창문을 열었다. 새벽바람이 커튼을 뒤로 밀었다. 분홍색 물결 속에 잠깐 사라져 보였던 퀘이언은 창가에 걸터앉아 있었다.

"나는 '그때 그 자리'에 있지 않았다. 당연히 그때 무슨 일이 일어났는지는 알지 못한다. 하지만 한 가지는 알겠더군."

아이린은 벌써부터 퀘이언이 무슨 말을 할지 알았다.

"네가 화이트 게이트 앞에서 '죽지 않는 자들의 군주'를 베지 못한 이유 말이다."

둘은 나디움의 정경만 바라보며 대화를 이어갔다.

"잘난 척하지 마. 너라고 벨 수 있었을 것 같아? 그리고 날 과대평가하지도 마. 그냥 내 실력이 부족했던 거야."

"폐하께서 네게 전하라고 하신 메시지가 있다."

퀘이언이 뜸을 들이며 말하지 않자 아이린이 재촉했다.

"메시지라니?"

"네가 하고 싶은 대로 해라."

"나는 항상 내가 하고 싶은 대로 했어."

"지금 못 하고 있잖아?"

아이린은 대꾸 없이 창문 아래만 내려다보았다. 여름의 막바지를 준비하는 마을 사람들과 정원에서 왕실의 아침을 시작하는 시녀들이 한눈에 들어왔다. 퀘이언이 다시 입을 열었다.

"떠나라. 울프 기사단도 준비하고 있는데 네가 움직이지 않으면 말이 안 되지. 폐하께서는 직접 명령을 내리기 전에 네가 하고 싶은 걸 하라고 말씀하시는 거다."

"나디움은 안전하지 않아. 또 너 혼자 지키려고?"

아이린은 퀘이언의 옆으로 다가갔다.

"아니면 수호기사의 권능이 미래도 보여주던가?"

"이건 예언이 아니라, 전략 문제야. 앞으로 나디움에 일어날 일은 너희들이 얼음 성으로 떠났던 8년 전에 비할 바가 아닐 것이다. 그래도 나디움은 나 혼자 지켜야 해. 그게 내가 할 일이고. 너는 네 할 일을 해야지."

아이린은 천천히 한 손을 내밀어 퀘이언의 허리를 끌어당겨 안았다.

"퀘이언, 나는 네게 너무 큰 죄를 지었어. 원래 로핀이 맡았어야 할 그 자리에 억지로 앉힌 것도 나고, 그 후의 큰 짐을 떠넘긴 것도 나다. 그런 널 또 혼자 둘 수는 없어."

퀘이언은 아이린의 등을 토닥거리며 말했다.

"대륙의 모든 검사들이 우러르는 나다. 그런 취급은 마라. 솔직히 그런 말을 듣기에는 내 명성이 장난 아니잖아?"

아이린은 포옹을 풀고 피식 웃었다.

"좋아요, 좋아. 마스터 퀘이언께서 명령하시니 시키는 대로 해야지요."

아이린은 다시 창가에 두 손을 짚고 이어서 말했다.

"아, 그리고……."

"말해."

"마스터 그란돌은 어째서 너에게 수호기사 자리를 갑자기 물려주셨지? 종전을 계기로 은퇴하신 건 이해 못할 일이 아니지만, 좀 서둘렀다는 느낌이 들어서."

"그분은 죄책감에 시달렸다."

"죄책감?"

"너도 얼마 전에 알았을 거다. 폐하의 등, 그리고 화이트 게이트를 찾은 웰치……, 마스터 그란돌은 웰치의 공격을 막지 못했지."

"하지만 그건 마스터의 책임이 아니었잖아?"

"수호기사란 건 그런 자리야. 폐하께서도 그걸 알기에 굳이 잡지 않으셨고……. '내가 아란티아 안에서 예측할 수 없는 일이 단 하나 있다면 그건 나를 지키는 수호기사의 운명이다.' 폐하께서 그분을 놓아주며 하신 말씀은 그게 다였다."

아이린은 짧게 한숨을 내쉬었다.

"지금의 하얀 늑대들이 어느 정도나 퀘이언 네게 환상을 품고 있는지 모르지만 우리가 그란돌께 품은 환상에 비할 바는 못 될 거다."

"내가 품은 환상을 그대로 전수할 필요는 없지. 그리고 나는 적어도 그란돌께서 가르친 하얀 늑대들보다 내가 가르친 하얀 늑대들이 훨씬 강하다고 자부하고 있거든."

아이린은 큰 소리로 웃었다.

"어제 그 애들 무기 만들어진 거 가지러 갔더니 마스터 르고께서 그러시더군. 지금의 하얀 늑대들이 자기가 아는 한 역대 최강이라고. 그럼 우리는 뭐가 되는 거지?"

"두 번짼가 보지."

퀘이언은 창가에서 내려와 말을 이었다.

"그 애들 무기까지 챙겼다면 이제 내가 더 할 말은 없군. 떠날 때 굳이 작별 인사하러 오지는 마라. 오늘은 나도 좀 바쁠 테니. 그리고 이거."

퀘이언은 아이린이 익히 아는 작은 가죽 주머니를 하나 내주었다.

"테일드의 회복 가루네? 아직도 가지고 있었어?"

"난 쓸 일이 없었어."

"그럼 나만 썼나 보군. 로핀이 나를 위해 써 버렸고 나는 로핀에게 내 몫을 줬으니……."

아이린은 벌써 문 쪽으로 걸어가고 있는 퀘이언을 불러 세웠다.

"금방 돌아올 여행에 굳이 작별 인사는 필요 없지만 적어도 충고나 격려 한마디 정도는 있어야지?"

"다치지 마라, 아이린."

"오냐."

"그리고 테일드가 무사하다면…… 안부나 전해다오."

아이린은 어깨를 움츠리며 대답하지 못했고 퀘이언은 대꾸를 기다리지도 않고 나가 버렸다.

"잔인하기도 해라. 어리광 부리지 말라 이거야? 너무하네. 네가 아니면 내가 누구한테 어리광 부리며 휴식을 취하라고?"

아이린은 옷을 챙겨 입고 베나 에사르크를 허리에 찼다. 그리고 방패와 칼, 도끼가 든 큼직한 배낭까지 짊어지고 그녀는 등을 곧게 세웠다.

"자, 은퇴한 기사가 현역들 틈에 끼어 마지막 전투를 할 준비는 됐나?"

아이린은 즐거운 목소리로 혼자 묻고 혼자 답했다.

"물론이지요, 마스터 아이린."

◈ Chapter 1 ◈

레오피오의 행정관

레오피오는 가넬로크의 남쪽을 지키는 요새라고 하기에는 방비가 허술하기 짝이 없는 마을이었다. 성벽은 맨손으로 타 넘을 수 있을 만큼 낮았고 발로 걷어차면 벽돌이 삐져나올 정도로 허름했다. 무너진 채로 몇 달이나 방치되는 부분이 있을 정도로 보수 관리가 되어 있지 않았다.

사실 그래도 되는 곳이었다. 여기는 외적의 침입이 드물었다. 1년쯤 전 도적 떼 잡는 일로 마을 경비병들이 총동원된 일 빼고는 아무 일도 일어나지 않은 평화로운 마을이었다. 그나마 남쪽은 하늘 산맥에 접해 있어 사건이라고는 벌어지지 않았다. 그래서 남쪽 성문의 경비병들은 동쪽, 서쪽, 북쪽 성문을 지키는 동료들로부터 지루함이라는 무시무시한 적과 싸우는 최전방의 전사라고 불리었다.

"으음?"

남쪽 성문의 경비병은 그날 놀랄 만한 광경을 보았다. 한 명이라면 여행자나 할 일 없는 나무꾼이겠거니 하고 넘어갈 수 있을 테지만, 무려 네 명이나 이쪽을 향하고 있었다. 놀란 경비병은 허둥지둥 망루에서서 형식적으로 격식을 갖추어 명령을 내렸다.

"어험, 거기 멈추시오."

그들은 시키는 대로 멈췄다.

경비병은 다시 헛기침을 한 번 하고 물었다.

"어디서 오는 여행객들이오?"

일행 중 제일 앞에 있는 남자가 뒤집어쓰고 있던 후드를 벗었다. 잔뜩 쌓여 있는 먼지가 등 뒤로 후드득 떨어졌다. 금발에 평범한 얼굴이었으나, 목소리는 굵고 말 한마디 한마디가 또렷했다.

"하늘 산맥에서 왔소. 이 마을의 이름은 무엇이며 이 마을을 관리하는 영주는 누구요?"

경비병은 얼굴에서 황당함을 감추지 못하며 반사적으로 대답했다.

"이 마을은 '레오피오'고 영주가 아니라 '로크 의회'의 행정관이 직접 관리하고 있소."

"그럼 잘됐군. 나는 아란티아 울프 기사단의 캡틴이며 레오피오의 행정관과 직접 해야 할 이야기가 있소."

그 남자는 경비병이 놀랄 시간도 주지 않고 부탁했다.

"성문을 열어 주시오."

평원을 가로질러 달려오던 말 한 마리가 레오피오로 들어오는 북쪽 성문 앞에서 멈췄다. 뒤따라오던 흙먼지가 그를 덮었다. 망루 위에 있던 병사들이 말 위에 타고 있는 사람을 확인하고 소리쳤다.

"성문을 열어라. 렌겔 경비대장님이다."

경첩 하나로 유지되는 그다지 튼튼하지 못한 철제문이 열리고 기수 한 명이 전력을 다해 마을을 가로질러 1층짜리 석조 건물 앞에서 멈췄다. 그는 거의 넘어질 듯 말에서 내려와 안으로 들어갔다.

"세레스머스 행정관! 급히 보고 드릴 일이 있습니다."

마침 식사를 하려고 빵에다 칼집을 내던 세레스머스 행정관은 렌겔의 목소리에 놀라 고개를 들었다. 그날 식사에 쓰인 빵과 버터는 근간에 만난 것들 중 가장 질이 좋아 한창 집중하던 참이었다. 이런 시골에서 집중할 거라고는 식사밖에 없으니까.

세레스머스 행정관은 식사를 방해한 것에 대해 화낼 준비를 하면서 물었다.

"이거 재미있군. 렌겔 같은 남자가 이 정도로 놀랄 만한 일이 이 마을에 일어날 수가 있나?"

렌겔은 농담도 받지 않고 누런 양피지 한 장을 탁자 위에 내려놓았다. 양피지에 잔뜩 묻은 먼지가 피어오르자 세레스머스는 재빨리 빵을 옆으로 치웠다. 거기에는 때로 얼룩져 잘 보이지도 않는 남자 얼굴이 그려져 있었다.

"이건 뭐야? 현상 수배범이라도 되나? 마을에 쳐들어왔어?"

세레스머스가 다급하게 물었다.

"최근 마을에 일어난 이상한 일에 대해 알아보러 옆 마을을 찾아갔더니 그쪽 경비대가 이런 걸 주더군요."

땀에 흠뻑 젖은 머리카락을 쓸어 넘기는 렌겔의 얼굴에는 장난기라고는 전혀 없었다. 세레스머스는 사태 파악이 잘 되지 않아 헛기침을 몇 번 했다. 그가 행정관으로 파견되고 3년 동안 작은 절도 사건조차 열 건이 채 일어나지 않은 이 작은 마을에 일이 있으면 얼마나 큰일이 있겠는가.

'칼집을 낸 빵에 버터를 바르는 건 기술도 기술이지만, 타이밍도 중요해. 지금을 놓치면 맛이 떨어질 거야.'

세레스머스는 자르다 만 빵에 신경을 쏟으며 말했다.

"내가 알아듣도록 설명해 주게. 별거 아닌 거면 얼른 끝내고."

렌겔은 땀을 닦으며 의자를 끌어다 탁자 앞에 앉았다.

"행정관께서는 '로크'에서 오셨으니 당연히 이 마을이 작게 느껴지시겠지만, 사실 레오피오는 근처의 모든 경비를 담당하는, 규모가 큰 마을입니다."

"그래, 그래. 경비병도 무려 스물아홉 명이나 있지. 진작 그 경비병을 스무 명으로 감축하고 싶었지만, 당장 실직자 아홉 명을 만들까 봐 참고 있을 정도로 엄청난 규모의 마을이지."

"진지하게 드리는 말씀입니다, 행정관."

"미안하이. 말하게."

"얼마 전부터 이 마을을 찾는 여행객 숫자가 급격히 늘어난 건 아십니까? 귀찮음으로 똘똘 뭉친 마을 사람들이야 관심도 없을 것이고 손님 늘어 좋아하는 건 이 마을에 하나밖에 없는 여관의 주인장뿐이니 당연히 행정관님께 그 소식이 전달되지 않았을 줄로 압니다. 그러나 경비병들 사이에서는 벌써 이상한 소문이 퍼져 있습니다."

"손님이 늘다니? 뭐, 하늘 산맥 구경 간다는 멍청한 여행자들이야 매년 정신병자 숫자만큼은 있지 않았나?"

"가끔이었죠. 한 달에 열 명 오면 그 뚱뚱한 여관 주인이 만세 부를 정도? 하지만 지난 일주일간에는 서른 명이나 왔습니다."

세레스머스는 멀뚱히 생각해 보다가 말했다.

"아예 있을 수 없는 일은 아니지 않나?"

"그렇긴 하죠. 그런데 그 손님들이란 게 뭔가 이상하단 말입니다. 간혹 칼이나 창을 들고 오는 남자들도 있고 이상한 지팡이 들고 다니는 놈도 있고……. 어떤 놈은 얼굴에 흉터투성이인 게 단순히 젊은 혈기로 그러고 다니는 건 아닌 것 같다 이거죠."

"으음."

세레스머스는 입안이 껄끄러워지는 것 같아 먹으려던 빵을 내려놓았다. 그러고 보니 얼마 전 길을 가다 모르는 남자와 부딪쳐 사과했는데, 그자의 소매 속에서 단검 한 자루가 툭 떨어졌던 기억이 났다. 그는 칼을 다시 숨기고는 휙 째려보고 여관으로 들어가 버렸다.

"그래서 저는 예감이 안 좋아 한 달에 한 번 이 마을을 찾는 상인에게 외부에서 안 좋은 일이 있었냐고 물었지요."

'음, 내가 일을 안 하는 것처럼 보일지도 모르겠군. 뭔가 한마디 해줘야겠어.'

세레스머스는 근엄하게 말했다.

"의회에서 보내오는 소식에는 특별한 게 없었네."

"네, 네. 그 상인도 비슷한 말을 했습니다. 중앙에서 직접 내려올 만한 소식은 못 되죠. 대신 저는 상인의 말에서 힌트를 얻어 이걸 그 지역 경비대에게서 가져온 겁니다. 이건 공개적으로 현상금을 건 수배지입니다."

"범죄자인가?"

"아니오. 누가 뿌렸는지도 모릅니다. 그런데 여기 그려진 이 남자의 시체를 가져오면 현상금으로 금화 천을 내겠다고 쓰여 있지 뭡니까? 황당하지 않습니까?"

세레스머스는 눈살을 찌푸리며 물었다.

"보통 시체만으로 그런 큰돈이 붙는 경우가 있나? 아니, 죽였는데 그 사람이 그냥 닮은 사람이면 어쩌려고? 보통은 살아있어야지. 액수부터 말이 안 되잖아. 아니, 애초에 불법이잖아!"

"그게 끝이 아닙니다. 여기 이런 것도 쓰여 있습니다. 보세요."

세레스머스는 렌겔이 짚은 부분을 내려다보았다.

'이자를 죽여 어느 마을이든 그 마을의 중앙에 던져 놓으라. 내가 직접 찾아가 금화를 주겠다. 내가 돈을 내겠다는 증거는 앤발디에서 보이겠다.'

"앤발디? 그 마을에서 무슨 일 났어?"

"광장에서 서른 명이나 되는 장정들이 시체로 발견되었답니다. 그리고 웃긴 건 그 장정들이 모두 꽤 잘나가는 현상금 사냥꾼이었다고 합니다. 그게 대략 일주일 전이었다는 게 그 상인의 말이었죠."

"섬뜩한 얘기긴 하지만 현상금 사냥꾼들이 죽은 거랑 여기 적힌 사람을 죽여서 데려오는 거랑 무슨 상관이야? 아니, 그보다 그런 일이 여기랑 무슨 상관인가?"

렌겔은 계속 묻기만 하는 세레스머스에게 화를 냈다.

"일단 좀 읽으십시오!"

세레스머스는 마지못해 그가 짚은 문장을 읽었다.

'이자는 아란티아 울프 기사단의 이름을 사칭할 것이며 조만간 하늘 산맥 부근의 마을에 나타날 것이다.'

"하늘 산맥 부근 마을이라는 게 우리 마을이라는 겐가?"

세레스머스가 물었다.

"가넬로크 남쪽 마을 중에서 가장 큰 마을이지요. 이제 아시겠습니까? 앤발디에 그런 증거를 남긴 것은 이 수배지가 단순한 장난이 아니라는 걸 보인 거라고요."

"그럼 마을에 모인 손님들이 이 수배지에 그려진 남자를 잡으려는 암살자들이라는 거야?"

"또는 사냥꾼들이거나."

"맙소사, 농사만 짓는 마을에 이게 웬 피바람 부는 소리야? 그런데 이 수배지는 어디서 났대?"

"옆 마을에서 다툼이 있었던 두 남자 중 하나가 죽고 다른 남자는 도망쳐 버렸대요. 그 죽은 남자의 시체를 처리하다 보니 품에서 이게 나왔다는군요. 아마 레오피오로 오던 사냥꾼 두 명이 술 취해 싸우다 그런 일이 벌어진 것 같습니다."

"허어, 그런…… 일이……."

세레스머스는 마흔 살 넘을 때까지 큰 사건 사고 하나 없이 조용히 행정관 생활을 해 왔다. 10년 전 전쟁 때도 지방 행정관으로 있던 차라 전쟁의 여파에서 피해 갈 수 있었고 지금은 그때보다 더 지방인 마을에 파견되었다. 다른 사람들은 좌천이라고 말했지만 실은 그가 원했던 자리였다.

두 사람이 서로 얼굴만 보며 말을 못하고 있던 차에 경비병 하나가 문을 두드렸다.

"행정관님, 나와 보셔야겠습니다."

세레스머스 대신 렌겔이 문을 열며 물었다.

"무슨 일인가?"

경비병은 난처한 얼굴로 말했다.

"저, 그냥 무시하려고 해도 뭔가 꺼림칙해서 말씀드리지 않을 수가 없었습니다. 죄송합니다. 제가 생각해도 웬 미친놈인가 싶어서 그냥 성문만 통과시키고 끝내려고 했지만, 그자가 자기를 무시하면 이 마을 사람들은 다 죽을 거라며 반협박을 해대는 통에……."

"뜸 들이지 말고 말하게!"

세레스머스는 그동안 렌겔과 주고받은 얘기가 있어 신경이 날카로웠다.

"에, 어어…… 그게, 저, 일행이 네 명인데 모두 로브를 깊게 눌러써서 얼굴은 잘 보이지 않았습니다. 하지만 그게, 이상하게도 그 뭐냐, 네 명이 남쪽 성문으로 와서……."

렌겔이 답답해하며 말을 끊었다.

"남쪽에 있는 거라 봐야 인간관계 다 끊고 은거하는 사람들의 통나무 집뿐인데 무슨 소릴 하는 건가?"

"그게…… 저, 그게 하늘 산맥에서 왔다고 합니다."

"하늘 산맥?"

"그러니까요 그게, 하늘 산맥에서 왔고, 이 마을이 위기에 처했는데……."

렌젤이 세레스머스를 돌아보며 말했다.

"아까 경비병 인원을 감축시킨다는 말에 적극적으로 동의합니다. 이 친구가 앞으로 '그게'라는 말을 한 번만 더 하면 우선 한 명은 이 자리에서 줄이는 걸로 하지요."

"그거 좋군."

경비병은 화들짝 놀라며 말을 빨리했다.

"그자가 말하길, 자기가 아란티아 울프 기사단의 캡틴이라고 합니다."

렌젤과 세레스머스는 눈을 동그랗게 떴다.

"그러니까 마을 사람들이 다 죽을 거라고 협박한 남자가 울프 기사단 캡틴이라 그 말이지?"

세레스머스는 침착해지려고 애쓰며 물었다.

"예."

"그럼 그자가 살아있는 전설이라 불리는 마스터 퀘이언이라던가?"

"아, 아닙니다. 저도 그렇게 물어봤더니 그 남자는 웃기만 했습니다. 어쨌든…… 죄송합니다. 행정관님. 제발 절 자르지 마십시오."

"일단 그들의 행색을 설명해 보게."

경비병은 벌벌 떨면서 설명했다.

"한 명은 너무 키가 커서 성문 천장에 머리를 부딪쳤고, 한 명은 여자인데 후드를 벗자 제 다리가 후들거릴 정도로 예뻤습니다. 그런데 흉터가 나 있는 얼굴로 쳐다보니 너무 무서워서 바로 눈을 내리깔아 버렸지만요. 한 명은 갈색 머리에…… 아, 붉은 머리던가? 하여간 그 남자는 제가 성문을 안 열어 주고 이런저런 걸 묻자 절 죽일 듯이 노려보며 칼에다 손을 올려놨습니다. 솔직히 너무 무서워서 해야 할 질문을 다 하지도 못하고, 그냥 성문을 열어 줄 수밖에 없었습니다."

경비병은 침을 꿀꺽 삼킨 후 계속 말했다.

"어쨌든 그 울프 기사단의 캡틴이라는 자는 자기가 이 마을 여관에 가 있을 테니 마을 행정관을 자기에게 모셔오라고 말했습니다. 그러지 않으면 이 마을 사람들은 다 죽을 거라고 했습니다. 그러니까 그게…… 아니, 저 그게 아니라…… 절 자르지 마십시오. 어머니께서 편찮으시고 여동생은 아직 어려서 제가 벌지 않으면……."

렌겔은 그의 말을 막았다.

"알았네, 알았어. 가 보게. 인원 감축은 없을 걸세."

경비병은 몇 번이나 고맙다고 말하고 문을 닫고 나갔다.

렌겔은 탁자에 올려놓은 손가락을 도닥거리며 말했다.

"저 친구가 아무리 설명을 잘했어도 결국은 직접 가서 만나봐야 할 일이 아닐까 싶습니다, 행정관님."

"우리가 가도 해결을 못할 일이 아닐까 걱정이군."

세레스머스는 양피지를 품에 넣고 옷매무새를 가다듬었다.

세레스머스는 온갖 망상을 머릿속에 담은 채 마을을 가로질러 '마을에 손님이 늘어난 걸 혼자 좋아하는 주인장'의 여관으로 향했다. 렌겔

은 경비병을 다섯 명이나 데려갔고 옷 속에 사슬 갑옷을 겹쳐 입어 두었다.

'나도 입어둘 걸 그랬군.'

세레스머스는 자기만 철저하게 준비한 렌겔이 원망스러웠다. 사실 그는 문을 나설 때까지만 해도 별거 아닌 일이라고 여겼다. 하지만 가면서 생각해 보니, 그자들이 남쪽에서 왔다는 것만으로도 충분히 수상했다. 거기다 이런 현상금 수배지가 나돌자마자 기다렸다는 듯이 자기가 캡틴 울프라고 밝히는 사람이 나타났다? 이건 수상함을 넘어 위험한 일이었다.

확실히 여관 안에는 비정상적으로 손님이 많았다. 렌겔의 말을 듣고 나서 그런지, 하나같이 인상 더러운 놈들이었다.

'이중 누가 캡틴 울프를 사칭한 사기꾼일까? 하나씩 물어봐야 하나?'

세레스머스는 짧은 순간 고민했지만 의외로 금방 찾아낼 수 있었다.

1층 바의 안쪽 구석 자리였다. 모두 네 명이었고 촛불을 켜고 앉아 맥주를 홀짝이고 있었다. 보고받은 대로 실내에서도 로브를 벗지 않은 한 명은 키가 굉장히 컸고, 로브를 벗고 스테이크를 찍어 먹고 있는 남자는 눈매가 매서웠고, 나머지 한 명은 그 둘에 비하면 평범했다. 세레스머스의 시선을 빼앗은 건 그 평범한 남자의 옆에 앉아 있는 여자였다.

마을 경비병들의 등장은 어두침침한 가게 안에 긴장감을 가져왔다. 일부 손님들은 조심스레 여관을 빠져나가기도 했다. 구석 자리의 수상한 일행들도 경비병들과 세레스머스를 돌아보았다. 그러나 오직 이 여자만 주위의 상황에 개의치 않고 술을 마시고 있었다.

그녀의 무관심한 눈동자가 자신을 향하자, 세레스머스는 젊음을 되찾은 듯 가슴이 두근거렸다. 옆에서 렌겔이 어깨를 치지 않았다면 한도 없이 바라봤을 정도였다. 얼굴에 흉터가 있다기에 얼마나 흉악하게 생겼을까 생각했지만, 막상 마주 서니 그런 건 눈에 들어오지도 않았다. 촛불을 반사하며 검은 파도 위에서 하얀 포말이 이는 듯 출렁이는 머리카락은 세레스머스의 집중력을 흩트려 놓아 말을 꺼내는 데 오래 걸렸다.

"나는 이 마을의 행정관 세레스머스요. 남쪽 성문 경비병의 말을 전해 듣고 찾아왔소."

"이렇게 빨리 와 주실 줄은 몰랐소."

넷 중 가장 젊어 보이는 남자가 고개 들어 말했다. 부드러운 목소리였지만 힘이 실려 있었다. 금발에 수염을 약간 기른 유약한 얼굴은 스물다섯 정도 되어 보였지만 촛불의 조명 만으로는 실제 나이를 분간하기가 쉽지 않았다. 그래도 서른은 넘지 않은 게 분명했다.

'이렇게 젊은 남자가 울프 기사단의 캡틴일 리 없지.'

드래곤 기사단의 캡틴인 데라둘의 나이가 오십이라는 사실을 알고 있는 이상 그는 이 사기꾼에게 속아 넘어갈 수가 없었다. 괜히 골치 아픈 일에 휘말리지 않게 남자의 얼굴을 보자마자 나가 버릴 수도 있었다. 하지만 마을이 위험하다는 경고가 떠올라 그럴 수가 없었다. 세레스머스의 시선은 점점 미녀에게서 그 남자 쪽으로 옮겨 갔다.

"마을 사람들의 목숨을 가지고 농담을 하는 분은 아닌 듯하오. 앉아도 되겠소?"

세레스머스가 물었다. 그 남자는 고갯짓으로 허락했다. 세레스머스는 렌겔이 가져온 의자에 소리 나게 앉았다.

"아란티아의 울프 기사단이라 했소?"

"그렇소."

"그럼 당신이 퀘이언이오?"

옆에 앉은 눈매 매서운 남자가 작은 목소리로 중얼거렸다.

"만나는 사람마다 같은 질문 하네."

캡틴 울프라 밝힌 남자는 웃으며 설명했다.

"외부에는 그리 알려져 있소만. 마스터 퀘이언께서는 여왕 폐하의 경호만 맡고 계실 뿐, 캡틴은 나요."

'이것 봐라? 상당히 설득력 있게 말하는군. 역시 사기꾼이 분명해.'

세레스머스는 결정적인 증거를 잡아내기 위해 물었다.

"하늘 산맥에서 오셨다고?"

"그렇소."

"거기에서 10년쯤 헤매다가 요정이라도 데리고 왔소?"

그러고 싶지 않았지만 다분히 비꼬는 투가 되어 버렸다. 그런데도 그 남자는 기분 나빠 하지도, 흥분하지도 않았다.

"대충 그런 말을 들을 줄 알고 왔으니 무례라 여기지 않으리다. 그리고 난 더 황당한 얘기를 해야 하니 판단은 알아서 하시오."

"해 보시오."

세레스머스는 자신의 태도가 위협적으로 보이길 기대하며 팔짱을 꼈다.

"조만간 하늘 산맥으로부터 가넬로크를 침공할 군대가 내려올 것이오. 그 숫자는 가넬로크 군대 전체를 이끌고 와도 막지 못할 정도요. 레오피오의 주민들을 모두 다른 곳으로 대피시키시오. 또 근처 경비대를 모두 한곳에 모아 주민들의 보호에 전력을 다하도록 하시오. 이번 적은 10년 전과 달리 기사도를 기대할 수 없소."

세레스머스는 어지간한 일에 놀라지 않으리라 미리 다짐해 두었지만, 그럴 필요도 없었다.

"내가 지금 당신 말을 계속 들어야 하오?"

세레스머스는 포기하는 심정으로 물었다.

"난 상관없소. 당신이 상관있지."

그 남자는 맥주를 한 모금 마시며 대꾸했다.

'여유를 부리고 있군. 마음에 안 들어.'

세레스머스가 물었다.

"나만 상관있다?"

"방금 내가 제안한 일을 실행하려면 당신은 근처 마을의 행정관이나 영주들을 설득해야 하고 내가 여기 왔다는 사실을 로크의 의회에 알려야 하지 않소? 그런데 당신부터 납득하지 못하면 곤란한 건 그쪽 아니오?"

'나도 좀 여유를 보여줘야 할 필요가 있겠어. 너무 고분고분하게 있으니 날 얕보는 모양이야.'

세레스머스는 의자에 한껏 등을 기대고 팔짱을 낀 다음 손가락으로 팔뚝을 두들기며 말했다.

"내가 당신 말대로 해야 할 이유를 못 찾겠군. 어디 내가 그렇게 할 수 있도록 날 한번 설득해 보겠소?"

"설득당하지 않기 위해 몸을 뒤로 기울이고 팔짱 낀 사람을 설득하라고? 맥주더러 와인 맛 좀 내보라고 설득하는 게 더 쉽지."

옆에서 눈매 매서운 남자가 맥주를 뿜으며 웃음을 터트렸다. 얼굴에 흉터 있는 미녀는 혐오스러워하는 얼굴로 뿜어낸 맥주를 피해 옆으로 슬쩍 물러났다.

'렌겔에게 체포하라고 할까? 죄명은 나중에 생각하고.'

세레스머스는 꾹 참고 물었다.

"적어도 내가 납득할 만한 증거가 있어야 의회를 움직일 거 아니오?"

그 남자는 여전히 털끝 하나도 흥분하지 않고 말했다.

"증거는 없소."

"증거가 없다고? 의회 돌아가는 구조에 대해 아무것도 모르는군!"

"모르오. 내가 아는 건 당신이 파발을 띄워 의회에 알려야 한다는 것뿐이오."

이런 일을 고스란히 의회에 알렸다간 그냥 망신을 당하는 것으로 끝나지 않을 것이다. 아무것도 안 하면 아무 일도 벌어지지 않는 법이고, 뭔가 하면 무슨 일이든 벌어지기 마련이었다. 그러므로 세레스머스는 지금 가지고 있는 직책과 봉급에 변화가 없는 한 아무 조치도 취하고 싶지 않았다. 그는 아무 일도 하지 않기로 결정하고 입을 열었다.

"당신의 제안은……."

"여긴 뭐하러 온 거요, 세레스머스 행정관?"

그가 질문으로 세레스머스의 거절을 덮었다. 세레스머스가 되물었다.

"뭐 하러 왔긴? 그야……."

"내가 캡틴 울프라니 거짓인지 아닌지 확인하려고? 그래서 거짓말이면 사기죄 하나 붙여 잡아가려고? 그렇게 얼굴에 '난 아무것도 하기 싫다'라는 얼굴로 앉아있을 거면 애초에 오질 말지."

그 남자는 렌겔의 뒤에 세워 둔 병사들을 훑어보며 말을 이었다.

"난 이대로 있다 조용히 떠나겠소. 어차피 앞으로 죽을 사람들을 생각하면 이 마을 하나 없어지는 건 기록에도 남지 않을 테니까. 당신 역시 펜 놀림 몇 번이면 막을 수 있는 재앙을 방치한 행정관의 이름으로 남지도 않을 거요. 그러니 가시오. 난 아무것도 할 생각 없는 사람을 억지로 뭔가 하게 만들 힘이 없으니."

그 남자는 관심을 잃었다는 얼굴로 맥주잔을 소리 나게 내려놓았다. 세레스머스는 어깨를 으쓱했다.

"그러고 싶소. 하지만 내가 들은 바가 있어 그러지 못하겠군."

세레스머스는 품에 있는 양피지를 꺼내 그에게 보였다. 놀라길 바랐으나 그 남자는 훑어보고 고개만 끄덕였다.

"대충 무슨 일이 일어났는지 알 만하군. 현상금 천? 더 높이 책정하면 현실감이 없어 사냥꾼들을 못 모을 거라 생각했나?"

"할 말은 그게 다요, 캡틴 울프?"

세레스머스는 비꼬듯 물었다.

"다요."

역시 이상했다. 아무리 봐도 이 남자는 진짜 캡틴같이 말했다. 세레스머스는 고민했다. 여기서 떠날 수도 없고, 그가 시키는 대로 할 수도 없게 됐다. 마치 이 남자가 몰래 쳐 놓은 그물에 한쪽 다리가 걸려든 기분이었다.

가능성은 희박하지만 그가 정말 캡틴 울프고 지금까지 한 말이 진짜라면 세레스머스는 심각한 직무 유기를 범하게 된다. 아니라 해도, 세레스머스는 방금 들은 이야기로 한 달 동안은 불안감에 잠을 이루지 못할 것이다.

"내 용건은 끝났소, 행정관. 가셔도 좋소. 그나마 와 주신 건 감사드리겠소. 솔직히 말해 날 무시하고 오지 않을 거라고 생각했거든."

그리고 그 남자는 뒤에 있는 로브를 입은 덩치에게 말했다.

"라이, 이제 로브 벗어도 돼. 굳이 정체를 숨기고 있을 필요는 없겠어. 저 사람들은 별 관심도 없는 것 같으니."

그가 말하는 중에 계속 로브를 쓰고 있던 덩치 큰 남자가 후드를 벗었다. 촛불 위로 하얗게 보이는 머리카락 틈으로 긴 귀가 드러났다. 매끄러운 얼굴과 반쯤 감았음에도 큰 눈동자가 자신을 향하는 순간 세레스머스는 하마터면 의자에서 떨어질 뻔했다.

세레스머스는 도움이라도 청하듯 렌겔을 돌아보았다. 하지만 렌겔도 어지간히 놀랐는지 바보 같은 말을 했다.

"그 귀 진짜요?"

매서운 눈매를 하고 있던 붉은 머리의 남자가 뜬금없이 웃음을 터트렸다.

"그 귀가 진짜인지도 증명하면 엄청나게 웃길 거다. 해 봐."

"해야 하는가?"

덩치 큰 남자는 그렇게 말하며 정말로 귀를 앞뒤로 쫑긋하고 움직였다. 하지만 웃는 사람은 없었다.

"어, 아무도 안 웃네?"

붉은 머리의 남자는 의외라는 듯 말했다.

세레스머스는 침을 꿀꺽 삼키고, 다시 캡틴 울프를 사칭한 남자에게 말했다.

“내 이름은 세레스머스요. 당신은 누구요?”

“캡틴 울프요. 몇 번이나 더 말해야 하는 거요? 혹시 이제부터 내 말을 들어 주기로 마음을 바꿨소? 내가 토해낸 열변보다 라이의 쫑긋거리는 귀가 더 설득력이 있다면 앞으로 어떤 행동 노선을 취해야 할지 고민해 볼 일이군. 세레스머스 행정관, 혹시라도 가는 길에 일할 마음이 든다면 부디 내 말을 의회에 알리시오. 아란티아의 캡틴 울프가 가넬로크와 정식으로 연합을 맺기 위해 지금 찾아가고 있다고.”

그는 마치 준비해 놓은 듯 말을 쏟아냈다.

“그의 정체를 제대로 파악하지 못했으니 사기꾼일지도 모른다는 단서를 달아서 보내도 좋소. 그다음은 내가 알아서 할 테니 당신의 철밥통이 깨질 일은 없을 거요. 아, 그리고 말이 있다면 네 마리 부탁드려도 되겠소?”

“당장 파발꾼을 불러오게.”

세레스머스는 자신의 사무실로 돌아오자마자 말했다.

“며, 몇 가지 확인해 봐야 하지 않습니까? 저자가 진짜 캡틴 울프인지, 하늘 산맥에서 정말 군대가 내려올 징조가 보이는지…….”

뒤따라 온 렌겔이 조심스레 물었다.

“뭘 더 확인해? 저자가 캡틴 울프인지 아닌지 내가 알 바 아닐세. 하지만 그 덩치 큰 남자는 분명 하늘 산맥에서 온 요정이고 지금 누군가 캡틴 울프의 목에 이 마을을 통째로 살 만한 현상금을 걸었으며 그걸 믿고 정말로 이 마을에 사냥꾼들이 우글대네."

"그야 그렇지요."

"현시점에서 벌어지고 있는 일은 모조리 내 능력 밖이야. 그러니 난 다른 곳으로 책임을 돌리려는 거야. 자네는 어서 부하들을 시켜 근처 마을 경비대에게 알리게. 사흘 안으로 주민들을 대피시킬 준비를 갖추라고. 아, 참! 말도 네 마리 준비해서 캡틴 울프한테 갖다 주게."

"으음, 말 준비하는 건 문제가 아닙니다만, 그쪽 경비대 측은 하늘 산맥에서 군대가 쳐들어온다는 말을 믿을 것 같지는 않습니다만?"

"변명거리는 뭐든 만들어! 훈련 상황이라거나, 백만 대군을 이끈 도적단이라거나, 드래곤이 나타났다거나! 만약 그게 문제 되면 내가 책임지겠네."

"해, 행정관님 입에서 책임진다는 말은 처음 들어보네요."

"책임? 맞아. 책임! 말 잘했네."

세레스머스는 고함이라도 지르듯 목소리를 높였다.

"난 책임질 거야. 저 사기꾼 말에 넘어가 가짜 소동을 벌인 책임을 질 거야. 시말서 수십 장 쓰고 좌천되고 감봉을 당할 수도 있겠지! 그런데 저게 사실이라면? 아무것도 모르는 이 마을 사람들이 나 하나 때문에 다 죽으면? 그 책임을 어떻게 져? 그러니 난 책임질 수 있는 부분만 책임지려는 거야. 얼른 파발꾼 안 부르고 뭐 하는 거야?"

◆Chapter 2◆
한밤의 사냥꾼들

카셀은 미지근한 맥주잔에 입술을 댄 채 미세하게 떠다니는 먼지를 눈으로 좇고 있었다. 타냐도 말없이 술만 마시고 있었다.

타치셀에서 만나 하늘 산맥을 가로지르는 일주일간 타냐는 말이 없었다. 가끔 카셀이 내미는 손을 잡았으나 그것도 얼마 가지 않아 놔 버리기 일쑤였고 그녀 쪽에서 먼저 손을 잡는 일은 없었다.

타냐는 뭔가 생각에 잠겨 있는 일이 많았다. 노숙하던 밤중에 잠깐 일어나 보면 혼자 깨어 모닥불을 응시하는 모습을 자주 보게 되었다. 뭐 하냐고 물어보면 그냥 보초를 서고 있다고만 대꾸했다. 여기서도 딴 세상에 있는 듯 혼자 뭔가에 골몰해 있었다. 갑자기 바뀐 얼굴은 의외로 금방 적응됐다. 카셀이 적응하지 못하는 건 그녀의 심리적인 변화였다.

'루티아에 갔다 온 사이에 뭔가 달라졌어. 그건 아마도 테일드의 일 때문일 거야.'

제이메르나 라이는 원래 말이 없었다. 둘은 간혹 별거 아닌 일로 다투기도 했다. 하지만 제이는 몇 마디 이상 말을 꺼내면 했던 말을 주워 삼키다가 포기하기 일쑤고, 라이는 아직 인간 말에 익숙하지 않았다. 그래서 시작하다 마는 싱거운 말다툼만 있었다. 그래도 카셀은 조마조마했다.

세레스머스 행정관이 요란하게 떠난 지금도 넷은 별다른 대화를 나누지 않았다. 하얀 늑대들 다섯 명보다 이 세 사람과 동행하는 것이 배는 더 힘들었다.

카셀은 맥주잔을 내려놓으며 한숨을 내쉬었다. 그제야 제이가 입을 열었다.

"왜 한숨 쉬냐?"

"아니, 갑자기 내가 너무 어리다는 생각이 들어서."

제이는 카셀의 말을 받아 주는 법을 잘 몰랐다. 방금도 슬그머니 자신의 고민을 꺼내 보고 싶었는데, 이미 관심을 잃고 옆에 있는 라이에게 말을 걸고 있었다.

"너 술도 마실 줄 알았냐?"

라이는 맥주잔을 한 번에 들이켜고 거품 묻은 입술을 손등으로 닦았다.

"오래전, 인간 세상, 있었다. 그때, 마셨다. 하지만 그때보다, 맛, 없다."

"와 본 적 있다고? 사람이 하늘 산맥 들어간 꼴일 텐데 괜찮나?"

"방향, 못 잡는다. 지금, 도, 못, 한다. 그때, 안내해 준 우그, 있었다."

"그 인간이란 건 누구냐?"

제이가 드물게도 흥미를 보였다.

"우그."

"어떻게 됐는데?"

"배신당했다."

라이는 거기까지만 말하고 침묵해 버렸다. 자기가 물어봐 놓고선 제이는 금방 흥미를 잃어버렸다. 괜히 옆에서 듣던 카셀의 궁금증만 커졌다.

라이는 아크랜드에서 인간에게 뭔가 안 좋은 일을 당한 모양이었다. 배신이라는 단어가 없는 레미프가 일부러 그 단어를 써서 말했을 정도로 큰일.

카셀은 어린 시절 아버지에게 들은 할아버지의 이야기가 떠올랐다. 그 일과 연관이 있을 것 같아 라이가 겪은 일과 맞춰보고 싶었지만 라이는 말해 주지 않았다. 하늘 산맥에 도전한 인간이 많았듯 아크랜드에 도전한 레미프도 많았을 것이다. '할아버지의 이야기' 속의 요정이 라이일 수는 없었다. 더구나 그 이야기 속의 요정은 배신당하지 않았다.

"나, 레미프인 것, 보여도 되는가?"

라이는 술집 곳곳에 자신을 힐끔거리는 손님들을 발견하고 물었다.

"된다."

카셀은 단언했다.

"돼?"

제이도 물었다.

"됩니다."

이번에는 타냐가 대답했다.

"아까 대놓고 그 행정관한테 네가 캡틴이라고 밝히는 것과 같은 거냐?"

제이는 어느 쪽을 향해야 할지 모르는 시선으로 물었다.

"로크의 의회에서 우리가 도착하기 전부터 우리에 대해서 떠들어 주는 게 좋을 것 같아서."

카셀은 두 달 전 일들을 떠올리며 말을 이었다.

"카모르트에서는 왕이 공식적으로 초청한 원군을 상대했을 때조차 대신들과 귀족들은 자기들끼리 권력 다툼 하느라 이야기가 진행되지 않았어. 지금 우리는 시간도 없는 데다가 불청객이며, 아주 안 좋은 소식을 전하러 가는 거지. 의회 쪽에서 먼저 흥분해 주어야 시간을 절약할 수 있어."

"그럼 열심히 설득해야지 왜 그냥 가라고 그랬어?"

"의심부터 하려 드는 사람은 최선을 다해 설득한다고 넘어오지 않아. 그래서 난 일부러 무시해 버렸지. 그다음에는 라이의 귀를 보여 줬고. 결과적으로 그거 한 번에 넘어갔잖아. 귀를 먼저 보여 줬으면 이렇게 안 됐을 거야."

"날개를 보여 주면 더 좋았잖아, 그럼?"

거기에 대해서는 타냐가 대답했다.

"너무 충격이 클 테니까 안 됩니다."

"충격?"

"라이의 날개는 이런 자리에서 보이기에는 지나치게 작위적이고 화려하지요. 그럼 행정관은 자기 할 일은 잊어버리고 온통 라이의 날개에만 신경을 빼앗겼을 겁니다."

제이는 굳이 이해하려고 애쓰지 않았다.

"뭐, 너희 둘이 알아서 해라."

제이는 잔 바닥에 남은 맥주를 비우고 다시 한 잔을 시켰다.

타냐가 자리에서 일어났다.

"모두 더 마실 겁니까? 전 먼저 가서 쉬고 싶습니다만."

카셀은 조금 당황했으나 이내 웃으며 말했다.

"내일 정오에 떠나니 그때까지만 일어나세요, 타냐."

"일어나지 않으면 깨워 주십시오."

타냐는 보일 듯 말 듯 목례하고 2층으로 올라갔다. 제이메르는 그녀의 뒷모습을 쳐다보는 카셀의 표정을 살피다가 물었다.

"우리 급한 거 아니었나? 이렇게 술이나 마시고 있어도 돼?"

"겨우 안전하게 쉴 수 있는 곳에 왔잖아. 다들 피곤하니까 하루 정도는 침대에서 쉬어 두자. 타냐는 특히 피곤할 거야. 하늘 산맥에서 거의 혼자서 경계를 섰어."

"내가 한다 그랬는데도 지가 하겠다고 고집부린 거다."

제이가 새로 나온 맥주를 들이켜며 말했다. 맥주를 내온 점원은 라이를 몇 번이나 훔쳐보며 지나갔다. 가만 보니 여자 점원이었는데, 라이를 신기해하거나 무서워하는 게 아니라 반한 눈빛이었다. 라이가 인간의 관점에서 보면 정말 잘생긴 얼굴이라는 점은 카셀이 지금까지 고려해 본 적이 없는 부분이었다. 앞으로의 작전에 넣어도 될 요소인지 고민해 볼 만한 사항이었다.

카셀은 피로가 뭉친 목덜미를 주무르며 말했다.

"아까 그 행정관을 설득하지 못했다면 또 급히 떠나야 했을 거야."

"이제는 급하지 않고?"

"그 행정관이 앞뒤 꽉 막힌 사람이었다면 다른 방법을 생각하든가, 아니면 다른 행정관을 설득하러 떠나야겠지. 하지만 이제 됐어. 저 행정관이 보낸 파발이 로크에 도착해서 의회가 움직일 여유를 주는 게 좋아."

"그래서 그랬군? 그렇다면야 오랜만에 제대로 마셔줘야지. 이봐, 여기!"

제이는 술이랑 원수라도 진 사람처럼 금방 한 잔을 비우고 점원을 불렀다.

"맥주 한 잔 추가."

여급이 생글생글 웃으며 라이를 또 힐끔 보더니 제이에게 물었다.

"저 혹시 저분 성함이라도 알 수 있을까요?"

"맥주나 가져와!"

제이가 무서운 얼굴로 으르렁거리는 바람에, 여급이 놀라 달아났다.

"난 쉬라고 했지, 마시라고 한 게 아닌데?"

카셀이 지적했지만, 제이는 무시하고 물었다.

"그보다 카셀, 저 마법사 여자랑은 뭔가 잘 안되는 거냐?"

"마법사 여자? 타냐라고 해야지."

"둘이 손 잡더니? 뭔가 이루어진 거 아니었어?"

"어린애는 몰라도 돼."

"이 자식이!"

"라이도 맥주 더 마실래?"

라이는 대답 대신 빈 잔을 소리 나게 내려놓았다. 카셀은 손짓해서 점원을 불렀다. 아까 제이에게 혼난 여급이 맥주를 한 잔 들고 다가왔다.

"여기 맥주요."

그녀가 맥주를 내려놓는데, 갑자기 라이가 그녀의 머리를 쓰다듬었다. 그의 커다란 손은 여급의 머리를 거의 반은 감싸는 것 같았다.

깜짝 놀란 여급이 맥주잔을 떨어뜨렸다. 라이는 놀라운 반사 신경으로 떨어지는 맥주잔을 잡았다. 약간 넘치긴 했지만 거품 정도만 손에 흐른 정도였다.

"죄, 죄송합니다."

여급이 놀라 눈을 동그랗게 떴다. 라이는 그녀를 가만히 올려다볼 뿐이었다. 카셀은 상황이 어색해진 것 같아 얼른 주문부터 했다.

"여기 맥주 한 잔 더. 그리고 안주로 먹을 만한 요리도 한 접시 부탁하겠소."

여급은 얼떨떨한 얼굴로 뒷걸음질 치면서 물러났다. 그리고 라이를 향해 배시시 웃어 보이더니 종종걸음으로 돌아갔다. 라이는 제이에게 약간 넘친 맥주를 넘겨주었다.

"왜 그랬어?"

카셀이 라이에게 물었다. 라이가 손을 펼쳤다. 손가락 끝에 무당벌레가 붙어 있었다. 무당벌레는 그의 손가락 끝에서 잠깐 머물더니 날아서 창문을 빠져나갔다. 그사이 제이는 한 잔을 다 비우고 빈 잔을 소리나게 내려놓았다.

"미리 한 잔 더 시켜둘 걸 그랬군."

타냐는 녹슨 경첩 소리가 길게 이어지는 나무문을 등으로 닫고 잠시 기댔다. 무거운 피로가 몰려왔다. 그녀는 지팡이를 벽에 기대어 놓았다. 그 지팡이는 루티아를 떠날 때 받은 마스터들의 선물이었다.

'언젠가 다음 그랜드 마스터가 탄생하거든 주고 싶었던 물건이다. 이제 너에게는 상징물에 불과하겠지만 부디 받아 주길 바란다.'

마스터들이 어떤 마음으로 지팡이를 넘겨주었는지 알기에 타냐는 거절하지 않았다. 그리고 그들의 마음에 보답하기 위해 굳은 각오로 루티아를 떠나왔다. 테일드에게 일어난 일, 루티아에 벌어진 일, 그리고 앞으로 가넬로크에서 벌어질 일. 모두가 자신의 손으로 해결해야 할 일이라는 생각에 밤이면 잠도 자지 않고 생각에 생각을 거듭했다. 그리고 금방 지쳐 버렸다.

타냐는 낡은 나무 의자에 앉았다. 문도 삐걱거리더니 의자도 삐걱거렸다. 낡았지만 여자 손님 방이라고, 거울도 있었다. 타냐는 거울 속의 자신을 한심스럽게 바라보았다.

'뭐 하는 거야, 타냐?'

타냐는 스스로에게 말했다.

'어째서 카셀에게 화풀이를 하는 거야? 마스터께 일어난 일이 카셀 탓도 아닌데.'

타냐는 두 손으로 얼굴을 비비다가 한숨을 내쉬었다.

'약해서 그런 거다. 급격히 올라간 마법의 힘을 정신적인 부분이 받쳐 주지 못하는 거야. 초조해하지 말자. 해야 할 일부터 차근차근 해나가는 거야.'

타냐는 루티아를 떠나기 전 잠깐 만났던 로일을 떠올렸다. 그는 같이 가지 못하는 것을 못내 아쉬워했지만, 던멜을 두고 떠나지는 못했다. 아예 던멜을 같이 데려가는 것도 방법이었다. 하지만 아무리 마법의 도움을 받아도 던멜이 긴 여행을 떠날 수 있는 최소한의 체력을 회복하려면 일주일 이상은 필요했다. 그것도 플로라가 바짝 붙어 치료에 전념한다는 전제였다. 그래서 루티아에서 별 쓸모도 없고 부상도 제일 적은 제이메르가 선택되었다.

'제이메르는 울프 기사단에 필적할 만한 실력자요. 하지만 아직 다듬어야 할 부분이 많아, 카셀의 보호를 안심하고 맡길 수 없소. 그러니 당분간 당신이 직접 카셀을 지켜 주셨으면 하오.'

로일은 떠나기 직전까지 몇 번이나 당부했다.

'걱정 마십시오. 절대 그의 곁을 떠나지 않을 테니.'

'부탁하겠소. 던멜의 몸이 낫는 즉시 뒤따라가겠소.'

쉐이든도 그랬듯 하얀 늑대들이 카셀을 소중히 하는 마음을 타냐는 익히 알고 있었다. 하지만 왠지 건성으로 대답하게 되었다. 솔직히 그 말을 하는 순간 그녀는 속으로 그런 부탁이 없어도 그렇게 할 참이라고 쏘아붙이고 싶었다. 괜한 질투였다. 그런데 정작 하늘 산맥을 지나 가넬로크로 오는 내내 타냐는 카셀을 신경 쓰지 못했다. 머릿속에는 오직 스승님에 대한 의문만 가득했다.

'어떻게, 왜 그가 그런 일에!'

밤에도 스승님과 겪은 많은 일들이 떠올라 잠을 이룰 수 없었다. 정신을 차려 보니 카셀은 더 이상 타냐의 손을 잡지 않고 있었다.

타냐는 그제야 조심스럽게 내민 카셀의 손길을 무의식중에 뿌리쳤다는 걸 깨달았다. 그 조심스러운 손길을 계속 거절당했으니 카셀이 더 이상 손을 내밀지 못했던 것이다.

'슬픈 건 나만이 아니야. 카셀은 바로 얼마 전에 소중한 친구를 잃었어. 누구보다 위로받고 싶을 텐데 내가 위로받길 바라다니! 몹쓸 짓이

야. 그만둬야 돼. 어린애처럼 이게 무슨 짓이야!'

타냐는 거울 속의 초췌한 얼굴을 바라보았다. 자기 얼굴인데도 적응이 안 되었다. 느낌 탓이겠지만 세월이 흘러 칼자국은 더 선명해져 있는 것 같았다.

'맙소사, 나 방금 이 얼굴을 카셀이 좋아해줄까 하고 고민했어. 지금 이런 때에? 넌 최악이야, 타냐.'

타냐는 거울 속의 자신을 혼내기라도 하듯 손가락으로 쿡쿡 찔렀다. 그리고 스스로에 대한 견딜 수 없는 혐오감을 입으로 소리 내어 표현했다.

"엉뚱한 고민으로 딴 길로 새지 마. 쓸데없이 깊이 생각하지 마. 더 솔직해져야 해. 강한 척하지도 말고, 약한 척하지도 마!"

그 말에 대답이라도 하듯 거울 오른쪽에서 검은 것이 불쑥 솟아 올라왔다. 방구석의 모서리 자리였다. 돌아보았으나, 아무것도 없었다. 검은 것은 오직 거울 안에만 있었다.

"놀라지 마라, 타냐. 난 너다."

그것이 말을 걸었다. 타냐는 손을 옆으로 내밀었다. 그녀의 손 안으로 벽에 세워 뒀던 지팡이가 빨려 들어왔다.

"누구냐, 넌?"

"너라니까."

거울 속의 검은 것이 빙그레 웃었다. 그것은 점점 형체가 뚜렷해졌고 쩌렁쩌렁 울리던 목소리도 알아듣기 쉽게 또렷해졌다.

"혼자 고민한다고 해결될 일이 아니다. 네 안의 내가 그 해답을 주지."

타냐는 머리를 움직이지 않고 눈동자만 돌려 주위를 살폈다.

'소름 끼치는군. 정말 내가 나한테 내는 목소리 같아.'

거울 속의 검은 존재는 점점 그녀에게 다가왔다.

"네가 거부하고 있는 예언을 받아들여라. 넌 이미 하늘 산맥에서 모든 것을 내다볼 수 있었잖아. 그렇지?"

거울 속에서 나온 검은 기운은 점점 타냐 자신의 얼굴로 변하기 시작했다.

"그랜드 마스터 러스킨이 왜 배신을 했냐고? 모든 것을 보았으니까. 인간이 이 싸움에서 패배할 것을 알았으니까! 루티아의 화이트비를 이용하면 그 정도로 거대한 운명의 물결을 읽지 않을 수가 없지. 러스킨처럼 예지력이 강한 마법사일수록 그 미래가 안겨다 주는 고통은 크지. 버틸 수 없었을 거야. 그래서 고통을 감내하는 쪽보다 차라리 고통을 안겨 주는 편이 되기로 한 거야. '우리'는 알고 있었어."

검은 기운이 변한 얼굴은 타냐가 봉인을 풀기 전이었던 추하고 무서운 마녀의 얼굴이었다. 타냐는 마치 과거의 자신과 만나는 기분이 들었다.

"그리고 이제 러스킨과 동등한 힘을 얻은 지금 우리도 그 미래를 읽은 거야. 두렵지? 그러니 운명을 받아들여. 조금은 이기적이어도 된다고 스승님께서 말씀하시지 않았나?"

거울 속 타냐의 팔이 거울 밖으로 빠져나와 그녀의 목덜미를 감싸 안았다. 그러나 그것은 역시나 거울의 영상이었고 실제로는 뒤에서 껴안고 있었다. 차갑고 음산한 기운이 등을 감싸고, 가위에 눌린 듯 무거운 것이 온몸을 짓눌러 움직일 수가 없었다.

"넌 네가 사랑하는 사람에게 배신당하고 네가 스승이라 불렀던 자에게 겁탈당하고 고통을 이기지 못해 그보다 더한 고통 속으로 뛰어들고 말 거야. 그전에 목숨을 끊고 싶을 정도로 괴로운 일이 될 거야. 그러기 싫다면 러스킨과 같은 선택을 하는 것도 좋지. 적어도 네가 배신당하는 쪽은 아니야."

방 안의 공간이 왜곡되어 보였다. 어둠이 짙게 드리워졌고 들이마시는 공기가 질감이라도 가진 것처럼 끈적거리며 기도로 넘어왔다. 타냐는 고개를 한쪽으로 틀며 자신의 모습을 흉내 낸 존재에게 말했다.

"굉장한 힘이군. 예전 같았으면 정말 그 말에 넘어가 자살이라도 하고 싶었겠어."

타냐는 지팡이를 옆으로 휘저었다. 등을 감쌌던 어둠의 기운은 마치 불꽃놀이처럼 다양한 색깔을 보이며 터졌다.

타냐는 목덜미를 쓰다듬으며 의자에서 일어났다. 타다 남은 검은 기운이 바닥에서 꿈틀거리고 있었다.

"죽지 않는 자들의 군주를 추종하는 마귀냐?"

그것은 쇠끼리 비비는 것 같은 소름 끼치는 목소리로 대꾸했다.

"아직도 거부하는가? 난 네 안의 어둠이다."

타냐는 꿈틀거리는 어둠의 덩어리를 발로 밟아 뭉갰다.

"내 안에 너 같은 어둠은 없어."

타냐는 호흡을 멈추고 창문 너머 먼 곳을 바라보았다. 그녀의 시력은 밤의 어둠을 뚫고 마을을 벗어나 성문 밖에 이르렀다.

그곳에 여관 쪽을 바라보는 기사가 한 명 있었다. 그 기사는 정확히 타냐와 눈이 마주쳤다. 그리고 말을 몰아 다시 어둠 속으로 사라졌다.

'구아닐 같은 느낌이군. 누구지?'

창가에서 인기척이 났다. 타냐는 지팡이를 들어 그 기척이 더 접근하기 전에 날려 버리려 했다. 하지만 이 수상한 인기척에 좋지 않은 기운은 없었다. 그리고 기척을 완전히 숨길 생각도 없는 것 같았다.

'암습하기 위해 오는 건 아니군. 일단 내버려 둬 볼까?'

과연 몰래 접근한 자는 창문을 두들기며 신호를 보내왔다.

타냐는 만의 하나를 대비해 창문 옆에 몸을 숨긴 채로 말했다.

"정체를 밝혀라."

"들어가도 되겠습니까? 위험을 경고하러 왔습니다."

여자 목소리였다. 타냐가 손을 내밀자 창문이 저절로 열렸다. 복면을 쓴 괴한은 가벼운 몸놀림으로 방 안으로 들어왔다. 그자는 신중하게 주변부터 살핀 다음 고개를 살짝 숙여 인사하더니 말했다.

"캡틴 울프의 일행이십니까?"

"……그렇습니다만?"

타냐는 긴장을 풀지 않고 말했다.

"저는 블랙풋이라는 길드에서 온 헤더라고 합니다."

그 여자는 스스로 복면을 벗었다. 스무 살도 안 되어 보이는 소녀였다. 하지만 어리다고 얕잡아 볼 눈매가 아니었다.

"블랙풋? 암살 길드 아닙니까?"

"예."

타냐는 던멜이 과거 몸담고 있던 암살 조직의 이름이 블랙풋임을 기억했다. 그리고 8년 전 그 조직의 마스터, 칼스텐이 죽지 않는 자들의 군주가 내린 의뢰로 새나디엘 여왕을 암살하려 했다는 것까지 차례로 떠올렸다.

"날 죽이려고 온 건 아닌 것 같군요. 하지만 등 뒤에 감춘 무기는 함부로 휘두르지 마십시오. 죽습니다."

타냐가 높낮이 없는 목소리로 말했다.

"아……!"

헤더는 눈치 빠르게 고개를 뒤로 돌렸다가 어깨를 움찔했다. 그녀의 머리 뒤로 반투명한 칼날 두 개가 떠 있었다. 그녀가 방에 들어오자마자 만들어 놓은 마법의 칼이었다. 헤더는 당혹스런 웃음을 터트리며 말했다.

"누군가와 이야기할 때 칼을 쥐는 건 제 버릇입니다. 다른 뜻은 없었습니다."

헤더는 조심스레 칼을 허리춤에 넣고 빈 두 손을 보였다. 타냐도 마법의 칼날을 지웠다.

"저는 캡틴 울프의 일행에게 경고할 일이 있어 왔습니다."

헤더는 다시 정중히 말했다.

"어떤 위험이지요?"

타냐는 아직 경계를 풀지 않고 말했다. 어떤 어둠의 냄새도 나지 않는 걸 보아 방금 벌어진 일이 이 여자의 소행이 아닌 건 확실했다. 그래도 그녀가 암살자라는 건 변함이 없었다.

"캡틴 카셀께도 이 일을 알리러 우리 쪽 조직원이 한 명 가 있습니다. 현재 이 여관 내 손님 거의 전부가 여러분을 노리는 암살자들입니다. 자세한 이야기는 나중에 하시고 일단 빠져나가시지요."

"여관 주인은 관련 없습니까?"

"조사해 본 결과 주인과 주인 아들은 이 마을 토박이로 전혀 관계없습니다. 점원들도 마찬가지고요."

"그럼 아까 먹은 음식이 위험하지는 않았을 테고……. 경고하러 간 당신 조직원은 어느 정도 실력자입니까?"

"조직 내 최고 실력자입니다. 당신이 알 만한 이름을 대자면 던멜이라는 분의 제자입니다."

헤더의 목소리에는 힘이 실려 있었다.

"그럼 괜찮겠군. 내려가 봅시다."

"네? 그냥 이대로 빠져나가는 편이……."

타냐는 그녀의 말을 무시하고 방문을 열었다.

"나 때문에 게랄드라는 녀석이 죽었다며?"

제이는 안주로 나온 소시지를 씹으며 물었다.

"누가 그런 말을 해?"

카셀은 빈 잔 너머로 촛불에 어른거리는 제이의 얼굴을 노려보았다.

"라이가. 너랑 로핀인가 하는 아저씨랑 하는 말, 옆에서 들었대."

카셀은 원망하는 눈길을 라이에게 돌렸으나, 라이는 무표정하게 마주보기만 했다. 그러고 보니 카셀은 그가 저 표정을 무너트린 걸 보지 못했다. 사-나딜 앞에서 무릎을 꿇었을 때조차 표정은 변하지 않았다. 마치 모든 감정 표현을 저 표정 하나로 하겠다는 듯이!

"완전히 관계없는 건 아니지만 네가 신경 쓸 일은 아니야. 너 때문에 죽은 것도 아니고, 라이도 자세히 모르고 한 말일 거다. 사실 제대로 설명하지도 못했을걸?"

"라이, 설명 잘하던데? 내가 게랄드를 대신하는 자리에 있게 됐다고 했던가?"

제이는 간단하게 정리했다. 카셀은 아니라고 말하려다 말았다. 제이가 물었다.

"게랄드는 네이슨한테 죽었다고 했지?"

"그래. 나도 듣기만 했어. 네이슨을 본 적도 없고."

"난 본 적 있어."

카셀은 대화를 이어가고 싶지 않은 마음과 자세히 알고 싶은 호기심의 중간쯤에서 물었다.

"네이슨을?"

"루티아에서. 한 번 싸웠고, 내가 졌지. 그리고 하얀 늑대들도 질 거다."

"뭐라고?"

"로일이나 던멜도 졌어. 둘 다 부상 중이긴 했지. 하지만 제대로 된 몸 상태였다 해도 그랬을까? 아니야. 졌을 거다."

제이는 카셀이 눈을 부릅뜨는 것에 개의치 않고 말했다.

"그놈은 말도 못하게 강했어. 내가 봤던 누구보다. 그런데 게랄드가 놈을 죽였다. 그럼 또 게랄드가 최고인가 하면 그건…… 아니, 아니야. 내가 하고 싶은 말은 이게 아니라."

제이는 맥주를 들이켠 후 잔을 세게 내리쳤다. 주인은 잔 하나 깨지는 게 아닌가 하고 걱정스레 지켜보고 있었고, 여급은 또 주문 안 하나 기대하며 지켜보고 있었다.

"카셀, 난 모른다. 친구가 죽는 슬픔이 뭔지. 알고 싶지도 않아. 그러니까, 뭐냐면, 무슨 소리냐면, 난 우울한 게 질색이란 소리야. 위로도 안 할 거다. 못하니까. 내 말은, 내가 널 위로 못한다는 소리야."

제이는 약간 취한 것 같았다. 그런데도 카셀은 묘하게 그의 말을 반박하기가 힘들었다. 그래서 더 마시면 안 된다고 생각하면서도 신경질적으로 맥주를 입에 쏟아 넣었다.

제이의 술주정 비슷한 말은 더 이어졌다.

"하지만 언제까지 그러고 힘 빠져 있을 거냐? 게랄드와 네가 얼마나 친한지 모르지만, 모르는데, 그러니까 난 게랄드를 모르고, 그러니까, 뭐, 그런 것까지 대신할 수는 없지만……. 내 말은, 게랄드와의 우정을 대신할 수는 없지만……."

제이는 중얼중얼대다가 뒷말은 명확하게 했다.

"싸움에 관해서는 내가 대신해 주지."

카셀은 실소를 터트렸다.

"뭐가 우스워?"

제이는 약간 창피해하며 말했다.

"제이메르, 처음 만났을 때 너는 자기소개도 못하던 녀석이었는데 지금은 말 꽤 잘하네."

"이게 또 놀리네."

제이는 소시지 씹는 입만 움직였다.

"내가 평소 같지 않았던 거 알아. 게랄드가 죽다니 아직도 믿어지지가 않아서……."

카셀은 머리카락을 쓸어 넘기다가 그대로 손을 이마에 짚은 채 탁자에 기대었다.

"이야기한 적 있던가? 전에 카모르트에서는 하루가 늦어 친구들을 위험에 빠트렸다. 이번에도 하루가 늦어 한 명이 죽었어."

카셀은 한 손으로 얼굴을 감싸 쥔 채 같은 말을 반복했다.

"또 하루가 늦었어……."

"그게 카셀 네 잘못이었냐?"

"모르겠어. 하지만 나는 온통 내 생각에 취해 너나 라이, 타냐를 돌아보지 못했어. 누구보다 타냐를 위로하지도 못하고……."

"타냐가 왜?"

"기억나? 아란티아의 화이트 게이트에서 나타난 그 회색 로브의 마법사."

"그 음침한 놈? 생각도 하기 싫어."

"그 마법사, 타냐의 스승이야."

제이의 눈썹이 한쪽으로 꺾였다.

"저 여자의 스승이면 무지막지한 마법사겠군. 실제로 그랬지. 하지만…… 으음, 뭐가 어떻게 된 거야?"

"나도 자세히 설명할 자신이 없어. 그게 루티아의 그랜드 마스터였던 테일드이자 죽지 않는 자들의 군주이고 앞으로 우리가 상대하게 될 적이야. 그러니 타냐가 지금 얼마나 힘들겠어?"

"타냐가 그런 거 일일이 신경 쓰는 여자야? 외모가 바뀌었어도 성격은 얼음덩어리 그대로야. 정말 나랑 안 맞는 여자다. 얼굴 칼자국은 매력적이긴 한데……."

카셀은 이마에서 손을 떼고 제이를 확 노려보았다.

제이는 카셀의 시선을 피해 라이를 노려보았다.

"너도 말 좀 해! 술 마시는데, 옆에서 말도 안 하고! 재미없게."

라이는 여전히 대꾸도 하지 않았다. 어느새 라이와 제이의 앞에는 각각 열 개 넘는 맥주잔이 쌓였다. 누가 보면 술 마시기 내기라도 하는 줄 알 지경이었다.

"무슨 말?"

라이가 물었다.

"네가 아크랜드에 왔던 얘기라도 해 봐."

카셀이 기회다 싶어 말했다.

"짧은, 모험이 있었다."

라이는 딱딱하게 대답했다.

"무슨 모험이었어?"

"우그…… 이름은, 잊었다. 우그, 나, 친구였다. 나는 하늘 산맥을, 그는 이곳을 안내…… 그리고 그는, 나를 이런 술집에 두고…… 사라졌다."

"사라져?"

카셀이 놀라 물었다.

"사라졌다."

라이는 한 번 반복했다.

"왜…… 떠났는데?"

"모른다. 그냥, 기다리라, 했다. 그리고, 돌아오지 않았다."

라이가 쥐고 있는 나무 맥주잔이 파삭 깨졌다. 맥주 거품이 손을 타고 흘러내렸다. 여전히 무표정했지만 시선은 가게 안 어딘가가 아니라 멀리 다른 곳을 보고 있었다.

"그것…… 기더, 아니었다. 배신이다. 우그, 거짓말, 했다."

카셀은 그가 보인 분노의 감정에 놀랐다. 제이는 무덤덤하게 물었다.

"걔가 왜 배신했는데? 알아? 이유 같은 거 말이다."

"안다. 이유. 그가 간 후, 이상한 놈들…… 나타났다."

"이상한 놈들?"

"서커스단……."

카셀은 저도 모르게 입술을 지그시 깨물었고 제이도 인상을 구겼다.

"그다음 이야기는 안 해도 알겠다."

제이는 아마 모를 것이다. 레미프가 대륙에서 혼자 힘으로 하늘 산맥으로 돌아가는 게 무엇을 의미하는지.

"그게 언제 일이었어?"

카셀이 물었다.

"50년 정도, 전."

"라이, 혹시 그 사람 이름 알아?"

"모른다. 그냥, 우그, 라고 불렀다. 그는 나, 레미, 라고 불렀다."

카셀의 입술이 가늘게 떨렸다.

"저, 라이, 어쩌면 그 남자…… 배신이 아니었을지도 몰라."

라이는 끓어오르는 분노의 시선을 카셀에게 돌렸다. 겉으로 보기에는 무표정했으나, 그게 분노라는 건 알았다. 논틸의 신전 앞에서 카셀이 가르쳐 줬으니까.

"왜?"

라이가 물었다. 카셀은 망설였다. 감정이 격해진 라이의 얼굴에 대고 불확실한 정보를 말해줄 자신이 없었다.

다행히도 제이의 고갯짓으로 대화가 중단되었다. 술집 문을 통해 검은 옷의 남자가 들어오고 있었다. 그는 카셀과 제이, 라이를 발견하더니 곧장 다가왔다.

"카셀, 뭔 일 생기면 움직이지 말고 그냥 있어."

제이는 입술을 거의 움직이지 않고 말했다.

그 남자가 다가와 테이블 옆에 서더니 낮은 어조로 물었다.

"캡틴 울프?"

"그렇소만?"

"날 모르시겠소?"

카셀은 그 남자를 살펴보다가 약간 늦게 기억해냈다.

"블랙풋!"

남자는 고개를 끄덕였다. 카셀은 놀라며 물었다.

"이름이?"

"발락. 테마르의 제자요."

카셀은 당장 카모르트에서 벌어졌던 일이 떠올랐다. 당시 발락을 비롯한 블랙풋의 암살자들은 국왕을 납치하려는 시도를 했고 하얀 늑대들이 막았다. 왕의 대역을 자청해서 맡는 바람에 기절한 채로 납치당했던 카셀은 그를 반갑게 맞이할 수가 없었다.

카셀은 불편한 표정을 감추지 않고 물었다.

"날 노리는 사냥꾼이 있을 거라고 행정관이 말해 주긴 했지만 설마 그게 블랙풋이었소?"

"사냥꾼이 있는 건 사실이오."

발락은 기다렸던 질문이라는 듯 빠르게 말을 이었다.

"일주일 전, 앤발디라는 도시 외곽에서 이름값 높은 사냥꾼들이 일제히 모였소. 물론 당신을 노리는 수배지를 보고 말이오. 아시오?"

"낮에 행정관이 보여 주어서 알고 있소. 금화 천 개였던가?"

"그렇소. 블랙풋에서도 정보를 입수하고 나와 내 부하 몇 명이 사냥꾼인 척하고 앤발디로 가 보았소. 그곳에 카모르트에 나타난 그 검은 기사들과 똑같이 생긴 녀석들이 나타났소."

카셀은 순간 자기가 잘못 들었거나 발락이 잘못 알았을 거라고 생각했다.

"그거 혹시 익셀런의 기사 아니었소? 그러니까 갑옷만 같은……."

"카모르트의 사건은 블랙풋도 깊이 관여했던바 두 기사의 차이를 내가 모를 리 있겠소? 그들은 분명 카모르트의 유령 기사였소. 그 기사 중 하나가 듣기만 해도 소름 끼치는 목소리로 말했소. 여기에서 살아남는 자에게 당장 착수금으로만 금화 백을 내줄 것이며 그것이 이 수배지가 진짜라는 증거라고. 그 기사는 그 자리에 모인 현상금 사냥꾼들을 순식간에 휩쓸어 버렸소. 나도 방심했으면 죽을 뻔했을 만큼 그 기사의 힘은 막강했소. 데려갔던 내 부하들도 당했을 정도요. 그자는 살아남은 스무 명의 숫자를 세더니 금화 이천을 그 자리에서 던져 줬소."

발락이 그런 얘기를 하는 중 제이와 라이의 시선이 카셀의 어깨너머로 향했다. 카셀은 자기 쪽으로 다가오는 발걸음 소리를 들었다. 제이가 눈짓으로 신호를 보냈다.

'돌아보지 마.'

카셀은 그의 말대로 돌아보지 않고 뒤에서 보기에 느긋하게 보이려고 의자에 등을 기대었다.

"그 스무 명이 지금 이 여관 1층에 모두 모여 있소."

발락이 말하며 계속 숨기고 있던 오른팔을 탁자 위에 올려놓았다. 처음에는 쇠로 만든 팔목 보호대처럼 보였는데 왼손으로 어깨에 달린 끈을 잡아당기자 한 뼘 길이의 칼날 네 개가 손등에서 튀어나왔다. 발락은 침착하게 말했다.

"내가 길을 뚫을 테니 달아나시오. 앞의 두 사람도 같이 캡틴을 호위해서 서둘러……."

"아니, 됐소."

카셀은 발락의 말을 막았다. 그리고 억지로 큰 목소리로 말했다.

"설마하니 그자가 하얀 늑대들의 호위를 받는 캡틴 울프를 죽일 수 있을 거라 생각하고 상금을 걸었을 것 같소? 그자의 의도가 너무 뻔해서 어처구니가 없군."

카셀은 앉은 자리에서 의자를 돌려 의자 팔걸이에 손을 걸쳤다. 뒤에는 이미 덩치 큰 괴한들이 벽처럼 길목을 막고 서 있었다.

"무슨 의도?"

제이가 눈치 없이 물었다.

"그건 나중에 설명하도록 하지. 너희 사냥꾼들. 특별히 죄가 없는 줄로 아니 한 가지만 말하겠다."

카셀은 한쪽 다리를 다른 쪽 허벅지 위에 올려놓고 거기에 팔꿈치를 받쳐 턱을 기댔다. 그리고 최대한 느릿느릿 말했다.

"혹시 너희들이 본 수배지대로 내가 '캡틴 울프를 사칭하는 자'가 아니라, '진짜 캡틴 울프'라면 어쩔 텐가?"

"글쎄올시다."

제일 앞에 선 한 명이 나서서 비꼬는 어조로 말을 이었다.

"울프 기사단의 캡틴이 마스터 퀘이언이라는 건 검을 배우는 생초보도 아는 사실인데 그걸 굳이 확인해 볼 필요가 있겠소?"

발락이 귓속말로 카셀에게 경고했다.

"저 녀석들, 옆 마을에서 서로 사냥감 잡겠다고 싸우다 한 놈이 죽은 사건 때문에 이 마을에서는 아예 힘을 합치기로 했소. 작전도 짰을 거요."

카셀은 그 경고를 듣는 둥 마는 둥 턱에 얹은 손가락을 피아노 치듯 까닥이며 물었다.

"제이메르. 사냥꾼에게 무지는 죄가 되나?"

"죄다. 자기보다 더 강한 사냥감을 노리는 사냥꾼은 보통 그 사냥감에게 잡아먹히지."

카셀은 제이의 대답을 바로 이어 말했다.

"그리고 사냥꾼 목숨 신경 쓴답시고 사냥꾼에게 도망 다니는 캡틴 울프란 있을 수 없지. 제이메르, 라이, 가서 캡틴 울프의 호위를 누가 맡고 있는지 가르쳐 줘라."

카셀의 기세가 등등하긴 했지만 그런 협박에 굴해 달아날 사냥꾼은 없었다. 라이가 자리에서 일어나 앞으로 걸어갔다. 그 순간 문을 지키던 궁수가 화살을 날렸다. 그 화살은 제이메르의 칼에 두 동강 났다. 아무도 그가 칼을 뽑는 걸 보지 못했다.

사냥꾼들의 얼굴에서 핏기가 가셨다.

제이는 칼을 한 자루 더 뽑아 라이에게 내밀었다.

"하나 빌려줄까? 나 두 개 있는데."

라이가 대꾸했다.

"칼은, 저기 많다."

로브에 가린 등에서 뭔가 불쑥 올라갔다가 가라앉았다. 사냥꾼들은 흠칫 놀랐다. 카셀은 턱을 괸 채로 싸늘하게 웃어 보이며 말했다.

"너희에게 일을 의뢰한 검은 기사가 그렇게 대단한 놈이라면 왜 직접 나서지 않고 굳이 너희를 고용했을 것 같나?"

헤더는 1층으로 내려가는 계단에서 타냐의 앞에 서려고 했다.

'착한 애군. 날 보호해주려고 하고 있어.'

타냐는 밑에서 우당탕탕 부서지는 소리를 듣고도 아무 경계심 없이 성큼성큼 내려가 버렸다. 헤더가 당황하며 손을 내밀었다.

"제가 앞에 서겠습……."

헤더가 말을 채 끝내기도 전에, 타냐의 앞으로 한 남자가 공중에 붕 떠서 날아왔다. 하필이면 그녀가 막 계단을 다 내려가 1층에 섰을 때였다. 라이가 달아나려는 녀석 중 하나의 뒷덜미를 잡아 계단 쪽으로 내던진 것이었다.

'의도한 건 아닐 테지만, 하필이면 이쪽이니?'

타냐는 지팡이를 내밀어 그 남자가 날아가는 방향을 창문 쪽으로 틀었다. 남자는 나무 창문에 머리를 들이박으며 창턱에 걸렸다.

이미 싸움은 끝나가고 있었다. 바닥에는 열 명 넘는 사냥꾼들이 쓰러져 있었고 쓰러진 녀석들 중 다섯은 죽은 것으로 보였다. 다른 열 명의 사냥꾼들은 공격하지도, 달아나지도 않는 어정쩡한 위치로 물러나 있었다.

그들은 타냐와 헤더를 보고 놀라 칼끝의 방향을 틀었다. 그러자 타냐는 지팡이를 왼쪽으로 한 번, 오른쪽으로 한 번 휘둘렀다. 왼쪽으로 세 명이 날아가 벽에 처박혔고 오른쪽으로 두 명이 날아가 또 다른 창문을 부수고 밖으로 나가떨어졌다.

남은 대여섯 명은 아예 싸울 의지를 잃고 달아나 버렸다.

'방금 마법이 결정타가 됐나 보군. 죽일 필요 없어 다행이야.'

"내버려 둬. 소문내 줄 녀석이 한둘쯤 있는 것도 좋으니까."

카셀은 쫓아가려는 제이메르를 말리다가, 뒤늦게 계단 옆에 서 있는 타냐를 발견했다.

"시끄러워서 깼나요?"

"아니요. 여기 있는 분이 밑에서 상황이 벌어질 거라고 알려주셔서 내려왔습니다. 제가 좀 늦었군요."

1층의 나무 바닥은 피로 범벅이 되어 있었고, 아직 살아남은 사냥꾼들은 신음하며 기어서라도 여관 밖으로 달아나려고 애쓰고 있었다.

헤더가 카셀의 앞으로 다가갔다.

"오랜만이오. 이름이…… 헤더였던가?"

"네. 무사하셨군요, 캡틴 울프."

"다행히도 그렇소. 그런데 블랙풋은 가넬로크로 본거지를 옮긴 거요?"

"안 좋은 일이 벌어지고 있다는 정보를 듣고 임시로 옮겼습니다. 그러나 예전 같은 암살 임무는 수행하지 않습니다."

"그럼 '다른 일'을 해 줄 수 있겠군. 이 사냥꾼들을 누가 고용했는지 알고 있소?"

"현재 조사 중입니다."

"조사가 끝나면 알려 주실 수 있겠소?"

"그러려고 왔습니다."

타냐는 카모르트의 일을 몇 번 들었지만 그 얘기로만 보자면 카셀과 블랙풋의 관계가 부드럽기는 어려웠다. 하지만 헤더는 카셀의 지시를 고분고분 들었다. 아무래도 카셀은 카모르트에서 자신의 활약을 축소시켜 말한 모양이었다.

"우리는 내일 아침 로크로 떠날 거요. 뒤늦게라도 알게 되면 로크에서 우릴 찾아오시오."

"그렇게 하지요."

"주인장."

카셀이 부르자 바의 뒤에서 머리를 숙이고 있던 주인이 얼굴만 내밀어 대꾸했다.

"에, 예?"

"이곳 수리비는 내가 내야 하오?"

"아닙니다요. 괜찮습니다."

"그럼 아침에 해가 밝거든 마을 행정관에게 가서 방금 본 걸 본 대로 알리시오."

카셀은 낮은 어조로 말하고 계단을 올라갔다.

"난 좀 쉴게."

제이는 카셀을 따라갈까 하더니, 원래 자리로 돌아갔다.

"더 마실래?"

제이가 라이에게 물었다.

"마시는 마음, 안 든다."

"그럴 때는 '마실 기분이 아니다.'라고 말하는 거야."

"마실 기분, 아니다."

"잘했어!"

제이는 라이를 칭찬하더니 주인에게 맥주를 더 달라고 소리쳤다.

'인상적인 광경이군. 제이메르가 다른 사람에게 말을 가르치다니.'

타냐는 속으로만 생각했다.

헤더는 발락과 함께 술집을 나서다가 문을 나서기 직전 돌아보았다. 타냐가 말없이 지켜보자, 그녀는 눈빛으로만 인사하고 문을 닫았다.

타냐는 만일을 대비해 두 사람이 술집에서 한참 멀어진 뒤에 이어가는 대화를 모두 엿들었다.

"뭐가 어떻게 된 건가요, 발락?"

"본 그대로다. 비상시를 대비해 조직원을 스무 명이나 데려왔는데 두 명이 해결해 버렸군. 난 나설 틈도 없었다. 하얀 늑대들을 동반하지 않고 하늘 산맥에서 내려왔다는 정보를 들었을 때는 무척 걱정했는데, 이 정도라면 안심해도 되겠군."

"우리는 정보 수집에 전념할 수 있게 되었군요."

"참, 테마르의 소식은 안 물어보나?"

"경황이 없어 제일 중요한 걸 여쭙지 못했군요. 나중에 묻도록 하죠. 또 만날 테니까요."

“그나저나 단 두 달 사이에 전혀 다른 사람이 되어 있더군. 카셀이란 사람.”

“적어도 우리가 따를 정도는 되어 보이더군요.”

그때 수상한 소리가 났다. 타냐는 마법의 시야를 밝혀 발락과 헤더의 주변을 살폈다. 어느 순간 두 사람의 옆에는 아까 달아났던 사냥꾼들이 칼을 들고 위협하고 있었다. 타냐는 개입하지 않고 지켜보기만 했다. 다섯 명 중 한 명이 말했다.

“조용히 따라와라. 너희들, 우리의 인질이 되어주어야겠다.”

발락은 허리에 손을 올리고 그들을 노려보기만 했고 대꾸는 헤더가 했다.

“주위나 보고 그런 말 하시지.”

그냥 보면 여전히 어둠 속에 사냥꾼 다섯 명과 헤더, 발락만 서 있는 것처럼 보였다. 하지만 타냐의 눈에는 복면을 쓴 블랙풋의 요원 스무 명이 보였다. 사냥꾼 다섯 명의 목에 그들의 칼이 닿았다. 다섯 명은 뒤늦게 놀라 칼을 떨어뜨리고 두 손을 들었다.

“죽이지 마라. 캡틴 울프께서 이번 일을 떠벌려 줄 수다쟁이들이 필요하다고 말씀하셨다.”

헤더가 말했다. 암살자들은 나타났을 때와 마찬가지로 소리 없이 사라졌다.

“캡틴 울프는 방금 모습을 드러낸 우리 측 최정예 요원 전원이 작정하고 달려들어도 죽일 수 없는 분이다. 소문을 내려거든 그렇게 내도록. 그리고 독살 같은 걸 시도한다면, 블랙풋이 더 무서운 독으로 복수할 거라는 말도 덧붙여라.”

다섯 명의 사냥꾼은 재빨리 고개를 끄덕이고 달아났다. 헤더와 발락은 마지막으로 여관 주변을 살피더니 조용히 마을을 벗어났다. 어둠 속에 몸을 숨기고 있던 스무 명의 요원들도 두 사람을 따라 같이 마을 밖으로 사라졌다.

타냐는 마지막까지 주변에 남은 위협이 없는지 확인한 다음에야 카셀의 방으로 올라갔다.

카셀은 복도 창끝에 서서 마을을 내다보고 있었다. 타냐는 그의 옆에 다가가 말했다.

"뜻밖의 지원 세력을 얻었군요."

"네. 블랙풋이라니, 정말 뜻밖이긴 하네요."

"괜찮으십니까? 안색이 안 좋아 보이는데?"

타냐가 물었다.

"속이 좀……."

카셀은 그녀의 눈을 똑바로 바라보고 말했다. 아마도 예전의 외모에서 눈동자만큼은 달라지지 않았다는 것을 아는 것 같았다.

"피를 보고 아무렇지 않은 척하는 게 아직도 익숙하지 않네요. 그런 감각이 무뎌지지 않은 걸 오히려 감사해야 하는 걸까요? 어렵네요. 하지만 글쎄요. 지금 저 밑에 시체가 열 구 가까이 있는데, 저는 지금이라도 침대에 누우면 잠들 수 있을 것 같아요. 그 정도면 충분히 무뎌진 걸지도……."

"그런 고민을 멈추지 마십시오. 그런 쪽에 감각이 무뎌져 있는 건 저나 제이메르 정도면 족합니다. 당신까지 냉정할 필요는 없습니다."

"제가 가장 냉정해야 하는 위치가 아닌가요?"

카셀이 시선을 창밖으로 돌리자, 타냐는 그의 목을 감싸며 뒤에서 끌어안았다. 카셀이 숨을 짧게 들이마시고 멈췄다. 그녀는 자신의 뺨을 그의 뺨에 댔다.

"앞으로 얼마나 큰 희생이 있을지, 얼마나 큰 죽음이 있을지 알지 못하지만 거기에 지지 말아야 해요. 죽음에 대한 감각이 무뎌지는 순간 우리는 적과 다를 바가 없게 됩니다. 죄책감을 가지세요. 죽음을 두려워하세요. 당신은 그 짐을 모두 짊어지고 가야 해요. 그리고 그 길에는 항상 제가 함께할 겁니다."

"미안해요, 타냐. 그동안 제 생각만 하느라 타냐를 위로할 여유를 갖지 못했어요."

"제가 할 말입니다. 우리는 아직 충분히 긴 시간을 같이 보내지 못했어요. 서로에게 완전히 의지해도 편안할 수 있게 되려면……."

그녀는 뭔가 말을 이어 가려다 포기했다.

"아닙니다. 지금은 그냥 있어요."

카셀은 목을 감싼 타냐의 손을 꽉 쥐었다.

"타냐."

"예, 카셀."

"상대가 누구든 지지 마십시오."

타냐는 부드럽게 웃었다.

"그 말은 크나딜의 동굴에서도 했잖아요."

타냐는 카셀에게 키스하고 말을 이었다.

"지지 않습니다. 상대가 누구든."

카셀은 처음에 놀라더니, 이내 미소 지었다. 그리고 이번에는 카셀이 먼저 그녀의 입술에 키스했다. 두 번째 키스는 처음보다 길었다.

두 사람은 긴 시간 동안 서로의 체온에 기대어 창가에 서 있었다. 그러나 두 사람 모두 설명할 수 없는 불안감에 사로잡혀 그 이상 아무 대화도 이어나가지 못했다.

◈ Chapter 3 ◈

가넬로크의 의회

"주인님!"

잠시 책상에 앉아 있던 롬노르는 집사의 다급한 목소리에 눈을 떴다. 이제 일흔이 다 되어 가는 그는 의식하지 못한 사이에 깜빡 잠이 들곤 했다. 그런데 또 새벽잠은 없었다. 그럴 때면 새삼 늙었다는 걸 실감했다. 나이 들어 친구들이 늙은 티 내며 거드름을 피우더라도 자기만은 젊은이의 패기와 건강을 잃지 않을 거라고 자신하던 시절이 그리웠다.

"몸이 안 좋으십니까?"

집사는 급한 보고를 뒤로 미루고 먼저 롬노르의 안색을 살폈다.

"아닐세. 어제 잠을 못 이뤄서."

"걱정거리라도?"

"하루 이틀 일인가? 그보다 무슨 일이지?"

"루에머스 집정관이 찾아왔습니다."

최근에 사소한 것들을 잊어버리는 일이 잦다 보니, 롬노르는 잠시 기억을 더듬어야 했다. 이렇게 기억력이 약해질수록 반대로 과거는 선명해졌다. 처음 의원 자리를 얻었을 때나, 집정관이 되고 결혼해서 딸을 낳았던 행복한 순간, 아내를 잃었던 절망감은 어제 일처럼 또렷했다. 젊은이들은 미래를 개척하며 살고, 늙은이는 과거를 되새기며 산다더니 지금이 꼭 그 꼴이었다. 같이 늙은 친구들은 '젊은 시절은 항상 미화되는 법'이라고 핀잔이었다.

그렇다고 이렇게 중요한 약속을 잊는 법은 없었다.

"내가 집정관과 약속을 잡았던가?"

"아니요, 없었습니다. 갑자기 찾아오신 겁니다."

"허허, 루에머스가 약속도 없이 왔다고? 별일이 다 있군."

"일단은 응접실로 모셨지만 어떻게……, 거절할까요?"

"그럴 수야 없지. 차나 한 잔 내주고 잠시만 기다리라고 이르게. 내가 너무 빨리 나타나도 모양새가 좋지 않지."

"이미 그러려고 했는데 차를 내올 필요도 없이 서둘러 주인님을 모셔오라고 다그치셨습니다."

"그렇게까지?"

롬노르는 별수 없이 겉옷과 지팡이만 챙겨 응접실로 갔다. 지팡이를 짚어도 무릎이 아픈 건 어쩔 수 없었다. 하지만 응접실 문을 열기 전에는 지팡이를 접고 통증이라고는 모르는 미소 띤 얼굴로 바꾸었다. 생각했던 대로 루에머스는 앉아 있지 않고 책장 근처를 서성대고 있었다.

"롬노르 의원. 하도 의회에 출석을 하지 않으시니 얼굴마저 잊어먹겠습니다."

루에머스는 단정히 정리한 금발에 쉰 살이 다 되었어도 젊은이처럼 혈기왕성한 남자였다. 깊게 파인 주름살은 나이보다 더한 연륜을 보여 주었고 옷 너머로 각 잡힌 근육은 아직도 단련을 게을리하지 않음을 보여 주었다. 목덜미와 얼굴에는 10년 전 전쟁에서 얻은 부상으로 흉터가 많았다.

루에머스가 집정관을 맡은 5년 동안 전쟁의 여파로 흔들리는 가넬로크가 많이 살아나게 된 것은 사실이었다. 그러나 롬노르는 어딘지 콕 집어 말할 수는 없지만, 그가 마음에 들지 않았다. 그는 오래전 야망으로 가득 찼던 자신의 젊었을 때 모습과 닮아 있었다.

"원로의회란 게 예전처럼 발언권이 강한 것도 아니고……. 굳이 이 늙은이가 아직 안 죽었다는 걸 알리는 목적 외에 가야 할 이유라도 있는 거요?"

실은 단순히 다리가 아파서 안 가는 것이었지만, 롬노르는 짐짓 정치적인 이유를 내비치듯 말했다.

"물론 아닙니다. 의원님은 언제나 말씀이 직설적이시군요."

루에머스는 진짜로 그렇게 생각하는 건지, 적당히 넘어가 주는 건지 모를 얼굴로 웃었다. 롬노르는 의자에 손을 짚고 허리를 구부려 느릿느릿 자리에 앉고, 지팡이에 손을 올려놓은 후에야 입을 열었다.

"그럼 무슨 용건으로 오셨소? 그것도 집정관께서 직접."

"중대한 사안이 터져서 도움을 청하고자 합니다."

"집정관을 돕겠다는 사람이라면 주변에 넘쳐나지 않소?"

"솔직히 제 주위에 믿을 만한 사람이 없습니다."

"나라고 믿을 만하오? 아니, 믿을 만하더라도 내가 감히 집정관의 힘이 되어 줄 수 있는 인물이었소?"

"가넬로크가 건드릴 수 없는 대국이라 불리던 시절의 집정관이셨던 권력자께서 그런 말씀을 하시면, 저도 노후가 걱정입니다."

"늙어 권력이 무슨 소용 있소? 나야 탐욕이 도를 넘어 이 나이 되어서도 2층짜리 호화 저택 짓고 사는 게지."

"2층을 강조하시는 건 의회 의원 50명 전원을 욕하는 말씀으로 들립니다만?"

"집정관 세 명을 포함해서지. 루에머스 집정관도 그렇고 논돌린, 나르베니 집정관도 그런 호화스러운 삶을 영위하는 건 로크 시민들에게 그리 좋게 보이지 않을 거요."

"새겨듣겠습니다."

루에머스는 겸손히 말했다.

'속에 딴 마음을 감추고 있군. 애초에 이런 말을 들으려고 온 사람도 아닐 텐데 더 말해 봐야 나만 초라해질 따름이야.'

롬노르는 들리지 않게 한숨을 내쉬며 물었다.

"용건만 간단히 말씀해 주시겠소? 이제 사람을 앞에 두고 오래 앉아 있는 것도 금방 피로해지는구려. 그리고 방금 읽던 책도 그냥 접어 두고 와서 그 뒤가 궁금해서 못 참겠군."

"곧 이쪽 일이 더 궁금해질 겁니다."

루에머스는 자신감 있는 목소리로, 또 한편으로는 걱정스러운 목소리로 말을 계속했다.

"어제 저녁 늦게 남쪽 레오피오라는 마을로부터 파발이 하나, 의회로 들어왔습니다. 최근 급한 파발이 몇 건 들어오긴 했지만 수백 년 동안 묻힌 매뉴얼에 따라 시행된 파발은 또 처음이라서 말입니다."

롬노르는 그런 게 다 있나, 하는 얼굴로 쳐다보기만 했다.

"혹시 레오피오가 하늘 산맥으로부터 있을지 모를 침략에 대비해 세워진 마을이라는 사실, 아십니까?"

"그런 마을이 있다는 걸 들어본 적은 있소. 이름까지는 몰랐지만."

"저도 자료를 한참 찾아 헤맸지 뭡니까? 침략이 있을 경우 레오피오의 파발은 노란 깃발을 달고 입성해야 하고, 노란 봉투를 쓰게 되어 있습니다. 이번에 그게 날아왔습니다."

"……농담이겠지?"

"저도 그렇게 생각했지요. 편지의 내용이 재미있습니다. 아란티아의 울프 기사단 캡틴이 직접 '하늘 산맥으로부터 가넬로크를 위협할 군대가 내려올 것이며, 이를 논의하기 위해 조만간 로크로 직접 찾아가겠다.'라고 말했답니다."

롬노르는 지팡이 끝에 달린 구슬을 만지작거렸다.

"그것참……."

겨우 말을 꺼낸 롬노르는 뒷말을 쉬이 잇지 못했다. 다시 루에머스가 말했다.

"우리가 퀘이언 울프라는 기사를 만난 게 5년 전이었지요?"

전쟁 후의 논의를 위해 각 나라의 지도자가 모두 모인 자리였다. 그토록 쟁쟁한 인물들이 모였건만 그중에서도 퀘이언과 새나디엘 여왕은 단연 돋보이는 존재였다.

"나는 캡틴 데라둘만 한 남자가 세상에 둘이 있을 수 없다고 생각했으나, 캡틴 퀘이언만큼은 견줄 만했었소. 당시 서른 살 겨우 넘었던 나이를 생각하자면 그 이상이었지."

"동감입니다. 하지만 퀘이언은 그때 자신은 더 이상 울프 기사단의 캡틴이 아니라고 말했습니다. 그냥 여왕의 경호원 정도라고 했지요."

"허어, 그랬소? 기억이 잘 안 나는군."

"만나는 사람마다 일일이 설명하는 게 귀찮아서 그냥 캡틴이라고 불러도 내버려 뒀다고 사석에서 말한 적이 있습니다. 즉, 당시 울프 기사단에는 캡틴이 없었던 겁니다."

루에머스는 언제나처럼 돌려 말하는 법 없이 요점만 말했다.

"만약 이 파발이 사실이라면 이 캡틴이라는 자는 둘 중 하나겠지요. 캡틴 울프를 사칭하는 자거나, 아니면 새로 발탁된 캡틴이거나. 하지만 근 1년 전까지의 정보를 보자면 울프 기사단의 캡틴은 아직도 정해지지 않았습니다. 워낙 내부의 일을 외부로 드러내지 않는 나라인 터라 그 정보도 부정확하긴 합니다만."

"그럼 캡틴 문제는 그렇다 치고 그 하늘 산맥에서 내려오는 군대란 건 뭐요?"

"그걸 논의하고자 오늘 아침 비상소집을 했습니다. 하지만 의원들의 의견이 제각각이라 논의는커녕 개회조차 힘들었습니다. 아시잖습니까?"

"로크 의원들이 싸우기 시작하면 드래곤도 못 막는다……."

롬노르가 이제는 잘 쓰지 않는 속담을 중얼거리자, 루에머스는 이어 말했다.

"그래서 저와 다른 두 집정관들은 원로의회의 의장 격인 롬노르 의원을 자리에 모시기로 결정했습니다."

"의회에 원로 의원이 개입하지 않기로 한 법률은 어찌 되는 거요?"

"엄밀히 말해 개입은 아니지요. 의회의 의견에 조언을 주는 본래 임무를 하는 게 아니겠습니까? 게다가 집정관 셋이 직접 요청하였다는 단서가 붙습니다. 절차상의 문제가 생긴다면 다 제가 책임지겠습니다."

루에머스 집정관은 생기가 도는 눈빛으로 물었다.

"자, 이제 뒤가 궁금하다 하시던 그 책은 조금 잊히셨습니까?"

롬노르는 허허 하고 웃음을 터트렸다.

"좋소. 언제쯤 가야 하오?"

"이틀 후 아침에 시작할까 합니다. 내일 있을 의회에서 제가 롬노르 의원을 자리에 모신다고 미리 알려놓겠습니다."

"내가 예고까지 한 후 나타나야 할 정도의 인물인 줄 몰랐군."

"로크의 의원들은 우리 세 집정관들보다 의원님의 말을 더 잘 들을 겁니다."

'그래서 자네는 나를 조종하려 드는 거겠지.'

롬노르는 목구멍까지 올라오는 말을 삼켰다. 루에머스는 자기 볼일이 끝나자 미련 없이 저택을 떠났다.

집사가 뒤늦게 내온 차를 혼자 마시며 롬노르는 생각에 잠겼다.

"모레 의회에 다녀와야겠다."

"의복을 준비해 놓을까요?"

"늙으면 겉으로 보여 줄 건 옷밖에 없지. 신경 써 주게."

"예, 주인님. 마차도 미리 치장해 두겠습니다."

찻잔의 차는 식었고 식은 차는 입맛에 맞지 않았다.

"하늘 산맥의 군대? 거짓 보고라는 죄명으로 레오피오의 행정관을 파면시키는 일로 끝났으면 좋으련만."

이틀 후, 롬노르가 참석한 회의가 시작되자마자 의원들은 격렬하게 자기 의견을 피력했다. 거짓 보고에 일일이 반응하면 의회의 위신이 어찌 되는가, 만약 정말이면 큰일이지 않은가 하는 기본적인 토론부터 시작해서, 당장 군대를 소집하고 드래곤 기사단을 부르자는 성급한 의견도 있었다. 보고를 올린 행정관을 직접 불러 심문하자는 한가로운 의견도 있었다.

저녁 무렵 '앤발디'에서도 급한 파발이 날아왔다. 그 파발꾼이 들고 온 편지 역시 노란 봉투였다. 어찌나 휘갈겨 썼는지 서기가 내용을 해독하려고 식은땀을 뻘뻘 흘릴 지경이었다.

"아란티아 울프 기사단의 캡틴이 앤발디의 행정관서를 찾아와 군대를 집결시켜 남쪽 방어벽에 배치시키라고 강요했습니다. 이에 저항하는 병사들은 괴상한 요술로 벽에 못 박혔고 저는 하얀 날개가 달린 괴한에게 멱살을 잡혀 벽에 반 시간이나 매달려 있었습니다."

서기는 자기가 읽고 있는 내용이 맞는 건지, 잠깐 멈칫한 다음 계속 읽어 내려갔다.

"그 협박에 이기지 못해 이 파발을 날리며, 캡틴 울프는 '자기가 협박했다.'라는 문장을 편지에 남기라고 또한 명령했습니다. 캡틴 울프의 또 다른 경호원이 현재 제 옆에 서서 편지 내용을 감시하고 있으며, 그의 눈동자에서는 불이 타오르는 듯했습니다. 앤발디의 행정관, 타르케르."

루에머스 집정관은 어이없어하며 말했다.

"앤발디 같은 중요한 군사적 거점을 맡는 행정관이 보고 형식도 맞출 줄 모르는가?"

루에머스의 옆에 있는 젊은 집정관 논돌린은 웃으며 말했다.

"다음부터 행정관을 뽑을 때에는 교양 과목에 시 문학 부문을 추가해야겠습니다."

여기저기에서 의원들의 실소가 터졌다. 가넬로크 역사상 두 번째 여성 집정관인 나르베니가 손을 내저으며 말했다.

"어떻게 봐도 캡틴 울프라고 '주장하는' 그 남자는 자기가 로크로 오고 있다는 걸 미리 알리고 싶어 하는 것 같군요. 그자가 캡틴을 사칭하는 자라면 굳이 그럴 필요가 없겠지요. 은근히 진짜 같지만 그게 또 의심쩍지 않나요?"

그녀의 말에 다들 동의했다.

뒷자리에 앉은 서열 높은 의원 하나가 소리쳐 말했다.

"내버려 두면 알아서 여기로 찾아올 모양인데, 그자가 온 후 회의를 하는 건 어떻소?"

"그리하면 늦소."

루에머스가 더 큰 목소리로 말을 이었다.

"우리가 그자와 대면했을 때 어떤 방식으로 대할지 의회 내에서 결론을 지어야 하오. 만약 사칭한 자라면 처벌을 내리면 그만이지만, 진짜일 경우 그자 앞에서 가넬로크 의회가 난잡한 모습을 보여선 안 될 일이오!"

루에머스의 일장 연설이 있은 후 점심시간을 알리는 나팔이 울렸다.

전쟁이 터져도 점심시간을 칼처럼 지키는 의원들이 자리를 떴다.

세 집정관은 롬노르와 함께 정원에 있는 커다란 나무 아래에서 식사를 했다.

롬노르가 솔직히 말했다.

"재미있는 안건이긴 하지만, 회의에서 내가 할 일이 아무것도 없군."

항상 웃기만 해서 도무지 속마음을 읽을 수가 없는 논돌린이 대꾸했다.

"아닙니다. 의원님께서 계셔 주셔서 한층 정리된 느낌입니다. 적어도 자기가 딴짓 해놓고 다시 설명해 달라는 의원은 없지 않습니까?"

옆에서 우아한 손놀림으로 고기를 써는 나르베니가 말했다.

"내일쯤이면 한두 가지 의견으로 수렴할 수 있겠더군요. 롬노르 의원님 덕분이에요."

롬노르는 나르베니의 미소를 대하기가 껄끄러웠다. 그녀는 남자를 대함에 애교가 넘쳤고 싫은 말을 하는 법이 없었다. 그녀의 침실에 한 번 들어간 남자 의원들이 정책을 바꿨다는 소문도 있었다. 능력 있는 그녀를 모함하기 위한 거짓일지도 모르지만, 그녀의 젊은 시절을 잘 아는 롬노르는 그런 소문을 쉽게 흘릴 수 없었다.

나르베니는 롬노르가 집정관이었던 시절 때부터 권력욕이 대단했다. 어렸을 때부터 공주님처럼 떠받들려 살아온 탓이겠지만, 단순히 남자를 지배하고 있다는 사실 자체에서 행복을 느끼는 것 같기도 했다. 허영도 심했고 사치스러운 물건을 과시하는 것도 좋아했다. 어떤 비밀스러운 피부 관리법을 쓰는 건지, 마흔 살 가까운 나이임에도 피부에 주름이 거의 없었다. 헐렁한 의원복 위로도 돋보이는 풍만한 가슴과 군살 없는 가는 허리를 보자면, 아예 나이가 비켜간 것 같기도 했다.

5년 전, 각 나라의 대표가 모인 자리에서도 나르베니는 자신의 아름다움을 한껏 뽐냈다. 집에 있는 보석이란 보석은 다 달고 나와, 가넬로크의 여왕이라도 된 것처럼 행세했다. 그녀 한 명으로 인해 조촐한 디너가 화려한 파티장이 될 지경이었다. 그 자리의 남자들은 모조리 그녀에게 시선을 빼앗겼다.

나르베니는 자기가 로크의 의원이 아니라면 이 자리에서 가장 멋진 남자를 꼬드겨 아내가 되는 것도 좋겠다는 농담을 하기도 했다. 롬노르는 그 농담을 누구에게 한 것인지도 알고 있었고 실행에 옮겼던 것도 알고 있었다. 상대는 퀘이언이었다.

본의 아니게 롬노르는 그녀가 퀘이언을 유혹하는 광경을 창가 뒤에서 지켜봤다. 남자라면 거부하는 것 자체가 큰 죄를 짓는 것처럼 보일 유혹이었다. 그러나 퀘이언은 무덤덤하게 대꾸했다.

'나는 향기롭다고 독을 마시는 사람이 아니오.'

퀘이언은 정중히 인사하고 그 자리를 떠났다. 나르베니는 있을 수 없는 일을 당한 것 같은 얼굴로 서 있기만 했다. 롬노르는 한동안 퀘이언이 여자를 품을 수 없는 몸이거나 남자를 좋아하는 쪽이라고 생각해야 했다.

나르베니의 굴욕은 그것으로 끝나지 않았다. 그녀는 화려한 옷에 근사한 장신구로 잔뜩 꾸미고 나타났지만 새나디엘 여왕이 풍기는 온화한 아름다움에 그만 빛을 잃어버렸다. 다른 여자들도 많이 모이는 파티장이었다면 모르겠지만 회의 석상에 여자라고는 단둘만 있었기에 당장 비교되어 버린 것이었다.

새나디엘 여왕은 작은 왕관 외에는 아무런 장신구도 하지 않았으나 항상 빛이 나는 듯했다. 왜 보석을 하지 않느냐, 만약 아란티아에 금이 없어서 그런 거라면 가넬로크가 기꺼이 국고를 털어 선물하겠다는 루에머스 집정관의 짓궂은 농담에도 '무거워서 걸치기 귀찮은 금은 관두고 당신 나라에서 제일 맛 좋은 와인이나 선물하라. 그걸로 당신 농담의 가치를 평가하겠다.'라는 대답으로 장내를 웃음바다로 만들기도 했다. 루에머스가 이튿날 당장 보물처럼 간직해 온 자신의 와인을 선물했음은 물론이었다.

그런 일이 있었으니 나르베니가 아란티아에 강한 적의를 품고 있는 건 분명했다. 집정관이 되었으니 그때보다 조금은 성장했을까? 아니, 롬노르는 사람이란 세월이 흘러도 그 본성이 변하지 않는다는 사실을 경험으로 잘 알고 있었다.

'내가 무슨 경험이 그리 많다고 사람을 이리 평가하나?'

롬노르는 나르베니에 대한 생각을 접고 일에 집중했다.

"캡틴 데라둘은 이 일에 대해 뭐라 그러오?"

논돌린이 대꾸했다.

"별로 걱정하지 않는 것처럼 보입니다. 캡틴 데라둘은 그자를 직접 만난 후에 얘기해 보면 진위 여부는 쉽게 구별할 수 있으며, 그 뒤에 대처해도 늦지 않는다고 하더군요. 그 이상의 언급은 피하고 있습니다."

루에머스는 우유를 한 모금 마시더니 약간 목소리를 낮춰 말했다.

"요새 캡틴 데라둘의 행보가 수상합니다."

"여자라도 생긴 것 같나요?"

나르베니가 웃으며 물었으나 루에머스는 심각하게 고개를 저었다.

"차라리 그런 거라면 다행이겠지! 하지만…… 으음, 아닙니다. 좀 더 지켜보고 알려 드리겠습니다."

롬노르는 아무 말도 하지 않고 식사만 끝냈다. 복잡한 고민을 이어 가며 먹은 탓에 소화도 되지 않을 것 같았다.

회의는 이튿날에도 같은 양상을 띠었으나, 다행히 그다음 날에는 얘기가 비교적 빨리 진행되었다. 곧 캡틴 울프라고 밝힌 남자에 대해 의회가 어떤 식으로 대처할 것인지도 논의되었다. 그 과정에서 롬노르가 한 일은 아무것도 없었다. 그런데도 루에머스는 롬노르 덕에 일이 빨리 끝났다고 치켜세워 주었다.

그는 돌아가는 길에 원로의회의 의원들을 만나 옛날 얘기 하며 술을 한잔 하다가 홀로 집을 향했다. 집사가 마차를 대령해 왔으나 그는 일부러 걷는 쪽을 택했다. 가끔은 혼자 산책하고 싶었다. 술기운 덕인지 오늘은 다리도 아프지 않았다.

문득 정신을 차리고 보니 그는 드래곤 기사단의 건물 옆에 와 있었다.

"으음, 내가 왜 여길……?"

롬노르는 혼잣말을 중얼거리며 걸음을 멈추었다.

드래곤 기사단의 뒤뜰에 있는 정원은 의회의 정원만큼이나 잘 꾸며져 있었지만 사람 북적대는 의회 정원과 달리 인적이 드물었다. 그래서 그는 예전부터 업무에 지쳐 혼자 있고 싶으면 가끔 이곳을 찾았다. 축

축한 풀냄새가 새삼 그때의 향수를 일깨웠다.

그가 집정관을 맡던 시절에는 훈련 중인 기사단의 고함 사이로 드래곤의 울음소리가 들리기도 했다. 지금도 기사들의 목소리는 가끔 들렸으나 그때 같은 활기는 없었다. 물론 드래곤의 목소리도 들을 수 없었다.

지나가는 기사들이 정중히 인사하며 그를 지나쳐 갔다. 그들의 인사를 받다가 문득 루에머스의 말이 떠올랐다.

'캡틴 데라둘이 수상해? 그가 가넬로크를 위해 싸운 공을 생각하면 그를 수상히 여기는 루에머스 자네가 수상한 게지.'

롬노르는 잠시 쉬어 갈 겸 의자에 앉았다. 떨어진 꽃잎이 날리는 정원 중앙에서 그는 꽃잎을 밟고 춤추는 소녀를 떠올렸다.

이 정원 중앙의 꽃밭은 바로 롬노르가 스무 살이 된 딸을 위해 지은 곳이었다. 당시 그의 딸을 위해 기꺼이 수호기사가 되겠다고 맹세한 남자들이 드래곤 기사단 내에서도 많았던 터라, 이런 자리를 제공받는 건 어렵지 않았다.

그녀는 선물을 준 아버지를 위해 꽃밭에서 춤을 추었다. 그것은 또한 딸이 그에게 줄 수 있는 최고의 선물이 되었다. 꽃잎 날리는 바람 속에서 춤을 끝내고 미소 짓는 성숙한 딸의 모습은 아버지의 가슴을 뭉클하게 했다.

'보아라, 내 딸이다. 하늘이 가넬로크에 내린 선물은 드래곤만이 아닐 것이다.'

호기롭게 외치는 롬노르의 말을 부정하는 이는 아무도 없었다. 그러나 일찍 핀 꽃은 일찍 저물어 버렸다. 이 정원에만 오면 딸을 떠올렸고 동시에 딸을 잃은 슬픔이 찾아왔다.

롬노르는 다시 일어나 정원을 가로질렀다. 혹시나 해서 캡틴 데라둘을 찾았으나 그는 자리에 없었다.

"손님과 같이 외출하셨습니다."

사무관이 말했다.

"어디로 간다던가?"

"모르겠습니다."

"그 손님이란 건 누군가?"

"그것도 잘……."

드래곤 기사단의 일이라면 감기 걸린 사람 한 명도 파악하고 있어야 하는 사무관이 그걸 모르고 있다는 것에 롬노르는 호통쳤다. 그러나 돌아서고 나서 후회했다.

'이제 와 내가 무슨 권리로 젊은이들을 야단치고 있단 말인가?'

그는 쓸쓸히 과거 드래곤들이 둥지를 틀었던 넓은 공터로 갔다. 여전히 진입로와 울타리 등 모든 것이 세심하게 관리되어 있었지만, 역시 드래곤이 있어야 할 자리에 드래곤이 없으니 삭막했다.

이곳에서 인간에 대한 지식을 쌓아 가던 드래곤 '뷰하롤'이 딸의 운명을 말할 때 롬노르는 하늘이 무너지는 것 같았다. 그때의 슬픔이 다시 떠올라 롬노르는 울타리를 꽉 쥐었다.

'어째서 난 일부러 이런 곳을 찾아 과거의 고통을 끄집어내고 있는 거냐? 돌아가자. 캡틴 울프가 오든, 아란티아의 여왕이 오든 이제 와서 내가 할 일이란 게 뭐가 있겠는가? 쉬자. 아무 생각 말고 쉬자꾸나.'

롬노르는 걸음을 돌리려다 문득 멀지 않은 곳에 서 있는 청년을 발견했다. 단정하지 못한 금발에 오랜 여행으로 찌든 망토를 두른 모습을 보자 기억의 한 부분이 불쑥 머리를 쳐들었다. 그는 이십 년을 훌쩍 넘는 오래전에 보았던 청년의 모습과 묘하게 겹쳐 보였다.

'누구지?'

계속 옛 생각을 하고 있어서 그런지 이십여 년 전의 기억도 금방 떠올랐다.

이십여 년 전 집정관을 지내며 롬노르는 일주일에 한 번씩은 꼭 뷰하롤을 만나 이야기하길 좋아했다. 어느 날 그는 이 자리에서 노숙자 같은 꼴을 한 금발의 청년을 발견했다. 당장 성스러운 자리에서 물러나라고 호통치려다, 공터에서 기지개를 켜는 드래곤의 모습을 뚫어지게 바라보는 눈길이 하도 초롱초롱하고 맑아 함부로 말을 꺼내지 못했다.

롬노르는 그에게 다가가 처음 마음속에 떠올린 호통보다는 누그러뜨린 어조로 물었다.

"넌 어느 집안 아이인데 허락도 없이 여길 들어와 있느냐?"

당돌한 청년은 씨익 웃으며 말했다.

"가넬로크의 수호 드래곤을 소유한 분이 계시다면 지금 당장 그분께 허락을 받고 오겠습니다."

드래곤은 가넬로크의 소유물이 아니다……. 의회 의원들도 함부로 입에 올리지 못하는 금기를 호기롭게 떠드는 청년의 말투가 마음에 들어 롬노르는 다시 물었다.

"하지만 그 땅은 드래곤 기사단의 땅이지. 그 땅의 주인에게는 허락을 받았느냐?"

"밟고 지나가는 땅의 모든 주인에게 허락을 받는 게 순서라면 우선 그 주인을 만날 수 있게 해 주어야 하지 않습니까? 사무관도 만나지 못하게 하는데 대체 드래곤 기사단의 누구를 어떻게 만나 여기 서는 걸 허락받을 수 있겠습니까?"

롬노르는 속으로 '요 녀석 보게?' 하는 재미있는 생각이 들어 계속 물었다.

"그럼 그건 그렇다 치고 너는 드래곤을 왜 보느냐? 단순히 신기한 동물 보려고 얼토당토않은 말을 늘어놓으며 불법을 불법이 아닌 것처럼 말장난으로 속여 보려는 건 아닐 테고!"

"본 적 없는 신기한 생명체에 대한 호기심이 없는 건 아니지만 사실 드래곤께 볼일이 있긴 있습니다."

"뭐냐?"

"태워 달랄 겁니다."

롬노르는 그만 큰 소리로 웃음을 터트렸다. 딸아이에게 안겨진 비극에 일상의 하루하루가 괴로워 웃음을 잃어버린 지 오래인 그였다.

바로 그 허무맹랑한 청년은 보름 후에 롬노르의 저택을 찾아왔다. 그리고 누구도 함부로 말하지 못하는 요구를 들이댔다.

"롬노르 집정관의 따님이신 달리아와 결혼하려고 왔습니다."

공교롭게도 그 자리에는 달리아에게 청혼하려는 쟁쟁한 가문의 남자들이 잔뜩 몰려 있었다. 워낙 청혼자가 많았던 터라 귀찮아진 롬노르가 그들을 한날 한자리에 불렀던 것이다.

그 출신도 알 수 없는 청년은 그들이 아예 눈에 들어오지도 않는지 롬노르만 바라보며 말하고 있었다. 다들 비웃으며 아예 상대하려고도 하지 않았고 롬노르는 두통에 지끈거리는 머리를 누르며 대꾸했다.

"요청치고는 조금 과격하군. 내가 그걸 허락해야 하나?"

"허락? 이상한 소리를 하십니다, 집정관님. 무슨 허락입니까? 저는 그냥 선언을 하러 온 겁니다."

청년은 자기 가슴을 쾅쾅 두들기며 말했다.

보다 못한 청혼자들 중 하나가 나섰다.

"꼬마야, 넌 누군데 감히 집정관께 그런 말씀을 올리느냐? 네가 이런 자리에 설 자격이나 있다고 생각하느냐?"

그의 말에 청혼자들은 껄껄대고 웃었다. 그러나 청년은 물러서지 않았다.

"그러는 너는 무슨 자격으로 여기 왔느냐?"

"나는 10년이나 집정관을 지내시고 현재 원로 의원으로 활동하고 계시는 에넬로르의 외동아들이자, 현재 드래곤 기사단에서 2년째 기사 수업을 받고 있는 에넬사르다. 내가 이 자리에 설 자격이 없다면 누가 이 자리에 설 자격이 있는가? 어디 아까부터 시끄럽게 나불대는 그 입으로 말해 보라!"

당당한 에넬사르의 말에, 금발의 청년은 어처구니없어하며 그를 손가락으로 가리켰다.

"롬노르 집정관님. 이런 녀석을 청혼자랍시고 들였습니까?"

에넬사르는 당장 눈을 부라렸고 롬노르는 피곤한 눈으로 물었다.

"무슨 뜻인가?"

"내세울 거라고는 자기 아버지 이름밖에 없는 녀석이 달리아의 남편감이 될 거라고 생각하시는 건 아니겠지요?"

에넬사르는 칼을 뽑았다.

"네 이놈, 네 기름칠한 혓바닥을 이 자리에서 베어 버리겠다."

금발의 청년은 칼 앞에서 눈 하나 깜짝하지 않고 도리어 소리쳤다.

"해 봐! 내 동강 난 혓바닥이 집정관 저택 거실 바닥에 피 튀기면서 팔딱거리면 네 아버지 에넬로르께서 뭐라 말씀하실지 궁금하구나. 어디 청혼할 여인의 아버님 앞에서 칼을 꺼내고 있냐, 이 버르장머리 없는 놈!"

다들 입을 따악 벌렸다. 에넬사르는 도움이라도 청하듯 롬노르의 눈치를 살폈다. 롬노르는 누구의 편을 들어줄 생각도 없었고, 자신의 저택에서 칼부림 나는 것을 허락할 마음도 없었다.

롬노르는 눈으로 저지했다. 에넬사르는 꺼낸 칼을 쓰지 못한 채 집어넣는 것이 굴욕이라고 생각했는지 쉽게 명령에 따르지도 못했다. 한참 그 모습을 보던 그 청년은 기어이 한마디 더 했다.

"넌 청혼도 허락받고 하더니 칼 휘두르는 것도 남 허락받아서 하나 보지?"

"이 자식!"

롬노르는 기어이 피를 보겠구나 싶어 손을 내어 저지하려 했다. 그러나 그보다 더 빨리 제일 뒤에 서 있던 기사가 에넬사르를 말렸다. 데라둘 마치, 훗날 드래곤 기사단의 캡틴이 될 남자였다.

"애초에 칼을 차고 올 자리도 아니었다, 에넬사르. 집어넣어라."

에넬사르는 데라둘의 말에 결국 칼을 넣었다.

롬노르는 그가 나서 준 걸 감사해하며 말했다.

"이곳에서 제정신으로 서 있는 건 자네뿐이군, 데라둘. 정리 좀 해 주게."

그때 그 금발의 청년이 인상을 구기며 말했다.

"잠깐! 데라둘, 너도 달리아에게 청혼하려고 온 거냐?"

데라둘은 큭큭대고 웃었다.

"왜 안 되나?"

"너 인마, 그럼 안 되지!"

데라둘은 금발 청년의 인상이 구겨지는 걸 감상하다가 고개를 저었다.

"농담이다. 집정관께서 부탁하셔서 경호 겸 왔다. 이런 충돌이 있을 것 같더라고. 네가 저지를 줄은 몰랐지만."

롬노르가 둘 사이의 대화를 듣다가 물었다.

"둘이 아는 사이인가?"

"일주일 전에 기사단에 찾아와서 드래곤 위에 태워 달라고 난리를 피우는 녀석이 있었지요."

롬노르뿐 아니라 그 자리에 있던 청혼자들의 표정이 일제히 일그러졌다. 그들은 이 정체 모를 청년이 드래곤의 기사 데라둘과 아는 사이라는 것에서 이미 놀라고 있었다. 심지어 불쾌해하기도 했다. 그런데 드래곤 위에 태워 달라니! 다들 레몬 하나를 통째로 입에 집어넣은 것 같은 얼굴이었다.

데라둘은 어깨를 으쓱하며 모두에게 말했다.

"자, 여기 모이신 분들은 적어도 이 자리에 난입한 친구가 어째서 자기가 레이디 달리아께 청혼할 자격이 되는지 알아야 하지 않겠소? 그렇지 않습니까, 롬노르 집정관?"

롬노르도 이 청년의 만용이 어디에서 기인한 것인지 궁금하긴 했다.

"말해 보게."

"그야……."

뜻밖에도 수줍어하며 그 청년은 대답했다.

"달리아가 절 좋아하니까요."

한 명이 침을 튀기며 웃음을 터트렸고 다른 이들도 웃었다. 한 명은 귀족의 품위도 잊고 벽을 치며 과격하게 웃기도 했다. 청년은 얼굴을 붉히면서도 고개를 숙이거나 딴 곳을 쳐다보지 않았다. 그는 말하는 상대에게서 시선을 돌리는 법이 없었다.

"얼마든지 확인해 보셔도 좋습니다. 달리아는 절 좋아한다고 말했고 저도 좋아한다고 말했습니다."

청년은 다른 사람들이 웃는 것에 개의치 않고 말을 이어 갔다. 그렇다 보니 그의 말이 웃음소리에 묻혀 잘 들리지 않았다. 롬노르가 무서운 시선으로 그 자리에 있는 청혼자들을 노려보았다. 자연스럽게 웃음소리가 잦아들었다. 청년은 그러거나 말거나 자기 할 얘기를 계속했다.

"우린 긴 시간 동안 얘기했습니다. 로크에 온 지 보름밖에 안 됐지만 저는 여기 있는 누구보다 달리아와 많은 이야기를 나누었습니다. 어쩌면 집정관님보다 더요!"

롬노르는 그 말을 하는 청년이 조금씩 다가오는 착각이 들어 고개를 약간 뒤로 물렸다.

"달리아가 토끼를 키우고 싶어 한다는 거 아셨나요? 제일 좋아하는 소설이 뭔지 알아요? 즐겨 부르는 노래와 시를 압니까? 저는 압니다. 달리아는 요리를 못해요. 하지만 저는 잘하죠. 제가 가르쳐 주기로 했습니다. 달리아는 말을 잘 탑니다. 저는 못 타죠. 달리아가 가르쳐 주기로 했습니다. 저는 달리아를 좋아합니다. 달리아도 저를 좋아합니다. 그게 답니다. 하지만 그런 우리 둘 사이에 의원님께서 개입할 자신이 있습니까?"

청년은 대꾸할 자신이 있으면 해 보라는 듯 자신의 이야기를 마무리 지었다. 듣다 못한 한 명이 버럭 소리 질렀다.

"당장 나가라. 결혼이 애들 소꿉놀이인 줄 아느냐?"

다른 이들도 욕을 내뱉었다. 말하는 게 너무 과격하여 데라둘도 그들을 진정시키지 못했다. 그러나 그 청년과 롬노르는 그들을 쳐다보지도 않았다. 롬노르는 한숨을 내쉬며 말했다.

"어째 달리아가 만들어 본 적도 없는 쿠키를 굽겠다고 부엌을 난장판으로 만들어 놓더라니……."

롬노르는 아직도 자신을 강한 시선으로 쏘아보는 청년에게 부드럽게 물었다.

"네 직업이 무엇이냐?"

"농부입니다."

욕을 하던 청년들은 이제 아예 상대할 가치도 없다는 듯 팔짱을 끼고 고개를 돌려 버렸다. 하지만 청년은 롬노르의 눈을 피하지 않았다.

"어디에서 왔느냐?"

"카모르트, 루우룬 마을에서 왔습니다."

"이름은 무엇이냐?"

청년은 모든 질문에 주저함 없이 대꾸했다.

"에밀 노이입니다."

그곳에 스무 살의 에밀이 다시 나타났다고 생각될 정도로 닮은 청년이 공허한 시선으로 울타리 안쪽을 바라보고 있었다. 롬노르는 지팡이를 짚고 천천히 다가가 혹시나 당시 일을 물어보려다, 갑자기 생각을 바꾸어 크게 헛기침을 했다.

그 청년은 약간 놀란 눈으로 시선을 돌렸다가 롬노르를 발견하고 살짝 미소 지었다.

"누군데 허락도 받지 않고 이 자리에 서 있느냐?"

롬노르는 큰 소리로 말했다. 하지만 가래 낀 목소리가 갈라졌다.

'이제 호통을 치고 싶어도 칠 수 없는 노인이 되어 버렸군.'

청년은 정중히 고개 숙여 말했다.

"한때 드래곤의 둥지였던 성스러운 자리를 견학해 보고자 온 여행자입니다. 특별히 저지하는 사람이 없어 허락을 받아야 하는지도 몰랐습니다."

"이 땅은 드래곤 기사단이 소유하고 있지. 그럼 그곳의 허락은 받았는가?"

"안타깝게도 그들은 이곳을 과거 자신들의 영광을 지켰던 성지로 여기지 않아 제가 여기 있는 것조차 개의치 않고 있습니다. 그러니 제가 허락을 받아야 하는 쪽은 드래곤 기사단이 아니라 이곳에 잠든 드래곤들의 영혼이겠지요."

이십여 년 전 자기를 향해 소리치던 젊은이의 날카로움은 없었으나, 대화하는 상대를 똑바로 바라보는 시선은 다르지 않았다. 롬노르는 떨리는 목소리로 물었다.

"혹시 자네…… 카모르트에서 왔나?"

그 청년은 한참이나 고민하다가 고개를 저었다.

"아란티아에서 왔습니다."

"아, 그래?"

롬노르는 실망했다. 아니, 어쩌면 안도한 것인지도 몰랐다. 차라리 모르는 게 나을 사실을 지금 들어버리면 자신이 감당할 수 없을 것만 같아서.

그 젊은이는 부드럽게 웃으며 말을 이었다.

"하지만 제 고향은 카모르트지요."

롬노르는 놀라 얼른 물었다.

"혹시 루우룬?"

그 청년은 눈을 동그랗게 떴다.

"어찌 그걸 아십니까?"

롬노르는 심장이 멈춰 버린 기분이었다. 그는 휘청거리며 옆으로 쓰러질 뻔하다가 울타리를 붙잡고 간신히 버텼다. 청년이 다가와 그를 부축했다.

"괜찮으십니까, 어르신?"

"괘, 괜찮네. 조, 조금 확인해 볼 일이 있어서…… 나, 난 가 봐야겠다."

"제가 부축해 드리겠습니다."

"아닐세. 가 보겠네."

롬노르는 떨리는 손으로 지팡이를 짚고 허둥지둥 몇 걸음 걸어갔다. 뒤를 돌아보니 그 청년은 아직도 자기를 걱정한 나머지 자리를 뜨지 않고 바라보고 있었다. 롬노르는 잠시 머뭇거리다가 겨우 목소리를 쥐어

짜 내어 물었다.

"자네 이름이 뭔지 물어도 되겠나?"

"카셀입니다."

"고맙네."

롬노르는 황급히 돌아서서 걸었다.

집에 도착할 때까지 손의 떨림이 멈추지 않았다. 원래 가까운 길은 아니었지만 지금은 집으로 가는 길이 한없이 멀어 보였다. 무릎 아픈 것도 잊고 달리듯이 걸어도 자꾸 집이 멀어지는 기분이었다.

때마침 영업용 마차 한 대가 천천히 롬노르의 옆을 지나갔다. 운행을 마치고 집으로 돌아간다는 뜻으로 마차 옆에 걸어 놓은 깃발이 내려가 있었다. 그래도 롬노르는 다급한 손길로 마부에게 손짓을 했다. 다행히 안면이 있는 마부였다.

"의원님 아니십니까? 이 시간에 혼자 어딜 가십니까?"

마부는 느릿느릿 고삐를 당겨 마차를 세웠다.

"혹시 집에 돌아가는 길이라면 정말 미안하네만, 내 너무 급해서 그러는데……. 돈이라면 얼마든지 내겠네!"

롬노르는 굳은 얼굴로 말했다. 죄라도 지은 사람처럼 자기도 모르게 목소리가 떨렸다.

"돈이라니요! 그런 식으로 따지면 전 이 마차를 구입해 주신 대금부터 치러야 하는걸요."

마부는 마차에서 휙 뛰어내려 문까지 열어 주었다. 롬노르는 힘들게 안으로 들어가 앉았다. 마부는 문을 닫고 물었다.

"댁으로 가면 되죠?"

"서둘러 주게."

"네."

마부는 시원스럽게 대답하고 빠르게 마차를 몰았다.

로크는 대륙에 있는 어떤 나라, 어떤 도시보다 길이 좋은 편이었다. 하지만 워낙 빨리 달리다 보니 바퀴가 튀고 마차가 크게 흔들렸다. 마부는 몇 번이나 괜찮으냐고 물었고 롬노르는 그때마다 상관 말고 빨리 달려 달라고 대꾸했다.

"요새 로크가 뒤숭숭합니다. 실종 사고가 많다는 얘기는 물론 아시겠죠? 출근할 때면 마누라는 늦게 다니지 말라고 귀에 딱지가 앉을 정도로 당부하면서 심부름 보낸 어린애 기다리는 엄마처럼 안절부절못한답니다."

마부는 꽤 오랫동안 자기 아내 자랑을 늘어놓았다. 자기 딴에는 불안해하는 의원을 진정시켜 드려야겠다는 의도였겠지만 롬노르는 듣지도 않았다. 어차피 마차 소리 때문에 잘 들리지도 않았지만.

마차는 금방 저택에 도착했다. 저택의 경비들이 마차를 막았다가 안에 탄 롬노르를 보고 얼른 문을 열어주었다. 마차가 멈추자마자 롬노르는 마부에게 감사 인사를 하지도 못하고 뛰어내렸다.

놀란 집사가 달려 나왔다.

"무슨 일이……."

"마부에게 대금을 후하게 지급해 주게."

롬노르는 그 말로 집사를 물리치고 서둘러 침실로 향했다. 지금 그는 '카셀'이라는 이름을 잊을까 무서웠다. 청년의 얼굴을 잊을까 봐 마부의 말도 듣지 않고 다른 사람의 얼굴은 쳐다보지도 않았다. 모든 것을 잊기만 하는 나이였다. 하지만 가슴 아픈 일들은 하나도 잊히지 않고 건드리기만 하면 또렷이 기억났다.

롬노르는 침실 가장 깊은 곳에 숨겨 둔 보석함을 열었다. 안에는 가장 소중한 물건이 셋 있었다. 하나는 결혼반지였고 하나는 아내와의 추억이 담긴 일기장. 그리고 하나는 딸아이의 편지였다. 조심하고 조심하면서도 너무 많이 읽은 탓에 낡고 닳은 편지지를, 롬노르는 떨리는 손으로 집어 들었다.

'믿지 못하시겠지만, 아빠. 제가 아이를 낳았어요.'

롬노르는 어느새 흐르는 눈물이 바닥에 떨어지는 것도 모르고 있었다.

'에밀이 가장 좋아하는 모험가의 이름을 따서 카셀이라고 지었어요. 남편과 꼭 닮은 귀여운 아이랍니다…….'

◈ Chapter 4 ◈

로크

로크에 도착하는 날 이른 아침, 카셀은 수건을 어깨에 걸치고 바위에 고인 물로 세수를 하고 있었다. 얼굴에 물을 적시고 고개를 드니 헤더가 바위 위에 쪼그리고 앉아 카셀을 내려다보고 있었다.

카셀은 하마터면 소리를 지를 뻔했다.

"좋은 아침입니다, 캡틴 카셀."

"좋은 아침이오……, 헤더."

"좀 더 주의를 기울이셔야 할 겁니다. 로크로 갈수록 당신을 노리고 있는 적이 많습니다."

카셀은 놀란 모습을 감추려고 일부러 세수를 더 하며 물었다.

"어느 정도로 많소?"

"자잘한 조직은 이미 부숴뒀습니다. 하지만 그중 제일 큰 조직은 저희도 건드릴 수가 없었습니다. 그 조직 보스가 있는 곳이 워낙 경비가 철저해서 발락도 쉽게 침투하지 못하겠다고 하더군요."

"왕실에도 침투했던 당신들 아니오? 그 조직이 그렇게 막강하오?"

카셀은 수건으로 얼굴을 닦으며 물었다.

"블랙풋이 아직 암살 길드였다면 전쟁을 벌여야 할 정도로요. 그 조직 보스는 아직 젊지만 한때 현상금이 금화 오백으로 치솟았을 정도로 엄청난 실력자였다더군요."

"이름은?"

"본명은 모르지만, '붉은 손'이라고 합니다. 그 외에도 '나이트핸드'니 '스컬롤러' 같은 조직도 아직 처리를 못했습니다. 그런 녀석들이 설치는 바람에 개별 사냥꾼들은 애초에 손을 떼 버려서 손쓰기 편한 걸지도 모르지만 어쨌든 주의하십시오."

"고맙소. 그런데 그런 놈들에게 현상금을 제공한 장본인에 대해서는 아직?"

"조사 중입니다. 그보다 로크 자체가 최근 좋지 않은 일에 휘말려 있습니다. 하지만 정작 로크 시민들은 체감하지 못하고 있더군요."

"어떤 일이오?"

"몇 년 사이 실종 사건이 많이 있었습니다. 실종자가 대부분 성 밖에 사는 가난한 농부나 집 없이 떠돌아다니는 노숙자, 멀리서 온 상인이나 여행자들이 대부분이라서 크게 다뤄지지 않을 뿐, 열흘 동안 알아낸 것만 스무 건이 넘습니다."

"자세히 파고들면 더 있다는 거군. 그게 이번 사건과 관련이 있소? 이를테면 심장에 박힌 십자가를 내세우는 종교라든가……."

카셀은 일부러 뒷말을 흐렸다.

헤더는 금방 알아듣고 말했다.

"저도 그것과 연관이 있을까 알아보고 있는데 관련 없지는 않을 것 같습니다. 아, 이건 제 추측입니다. 아무 증거도 없어서 단언하지는 못하겠군요."

"조금이라도 단서가 있으면 바로 또 알려 주시오. 또 다른 건?"

"지금은 이게 답니다. 그런데……, 혹시 테마르의 소식은 아십니까?"

헤더는 조심스럽게 물었다.

"테마르? 아, 던멜."

헤더는 고개를 천천히 한 번만 끄덕였다.

"던멜은 루티아에 있소."

"루티아요?"

내내 침착하게 설명했던 헤더가 눈에 띄게 당황하며 부탁했다.

"자, 자세히 설명해 주실 수 있습니까?"

어차피 제이와 타냐가 떠날 채비를 갖출 때까지는 시간이 남아, 카셀은 루티아에 벌어진 일을 아는 한도 내에서 최대한 자세히 설명해 주었다.

"테마르가 부상 중이라고요?"

헤더는 우울한 목소리로 물었다.

"곧 회복할 거요. 루티아는 마법의 도시니, 회복마법에도 뛰어난 마법사들이 많소. 조만간 성한 몸으로 찾아올 거요."

카셀은 위로하듯 말했다. 헤더는 보일 듯 말 듯한 미소로 인사를 대신하고 바위 뒤로 물러갔다. 나타날 때와 마찬가지로 사라질 때도 갑작스러웠다. 떠날 채비를 끝낸 타냐가 자신이 탈 말과 카셀이 탈 말을 모두 끌고 오며 물었다.

"좋은 정보를 얻었습니까?"

"예상했던 내용이었습니다. 로크에 많은 위험이 있다는 것 정도?"

"……예상한 내용이 아니었으면 했는데요."

"그러게요. 근데 헤더의 은신술은 정말 대단하더군요. 만약 헤더가 제 목숨을 노렸다면 꼼짝없이 죽었을 거예요."

타냐는 무뚝뚝한 얼굴로 대꾸했다.

"저한테 허락받고 간 겁니다. 안 그랬으면 카셀의 근처에라도 갔겠어요?"

"네, 그랬어요?"

"평상시 걸음걸이마저 기척을 죽이는 연습을 해둔 겁니다. 제이메르는 헤더가 근처에 오기도 전에 알았고요. 여기가 하늘 산맥이었다면 라이는 누구보다 먼저 알았겠죠."

타냐는 강조하듯 말을 이었다.

"우리 세 사람에게 들키지 않고 카셀의 근처에 갈 수 있는 사람은 없습니다."

타냐는 무게가 안 느껴질 만큼 가볍게 말에 올라탔다.

"서두르죠. 전날 나타난 적의 흔적이 사라지기 전에."

카셀도 이틀째 계속되는 노숙으로 뻐근한 어깨를 주무르며 힘겹게 말에 올라탔다. 이제 로크는 반나절도 채 안 되는 거리에 있었다.

제이메르는 화가 났다.

"비싸군!"

고작 방 두 개 잡는 데 레오피오의 여관 하나 통째로 임대할 수 있는 비용이 들었다. 만약 카셀이 '아무 문제도 일으키지 마라.'라고 경고하지 않았다면 당장 여관 주인과 멱살을 잡아서라도 한판 벌이고 싶었다.

"대신 최고의 서비스를 약속드립니다."

여관 주인이 당당하게 말했다.

제이는 돈주머니를 꺼내 확인했다. 가넬로크에서 아란티아로 갈 때까지만 해도 꽤 많은 돈이 있었지만 하늘 산맥으로 떠나며 무겁기만 하고 쓸 일 없는 금화를 다 버리는 바람에, 지금은 비상금 정도밖에 남아 있지 않았다. 그나마 다른 세 사람, 아니 두 사람 더하기 한 레미프는 돈을 한 푼도 가지고 있지 않았다.

'돈이 있을 때는 물가를 신경 쓰지 않았는데, 막상 없으니 신경 쓰게 되는군. 내가 이 녀석들을 먹여 살리게 될 줄이야.'

제이는 돈을 내며 말했다.

"하는 수 없지. 방 한 개……, 아니 두 개 줘."

솔직히 방을 두 개나 잡는 건 아까웠다. 예전보다 조금 예뻐졌을지 모르지만 일행 중 아무도 타냐를 여자로 보지 않는데 대체 왜 그 여자만 따로 방을 잡아 줘야 하는지, 제이는 이해할 수가 없었다.

'카셀이 타냐랑 같이 방 쓰면 안 되나? 그럼 난 라이와 단둘이 방을 넓게 쓸 텐데.'

제이는 이것저것 계산할 필요 없는 노숙이 더 속 편했다.

"난 지금부터 카셀을 데려온다."

제이는 뒤에서 멀뚱히 서 있는 라이에게 선언했다.

"난?"

라이가 물었다.

"넌 방에 처박혀 있어. 따라다니면 눈에 띄니까."

라이는 아무 표정이 없어 무슨 생각을 하는지 도통 알 수가 없었다. 하지만 예의니 뭐니 이것저것 안 따져도 되니 오히려 제이에게는 다른 사람보다 대하기 편해서 좋았다.

"여관, 혼자, 두는 건 싫다."

제이는 그의 가슴을 검지로 푹 찌르며 말했다.

"우는소리 마라. 억울하면 혼자 싸다니던가! 길도 못 찾는 게!"

라이는 획 돌아서서 위층으로 향했다.

'화났나? 지가 화내 봤자지!'

제이는 혹시나 해서 말했다.

"202호야! 숫자 읽을 줄 알아? 다른 방 들어가지 마."

라이는 대꾸하지 않고 계단 너머로 사라졌다.

"뭐야, 저 자식? 혼자 있으면 무서운 건가? 카셀이 오냐 오냐 해 주니까 나까지 그래 주길 바라나 보군."

제이는 오랜 사냥꾼 생활의 버릇 때문에 카셀과의 약속 장소까지 가는 동안 내내 구시렁거렸다.

카셀은 예전 드래곤이 있던 자리에 가 있겠다고 말했다. 타냐가 같이 갔으니 안전하겠지만 발걸음이 저절로 빨라지는 건 어쩔 수 없었다.

카셀은 어둠 속에서 웬 노인과 이야기를 나누고 있었다. 옆에 타냐는 없었다. 제이는 혹시나 해서 서둘러 달려갔지만 특별한 일은 아닌 모양이었다. 노인은 길게 얘기하지 않고 금방 카셀에게서 도망치듯 가 버렸다.

"왜 그래? 아는 사람이야?"

제이는 걸음을 늦추어 서둘렀다는 사실을 숨기고 물었다.

"나는 모르는 사람인데……."

카셀은 비틀거리며 멀어져 가는 노인을 걱정스러운 눈길로 바라보며 말을 이었다.

"저 사람은 내가 어디 출신인지 알아봤어."

"그거 위험한 거 아냐? 내가 추적해 볼까?"

"으음, 아니야. 의회 쪽 사람 같은데 조만간 또 만나겠지. 그런데 라이는?"

"그 큰 덩치 데리고 다니기도 애매해서 그냥 여관에 두고 왔다. 그랬더니 삐치더라."

"난 네가 라이에게 좀 더 잘 해 줬으면 좋겠는데."

"내가 왜?"

카셀은 제이의 어깨를 톡톡 쳤다.

"너랑 비슷해. 둘 다 사람을 믿지 않고, 둘 다 위험하고, 둘 다 예의 바르지 못하거든. 하지만 둘 다 심성은 착하니까."

"검술로 치면, 너는 정말 까다로워."

"어떤 점에서?"

"예측이 안 돼! 방금 누가 착하다고? 라이는 그렇다 치더라도 나까지?"

"너도 가넬로크 출신이라고 했지? 다시 돌아왔는데 가 볼 곳 없어?"

"이 자식, 딴소리하네."

제이는 울타리 너머에서 다가오는 타냐를 발견했다.

'빈틈없군. 저렇게 떨어져 있는 거리에서도 카셀을 보호할 마법은 준비하고 있어.'

제이는 팔짱을 끼고 중얼거렸다.

"내가 돌아갈 곳은 없어. 있을 곳이 없으니까 사냥꾼이 되어 떠돌아다닌 거다."

문득 고향에 있는 에위니가 생각났다.

'아직 잘 살아 있을까?'

카셀과 타냐는 서로 대하는 게 한결 부드러워졌다. 제이가 사이에 끼어 있는 게 거북할 정도로 들러붙어 있는 건 아니었지만 하늘 산맥에 있을 때보다 서로를 보고 웃는 일이 많았다. 인간관계란 것에 대해 진지한 고찰을 해 본 적 없는 제이도, 이 괴상한 커플에 대해서는 흥미가 생기지 않을 수 없었다.

'루티아의 마스터와 울프 기사단의 캡틴. 흐음, 누가 보면 귀족끼리 가문 맞춰 중매라도 놔준 후 만난 것 같군. 내가 이런 것에 관심 있는 놈이었으면 훨씬 재미있게 관찰하고 있을 텐데.'

타냐가 사람 키 둘만 한 높이의 울타리를 훌쩍 뛰어넘어 두 사람 옆에 착지했다. 얼굴이 변한 후 무슨 엄청난 힘을 얻었는지 그녀는 평상시에도 늑대로 변한 것 같은 몸놀림을 보였다. 제이는 그녀가 마법이 아닌 검을 익혔으면, 대체 무슨 검술이 나올까 궁금했다.

"특별히 이상한 조짐은 없습니다. 하지만 검은 기사의 흔적이 여기까지 이어졌다가 사라진 건 분명합니다. 제이메르는 뭔가 발견한 것 없습니까?"

타냐가 물었다.

"나야……, 뭐……."

제이는 말문이 막혔다. 어젯밤 이상한 일을 경험한 건 그였다.

밤중에 수상한 소리가 들려 나와 보니 어둠 속 멀리서 제이를 노려보는 기사가 있었다. 제이는 나중에 일행에게 그게 검은 갑옷이라고 설명했으나 그게 정말 검은색이었는지는 확신할 수 없었다. 만난 그 순간에는 그냥 한없이 검었다. 그렇게밖에 묘사할 수 없었다.

'누구냐?'

제이는 위협적으로 물었다. 검은 갑옷의 기사는 천천히 말에서 내려 투구를 벗었다. 놈이 정체를 보이고 싸우자고 하면 제이는 절대 물러서지 않을 생각이었다. 좀 위험하다 싶으면 라이를 불러 같이 싸우면 그만이었다. 카셀이 그렇게 시켰다. 백 퍼센트 이길 상대가 아니면 반드시 둘이 같이 싸워라!

그런데 투구를 벗은 얼굴을 보자마자, 제이는 싸우기는커녕 기겁을 하며 뒷걸음질 치다가 넘어졌다. 그것은 아버지 티온의 얼굴이었다.

'내가 널 잊을 것 같았느냐? 애비를 죽인 천하의 못된 놈 같으니라고!'

아버지가 말했다.

'다, 닥쳐!'

제이는 소리 지르며 칼을 뽑았다.

'네가 날 벗어날 수 있을 것 같으냐? 넌 날 영원히 벗어나지 못한다. 영원히!'

아버지는 다시 말에 올라 달려갔다.

제이의 목소리를 듣고 타냐가 달려왔다. 그녀가 도착했을 때는 이미 아버지의 모습이 사라지고 없었다.

'무슨 일입니까?'

그녀가 물었다. 하지만 제이는 식은땀만 흘리며 한참이나 입을 열지 못했다. 창피해서 말할 수가 없었다.

카셀은 대번에 무슨 일이 벌어졌는지 추측해냈다.

'카모르트에서도 같은 일이 일어났다. 창피해하지 말고 말해라. 어느 누구도 검은 기사가 보이는 악몽을 감당하지 못했다. 나도, 하얀 늑대들도.'

제이는 겨우 자기에게 벌어진 일을 설명했다. 사실 하늘 산맥을 내려오면서 제이는 자신의 과거를 얘기할까 말까를 무척이나 망설였다. 어머니에게 벌어진 일, 아버지를 죽인 일, 고향에 에위니를 남겨 둔 채 사냥꾼을 택하게 된 일. 그러나 이런 일 따위 세상이 멸망할 위기에 대면 사소하기 그지없었다. 그래서 말할 수 없었다.

제이는 그저 자기가 아버지를 아주 무서워했으며 아주 싫어했는데 지금 검은 기사가 아버지의 모습을 했다는 점까지만 말했다. 눈치 빠른 카셀은 그의 말을 곧이곧대로 믿지 않았다. 하지만 더 캐묻지도 않았다.

이튿날 타냐는 검은 기사의 흔적을 더듬으며 일행을 안내했고 그들은 자연스럽게 가넬로크의 수도 로크로 들어왔다. 번화한 도시 한가운데에 어젯밤 흔적이 남아있을 리가 없었다.

이런 추적이라면 자기한테 맡기라고 말하고 싶었던 제이였지만, 상황이 이렇게 되니 포기할 수밖에 없었다. 그러나 타냐는 마치 명확한 흔적이 보인다는 듯이 헤매지도 않고 직선으로 걸어갔다.

'알고 가는 거 맞아?'

자존심 상한 제이가 시비조로 물어도 타냐의 반응은 침착했다.

'마법을 추적하는 겁니다. 물리적인 추적이라면 당신에게 맡길 테니 지금은 제게 맡기십시오.'

지금까지 세상 무서운 게 없었던 제이였으나, 이제는 세 명이나 생겼다. 새나디엘 여왕, 마스터 아이린, 그리고 타냐. 세 명은 모두 여자였는데 세 명 다 자기보다 뛰어났다. 제이는 그 사실이 분했다.

그렇게 해서 도착한 자리가 드래곤 기사단의 건물이었다. 제이와 라이가 여관을 잡는 사이 둘은 계속 이 근처를 수색 중이었다.

"괜찮아?"

제이가 어젯밤 일을 떠올리느라 멍하니 입을 다물고 있자, 카셀이 물었다.

"뭐가? 오늘 잡아 놓은 여관이? 몰라. 제일 가까운 곳에 있는 곳을 잡았으니까."

"아니, 어제 일 말이야."

"아무렇지 않아. 그러니까 묻지 마."

제이는 신경질적으로 대꾸했다.

카셀은 묵묵히 있다가 대뜸 타냐에게 말했다.

"타냐도 조심하세요. 아무래도 이번에 나타난 검은 기사는 카모르트의 검은 기사와 같은 존재인 것 같아요. 그것들은 아란티아에서 본 캡틴 웰치와도 다르고, 하늘 산맥에 있던 익셀런 제1기사단과도 다릅니다. 죽은 자이면서 죽지 않는 자. 녀석들의 무기는 검도, 마법도 아닌,

공포지요."

"알고 있습니다. 카셀도 조심하십시오."

"물론 주의하고 있어요."

두 사람이 얘기하고 있는데 제이가 울컥해서 소리쳤다.

"어제 비명을 지른 건 무서워서 지른 게 아니었어! 난 그냥……."

전혀 믿어 주지 않는 얼굴로 쳐다보는 카셀과 타냐를 상대로 말을 이어 갈 자신이 없었다.

"젠장."

제이는 돌아섰다. 카셀과 타냐는 그를 붙잡지도 않았다.

제이는 여관으로 돌아가 이른 술을 한잔했다. 위층에 혼자 있을 라이를 불러 같이 한잔할까도 했지만 지금은 혼자가 나았다.

'술 마시기에는 괜찮은 녀석인데. 말이 잘 안 통하니까 오히려 더 편하기도 하고 술도 좋아하고 연습 상대로도 끝내주고.'

라이는 강했다. 인정할 수밖에 없을 정도로 압도적인 실력이었다.

'울프 기사단 중에서도 라이를 이길 수 있는 놈이 있을까? 쉐이든 정도겠지. 로일이나 던멜도 아슬아슬하게 가능할 거야.'

검의 간격으로 치면 라이가 보이는 간격은 거인의 한 걸음이었다. 보여도 막을 수 있는 거리가 아니었다. 기술도 속도도 없는 검이 이렇게 강할 수도 있구나……. 그렇게 가르쳐 주는 기분이었다. 그래서인지 라이에게는 연습 중에 져도 불쾌하지 않았다.

'방어를 하지 않고 흘리면 좋을까? 어디를 노리면 한 방 날려 줄 수

있을까? 그 많은 연습 중에 한 대도 맞춰 보지 못한 게 말이 돼? 창피해서, 원.'

처음에는 고독을 즐기려고 했지만 어느 순간 제이는 온통 검술 생각으로 불타올랐다. 그래서 술잔을 손에 쥔 채로 마시는 것도 깜빡하고 밤늦게까지 중얼거리며 앉아 있었다.

"저, 손님."

술집 점원이 슬그머니 다가왔다. 그는 아까부터 손님이 많은 데도 할 일이 없는 것처럼 계속 같은 그릇만 반복해서 닦고 있었다.

"위층 방 예약하신 분이죠?"

술을 안 시키고 자리만 차지하고 있어서 그러나 하고 서둘러 남은 술을 비워 버리고 제이가 물었다.

"어. 왜?"

점원은 거의 들리지 않는 목소리로 속삭였다.

"손님을 노리는 자들이 있습니다."

제이는 술 묻은 입술을 혀로 핥았다.

"아는 녀석들인가?"

"예. 워낙 포악한 자라서 경비대도 함부로 못 건드리는 자입니다. 저, 그러니…… 뒷문으로 달아나시지 않겠습니까? 제가 시선을 끌겠습니다."

"흐음."

제이는 뭔가를 골똘히 생각하다가 술잔을 점원에게 내밀었다.

"이 술은 좀 세군. 증류주라는 건가? 난 와인이나 맥주가 좋은데. 그런 거 없어?"

"여기에는 다른 술이 없는데요. 그리고 방금 못 들으신 모양인데……."

"들었어. 같은 술 한 잔 더 갖다 줘."

점원은 시키는 대로 술만 갖다 주었다. 도수 높은 술이 코를 확 쏘았다. 점원은 다시 제이에게 경고하려다 입을 다물고 또 컵을 닦는 척했다.

곧 제이의 주위를 몇 명이 에워싸더니, 한 녀석이 앞자리에 앉았다.

"오랜만이군, 제이메르. 요새 벌이는 어때?"

뺨 좌우에 깊이 흉터가 나 있고, 한쪽 눈엔 검은 안대를 꼈으며 지저분한 검은 머리가 이마를 덮고 있는 녀석이었다. 제이는 그놈보다 주변을 먼저 살폈다.

'세 걸음, 세 걸음, 세 걸음, 세 걸음 반, 네 걸음, 네 걸음.'

앞에 앉은 녀석도 네 걸음이나 떨어져 있었다. 전 같으면 거리가 멀어도 이 정도 숫자에 주의했을 제이였으나, 두 걸음짜리 모즈들을 사방에 수십 마리를 두고 싸워 본 터라 이 정도는 위험으로 느껴지지 않았다. 그래도 방심하지는 않았다. 또한 그렇다고 굳이 칼에 손을 올려놓을 기분도 들지 않았다.

검은 안대를 낀 남자가 연초 파이프를 물었고 옆에 있는 녀석이 촛불로 불을 붙여 주었다. 그가 뿜어내는 연기를 맡으니 제이도 연초 생각이 간절해졌다.

'언제 피우고 안 피웠더라? 루티아 마법사들한테 좀 달라고 할걸.'

놈은 연기를 뿜으며 말했다.

"정말 놀라지 않을 수 없더군. 이번 의뢰로 누굴 죽이게 되는 건가 해서 나와 봤더니 그게 옛 친구라니! 이런 게 운명이란 거겠지. 으음,

그런데 너는 내가 너무 달라져서 못 알아보겠나?"

알아보고 말 것도 없이 모르는 녀석이었다. 제이가 아무 말 하지 않자, 그가 혼자 말을 이어갔다.

"하긴 우리 둘 다 어렸으니까. 난 그때 네 검을 유일하게 막아 낸 사냥꾼이었지. 우리 둘 다 스물두 살이었던가? 네가 가장 고전했던 상대를 떠올리면 기억날 거다."

그는 자기 뺨에 난 흉터를 엄지로 쓰윽 문질러 보였다.

"이 뺨에 상처를 낸 것도 너지."

여전히 기억나지 않았다. 예전 같으면 너 같은 거 모른다고 쏘아 줬겠지만 방금 전에 카셀에게 라이랑 똑같이 예의 없다는 말을 들은 터라 주의했다.

제이는 잠시 스물두 살 때의 자신을 떠올려 보았다. 당시 그는 강한 사냥감을 찾아 돌아다니던 시절이라 수도 없이 찌르고 베고 잘랐다. 얼굴에 상처 좀 낸 것까지 일일이 머릿속에 담고 다닐 여유는 없었다. 그래도 기억력 없다는 소리는 듣기 싫으니 그냥 만난 적이 없는 것으로 결정했다.

"나, 너 몰라."

"모른 척하고 싶은 거겠지. 자, 이제 상황은 역전됐군. 네가 사냥꾼 중 최고라고 이름 날리면서 펑펑 노는 동안 나는 이 정도의 명성과 실력과 조직을 얻었다. 그런데 마침 우리 정보원 중 하나가 널 발견했다더군."

자기소개를 안 해 여전히 이름도 모르는 그 녀석은 품에서 양피지 한 장을 꺼내 휙 던져 주었다.

"너와 동행인 녀석을 죽여주면 금화로 천을 주겠다던 의뢰인이 있다."

레오피오에서 봤던 수배지였다. 자세히 보진 않았지만.

"긴말 않겠다. 상금의 반을 주지."

제이는 눈만 몇 번 깜빡였다.

그 남자는 깍지 낀 손을 탁자에 대고 말했다.

"이자가 레오피오라는 마을에서 몇 놈 죽였다고 그러더군. 그래 봤자 로크에 있는 내 부하들을 모으면 일도 아니지. 하지만 난 내 부하들을 희생시키고 싶지 않다. 대신 적어도 너 하나 죽일 수하들은 데리고 있지."

주위를 둘러싼 녀석들은 위협의 뜻으로 칼에 손을 올렸다. 제이는 반응하지 않고 그들의 간격만 쟀다. 세 걸음, 세 걸음 반, 네 걸음, 세 걸음. 나머지는 잴 거 없고…….

"시키는 대로 하면 금화 오백이고 덤으로 네 목숨까지 살려 준다. 괜찮은 거래 아닌가? 옛 우정을 생각해서 하는 제안이다."

카셀은 로크에 들어서도 자기 목숨을 위협하는 녀석들이 끊이지 않을 거라고 했다. 타냐는 어떤 암살자든 제일 처음 접근하는 놈들을 근처에 있는 사람들 모두 볼 수 있는 거대한 불기둥을 세워 태워 버리겠다는 살벌한 말을 했다.

놀랍게도 카셀은 그녀의 의견에 찬성했다. 처음부터 이쪽에서 강하게 나오지 않으면 미련을 가진 사냥꾼들을 끝없이 상대해야 할지도 모르니 첫 번째를 가급적 인상적으로 '처리'할 필요가 있다고 했다.

"잠깐 있어 보자."

제이는 심각하게 중얼거리며 입술을 매만졌다. 앞에 앉은 남자는 회심의 미소를 지었다.

"생각이 좀 바뀌었나?"

"아니, 깜빡하고 있었어. 내가 몸담고 있던 세계가 어떤 곳인지."

"뭐라고?"

"예의 안 지켜도 되잖아? 그렇지 않아?"

"예의를 지켜? 그게 무슨……."

제이는 갑자기 큰 소리로 웃었다.

'인상적으로 처리하라…….'

카셀의 발언치고는 상당히 과격했다. 하지만 제이도 나중에 생각해 보니 피해를 줄이기에는 그게 더 나아 보였다. 앞으로 싸울 적은 인간이 아닌 자들이고, 그 싸움으로 수십만, 어쩌면 수백만, 아니 어쩌면 이 대륙 전체의 인간이 죽을지도 모른다. 이따위 일로 티격태격할 시간은 없다.

"불기둥만큼 화려하려면 어떻게 해야 하지?"

제이는 혼잣말로 중얼거리다가 손을 내밀어 그가 물고 있는 연초 파이프를 빼앗았다. 주위 녀석들이 칼을 뽑을 듯 위협적으로 쇳소리를 냈다. 그 남자는 자기 부하들에게 손을 내밀어 저지하고 웃어 보였다.

"거래 성립인가?"

제이는 빼앗은 파이프를 한 모금 깊이 빨아들였다.

"이름이 뭐냐?"

"이 녀석, 정말 기억 못하나 보네? 다들 날 '붉은 손'이라고 부르지. 왜 그렇게 불리냐면……."

"붉은 손. 벌이가 좋나 보네? 이렇게 좋은 연초를 태우다니."

"그걸 아는 걸 보니, 제법 까다로운 입맛을 가졌군. 로크에서 제일 좋은 물건이다. 부드럽고 감칠맛이 나지."

제이는 파이프를 탁자에 내려 두고 물었다.

"네 조직이 로크에서 제일 크냐?"

"그런 걸 왜 묻나?"

"널 죽이면 다른 조직에 어느 정도나 영향을 미치나 해서."

그 남자는 피식 웃었다.

"날 죽여? 그럼 감히 건드리겠다는 놈은 없을 거다."

"정말?"

"시험해 보고 싶으면 어디 해 봐라, 제이메르. 물론 그랬다간……."

제이의 칼날이 지나가는 동안 그걸 의식한 사람은 술집 안에 아무도 없었다. 여전히 이 이름 모르는 사냥꾼, 붉은 손의 손목이 탁자 위로 날아갔다. 그는 비명을 지르며 의자를 넘어트리며 뒤로 쓰러졌다. 놀란 부하들이 휘두른 검은 주위 탁자로 날아가 화살처럼 박혔다. 밑에서부터 휘두른 검에 베인 탁자가 뒤늦게 두 조각 나 쓰러졌다.

제이는 두 자루 검을 내밀었다가 그중 한 자루는 도로 집어넣었다. 만일을 대비해 꺼냈지만 굳이 그럴 필요가 없었다.

붉은 손의 부하들은 놀란 눈으로 뒷걸음질 쳤다. 검의 영역에서는 이미 열 걸음 밖으로 달아나 있었으니, 진짜로 달아나는 건 시간상 후에 나타날 현상일 뿐이었다. 하지만 그게 다였다. 워낙 순식간에 벌어지는 바람에 큰 소동도 없었다.

"어? 내가 생각했던 거랑 다르네. 이 정도는 불기둥이 아니라, 장작

개비 태운 것밖에 안 될 것 같은데……."

카셀을 노리는 첫 번째 암살 집단을 상대로 이 정도 허술한 공격을 해 버린 걸 타냐가 알면 무슨 말을 할지 걱정되었다.

'차라리 제이메르가 나서지 않았으면 좋았을 텐데요.'

제이는 하지도 않은 그녀의 말이 떠올라, 벌써 짜증이 치밀었다. 더 화가 나는 건 그녀가 그런 말을 하면 자신이 분명 아무 대꾸도 못할 거라는 사실이었다.

제이는 서둘러 붉은 손의 잘린 손을 집어서 그에게 안겨 주었다. 붉은 손은 겁에 질려 도움이라도 청하듯 부하들에게 시선을 보냈다.

두목을 구하려고 용기를 낸 부하 중 하나가 창을 들었다. 제이는 그의 손목을 벴다. 또 한 개의 손목이 허공을 빙글 돌아 바닥에 떨어졌다. 손 잘린 녀석은 비명을 지르며 발버둥을 쳤다. 잘린 팔에서 뿌리는 피가 천장과 벽으로 튀었다.

제이는 뒤도 돌아보지 않고 휘두른 칼을 붉은 손의 옆에 꽂아 두고 그의 멱살을 잡았다.

"아까 부하들 더 있다고 했지, 너?"

"어, 엉?"

그는 겁에 질려 말도 제대로 못했다.

"이대로 보내 줄 테니 다 데려와. 알았지? 처음부터 다시 시작하자. 난 화려해야 돼. 난 불기둥을 못 만들거든. 그 정도로 화려하려면 아주 많이 죽여야 돼. 이 술집에 피가 흘러넘칠 정도로. 그러니까 내 말은, 네 부하들을 많이 죽여야 한다는 소리야. 그러니까 그 뭐냐, 불기둥만큼의 피가 필요하다는 소리야. 무슨 소리인지 알지?"

제이는 최선을 다해 설명했다.

"미, 미안하다, 제이메르. 다, 다시는 오지 않겠다."

붉은 손은 새파랗게 질린 얼굴로 말했다.

제이는 마룻바닥에 꽂아 둔 칼을 뽑아 뒤도 돌아보지 않고 휙 던졌다. 창으로 안 되니 단검을 던지려던 남자가 어깨에 칼이 박혀 뒤로 나가떨어졌다.

"야, 지금 싸울 생각이면 다 덤비고 그렇지 않으면 다 꺼져."

붉은 손의 부하들은 두목을 놓고 달아나지도 못하고 그렇다고 공격하지도 못했다. 술집 안의 다른 수상한 녀석들이 황급히 자리를 떴다.

'응? 쟤들은 또 뭐야?'

다른 암살자 조직이거나 사냥꾼들이라는 생각이 퍼뜩 들었다.

'으음, 이번 일이 소문나 버리겠군. 큰일 났어. 불기둥도 못 만들고 일만 커지게 했잖아!'

제이는 바닥을 기어서라도 달아나려는 붉은 손의 멱살을 붙잡았다. 그리고 그의 몸을 흔들며 다급하게 말했다.

"오지 말라는 게 아니라 다시 오라고. 못 알아들었어? 조직원 많다며? 그러니까…… 이 술집을 가득 채울 정도로 데려와. 처음부터 하자. 그게 좋겠다. 구경꾼이 더 많아야 해. 시간 약속 정할까?"

"제, 제발. 다시는 이런 일 없게 할 테니……."

제이는 그의 뺨을 때리고 잘린 팔을 움켜잡았다. 절단면에서 피가 주르륵 흘러나와 제이의 손을 붉게 적셨다. 다리에 힘이 풀려 달아나지도 못하던 술집 주인이 결국 그 광경을 보고 바닥에 토해 버렸다.

"몇 번을 말해야 알아들어! 다시 오라니까! 가급적 많이 데리고…….”

제이가 말을 채 끝내기도 전에 붉은 손은 정신을 잃었다.

“이러면 안 되는데……. 야, 죽지 마. 난 많이 죽여야 한단 말이다!”

제이는 붉은 손을 놔주고 주위를 둘러보았다. 정신 멀쩡한 놈들은 이미 다 달아나고 없었다. 아까 단검을 던지려다 어깨에 칼이 박힌 녀석만 조금 걸음이 느려 뒷모습이 보였다. 놈의 어깨에 박힌 건 아란티아에서 르고와 협상해 얻어 낸 칼이었다.

“야! 안 죽일 테니 내 칼은 뽑아 놓고 가.”

칼이 꽂힌 녀석은 제이가 소리 지르자 더 빨리 달아나려고 했다. 제이는 탁자 위를 뛰어 단숨에 녀석을 따라잡아 쓰러트렸다. 녀석은 제이의 발에 밟혀 고통스럽게 몸부림쳤다.

“살려주세요! 살려주세요!”

“닥쳐! 이게 얼마나 좋은 칼인지 알아?”

제이는 그의 어깨에서 칼을 뽑았다. 녀석은 비명을 꽥 질렀다.

제이는 투덜대며 다시 여관 안으로 들어갔다. 방금 토한 술집 주인은 겁에 질려 오들오들 떨고 있었다. 기절해 있던 붉은 손은 부하들 중 하나가 업어서 데려가고 있었다. 제이는 그들이 도망가게 내버려 두었다.

“이봐. 이건 말이야…….”

제이는 레오피오에서 카셀이 술집 주인에게 했던 말을 떠올리려고 애썼다.

‘이런 일 벌어진 다음에 뭐라고 했더라? 꽤 절제되고 정리되는 말이었는데? 딱 지금 말해주면 좋을 것 같아.’

제이는 떠올려 봤지만 잘 생각이 나지 않았다.

"그러니까 신고하고……. 그러니까 내 말은 주인장이 신고하라는 소리야. 어쨌든 이건 내 탓 아니니까……. 내가 한 건 맞지만……."

주인은 제이의 말을 알아듣지 못했다. 멋있게 말한 다음에 술 한 잔 멋지게 들이켜는 것까지가 계획이었으나, 제이는 그냥 돌아설 수밖에 없었다.

제이는 2층으로 올라와 앞뒤로 아무도 없는 것을 확인하고 이마를 벽에 찧었다.

'카셀이 오면 뭐라고 변명하지? 타냐가 아무 말 안 했으면 좋겠다.'

방에 들어가 보니 라이는 바닥까지 날개를 늘어트리고 창틀에 걸터앉아 있었다. 밖을 바라보는 시선이 꿈을 꾸는 소녀 같았다.

"뭐 하냐?"

제이가 물었다.

"구경."

"한가해서 좋겠다, 너는."

제이는 피 묻은 손을 씻었다. 대야의 맑은 물이 금방 붉게 변했다.

"생각해 보니, 울프 기사단이란 거 대단했구나. 이런 곳에 있으니 꼭 내가 최강이 된 것 같잖아? 거기에서는 그냥 오십여 명 중 한 명이었는데……."

제이는 고개만 돌려 라이에게 말했다.

"라이, 이 일이 끝나면 울프 기사단에 한번 가 봐라. 결투를 원한다고 했지? 거기에서는 원 없이 해 볼 수 있을 거다."

"기더가…… 나를 이끌었다."

제이가 못 알아들을 단어로, 라이는 말을 이었다.

"내 기더, 싸움에, 있다면, 나 있을 곳, 카셀 옆……."

제이는 한참 그의 말을 되풀이해 보다가 동의했다.

"맞아. 카셀의 옆은 항상 전장이지."

카셀은 몇 시간 자지도 못하고 일어나야 했다. 새벽부터 로크의 의회와 경비대가 들이닥친 탓이었다. 공교롭게도 양쪽이 동시에 도착하는 바람에 소란은 더 컸고 정리도 빨리 됐다.

경비대 측이 먼저 나섰다. 어제 제이메르가 벌인 사건 얘기였다. 의회 쪽에서 나서 준 덕에 취조는 길지 않았다. 어제 그 자리에 있었던 술집 주인이 적극적으로 제이메르를 옹호해 주기도 했다. 조사는 '붉은 손이 먼저 시비를 걸고 제이메르는 그저 정당방위를 했다'는 결론으로 끝났다.

"당신이 누군지 모르지만 의회의 호출을 받았다고 의기양양해서 안심하지 마시오. 일단 시간이 없어 조사를 여기서 끝내겠지만 나중에 언제라도 다시 출두를 명령할 수 있으니까."

경비대의 대장은 강한 어조로 경고했다. 그리고 의회에서 온 사람들에게 경고의 눈을 돌리고 떠나려고 했다. 하지만 카셀은 졸린 눈으로 굳이 그들을 불러 세워 말했다.

"의기양양하지도, 안심하지도 않았소. 시간 없다는 핑계를 대지도 않겠소. 의회 사람들이 날 불렀다 해도 지금 당장 내 목숨이 위험한데 그게 무슨 상관이오?"

카셀은 졸린 목소리인데도 쉬지 않고 경비대 대장에게 쏟아냈다.

"우리는 우리를 공격한 쪽이 누구든, 어느 조직이든 이대로 끝내지 않소. 내 친구가 어제 목숨을 위협 당했소. 그러니 오늘 저녁에라도 당장 붉은 손인지 뭔지 하는 조직을 박살 내 버리겠소. 막으려면 지금 막고 취조하려거든 지금 마저 하시오. 경비대 대장이 방금 날 무시했으니 나 역시 로크의 경비대를 믿지 않고 단독 행동하겠소. 의회 사람들도 돌아가서 상부에 상황을 보고하시오. 오늘 중으로 로크의 범죄 조직을 울프 기사단의 캡틴이 아작을 내 버릴 것이니 일이 끝난 후 내일 보자고."

카셀은 하품을 참는 얼굴로 돌아섰다.

"싸구려 협박이군."

경비대 대장이 소리쳤다.

카셀은 뒤도 돌아보지 않고 손사래를 쳤다.

"싸구려 협박에 싸구려 행동력이오. 그리고 나는 말재주가 없어 피로 말하는 사람이오."

카셀은 느릿느릿 위로 올라가 버렸다.

얼결에 같이 나와 있던 제이메르는 뒤통수를 긁적였다.

"음, 내가 좀 변명하자면, 나 사실 붉은 손한테 위협 같은 거 안 당했어."

경비대 대장은 화난 얼굴로 제이를 노려보았다.

"위협을 안 당했다니, 무슨 소리요?"

"무슨 소리냐면, 아아, 그냥 됐소. 혹시 그놈 본거지가 어딘지 아시오? 붉은 손 말이요. 혹시 경비대가 뒷거래로 보호하는 놈이오?"

“그게 무슨 망발이오! 우리 로크의 경비대가 일개 범죄 조직 따위에게…….”

“그럼 내가 없애도 된다는 뜻이지?”

“없애다니?”

“왠지 좀 미안해서……. 내가 끝을 내야 할 것 같아서.”

“……누구한테 뭐가 미안하다는 거요?”

“카셀한테…… 불기둥을 보여 주라는 말을 실행해 보이는 명령을…….”

제이는 뭔가 설명해보려다 실패하고 손을 휘휘 내저었다.

“아니, 됐어. 내가 알아서 하지. 볼일 끝났으면 가시오.”

경비대 대장은 자존심 상한 얼굴로 여관 밖으로 나갔다. 하지만 의회에서 온 사람은 나가지 않았다. 제이가 물었다.

“당신들은 왜?”

“우리는 오늘 의회에 참석해 달라는 소식만 전하려고 온 거요. 경비대와는 상관없소.”

“몇 시까지?”

“열 시.”

제이가 알았다고 말하고 보내려는데 의회에서 온 사람은 수상쩍은 눈으로 물었다.

“방금 말한 사람이 당신 캡틴이오? 캡틴 울프? 원래 저렇게 과격한 사람이오?”

“그러게. 원래 저랬나?”

제이는 괴상한 대답을 해 주고 위층으로 올라갔다. 카셀은 욕실에서 세수하고 면도칼을 들고 있었다.

“뭐야? 갈 준비하고 있었네? 안 갈 것처럼 말하더니.”

제이가 물었다.

“경비대 대장 얘기라면 사소한 기 싸움 한 거야. 방금 했던 대화를 소문내 주면 더욱 좋지. 그래, 의회에서 온 사람들은 뭐래?”

“오래. 열 시까지. 그나저나 미안하군. 나 때문에 일이 커져서.”

“무슨 소리야? 넌 잘했어.”

“내가 잘했다고?”

“응. 굳이 덧붙이자면, 내가 기대했던 것보다 훨씬 잘했어.”

카셀은 면도칼을 따뜻한 물에 담그며 말했다. 거울을 바라보는 시선에는 비장감마저 감돌았다.

“수염 깎냐?”

“이제 억지로 기를 필요는 없어서. 하늘 산맥에서는 깎을 시간이 없었기도 하고.”

제이도 자신의 까칠한 뺨을 만지작거리며 물었다.

“혹시 타냐가 싫어해서?”

카셀은 놀란 눈으로 말했다.

“너 이제 ‘타냐’라고 부르네?”

제이는 어깨를 으쓱했다.

“그게 뭐?”

“만날 ‘마법사 여자’라고 불렀었잖아.”

“마법사라고 부르는 건 무서워서 그런 거야. 그러니까 내 말은, 마법사 여자라는 건 내 나름대로 존경한 거야. 예의를 차린 거지.”

"그게 예의였다고?"

"무서워서 부른 호칭이었으니까."

"이상한 예의범절이군. 그런데 지금은 생각을 바꿨어?"

"이제 타냐가 마법을 써도 어느 정도 막겠더군. 그러다 보니 어느 순간 안 무서워져서……."

카셀은 면도칼로 거울 속의 자신을 두들기면서 말했다.

"아이린의 테스트에 대해서 전에 한 번 말한 적 있지? 제이메르, 이제 너 아이린의 세 번째 테스트를 통과할 자신이 있나?"

카셀은 아이린의 테스트가 하얀 늑대를 결정하는 퀘이언의 테스트보다 더 어려울 거라고 말한 적이 있었다. 제이는 고개를 저었다.

"살아 돌아가는 게 세 번째 테스트다. 그런 건 자신이 있고 없고가 아니지 않냐?"

카셀은 빙그레 웃으며 말했다.

"역시 제이메르 넌 성장했어."

"무슨 말이야?"

"그런데 너 언제까지 남 면도하는 거 구경할 거냐?"

카셀은 제이를 쫓아내듯 문을 닫았다.

'성장?'

제이는 카셀이 한 말을 되새겨 보았다. 확실히 카셀은 변했다. 그는 처음 만날 때보다 더 어른이 되어 있었다. 거기에 비해 자신은 오히려 더욱 어린애가 되었다는 느낌이 들었다.

'내가 성장했다고? 이 녀석이 또 날 놀렸군.'

의회 앞에 도달하자 경비병들이 일행을 막아섰다. 특히 로브로 등과 머리를 가린 라이를 경계했고 신원 확인을 요청했다. 카셀은 라이에게 얼굴만 보여 주라고 했고 라이는 주저 없이 후드를 벗었다. 얼굴과 긴 귀만 보고도 병사들은 기겁을 했다. 제이의 생각에는 라이의 날개를 보여 주는 게 효과가 더 컸겠지만, 카셀은 끝까지 숨겼다.

"저, 의회 안으로는 무기를 가지고 들어갈 수 없습니다."

병사 중 하나가 라이의 쫑긋거리는 귀를 곁눈질하면서 요청했다. 제이는 거절하고 화를 쏟아 내려고 했으나 카셀이 아무렇지도 않게 아란티아의 보검을 맡겨 버리는 바람에 그럴 수 없었다.

제이가 카셀의 말을 듣는 것에는 나름대로의 규칙이 있었다. 카셀이 아무 말도 안 할 때는 대체로 아무렇게나 해도 됐다. 하지만 그가 뭔가를 하라거나 하지 말라고 하는 것은 그대로 따르는 게 나았다. 카셀은 귀찮은 일을 피하는 법을 가르쳐 주는 것이지, 명령을 내리는 게 아니기 때문이었다.

병사들은 무기 없는 라이를 그냥 통과시켰다. 타냐의 지팡이는 무기로 생각하지 않았다.

'멍청하긴. 내 칼은 바로 옆에 있는 몇 명만 겨우 죽일 수 있어. 그런데 빼앗아 가? 그런 식으로 치면 타냐랑 라이는 육체 자체가 입장 금지야!'

제이는 속으로 경고했지만, 병사들은 타냐의 얼굴을 훔쳐보느라 정신이 없었다. 늑대로 변한 모습을 한번 보여 주면 라이의 날개를 보여

주는 것보다 더 재미있는 반응을 얻어 낼 수 있을 거라는 농담을 해 보려다가 포기했다. 제이는 자기가 농담을 하면 대체로 의도했던 것과는 다른 결과가 나온다는 걸 경험상 알고 있었다.

정문을 통과해 의회 본 건물까지 가는 길목에는 정신 산란할 정도로 멋진 정원이 펼쳐져 있었다. 그 아름다움에 카셀은 꽃을 처음 본 어린 애처럼 좋아하며 거기에 대한 지식을 늘어놓았다.

타냐는 다 아는 얘기였고 제이는 관심이 없었다. 하지만 의외로 라이가 관심을 보였다. 라이가 인간의 음식에 흥미를 보이는 건 어색할 게 없지만 이런 꽃밭을 좋아하니 제이는 좀……, 웃겼다.

"환영하오, 캡틴 울프."

루에머스라고 이름을 밝힌 집정관과 향수 냄새 짙은 나르베니, 만나서 헤어질 때까지 웃는 얼굴로만 있는 논돌린이 일행을 맞이했다. 카셀은 집정관 세 명을 만나자마자 정원에서의 밝은 표정을 던져 버리고 언제 그랬냐는 듯 굳은 얼굴로 말했다.

"다행이오, 루에머스 집정관. 대놓고 캡틴 울프를 사칭한 자라고 욕하면 뒤도 안 돌아보고 가려고 했소."

"그렇게 생각했다면 굳이 의회 직원들을 시켜 당신을 찾아 여관이란 여관을 다 기웃거리지도 않았을 것이오. 다행히 어제 당신 부하가 벌써 한바탕 소동을 벌여서 그리 어렵지는 않았소."

"책임을 묻는 거라면 오늘 아침에 나에게 경고하고 간 경비대 대장과 얘기를 마무리 짓고 싶소만?"

카셀은 딱딱하게 물었다.

"전혀! 레오피오 행정관 세레스머스로부터 관련 정보를 미리 들었소. 오히려 그런 녀석들이 설치게 둔 것에 대해 사과드리겠소. 현재 우리 쪽 경비병들이 그런 자들을 색출해 내고 있소. 경비대 대장과는 마찰이 없도록 조처하겠소."

"나 역시 딱히 문제를 만들고 싶지는 않소. 그런데 회의가 준비되어 있다면 바로 시작하는 게 어떻소? 할 얘기가 많소."

"들어오시오. 우린 긴 얘기에 익숙하오."

의회 건물 안은 50명의 의원들이 앉을 수 있는 긴 의자가 둥글게 펼쳐진 너른 회장으로 이루어져 있었다. 부채꼴로 펼쳐진 의자는 집정관 세 명이 앉는 가운데 자리를 공격하듯 에워쌌으며 천장은 엎어 놓은 계란처럼 회장을 덮고 있었다. 회장 안 어디에서 누가 말을 하건 목소리가 멀리 울려 퍼지는 구조였다. 목청 좋은 사람이 소리라도 지르면 한동안 메아리가 멈추지 않았다.

카셀은 집정관 세 명의 옆에 앉자마자 그런 메아리를 수없이 들어야 했다.

"울프 기사단의 규모는 어떻소? 드래곤 기사단과 비견할 만하오?"

"캡틴 울프의 승계식은 어떤 식으로 치러지는 거요?"

"당신의 보검이 아란티아 보검이라는 증거는 없지 않소?"

"앤발디의 행정관이 보내온 서한에 의하면 당신이 그를 협박했다고 했소. 무슨 권리로 그런 짓을 한 거요?"

제이가 듣기에도 노골적으로 카셀의 정체를 의심하는 질문들이었다. 그런 게 반 시간이나 이어졌으니 제이는 짜증이 극도로 치밀어 올랐다.

'경비병들에게 칼을 맡기고 온 게 다행이군. 당장 뽑아서 닥치라고

해주고 싶어.'

그 질문에 대한 카셀의 대답도 짜증 났다.

"비견할 만하오."

"승계식을 받아야 하는 거요? 몰랐군."

"증거 없소."

"협박으로 들렸다니 안타깝군. 사과하지는 않겠소."

카셀의 성의 없는 대답에 화가 치민 의원 하나가 아예 적의를 담아 말했다.

"그럼 아란티아 여왕의 침실은 어떤 식으로 꾸며져 있소? 하늘 산맥 요정들처럼 나뭇잎 위에서 주무시나?"

화가 난 건 오히려 타냐였다. 그녀는 차가운 눈으로 그 의원을 노려보았다.

제이는 그 눈빛의 의미를 잘 알고 있었다. 로크로 오는 길목에 항상 마을이 있는 건 아니었다. 그래서 오는 도중 노숙을 몇 차례 했는데, 제이는 모닥불 옆에서 카셀의 손을 잡고 있는 타냐를 보고 이런 말을 한 적이 있었다.

'하루 종일 잡고 있어도 부족하냐?'

그때 바로 저런 눈을 했었다. 한번 그녀의 냉기 담은 눈빛에 당해 본 경험이 있는 제이는, 놀라 가슴을 움켜쥐고 의자에 털썩 주저앉은 그 의원의 심정을 충분히 이해했다.

"다른 질문 없소?"

카셀은 굳이 대답할 필요성 없는 그런 질문에는 이런 식으로 얼버무리는 게 고작이었다. 심지어 중간중간 노골적으로 딴청도 했다. 보다 못한 제이가 타냐에게 속삭여 물었다.

"카셀이 왜 저러는 거야?"

"카셀은 지금 의원들에게 간접적으로 분노를 표하고 있습니다. 다들 모르고 있을 뿐이지요."

"화내고 있는 거라고?"

"당신도 모르겠습니까?"

"……모르겠는데?"

타냐는 집정관 중 하나를 턱으로 가리켰다.

"적어도 한 명은 짐작한 것 같군요."

여성 집정관 나르베니가 자리에서 일어났다.

"자, 의원 여러분. 이제 그만 해 두는 게 좋겠습니다. 아무래도 캡틴 울프께서 상당히 화가 나신 것 같군요. 대체 그 화를 꾹꾹 눌러 담았다가 언제 터트리려고 아무 말씀 안 하시는 거죠?"

카셀은 변함없는 어조로 말했다.

"내가 이 상황에서 화를 낼 이유가 어디 있겠소, 레이디 나르베니?"

"그냥 집정관이라고 해 주세요, 캡틴."

"그러지요, 나르베니 집정관."

"아까부터 계속 듣기만 하는데, 달리 하실 말씀은 없나요?"

"없소. 하지만 의원 여러분들은 여전히 내게 할 말이 많은 듯하오. 계속하시오. 계속 들을 테니."

나르베니는 의외라는 표정이었다. 제이가 보기에도 나르베니는 카셀을 도와주려고 나선 것이었다. 하지만 카셀은 그 도움을 거절했다.

그때 의회 문이 조용히 열리며 짧고 하얀 수염을 기른 건장한 체구의 중년 남자가 들어왔다. 하얀 옷을 치렁치렁하게 여러 겹 입는 의원들의 복잡한 복식과 달리 그 남자는 가벼워 보이는 하얀 갑옷에 붉은 단을 허리 쪽에 맨 단순한 복식이었다. 그는 빠른 걸음으로 들어와 회장 중간쯤에 위치한 자리에 앉았다. 모두의 시선을 끈 그는 계속하라는 뜻으로 손짓했다.

생김새도 다르고 나이도 훨씬 많았지만, 제이는 이 남자의 분위기가 어딘지 마스터 퀘이언과 비슷하다고 느꼈다. 퀘이언처럼 거리 재기 애매한 힘이 먼 거리에서도 전해져 왔다.

"누구야?"

제이는 타냐에게 속삭였다.

"드래곤 기사단의 캡틴, 데라둘 마치입니다. 의회에 소속되어 있지 않지만 의회에 참가할 권한을 가지고 있습니다."

제이가 알고 싶은 건 그게 다였지만, 타냐는 지루한 설명을 추가했다.

"원로의회는 의원들을 뽑고, 의원들은 집정관을 뽑고, 집정관은 원로 의원들을 사퇴시킬 권한을 가지고 있습니다. 서로 물고 물리는 권력 견제 덕인지 가넬로크는 아란티아 다음으로 정치적으로 안정된 나라지요. 하지만 드래곤 기사단의 캡틴은 그런 권력 견제 제도에 포함되어 있지 않습니다. 오직 드래곤만 기사단의 권력을 제어할 수 있는 거죠."

"가넬로크 드래곤은 다 죽었잖아."

"그래서 실상 캡틴 데라둘은 현재 집정관과 거의 같은 권력을 행사할 수 있습니다. 어찌 보면 굉장히 위험한 인물이죠. 카셀과 제가 어제 늦게까지 여관에 가지 못하고 조사한 사람이 바로 캡틴 데라둘입니다."

“의회와 드래곤 기사단의 캡틴이란 건, 아란티아 여왕과 카셀의 관계랑은 다른 건가?”

“전혀 다릅니다. 카셀은 완전히 새나디엘 폐하께 소속되어 있으며 그 명령을 받들지만, 데라둘은 의회의 제안을 받을 뿐 독자적으로 기사단을 움직일 수 있습니다. 관습적으로 의회의 명령을 따르지만 지금은 어떨지 모르죠.”

카셀은 데라둘을 보고 살짝 목례했고, 데라둘도 눈으로만 인사를 받았다.

“우리들은 당신이 진짜 캡틴 울프인지에 대해 알아야 할 필요가 있소. 그 증거가 없다면 우린 무엇으로 믿어야 하오? 거기에 대해서도 할 말 없다 할 거요? 고작 아무 말 없이 듣기만 하려고 의회에 참석한 거요?”

루에머스 집정관이 강압적인 어조로 물었다.

카셀은 아침에 수염을 깎아 버린 매끈한 턱을 만지작거리다가 말했다.

“그럼 로크의 의회는 물어보기만 하려고 날 불렀소?”

“방금 나르베니 집정관께서 직접 발언권을 드렸잖소. 그래도 말하지 않은 건 당신이오.”

“싹을 틔울 준비가 되지 않은 메마른 땅에 씨를 뿌려 무엇 하오?”

루에머스 집정관은 무섭게 눈을 치켜떴다.

“그래서 땅을 적실 비라도 기다리고 있다는 거요?”

“아니, 로크의 의회는 태양이 너무 강하다는 거요.”

카셀은 갑자기 자리에서 일어나 의원들을 한 명씩 차근차근 돌아보았다. 성질 급한 의원 한 명이 언제 입을 열 거냐고 손가락질을 할 무렵에야 카셀은 말했다.

"내가 나라는 증거를 여러분들에게 어떻게 납득시키라는 거요? 로크의 의회도 다른 왕실과 다를 바 없이 별로 재미는 없군요."

누군가 장난으로 나선 거냐고 불쑥 끼어들어 말했으나, 대부분의 의원들은 카셀이 다음 할 말을 기다리고 있었다. 그리고 카셀이 말을 끝내면 즉시 퍼부어 줄 준비를 하고 날을 세웠다. 옆에서 보고 있는 제이조차 거기에 베이는 기분이 들었다. 그는 50개의 칼은 막을 자신이 있지만, 50명의 눈동자는 무서웠다. 그런데 정작 카셀은 이 상황을 즐기는 것 같았다.

'무서운 놈.'

카셀은 느긋하게 손을 올리며 말했다.

"가넬로크에 닥쳐오는 적에 대해서 먼저 말씀드리겠소. 그 적은 하늘 산맥의 사악한 드래곤에게 복종하는 검은 기사와 지금까지 이 땅에 있어 본 적 없는 수천 마리의 괴물들로 이루어진 군대요. 그리고 그 모든 것을 지배하는 건 이 땅을 죽음의 땅으로 만들 사악한 마법사요."

한쪽에서 누군가 웃음을 터트렸고 곧이어 사방에서 웃어 대기 시작했다. 한 명이 떠나갈 듯 웃으며 말했다.

"5년 전 가넬로크에 여왕을 모시고 왔던 마스터 퀘이언은 적어도 그런 허풍과 거짓말은 하지 않았소. 당신은 퀘이언을 한 번이라도 봤나 모르겠군."

카셀은 멀뚱히 그를 바라보며 물었다.

"당신은 드래곤을 한 번이라도 봤소?"

말을 꺼낸 의원은 불쾌한 얼굴로 소리쳤다.

"무슨 그런 엉뚱한 소릴 하는 게요?"

"로크에 살지 않았소? 말해 보시오. 10년 전 드래곤들을 한 번이라도 봤소?"

"이제 위대한 드래곤의 영혼을 더럽히는 소리를 지껄일 셈인가? 아무렴 로크의 의원이 드래곤도 한번 뵙지 못했을까? 정말 웃기는 질문이 아닐 수 없군."

"그럼 난 이렇게 말하면 되겠군. 방금 당신은 위대한 퀘이언의 영혼을 더럽히는 소리를 지껄인 거요. 아무렴 캡틴 울프가 마스터 퀘이언 한번 뵙지 못했을까? 정말 웃기는 질문이 아닐 수 없군."

카셀은 방금 말한 의원의 말투까지 고스란히 따라 했다. 말문이 막힌 동료를 도와 옆에 있는 의원이 벌떡 일어나 말했다.

"터무니없는 궤변을 늘어놓아 우릴 혼란시킬 셈이오? 당신은 지금 절차를 무시하고 있소. 우선 당신을 충분히 증명한 연후에 그런 논의를 해야 하는 건 당연하오. 그런데 다짜고짜 전투에 대한 회의부터 하자고? 아니, 이건 절차 이전의 문제요. 하늘 산맥에서 '사악한 드래곤'이 쳐들어온다니! 이것보다 희극적인 말이 어디 있소? 하늘 산맥에서 왔다 했소? 거기에는 하늘 산맥의 요정이라도 살던가?"

"당신은 가넬로크에서 사시오? 거기에는 아크랜드의 인간이라도 살던가?"

"어째서 대답이 또 그런 식이오?"

"질문이 그런 식이잖소. 솔직히 나는 여기 의원들이 드래곤을 보고 자란 로크 사람들인지가 의심스럽소. 드래곤을 비현실적으로 여기는 사람들도 아닐 텐데, 어째서 하늘 산맥의 사악한 드래곤이라는 말을 거짓으로 만들려고 발악을 하는 게요?"

“당신이 먼저 당신을 증명하면 되는 문제요. 캡틴 울프도 아닌 자를 회의석상에 앉혀 놓고 국가적인 문제를 상의하란 거요?”

“당신들은 내가 캡틴이란 걸 믿지 않을 준비가 되어 있소. 내가 캡틴인지 아닌지 알아볼 준비는 그쪽이 먼저 해야 하는 거 아니오? 울프 기사단의 캡틴을 상징하는 아란티아의 보검은 밖의 경비병들이 뺏어가게 내버려 두는 걸 보니 보검의 상징에 대해서도 모르고 있고, 바깥 정원에는 지금 하늘 산맥에서 온 요정이 유유히 산책을 하고 있건만 그곳은 보지 않고 나에게 하늘 산맥에 요정들이 살고 있느냐는 질문을 해 대며, 루티아의 마스터가 바로 저 자리에 앉아 있거늘 확인해 볼 생각도 않고 있는 사람들이, 나보고 먼저 나를 증명하라고 요구하는 거요? 자, 그럼 내가 나 자신을 증명할 방법은 별로 남지도 않았군. 마스터 타냐, 당신의 힘을 보여 이 회장 전체를 얼려 버리시오. 제이메르, 의회를 지키는 경비병들을 이 자리에서 모조리 죽여 버려라.”

카셀은 놀라 눈을 동그랗게 뜬 의원들을 차분히 바라보며 말을 이었다.

“내가 이런 식으로 말할 수는 없는 것 아니오. 내가 날 증명할 준비가 되어 있지 않은 게 아니라 당신들이 아직 내 이야기를 들을 준비가 되어 있지 않는 거요.”

카셀의 말을 듣고 진짜로 일어나려 했던 제이의 어깨를 타냐가 지그시 눌렀다. 제이도 진짜 그래야 하는 건가 해서 내심 염려하던 차였다.

‘나도 이렇게 놀랐는데, 여기 의원들은 장난 아니었겠군.’

어색하게 이어지는 침묵 속에서 카셀은 멀찌감치 떨어져 있는 드래곤 기사단의 캡틴에게 말했다.

“드래곤 기사단은 의회와 독립되어 있다는데 맞습니까?”

"맞다."

캡틴 데라둘은 딱딱하게 대꾸했다.

"둘이서 얘기 좀 나눌 수 있을까요?"

"그러지."

데라둘의 대답에는 한 치의 망설임도 없었다. 어안이 벙벙해 있던 의원들은 깜짝 놀라 웅성거렸다. 누가 먼저랄 것 없이 캡틴 데라둘에게 말을 해 대는 바람에 회장은 다시 소란에 빠졌다.

루에머스 집정관이 상황을 정리하며 물었다.

"캡틴 데라둘, 방금 뭐라 하셨소?"

"나와 대화하자는 젊은이의 요청을 수락했소."

논돌린 집정관도 당황해하며 나섰다.

"곤란하오, 캡틴. 이자는 아직……."

"신분이 입증되지 않았다고? 그럼 현시점에서는 아무것도 아닌 청년이군. 내가 그런 자와 얘기하는데, 의회의 승인까지 구태여 받을 필요가 있소?"

데라둘은 카셀에게 고갯짓을 했다.

"하려던 말을 마저 하게, 젊은이. 우선 이 자리를 정리할 필요가 있겠군."

"고맙습니다."

카셀은 막힘없이 말을 이었다.

"루에머스 집정관, 로크의 방위군과 의회의 경비대, 그리고 가넬로크의 국군이 총집결하는 데 며칠이 소요되오?"

"앞서 나가지 마시오. 의회는 아직 당신의 입장을 받아들인 게 아니오."

루에머스 역시 망설임은 없었다. 카셀은 다른 의원들이 욕을 해 대고 시비를 걸면 시큰둥하게 받아들였다. 그러나 루에머스만큼은 진지하게 상대하고 있었다.

제이는 그제야 카셀의 관점을 조금이나마 이해했다. 카셀은 지금 '전투'를 하고 있었다. 그는 다른 의원들은 별로 위협이 안 된다고 판단하고 대충 상대했다. 그러나 루에머스는 위협이 될 거라 보고 집중한다. 제이메르 방식으로 보자면, 카셀이 '간격'을 보는 건 루에머스 하나였다.

"사흘."

루에머스가 거부한 대답을 데라둘이 대신해 버렸다.

"의회의 승인이 떨어지는 데 반나절, 로크의 수도 방위군과 의회의 경비대가 집결하는 데 또 반나절, 그사이 근처 도시에 명령이 하달되고 다시 반나절 후에 집결, 그리고 반나절 후에 로크로 향하면, 그 정도…… 가장 빨랐을 경우에 그러하지."

"캐, 캡틴 데라둘. 타국의 기사단 캡틴에게 그런 정보를 상세히 일러주시다니요?"

논돌린이 황급히 나서 말렸다. 다른 의원들도 모두 벌린 입을 다물지 못했다. 카셀은 무표정한 얼굴로 그 말을 받았다.

"레오피오에서 여기까지 적군이 전력 질주 한다 해도 나흘 안에 오기는 힘들 것이고, 그쪽에서 파발이 오는 데 하루, 거기에 더하기 사흘…… 앤발디의 행정관이 내 말대로만 하고 있다면 사흘도 빠르다고만 할 수는 없겠군요."

카셀은 집정관 세 사람에게 눈을 돌렸다. 세 명 모두를 보고 있었지만, 제이의 관점에서 여전히 '카셀의 간격'은 루에머스 하나에게만 집중되어 있었다.

"레오피오가 함락되고 수천 명이 죽었다는 파발이 오면 내 말을 믿어 줄 것 같으니, 그때 다시 나를 불러 주시오. 한걸음에 달려오겠소."

카셀은 느린 걸음으로 회장 밖으로 걸어 나갔다. 분노, 당혹, 두려움, 비웃음, 다양한 시선이 꽂혔으나 카셀은 전혀 신경 쓰지 않았다.

여전히 눈 돌아가게 아름다운 정원의 한가운데에 라이가 있었다. 웬일인지 라이는 로브를 벗고 날개를 활짝 펼치고 있었다. 근처에 있던 병사들은 한참이나 뒤로 물러나 있었다. 그러나 시녀들이나 귀족 여인들은 천사라도 본 것처럼 황홀한 얼굴로 구경하고 있었다.

제이의 눈에도 꽃을 주위에 두고 날개를 펼친 라이의 모습은 멋졌다. 정확히 전투에 필요한 만큼만 단단하게 뭉친 어깨의 근육과 딱 벌어진 가슴은 부럽기까지 했다.

카셀이 탐스러운 하얀 날개의 끝을 손가락으로 붙잡고 장난스럽게 흔들며 물었다.

"이 정원, 마음에 들어?"

라이는 눈까지 감고 호흡하며 레미프의 언어로 대답했다. 그 말은 타냐가 해석해 주었다.

"인간이 생각하는 아름다움이란, 숲이 스스로 만들어 낸 조화를 더 좋아하는 레미프의 취향에서는 벗어나 있다. 그러나 그런 부조화를 억지로 조화로 이끌어 낸 아름다움도 마음에 든다."

때마침 의회 의원 몇 명이 카셀에게 뭔가 할 말이 있었는지 문을 열고 나왔다. 그리고 그들은 라이의 모습을 보고 기절할 듯 놀라 체면도 잊고 비명을 질렀다. 캡틴 데라둘도 따라 나왔다가 라이를 발견하고 놀란 표정을 지었다. 하지만 다른 의원들처럼 물러나지는 않았다. 그는 가까이 다가와 한동안 라이의 날개를 구경하다가 말했다.

"날개 멋지군. 하늘 산맥이 아니라 하늘에서 내려왔다고 해도 믿겠어."

라이는 데라둘과 하늘을 번갈아 보았다. 데라둘은 주름진 미소를 보이며 물었다.

"숙소는 어디에 잡고 있나?"

"그냥 평범한 여관입니다, 캡틴 데라둘."

"퀘이언이 자네 같은 어린 청년을 후계자로 지목할 줄은 몰랐군. 한동안 캡틴은 없을 거라더니 엄살이었나?"

데라둘은 회장에서 보인 딱딱함을 벗어 버리고 오랜만에 만난 삼촌처럼 웃었다.

'언제 봤다고 친한 척이야? 저런 건 수상해.'

제이는 경계했다. 하지만 순진한 카셀은 그의 친근함에, 친근함으로 대꾸했다.

"절 캡틴으로 지목한 건 마스터의 수제자들, 그러니까 하얀 늑대들이었습니다. 마스터 퀘이언께서는 그냥 허락만 내리신 거죠."

"자세히 들어두고 싶은 얘기군. 어쨌든 자잘한 경비에 신경 쓰지 않게, 드래곤 기사단으로 짐을 옮기게. 방은 많으니까. 그쪽 레이디는 루티아의 마스터?"

타냐는 직접 자기소개를 했다.

"타냐입니다."

"루티아에서 온 손님을 받는 건 정말 오랜만이군. 환영하오, 마스터 타냐. 이 도시에도 '그랜드 로크'라고 마법사 연합이 있는데 그들이 무척 만나고 싶어 할 거요. 그리고 이쪽은?"

"라이. 하늘 산맥의 레미프입니다."

카셀이 소개해 주었다. 라이는 데라둘의 인사를 받지 않았으나 데라둘은 별로 신경 쓰지 않았다.

"그리고 제이메르. 저를 지키러 따라와 준 제 친구입니다."

"반갑네."

데라둘이 손을 내밀었다. 제이는 별생각 없이 청하는 악수를 받으려다 불쑥 어린 시절의 기억이 떠올랐다.

십여 년 전 아버지 티온과 어머니를 모시러 왔던 기사 카르는 드래곤 기사단 출신이었다. 그가 밭일로 엉망이 된 어머니 앞에서 펑펑 울던 기억은 아직도 선명했다. 그리고 그는 제이를 데리러 오겠다고 약속한 뒤 전쟁 통에 죽었다. 그때 카르가 티온에게 언급한 이름이 있었다. 만난 지 한 달도 지나지 않은 빌리와 슈벨의 성이 뭐였는지도 잘 기억이 나지 않는데 데라둘 마치의 이름은 너무도 선명했다.

'아버지를 다시 전쟁터로 부른 자.'

그러나 티온은 그 호출을 거절했다. 제이는 데라둘에게 까닭 모를 살기를 내보였다.

'카르가 아니라 당신이 직접 와서 티온을 데려갔더라면…… 내가 내 손으로 티온을 죽일 필요도 없었고 어머니도 죽을 필요 없었어!'

얼마 전 봤던 그 검은 기사의 얼굴 속에 드러난 아버지의 얼굴이 또 한 번 기억 속에서 튀어나와 말했다.

'네가 날 벗어날 수 있을 것 같으냐? 넌 날 영원히 벗어나지 못한다. 영원히!'

제이는 자기도 모르게 '그렇지 않다!'라는 대답을 속으로 내뱉으며, 데라둘의 손을 꽉 쥐었다. 칼이 없어 다행이었다. 있었으면 뽑았을 것이다.

"제이메르."

카셀이 눈치채고 제이의 어깨를 툭 쳤다. 데라둘은 악수를 한 손에서 힘을 빼고 말했다.

"투지가 좋은 젊은이군. 하지만 그렇게 힘을 줘서야, 칼이 있다 한들 벨 수 있었겠나?"

무의식중에 계속 쥐고 있던 손을 떼며 제이는 뒤로 한 걸음 물러섰다.

"그럼 자세한 이야기는 기사단 사무실에서 하도록 하세. 안내해줄 사람이 필요하면 기사들 몇 명 보내겠네."

데라둘은 카셀에게 말했지만, 시선은 계속 제이를 향하고 있었다.

"장소는 압니다. 저희들끼리 나중에 가겠습니다."

"그러게."

데라둘은 정원을 가로질러 멀리 사라졌다.

카셀이 질책하듯 물었다.

"제이메르, 왜 그래?"

"그냥 싫은 기억이 나서."

제이는 건성으로 대꾸했다.

"만난 적 있어, 캡틴 데라둘을?"

"아니."

제이는 딱 잘라 말했고 카셀도 더 묻지 않았다.

제이는 의회를 벗어날 때까지 계속 데라둘에 대한 정확한 기억을 떠올리려고 머리를 굴렸다.

"데라둘이라는 노인네, 너무 친절하지 않아? 어찌 보면 넌 의원들이 그랬던 것처럼 사기꾼으로 오해받는 게 정상이었다. 그런데 왜 그 사람은 너를 잘 안다는 듯 말하는 거지? 이상하지 않나?"

뜻밖에도 타냐가 제이의 말에 동의했다.

"저도 그런 느낌이 없지 않아 있었습니다."

"글쎄, 그냥 마스터 퀘이언처럼 어려우면서도 편한 느낌이라 난 나쁘지 않았……."

제이가 카셀의 앞으로 확 나서는 바람에 말이 끊겼다. 허름한 차림의 남자가 카셀 앞으로 다가왔다. 검의 간격을 전혀 보이지 않는 남자였으나 제이는 일단 경계했다.

"뭐냐?"

척 봐도 온몸에서 묵은 냄새가 나는 노숙자였다.

"저…… 어, 어떤 분께서 이걸 전해 달라고…… 아무것도 묻지 마십시오. 전 모릅니다. 그렇게 전하라고만 했습죠. 그럼 전……."

남자는 제이에게 작은 쪽지만 한 장 전해 주고 휘적휘적 걸어가 버렸다. 그 남자는 손에 든 금화가 진짜인지 확인해 보고 있었다. 어떤 경로로 쪽지를 전달하게 되었는지 확인해 보지 않아도 알 것 같았다.

제이는 접혀 있는 쪽지를 카셀에게 전달하며 물었다.

"뭐라고 쓰여 있어?"

카셀이 펼쳐서 다른 세 사람이 들을 수 있을 정도로만 작게 말했다.

"데라둘을 조심할 것."

제이는 자기도 모르게 크게 소리쳤다.

"거봐! 내 말이 맞지. 우리한테 사냥꾼을 보낸 것도……."

"좀 더 크게 떠들지 그래? 의회에도 다 들리게."

카셀이 화를 내자 제이는 입을 꾸욱 다물었다.

"애초에 우리가 믿을 건 우리 넷밖에 없어."

그는 타냐, 제이, 라이를 한 명씩 돌아보며 말을 이었다.

"이런 상황, 새삼스럽지도 않지. 그런 의미에서 난 이 쪽지도 수상하다고 생각해."

말은 그렇게 해도, 카셀은 동요하고 있었다.

"물론 캡틴 데라둘이 적이라면 우리는 마스터 퀘이언을 적으로 두고 있는 거나 다름없게 돼. 아니길 바라야지. 일단 블랙풋의 정보를 기다려 보자. 사냥꾼들을 끌어모은 자와 그 검은 기사들의 주인은 같은 존재일 거야. 그걸 알아내면 이따위 쪽지는 안 받은 것만 못해."

카셀은 힘든 발걸음을 옮겼다. 제이는 카셀의 힘이 되어 주고 싶었으나, 자기 문제부터 복잡해 그럴 여유를 갖지 못했다.

'나서지 마. 네가 나서면 문제만 더 커져.'

제이는 스스로에게 충고했다.

'배려 없는 남자는 질색이야!'

어디선가 아이린이 버럭 소리 지르는 것 같았다. 괜히 배려한답시고 뭔가 해 보려다 카셀을 방해하는 꼴로 보이고 싶지도 않았다. 그 와중에 자꾸 티온의 모습이 떠올랐다.

제이는 몇 번이고 아버지의 망령 같은 건 없다고 되뇌었다.

◈ Chapter 5 ◈
집정관 나르베니

기사단 내에서 제공하는 아침 식사는 근 한 달 내에 먹은 음식 중 가장 근사했다. 음식에 대한 평가를 한 적이 없는 타냐도 오랜만에 좋은 음식 먹는다는 말을 할 정도였다. 하지만 정작 타냐가 오랜만에 입을 열었는데도 카셀은 기쁘지 않았다.

"어제의 조치가 조금 안 좋았나요?"

카셀은 식사를 하는 둥 마는 둥 하다가 올리브오일 뿌린 샐러드만 먹었다. 반숙한 달걀 요리를 스푼으로 뜨던 타냐가 솔직하게 말했다.

"좀 과격하긴 했지요."

"의원들을 화나게 하는 게 목적이긴 했지만 잘못된 방향이었던 것 같아요. 권위 의식을 가진 자에게 권위 없는 논리로 공격하면 반감만 사는 게 당연한데……. 이 반감이 의회의 힘을 집중시키는 데 쓰이지 않고 절 적대하는 데에만 쓰이면 실패입니다."

"확실히 이 시점에서는 실패네요. 카셀의 계산대로라면 오늘 아침에 벌써 의원들 몇 명이 사과하러 찾아왔어야 하지만 아무도 안 오는군요."

"라이가 날개를 드러내는 시기가 안 좋았을지도 모르겠어요."

"결과적으로 보자면 그렇겠지요."

"그렇군요."

카셀은 머리를 긁적였다. 그녀는 웃으며 카셀의 앞에 놓인 물 잔에 손가락을 얹었다. 물 표면에서 물방울 하나가 떠올라 카셀의 얼굴 앞에서 탁 터졌다.

"당신이 그런 모습을 제 앞에서만 보이는 건 은근히 기분 좋은 일이군요. 제가 특별한 존재가 된 것 같아서."

"제가 그랬나요?"

카셀이 당황하며 물었다.

"당신이 결과가 나오지 않은 일을 걱정하며 전전긍긍해 하는 모습을 볼 수 있는 사람들은 몇 되지 않으니까요. 지금 실컷 괴로워하다가도 의원들 앞에 나서면 다시 어제처럼 당당하게 협박할 수 있지 않습니까?"

"당당해 보이긴 했나요? 그렇게 보이려고 무던히 노력하긴 했지만요."

"카셀이 울프 기사단의 캡틴이 아니었다면 전 지금 당신을 루티아로 데려가서 대변인을 시켰을 겁니다. 전 의원들을 마법으로 겁주어 복종시키는 것밖에 생각하지 못했습니다."

"공포로 이끌어 낸 복종은 더 큰 공포에 무너져요. 제가 아무리 겁을 준다 해도 죽지 않는 자들의 군주가 주는 공포를 이길 수는 없어요. 역시 어제는 실패였어요. 좀 더 진심을 내비쳤어야 했어요."

"타인의 진심을 진심으로 받아들이는 사람은 정치를 할 수 없다! 제 마스터가 하신 말씀입니다. 결과적으로 지금 후회하고 있으나 카셀이 모두에게 솔직히 말하는 저자세를 보였다면 이보다 더 안 좋은 결과가 나타났을지도 모릅니다. 어제의 일을 후회하지는 마십시오."

"정치에 10년 이상 몸담은 인간은 모조리 사막으로 쫓아 버리는 게 좋다. 아버지께서 하신 말씀이죠."

"풋!"

타냐는 먹던 달걀이 입 밖으로 튀어 나가려는 걸 겨우 손바닥으로 막았다.

"그건 은퇴시키는 것 이상이네요?"

"은퇴시켜 봐야 귀족들은 왕실에 끝없이 영향을 미치고 의원들은 원로원이란 곳에서 계속 힘을 발휘하죠. 아버지는 원로원을 각별히 싫어하셨어요. 술만 들어가면 늙은이가 어쩌고저쩌고…… 사실 아버지는 할아버지도 무척 싫어하셨다더군요."

"카셀의 가족 이야기는 항상 듣기 좋군요. 카셀 아버지도 한번 뵙고 싶습니다."

"타냐의 이야기는 언제 들려주실 건가요?"

"유쾌한 얘기가 아니라서요. 하지만 카셀에게는 언제고 꼭 들려드리겠습니다."

타냐는 굳은 얼굴로 말했고 카셀도 고개만 끄덕였다.

"제이메르와 라이는 식사 안 하나요?"

카셀이 창밖을 보다가 물었다.

"벌써 먹었을 겁니다. 둘 모두 대륙의 3대 기사단 중 하나에 들어왔는데 굳이 사람 기다리며 노닥거릴 필요 있겠냐며 의기투합해서 나가더군요."

타냐는 냅킨으로 입을 닦으며 말했다.

"의기투합……. 그 둘에게 별로 어울리지 않는 단어군요."

"여전히 계기만 하나 던져 주면 서로 찌를 듯이 노려보긴 하더군요. 제이메르가 아직 라이의 상대가 안 된다는 걸 깨달은 다음부터 시비 거는 일이 줄었지만, 아마 목숨 걸고 싸우면 라이도 꽤 긴장해야 할 겁니다. 제이메르는 '그런 검사'니까요."

"무서운 말을 아무렇지도 않게 하시는군요."

"카셀도 은연중에 알고 있지 않습니까? 사실…… 저 둘은 고삐도 달지 않은 야생 황소 같습니다. 저는 아직도 감방 안에서 쇠사슬을 친친 감은 라이의 모습을 기억합니다. 그런 자가 아직까지 사고 하나 없이 우리 옆에 있다는 것 자체가 신기하군요. 저 없는 사이에 뭔가 특별한 조치라도 취하셨습니까?"

"그런 거 없었어요. 방금 한 말 그대로, 야생 황소를 길들여 외양간에 넣으면 그건 이미 야생이 아니잖아요?"

아직 배는 부르지 않았지만 카셀은 식사를 끝냈다. 그는 시녀들에게 접시를 치워 달라고 부탁하고 과일만 하나 입에 물었다.

"자유분방하긴 해도 울프의 이름을 가진 이들은 기사단이라는 조직 안에 있었던 존재입니다. 그들을 그렇게나 통제한 마스터 퀘이언은 정말 대단해요. 하지만 제가 그분의 방식을 따를 필요는 없어요. 그럴 수도 없고 그럴 자격도 없죠. 제이도, 라이도 그냥 둘 거예요. 그 상태로 그냥…… 사고 없이 절 따라와 주길 바라는 거죠."

"꼭 불량 학생을 다루는 선생님 같군요."

"적어도 저는 책임감이 있지 않나요? 그 두 학생이 말썽을 부리면 전 죽으니까요."

카셀은 허허 웃었다. 타냐는 한숨을 쉬었다.

"무서운 말을 아무렇지도 않게 하는 건 카셀입니다."

"저도 말하고 보니 좀 무섭네요. 제발 저 둘이 친하게 지내야 할 텐데……."

카셀은 다시 창밖을 내다보았다. 거기에 회색 로브를 입은 누군가가 서 있었다. 카셀이 놀라 눈을 잠깐 깜빡이는 사이, 그자는 빠르게 걸어가 시야에서 사라져 버렸다.

"방금 봤어요?"

타냐는 뒤늦게 창문 밖을 보며 물었다.

"뭘요?"

카셀은 본 걸 말해 주었다. 타냐는 직접 창문을 열고 확인했지만, 여전히 흔적도 찾을 수 없었다.

"전 아무것도 느끼지 못했습니다. 만약 그게 '그자'라면 카셀보다 제가 먼저, 더 확실하게 알 수 있었을 겁니다."

"제 착각이었을까요?"

"글쎄요. 일단 마법의 흔적은 없으니 모르지만……."

타냐는 불안해하며 말했다.

"그래도 주의를 기울이도록 하죠."

제이는 고기 끼운 빵을 먹으며 바위 위에 앉아 있었다. 그의 옆에 선 라이는 로브를 벗고 하얀 날개를 드러내고 있었다. 어제 타냐가 등에 구멍 뚫린 옷을 검은 천으로 적당히 바느질해서 만들었는데 잘 어울렸다.

멀리서 둘을 발견한 드래곤의 기사들이 이쪽으로 다가왔다.

"여긴 기사단이 아니면 출입할 수 없는 신성한 훈련 장소다. 누구냐?"

기사들 중 한 명이 물었다.

"신성한 훈련 장소라면서 왜 훈련하는 사람은 아무도 없어?"

제이는 빵을 가득 물어 볼록 튀어나온 뺨을 우물거리며 되물었다.

"드래곤 기사단의 훈련과 수업은 모두 정확한 일정에 맞춰져 있다."

"그럼 그 일정이 아니면 훈련도 안 하고 결투도 안 하나?"

"결투?"

키 크고 목에 금목걸이를 두른 갈색 머리의 기사는 크게 웃었다. 스무 살 넘은 지 한참 지난 얼굴이었으나 얼굴에 여드름도 많았고 기름기도 번들거렸다. 라이처럼 물방울 튈 것처럼 깨끗한 피부만 보다가 갑자기 현실적인 피부를 보니 제이는 저도 모르게 자기 얼굴과 이마를 만져 보게 되었다.

'내 얼굴도 이 녀석 못지않겠군.'

그 기사는 제이를 머리끝부터 발끝까지 훑어보다가 소리쳤다.

"뭘 그렇게 훑어보는 거냐, 이놈?"

근처에 있던 다른 기사들도 큰소리를 듣고 다가왔다. 하지만 정작 시선은 라이를 향했다. 단숨에 구경거리가 되었으나 라이답게 신경 쓰지 않았다.

"기사들이 훈련을 안 한다는 말에 조금 실망해서. 나는 여기 오면 울프 기사단처럼 마음껏 대결을 할 수 있을 줄 알았거든."

제이의 말에, 옆에 있던 나이 많은 기사가 차분하게 말했다.

"워낙 우리 기사단의 명성이 높으니 그런 허무맹랑한 도전자들이 더러 있지. 자네도 그런 부류인가?"

"아마 나도 그런 부류…… 일 거다."

"듣자니 하늘 산맥의 요정과 함께……."

그 말을 하며 그는 흘끔 라이를 올려다보았다.

"……캡틴 울프를 호위한다고 들었다. 자네도 울프 기사단인가?"

제이는 몇 가지 따져 보다가 고개를 저었다.

"아닐걸."

제이의 애매모호한 대답에 근처에 모여든 기사들 몇 명이 실소를 터트렸다. 제이는 딱딱한 빵을 먹느라 목이 탄 나머지 자리에서 일어났다.

"할 일 없으니 그냥 가야겠군. 라이, 가자. 우리가 얻을 게 이 기사단에는 없는 것 같다."

한 명이 제이의 어깨를 잡았다.

"흘려들을 수 없군. 그건 무슨 의미인가?"

"의미는 무슨 의미? 겨룰 거냐?"

"검이라면 있다."

"나도 있다."

제이는 슬쩍 몸을 돌렸다.

다른 기사들이 나서서 두 사람을 말렸다.

"왜 그러나? 참게."

"이곳은 천박한 싸움을 위한 자리가 아니야."

제이는 허리에 차고 있는 칼에 손을 대고 아까부터 준비한 말을 꺼냈다.

"어떤 자리에서건 그 싸움은…… 서로 최선을 다하는 대로 신성하다."

사실 제이가 하고 싶은 말은 '서로 최선을 다한다면 그 싸움은 어떤 자리에서건 신성하다.'였다. 제대로 의미 전달도 하지 못했지만 말한 당사자가 하도 당당하니, 그 말을 이해 못한 기사들은 자기들끼리 의논해 봐야 했다.

"다들 무슨 짓이냐? 기사단의 손님이니 물러나라."

싸움이 일어나려는 것을 말리려고 멀리서 달려온 기사가 소리쳤다.

"그리고 당신 역시 드래곤 기사단을 존중하여 싸움을 멈…… 음? 자네 혹시 제이메르 아닌가?"

그 기사는 바로 제이를 알아보았다.

사람 기억하는 것에 자신 없는 제이는 또 이건 누군가 싶어 건성으로 물었다.

"누구시더라?"

"브란더! 지옥 도끼라는 별명의 살인마를 죽여 현상금을 받을 때 내가 내주지 않았나? 여보게들, 내가 말한 그 사냥꾼이 바로 이 친구야."

그가 껄껄 웃으며 모두에게 말했다.

"아, 그거."

제이는 겨우 기억을 해냈다. 울프 기사단에 가서 그곳이 소문보다 형편없는 곳이라면 돌아와서 드래곤 기사단의 문을 두드리겠다고 했던 말도 떠올랐다.

"어떻던가, 울프 기사단은?"

브란더는 보기 좋은 미소를 지으며 물었다.

"소문보다 좋은 곳이었다. 오히려 네가 자신 있게 추천한 이곳은 실망이군."

제이는 솔직하게 말했다. 다른 기사들이 우락부락하게 인상을 짓는 것과 상관없이 브란더는 미소를 잃지 않았다.

"어째서 그런 생각을 하게 되었는가?"

"훈련도 안 하는 기사단을 기사단이라 할 수 있나?"

"아, 그런 거라면…… 이보게들, 잠깐 뒤로 물러나 주겠나?"

브란더의 말에 모두 이상할 정도로 충실히 복종했다. 먼저 칼을 뽑은 건 브란더였다. 제이는 주머니에 손을 찌르고 있다가 급히 칼을 뽑았다. 순식간에 한 걸음으로 검의 간격을 좁혀왔던 것이다. 제이는 느닷없는 브란더의 접근에 놀랐다.

"어떤가? 훈련도 안 하는 기사가 이런 실력을 낼 것 같은가?"

"아니."

"우린 그저 일정대로 훈련을 할 뿐이야. 검을 부딪치는 것만이 훈련은 아니니까."

브란더는 다시 칼을 넣으며 말을 이었다.

"얼마 전 사냥꾼이었던 자네가 울프 기사단을 만나러 아란티아로 가더니, 한 달 후에 캡틴 울프를 동행하여 이곳으로 나타나니 놀라지 않을 수 없군. 내 눈은 틀리지 않았어. 자네는 대단한 실력자고 분명 이곳과 인연이 있는 사람이야."

'인연이 없지는 않지.'

제이는 다시 떠오르는 아버지의 얼굴에 입을 다물었다.

"자, 우리에게도 규칙은 있고 드래곤 기사단은 자네 같은 유능한 인재와 껄끄러운 관계를 맺고 싶지도 않다. 그러니 예정에 없긴 하지만 캡틴께 제안해 간단한 시합을 주선해 보지. 그쪽의 요정 친구도 인간과 겨루고 싶어 하나? 그 첫 상대가 드래곤 기사단이라면 우리도 영광이겠어."

브란더의 쾌활한 말투에, 제이는 도저히 반박할 수가 없었다.

"뭐, 그러지."

브란더는 화가 나 있는 다른 기사들을 적당히 수습해 돌아갔다. 잠깐 뒤로 돌아 손을 흔들어 작별 인사 하는 것도 잊지 않았다.

제이는 카셀과 브란더를 비교해 보며 중얼거렸다.

"다른 의미에서 대단한 녀석이군."

한마디도 안 하고 관찰만 하던 라이가 말했다.

"재미있다."

"누가? 내가? 재가?"

"우그들."

제이는 팔짱을 끼었다.

"카셀이 설명해 준 것도 같은데 까먹었다. 우그란 게 뭐냐?"

라이는 앞만 바라보며 제이의 질문을 묵살했다.

어제 일에 대해 먼저 반응을 보인 건 의회도, 원로의회도 아닌 마법사 모임인 '그랜드 로크'였다. 아마 가넬로크 내에서는 최고의 마법사들이 모인 자리겠지만, 타냐가 보기에 마법사라고 불릴 만한 이는 백여 명 정도에 불과했다. 그나마도 케인스윅의 교사 수준의 마법사는 열 명도 채 되지 않았다.

철저하게 실력 위주로 상하 구별이 되는 마법사들 사회에서 루티아의 마스터인 타냐의 출현은, 의회에 나타난 카셀에 비할 바가 아니었다. 그들은 타냐가 명령하면 그 자리에서 무릎이라도 꿇을 듯한 자세로 굽실거리며 인사했다.

타냐는 기사단 건물 내에 있는 회의실을 빌려 열 명의 나이 많은 마법사들을 불렀다. 그들은 회의실에 들어온 다음에도 그녀가 앉을 때까지 계속 서 있었다. 하는 수 없이 타냐가 먼저 앉았고 그들도 뒤따라 앉았다. 타냐는 그런 상황이 불편하면서도 익숙했다. 거꾸로 카셀이나 제이, 라이와 함께 있던 순간이 얼마나 마음 편했는지 알 수 있었다.

"반갑습니다. 루티아에서 갓 졸업한 마법사 타냐입니다. 전에 뵈었던 분들도 많군요."

앞으로 전투가 벌어지면 힘을 보탤 동료가 될 사람들이기에, 타냐는 인사하면서도 꼼꼼하게 그들의 힘을 측정했다. 그러나 실망스럽게도 플로라 정도의 마법사는 한 명도 없었다.

"갓 졸업했다니요, 마스터 타냐. 겸손이 과하십니다. 그건 그렇고, 몇 년 만에 뵙는 건지 모르겠습니다."

가장 나이 많은 마법사이자 그랜드 로크의 의장인 리펜다스가 작은 목소리로 말했다. 의장을 비롯해 모든 마법사들이 안절부절못했다. 타냐가 쥐고 있는 그랜드 마스터의 지팡이 때문이었다.

마법사들은 그 부분을 타냐가 먼저 설명해 주기를 바라고 있었다. 하지만 타냐는 회의가 길어질 것을 염려해 일부러 그 얘기를 꺼내지 않았다.

"긴 인사 예절은 생략하겠습니다. 시급한 일이 많습니다."

"네. 저희도 어제 의회의 서기관이 전달해 준 내용을 검토했습니다. 그래서 휴식에 방해될 걸 알면서도 우려한 바가 맞는지 확인하려고 무례하게 찾아뵈었습니다."

타냐는 고개만 끄덕이며 뒷말을 기다렸다.

"최근 일어난 몇 가지 이상 조짐을 저희 그랜드 로크도 관찰하고 있었습니다. 우선 가넬로크 이곳저곳에 출몰하는 검은 기사의 모습이나, 유령들, 그리고 곳곳에 일어나는 이단 종파와 사악한 마법의 흔적……. 마스터 타냐께서 하늘 산맥에서 오셨다는 소식을 듣고 저희들은 우려한 일이 표면으로 드러나는구나 싶어 두려워하고 있었습니다."

"맞습니다, 리펜다스 의장. 죽지 않는 자들의 군주가 가넬로크를 노리고 있습니다."

타냐는 돌려 말하지 않았다.

나이 많은 마법사들은 나직이 신음했다.

"사실이었군요. 그 거대한 힘 앞에 우리 마법사들이 뭘 할 수 있겠습니까? 루티아의 원군은 없습니까?"

"없습니다. 루티아도 꽤 큰 피해를 입어 회복하는 데 많은 시간이 걸릴 겁니다. 현재로서는 여기 계신 분들의 힘만으로 막아 내야 합니다. 가넬로크의 마법사들을 모두 모으면 어느 정도 전력이 됩니까?"

"조사해 보겠습니다."

타냐는 앞으로 어떻게 힘을 모아야 할지 논의하고 구체적인 자료는 그랜드 로크로 직접 가서 보겠다는 것으로 회의를 끝냈다.

카셀은 타냐에게 회의 내용을 모두 전해 듣고 애써 희망적으로 말했다.

"적어도 우리 편이 아예 없지는 않았군요. 든든한걸요."

'초조해하고 있군. 의회에서 아직도 연락이 없는 모양이야.'

타냐는 숨기지 않고 말했다.

"큰 힘을 기대할 수는 없습니다. 돕겠다는 사람들을 이런 식으로 평가해선 안 되지만, 그들 전부의 힘을 합쳐도 루티아의 마스터 한 명을 감당하지 못합니다. 하지만 루티아는 그런 마스터 여덟 명이 힘을 합쳤는데도 무너졌지요."

"그때는 마법이 안 통해서라고 하지 않았습니까? 여기는 그런 게 아니니……."

"죽지 않는 자들의 군주를 상대로 인간의 마법은 마법이 안 통하는 것과 별반 다르지 않습니다. 카셀은 그 회색의 마법사를 새나디엘 여왕 앞에서만 만나 봤으니 모를 겁니다. 그분 앞에서조차 그 정도 힘이라면 거기에서 벗어났을 때의 힘이 어느 정도일지 상상하실 수 있겠습니까? 카-구아닐마저 부하로 쓰고 있습니다. 솔직히 제가 모든 마법을 끌어낸다 해도 구아닐 하나 막기 벅찬데 말이죠."

타냐는 거기에 또 하나의 큰 적, 러스킨에 대해서는 아예 언급도 하지 않았다. 러스킨에 대한 공포는 카셀도 잘 알았다. 그는 타치셀에서 러스킨이 자신을 노려볼 때 또 한 마리의 구아닐을 마주하는 기분이었다고 고백했다. 러스킨이 암흑의 편으로 돌아선 것이 얼마나 무시무시한 일인지는 서로 암묵적으로 입에 올리지 않았다.

"걱정 말아요. 그래도 늦은 건 아니에요."

타냐가 위로하려 했으나 카셀이 먼저 위로해 버렸다.

타냐는 웃으며 자리에서 일어나 손을 내밀었다.

"산책하지 않겠어요? 여기 정원은 밤이 더 멋지다더군요."

"마침 저도 그럴 생각이었어요."

카셀은 타냐의 손을 잡고 일어났다.

의회에 있는 '천상의 정원'과 비교해도 뒤떨어지지 않는 멋진 정원을 거닐며, 카셀은 이 정원을 만든 사람에 대해 이야기했다. 타냐는 카셀의 목소리를 음악처럼 흘려듣는 것만으로도 그 시간이 즐거웠다.

정원의 중앙에 있는 넓은 꽃밭은 낮에 보면 색의 향연으로, 밤에 보면 흑백의 풍성함으로 들어온 이들의 마음을 흔드는 곳이었다. 타냐는 카셀과 함께 그 아름다움을 만끽하고 싶었으나, 그의 표정이 눈에 띄게 우울해져 있었다.

"왜 그러시죠?"

타냐가 물었다.

"뭔가 슬픈 기억이 떠오를 것 같은 장소네요. 오래 있고 싶지 않은데, 그렇다고 막상 떠나기는 싫은……."

카셀은 한참이나 뒷말을 잇지 못하고 걷기만 했다. 분수대 쪽으로 가다 보니 불빛이 하나 기다리고 있었다. 엉뚱하게도 제이메르가 있었다. 그는 허리에 손을 얹고 분수대 앞에서 먼 산 바라보듯 멍청히 있었다.

'아, 제이메르는 늘 이럴 때 우리를 방해하는구나. 전혀 의도하지 않

고 저러니 화를 낼 수도 없고.'

타냐는 한탄했다.

"뭐 하냐?"

제이가 물었다. 카셀도 타냐와 같은 마음인지, 불만 가득한 목소리로 되물었다.

"너야말로 뭐 하냐?"

제이는 등불을 분수대 옆에 내려놓으며 말했다.

"이 분수, 재밌어. 가만히 있다가 저절로 물이 튀어나와. 규칙적으로. 이거 봐."

마침 분수에서 몇 줄기의 물이 힘차게 위로 솟았다. 허공에서 자잘하게 부서지는 물방울이 달빛과 등불의 빛을 뿌옇게 반사했다. 분수대를 장식하는 드래곤의 조각상은 짙은 안개 속에서 바라보는 미지의 동물 같았다. 그런 것에 전혀 관심이 없을 것 같은 제이가 일부러 기다려 구경할 만도 했다.

카셀은 제이를 옆으로 끌고 가 뭐라고 속삭였다. 타냐는 두 사람만의 대화를 하도록 내버려 두고 뒷짐을 진 채 분수를 구경했다.

그때 마법사의 감각이 아니면 느낄 수 없는 희미한 살기가 등 뒤에서 접근해 왔다. 모습은 보이지 않았다. 그러나 존재감은 있었다.

'어쩌지? 제이메르에게 알려 같이 대응할까?'

괜히 같이 움직이면 카셀이 다칠 수 있었다. 상대가 마법을 쓰는 존재라면 제이도 거치적거리는 방해물에 불과했다.

'눈치 못 챈 척하고 내가 신경을 분산시키는 편이 낫겠어. 제이메르는 카셀을 지키는 것에만 집중시켜도 충분해.'

타냐는 제이가 칼을 가지고 있음을 확인하고 말했다.

"카셀, 제이메르. 두 사람 다 잠시 여기 계시겠어요? 곧 돌아오겠습니다."

"아, 그, 그러세요."

카셀은 어째서인지 조금 당황하며 대답했다.

타냐는 돌아서서 정원을 가로질러 기사단 건물 쪽으로 걸어갔다. 꽃나무와 향나무로 꾸민 짧은 미로를 빠져나가니 잔디밭 한가운데에 그 불안감의 정체가 서 있었다. 진한 암흑의 힘에 눌려 옆에 있는 몇 송이의 꽃이 자루를 늘어트렸다. 손이 살짝 닿는 것만으로 꽃송이가 바닥에 툭 떨어졌다.

잔디밭 위에 검은 갑옷의 기사가 검은 말을 타고 있었다. 루티아의 마법사들이 카구아라고 믿고 레미프들이 두려워하던 익셀런 제1기사단과는 완전히 달랐다. 생명의 기운이 전혀 느껴지지 않는 그야말로 유령 그 자체였다.

생명을 잃어버리고 떠도는 악령이나 시체에서 살아난 괴물 정도는 대륙을 여행하며 만난 적이 있었다. 그러나 이 검은 기사는 그런 것과도 달랐다. 카모르트에서 하얀 늑대들 다섯 명이 있었는데도 쉽게 막지 못했다는 말이 이해가 갔다.

"타냐……."

순간 그 기사가 듣기 싫은 쇳소리로 그녀의 이름을 불렀다. 그것은 레오피오의 여관에서 그녀를 덮쳤던 목소리와 같았다.

"또 나타났는가?"

타냐는 힘을 실어 한 걸음 내디뎠다.

마법의 힘이 잔디밭을 가로지르며 타냐와 검은 기사의 사이에 있는 풀이 모조리 얼어붙어 하얀 외길을 만들었다. 그리고 검은 기사가 타고 있는 말의 앞발을 얼렸다. 말의 다리를 타고 오른 하얀 냉기가 말의 목을 지나, 붉은 눈이 반짝이는 머리를 얼리고 이내 검은 기사의 발과 허리, 그리고 가슴을 얼렸고 마지막으로 투구 끄트머리까지 얼렸다. 그렇게 그 말과 검은 기사의 몸뚱이는 수십 년 동안 얼음 속에 처박았다가 방금 꺼낸 것처럼 하얗게 변색되었다.

그럼에도 검은 기사의 투구 안에서 뿜어져 나오는 입김은 뜨거웠다. 기사는 굵은 목소리의 레미프어로 말했다.

"너의 마법은 나의 주인이 내리신 힘 앞에 무력하다."

그 기사는 얼어붙은 팔을 강제로 움직여 주먹을 꽉 쥐었다가 펴 보였다. 쇠 장갑의 손가락 마디마디가 금이 가며 듣기 싫은 소음을 냈다. 그는 허리에 찬 검을 움켜잡았다. 칼을 뽑으면서 팔뚝 일부가 부서져 떨어졌으나 쥐고 있는 칼을 떨어트리지는 않았다.

"진짜 마법사의 힘이란 게 이 정도는 아닐 것이고 이 이상은 뭐가 있지?"

검은 기사는 계속 레미프어로 물었다.

타냐는 손가락을 하나 들었다. 그 순간 예고도 없이 뻗어 나간 투명한 칼날이 검은 말을 탄 검은 기사를 내리쳤다. 얼어붙은 육중한 갑옷이 깨져 나가고 말은 수십 조각으로 산산이 부서졌다.

타냐는 잠시 기다렸다. 얼어서 부서졌던 갑옷 조각들 주위로 검은 기운이 소용돌이치더니 하나씩 허공으로 떠올랐다. 그리고 빠른 속도로 미세한 조각 하나까지 짜 맞춰졌다. 검은 기사가 삐걱거리는 고개를 들고 일어난 순간, 검은 말 역시 다시 합쳐진 몸으로 길게 울었다.

초식 동물이 아닌 맹수의 포효 같았다.

"나는 죽지 않는 자들의 군주께서 보내신 사자다. 고작 이런 마법으로 날 죽일 수 있을 거라고 생각했느냐?"

기사는 비웃고 있었다.

타냐는 손가락을 다시 들었다.

"정원을 더럽히지 않고 죽일 수는 없을까 하는 생각은 했다. 네 상태를 보니 그건 좀 무리겠군."

타냐는 손을 치켜들고 더 강한 마법을 준비했다. 하지만 그전에 검은 기사가 듣기 싫은 저음으로 말했다.

"두고 온 사람이 걱정되지 않는가?"

타냐는 순간 카셀을 떠올렸다. 검은 기사는 짧게 보인 동요를 놓치지 않고 말했다.

"내가 시간 끌기로 여기 온 거라면 어쩔 텐가, 마스터 타냐?"

"너 정도 잡는 데 내가 시간을 들일 것 같은가?"

검은 기사는 말에서 내려 바닥에 산산조각 난 칼의 손잡이를 집었다. 부서진 칼도 검은 기운을 접착제 삼아 도로 붙어 버렸다. 투구를 까닥이며 기사가 말했다.

"나의 주인께서 널 죽이지는 말라고 하셨다. 그러나 필요하다면 팔이나 다리 하나 정도는 뺏어 두면 좋겠다고도 하셨지."

검은 기사는 어린아이가 제자리 뛰기 하듯, 가볍게 몇 번 뛰었다. 갑옷의 무게감은 전혀 느껴지지 않았다. 그러다 순식간에 거리를 좁혀 왔다.

타냐는 손을 뻗어 모든 것을 얼리는 마법을 실었다. 검은 기사는 그 마법을 정면으로 맞서고도 속도를 줄이지 않았다. 타냐의 생각보다 빨랐다. 그 속도를 감당할 수 있기를 바라며 그녀는 끌어모은 힘을 터트렸다.

제이가 미리 낌새를 눈치채고 언질을 줬음에도 카셀은 분수대 옆으로 찾아온 여자의 출현에 무척 놀랐다. 일부러 나타난 게 빤한데도 마치 우연히 마주친 것처럼 그녀는 놀라는 척했다.

"나르베니 집정관! 이곳이 의회의 정원이라면 모르되 장소가 이러하니 놀라지 않을 수 없군요."

카셀이 살짝 웃으며 굵은 목소리로 말했다.

"그런가요? 저 역시 만나면 기사단 내 건물에서 만날 줄 알았지 정원에서 만날 줄은 몰랐군요. 캡틴을 뵙기 전에 마음을 가다듬으려고 산책 겸 나왔는데 마주쳐 버리다니, 큰일이네요. 아직 마음의 준비가 덜 되었거든요."

말은 그렇게 했지만, 나르베니의 얼굴에는 여유가 넘쳤다. 그녀는 분수대 옆에 자신이 들고 온 등불을 내려놓았다. 제이가 가져온 등불과 합쳐 빛이 두 개가 되니 분수대 근처는 꽤 밝아졌다.

어둠 속에서도 나르베니의 얼굴 윤곽은 또렷하게 보였다. 밤의 외출인데도 그녀의 화장은 진했다. 얼굴과 팔뚝의 피부도 매끈했다. 어둠 속이라는 점을 감안해도 그녀의 나이로는 생각되지 않았다.

그녀는 한쪽 어깨만 걸치는 드레스 같은 옷을 입고 있었는데, 움직일 때마다 풍만한 가슴이 출렁거렸다. 걸을 때마다 옆이 트인 치마가 움직이며 허벅지를 드러내 시선을 빼앗았다.

제이가 툭 내뱉었다.

"볼일 있어, 집정관 양반?"

"당신의 캡틴과 대화 중이니 잠시 빠져 주시겠어요?"

나르베니의 붉은 입술이 그리는 미소는 어지간한 남자는 대번에 홀릴 만도 했다.

"난 카셀의 경호원이야."

제이가 말했으나 여전히 나르베니의 시선은 카셀만 향하고 있었다.

"울프 기사단의 캡틴 정도 되시는 분도 경호원을 필요로 하시나요?"

제이는 말문이 막혔다. 카셀은 제이를 부드럽게 옆으로 밀고 말했다.

"그렇소. 난 밤에 혼자 있는 걸 무서워해서 이렇게 옆에 누가 있어 줘야 하는 겁쟁이요……. 볼일이 있다면 이 자리에서 말씀하시오, 나르베니 집정관. 여기 있는 제이메르는 경호 이상의 일을 맡고 있어 자리를 비켜 드릴 수 없으니 양해하시고."

"경호 이상의 임무를 경호원이 가지다니요?"

나르베니는 여전히 제이를 무시하는 말투를 이어갔다. 하지만 카셀은 물러서지 않았다.

"지금 내가 듣는 모든 말을 제이메르도 들어야 한다는 뜻이오. 이 자리에 없는 타냐와 라이도 알게 될 거요. 그러니 그냥 말씀하시오."

"어떠한 비밀 얘기라도요?"

나르베니는 새삼스럽게 제이를 찬찬히 뜯어보고 매력적인 미소를 지었다. 그러나 제이는 그 미소가 마음에 안 드는지 인상만 구겼다.

"그렇소."

카셀도 부드럽게 미소 지으며 말했다.

"제가 갑자기 나타나 캡틴의 귀중한 시간을 빼앗아 버린 것 같군요. 하지만 하루 종일 기다려 일부러 이 시간에 나타난 것이니 양해하시길."

"의회의 일이라면 언제든 환영이오."

"캡틴 울프, 오늘 의회에서는 당신을 빼고 다시 한번 회의를 가졌어요. 그리고 당신에 대한 평가를 달리했지요. 원래 이런 일에 반대하기 마련인 원로의회 측에서도 의외로 당신에 대한 지지를 표하고 나섰어요. 혹시 롬노르 의원을 뵈신 적이 있나요?"

"롬노르? 처음 듣는 이름이오만?"

"그래요?"

나르베니는 흥미로워하며 말을 이었다.

"그분은 다시 한번 캡틴께서 의회에 출석하시길 원하세요. 거기에 자신도 출석하여 정식으로 지지를 표명하실 듯하네요. 여전히 많은 의원들이 당신에 대한 의심을 버리지 않고 있으니, 롬노르 의원과 같이 서면 상당한 효과가 있을 거예요. 그 말을 전해 드리러 왔어요."

"그런 일을 알리려고 일부러 집정관께서 직접 오실 것까지는 없지 않습니까?"

카셀이 의아해하며 물었다. 나르베니는 고개를 저었다. 찰랑거리는 금빛 머리카락에서 풍기는 꽃향기가 주위를 물들였다.

"전에 이곳을 찾은 마스터 퀘이언께 제가 무례를 저지른 탓에 이번 캡틴 울프께는 조금 더 좋은 인상을 남겨 볼까 하고요."

"마스터께요?"

"부끄러운 이야기지요. 그때는 아직 철이 없어 퀘이언을 뵙는 순간 못된 생각이 들어 그만 고백을 해 버렸지요. 보기 좋게 거절당했지만요."

그녀는 얼굴을 붉히며 말을 이었다.

"괜한 얘기를 해 버렸군요. 그리고 정작 하고 싶은 말을 할 용기를 잃어버렸네요. 어쨌든 조심하세요, 캡틴 울프. 로크에 좋지 않은 소문이 퍼지고 있습니다. 벌써부터 어떤 사기꾼이 아란티아의 캡틴을 사칭하고 돌아다닌다는 소문이 돌기도 하고, 더 심하게는 아란티아가 가넬로크를 침략하려 한다는 소문까지……. 실제로 검은 기사는 제가 머무는 저택 근처까지 온 적이 있었어요."

카셀은 눈을 크게 떴다.

"검은 기사가?"

"괴이한 일이지요? 마치 익셀런 기사단 같은 갑옷을 입고 있어서 특히나 놀랐습니다."

나르베니는 마치 눈앞에 검은 기사가 있다는 듯 겁먹은 얼굴로 가슴을 쓸어내렸다.

"그자를 만나고도 무사하셨습니까?"

카셀이 물었다.

"캡틴께 경호 기사가 있다면 저에게도 있지요."

제이는 검에 손을 올려놓고 있었다. 카셀은 제이가 과잉 반응한다고 생각하지 않았다.

나르베니의 뒤에서 소리 없이 나타난 두 명의 남자가 매서운 눈으로 카셀을 쏘아보고 있었다. 갑옷을 입지는 않았다. 정장에 가까운 각진 옷에 어깨에는 실크로 만든 휘장을 두른 독특한 기사 복식에 하얀 망토를 두른 남자들이었다.

나르베니는 제이의 눈빛을 보고 나서야 뒤를 돌아보며 그들을 발견했다. 그리고 자신의 경호원이 칼을 뽑으려 하자 호통쳤다.

"거두어라!"

기사들은 칼에서 손을 떼고 사과의 뜻으로 고개를 숙였다. 나르베니는 한숨을 쉬며 카셀에게 사과했다.

"최강이라고 칭송받는 울프 기사단의 캡틴이 나타났다 하니 어제부터 흥분해서 이렇답니다. 혹시라도 기회가 되면 이 어설픈 자신감을 꺾어 주시지요."

"시기가 이러하니 그런 건 나중으로 미루도록 하겠소. 그리고 나는 날 지키는 이 친구보다 터무니없이 약하오. 만약 시합을 하게 된다면 제이메르가 나서도록 주선하겠소. 괜찮나, 제이메르?"

카셀의 말에, 제이는 두 사람을 노려보며 말했다.

"지금이라도 괜찮아!"

카셀은 그를 달래듯 어깨를 두들기며 말했다.

"그렇다고 하오. 하지만 관둡시다. 지금은 서로 힘을 겨룰 때가 아니라 힘을 합쳐야 할 때니까. 특히 집정관 세 분과는 좋은 관계를 이어가고 싶소."

"저도 그러길 바라요. 그 첫 단추는 제가 되고 싶군요."

나르베니는 웃으며 손을 내밀었다. 카셀도 손을 내밀었다가 갑작스러운 남자의 목소리에 내민 손을 멈췄다.

"집정관! 누구 허락을 받고 이 정원에 발을 들인 거요?"

캡틴 데라둘이었다. 나르베니는 카셀을 대할 때와는 전혀 다른 형태의 미소를 지으며 말했다.

"사무관에게는 허락을 받았습니다만, 캡틴 데라둘?"

"사무관이?"

데라둘은 내일 그 사무관에게 무슨 처벌을 내릴까 고민하는 표정으로 중얼거렸다. 그의 무서운 시선은 다시 나르베니를 겨냥했다.

"당장 나가 주시오. 그리고 캡틴 울프와 할 말이 있다면 정식으로 나를 거치든가, 아니면 의회의 대변인을 통하시오. 사적인 대화를 의회 정치에 이용해 먹으려 드는 건 지긋지긋하군."

데라둘은 노골적으로 적의를 드러냈다.

"사적인 대화요?"

"그럼 몸으로 하는 대화라고 할까?"

"지, 지금 뭐라 하셨습니까?"

"들은 대로요. 지금도 캡틴 울프를 당신 침대에 끌어들이려고 왔다고 생각해도 되겠소?"

나르베니는 얼굴을 붉히고 입술을 가늘게 떨었다.

"무례하시군요, 캡틴 데라둘. 그런 비방을 당신 같은 분까지 입에 올리시다니!"

"비방?"

"그래요. 능력 있는 여자가 집정관 자리까지 오르는 게 못마땅한 멍청한 남자들이 지어낸 헛소문! 인정하죠. 젊었을 때는 절제하지 못한 욕구로 사고를 쳤어요. 하지만 집정관에 오른 뒤로는 의회에 누를 끼칠까 철저하게 제 자신을 낮추고 살았죠. 당신은 그런 편견이 없을 줄 알았지만 실망이군요. 아니면 여자의 과거를 들춰서라도 욕하는 남자였나요?"

"나는 아주 많은 여성 정치가들을 존경하지만 당신은 그 축에 감히 끼지 못하오. 그리고 과거라고? 나는 현재를 말하고 있는 거요!"

두 사람이 서로 쏘아보는 눈길은 옆에서 보는 카셀이 뜨끔거릴 지경이었다.

"그 무례함을 보상받을 날이 있을 겁니다, 데라둘 마치!"

나르베니는 카셀을 지나치며 대놓고 들으라는 듯 말했다.

"데라둘을 조심하세요. 예전에는 어땠을지 모르나 지금은 드래곤 기사단의 캡틴을 맡을 자격이나 있는지 모르겠군요."

데라둘도 거기에 맞서 말했다.

"지난 집정관 선거에 대한 의혹은 아직 풀리지 않았소! 언동을 조심하시오."

정원 너머로 사라지는 나르베니는 그 말에 멈칫했으나 그대로 걸어갔다. 데라둘은 신경질적으로 머리를 긁적이며 카셀에게 말했다.

"한 가지만 말해 두지. 로크의 의회는 예전 같지 않아. 의원들이고 집정관들이고 모조리 자네를 이용해 먹으려고 안달 났다고 봐도 좋네."

"거기에 캡틴 데라둘까지 의심해야 하겠군요."

"알아서 하게. 그 정도 의심은 감당해 줄 터이니. 그보다 내일 의회에 갈 텐가?"

"예."

카셀은 데라둘에게 묻고 싶은 것이 많았다. 이를테면 10년 전 전쟁 얘기라거나 퀘이언과 얽힌 일화들. 그리고 이전 여왕 수호기사인 마스터 그란돌과의 우정. 하지만 카셀은 그런 사적인 호기심을 접어야 했다. 적어도 지금은 아니었다.

"의원들을 어떻게 설득해야 할지 솔직히 걱정이긴 하지만요."

"나 역시 마찬가지일세. 제발 의원들이 내가 우려하는 바를 조금이라도 인지하고 있다면 좋으련만……."

데라둘 역시 그 얘기를 하러 일부러 카셀을 찾아온 모양이었다. 하지만 두 사람의 얘기는 시작되지도 못했다. 갑자기 뒤에서 커다란 소리가 들렸다.

"기사단 사무실 쪽이다!"

제이가 말했고 카셀은 지체하지 않고 달려갔다. 타냐가 간 방향이었다.

타냐의 마법으로 팔이 떨어져 나간 채로 검은 기사는 검을 휘둘렀다. 그녀는 공중으로 몸을 날려 칼을 피했다. 그러자 검은 기사는 멈추지 않고 그녀가 착지한 자리까지 따라와 칼을 휘둘렀다. 너무 빨라 다른 마법을 준비할 여유도 없었다.

타냐는 맨손으로 검은 기사의 칼날을 잡았다. 그녀의 손바닥과 칼 사이에서 하얀빛이 폭발했다. 칼날은 막았으나, 칼날에서 흘러나오는 마법까지 막을 수는 없었다. 칼에서 흐르는 검은 연기가 뱀처럼 그녀의 팔목을 휘감더니 어깨를 지나 몸으로 흘러들어왔다.

"윽."

검은 연기가 닿은 자리가 불에 덴 것처럼 아팠다. 이미 피할 수도 없게 되었으니 포기하고 칼을 쥔 손에 힘을 주었다. 뱀의 형상을 한 검은 연기가 흐트러지고 칼날은 또 한 번 유리처럼 깨졌다. 기다렸다는 듯 검은 기사는 칼을 놔 버리고 그 손으로 타냐의 얼굴을 쳤다. 맞은 얼굴보다 바닥에 부딪힌 뒤통수가 더 아팠다.

몸을 일으키려는 순간 검은 기사가 어느새 타냐의 위에 올라타 누르고 있었다. 갑옷만의 무게라기에는 짓누르는 힘이 너무 셌다. 검은 기사는 우악스러운 손길로 타냐의 얼굴을 움켜쥐었다. 그다음 공격이 어찌 되었든 타냐는 피해 없이 이 녀석을 해치울 수는 없겠다고 판단하고 침착하게 검은 기사의 배 쪽으로 힘을 모았다.

'얼굴에 흉터 몇 개 늘겠군.'

타냐는 녀석의 주먹이 얼굴을 겨냥하는 순간을 노렸다. 얼굴을 잡고 있는 쇠 장갑의 손가락 사이로 놈의 움직임이 멈추는 순간을 침착하게 기다렸다. 그 순간 누르는 힘이 사라졌다. 그리고 검은 기사가 잡고 있는 손이 타냐의 얼굴에서 떨어져 나갔다.

타냐는 마법을 멈추었다.

갑옷을 입은 검은 기사보다 더 커다란 덩치가 뒤에서 기사의 목덜미를 잡아 올리고 있었다. 활짝 펼친 날개가 뒤이어 보였다.

라이였다.

한 손으로는 검은 갑옷을 들어 올렸고 다른 한 손으로는 타냐의 얼굴을 쥐었던 팔을 잡아챘다. 그리고 그렇게 들어 올린 검은 기사를 내던졌다. 무거운 쇳덩어리가 정원의 경계를 짓는 벽돌 벽을 무너트렸다. 검은 말이 주인을 지키기라도 하듯 달려들었으나 라이는 노려보는 것만으로 말을 세워 버렸다.

말은 앞발을 세우며 몇 번 위협했으나 라이는 꼼짝도 하지 않았다. 그저 말이 덤벼들면 반격할 준비만 했다. 결국 말은 물러났다.

“괜찮은가?”

라이가 물었다. 타냐는 옷을 털며 일어났다.

“괜찮습니다.”

검은 기사는 금방 일어났다. 깨진 칼과 부서진 팔은 또 원래대로 돌아갔다. 아무리 사악한 기운으로 보호받고 있다 해도 이렇게 빨리 회복할 수는 없었다. 근처에 이자의 주인이 있다는 뜻이었다.

“하늘 산맥에서 온 놈이구나.”

검은 기사가 레미프의 언어로 말했다.

“넌 구아닐의 부하인가? 같은 냄새가 난다.”

라이가 물었다.

“의미 없는 질문이다.”

검은 기사는 말에 올라타더니 뒤도 돌아보지 않고 달려갔다. 그리고 엄청난 도약력으로 담장을 뛰어넘어 사라졌다. 라이가 따라가려 하자 타냐가 저지했다.

“가지 마십시오. 위험합니다.”

멀리서 그 맹수 같은 말이 우는 소리가 여럿 들렸다. 라이는 폈던 날개를 다시 접고 레미프의 언어로 물었다.

“저 녀석이 우리가 싸워야 할 존재인가 보군. 혹시 우리보다 먼저 여기 와 있었던 건가?”

카셀이 정원을 가로질러 뛰어오고 있었다.

'마법으로 보호하지 못했다면, 죽었을 거야.'

타냐는 발갛게 달아오른 뺨에 손을 대고 레미프의 언어로 말했다.

"아니, 하늘 산맥에서 온 게 아닙니다."

카셀의 뒤에는 제이와 캡틴 데라둘이 따라오고 있었다. 타냐는 데라둘의 속을 읽을 수 없는 표정을 주시하며 말을 이었다.

"로크의 누군가가 우리가 오기 전부터 준비해 뒀던 존재입니다."

"제이메르의 말대로군."

"뭐가요?"

"카셀의 옆은 전장이다."

"따라온 걸 후회하십니까?"

"만족한다는 뜻이다. 카셀은 약속을 지켰으니까."

라이는 조용히 검은 기사가 사라진 방향을 주시하며 말을 이었다.

"지키고 있는 중이니까."

천장에 매달아 놓은 시체에서 떨어지는 피가 어깨에 묻었다.

검은 기사는 조용히 주인의 말을 기다리며 움직이지 않았다. 바닥은 진득한 피로 얼룩져 있었다. 탁자 앞에 쇠사슬로 묶여 있는 여자는 몽롱한 정신을 차리자마자 엄습해 오는 고통을 참지 못하고 비명을 질렀다.

"제, 제발……."

그녀는 피 섞인 침을 뚝뚝 떨어트리며 앞에 서 있는 검은 존재에게 애원했다.

"죽여…… 주세요."

그녀는 사흘 전 로크로 소금을 팔러 온 평범한 어부의 아내였다. 그녀가 갑자기 사라진 후 남편은 마누라를 찾아 사흘 내내 온 로크 시내를 헤집고 다녔다. 그는 끝내 아내의 행방을 찾지 못했고 사람들은 다른 남자를 따라 도망간 거니 더 찾지 말라고 충고했다.

하지만 그녀는 지금 이곳에서 이상한 연기에 중독되어 하루의 절반은 기억하지 못하게 되었고, 나머지 절반은 고통에 몸부림쳐야 했다. 그리고 매일 밤 이 이상하게 생긴 괴물에게 죽게 해 달라고 애원하고 있었다. 그때 처음으로 대꾸가 돌아왔다.

"죽여 달라니, 무슨 소리를 하는 거야? 넌 이미 죽어 있어. 저 탁자 위에서 꿈틀대는 심장이 네 거다. 다른 '것들'은 금방 눈치채던데 이번 '것'은 좀 느리군."

어부의 아내는 떨리는 눈동자로 탁자 위에 놓인 자신의 심장을 바라보았다. 몽롱한 시선에 들어오는 방 안의 모든 것이 일그러져 보였다.

검은 기사는 주인의 명령을 듣고 칼날을 심장에 박았다. 그녀는 비명을 지르며 고개를 뒤로 젖혔다. 견딜 수 없는 고통이 걸쭉한 피가 되어 입 밖으로 왈칵 터져 나왔다. 그녀의 몸은 쇠사슬에 이끌려 천장에 매달렸다. 그녀는 이미 죽어 있었지만 여전히 숨을 쉬고 피를 흘리며 신음하고 있었다.

몇 년째 그곳에 매달린 수많은 시체들 역시 마찬가지로 들릴 듯 들리지 않는 작은 소리로 괴로움을 토하고 있었다. 누군가는 오래전에 포기한 나머지 말하지 않고 있었고 누군가는 여전히 죽여 달라고 애원하고 있었다. 그러나 그들 모두 이미 죽을 수조차 없는 몸이 되어 있었다.

검은 깃털이 달린 커다란 날개가 활짝 펼쳐져 천장에서 떨어지는 피를 받았다. 깃털들은 어미 새의 먹이를 받아먹으려고 머리를 한껏 세운 새끼 새처럼, 서로 피를 받으려고 경쟁적으로 꿈틀댔다. 거기에서 흡수된 피는 반투명한 피부 안쪽으로 보이는 굵은 핏줄을 타고 흘렀다.

"캡틴 카셀에게 이 광경을 보여 주고 싶구나."

저음의 웃음이, 또 다른 희생자의 비명조차 밖으로 새어 나가지 않는 지하실 안을 울렸다.

"너는 늦었다. 나는 이미 모든 것을 대비하고 있다."

"모든 것이 준비되어 있소. 포웰은 모즈의 군대를 이끌고 아크랜드로 넘어가기 직전이고 카-구아닐도 곧 하늘 산맥의 마력에서 벗어날 것이오."

달을 보며 술을 한잔하던 빅터는 러스킨의 목소리가 들리는 순간, 술 마실 분위기가 끝났음을 직감했다. 딱히 러스킨이 싫은 건 아니었다. 하지만 그는 항상 타이밍을 못 맞췄다.

"그런데 뭐가 그리 걱정이오, 캡틴 빅터?"

러스킨은 커다란 지팡이를 옆에 내려놓고 쌀쌀한 밤공기를 물리칠 작은 모닥불을 만들었다. 딴에는 배려라고 만든 거겠지만, 빅터에겐 달빛을 가리는 방해물일 따름이었다.

"질 것 같소."

"이번 전쟁을? 왜?"

"네이슨이 없어서."

"그가 훌륭한 지휘관이고 뛰어난 기사일 테지만, 이런 큰일의 결과는 한 사람의 부재로 결정되는 게 아니오."

빅터는 웃음을 터트렸다.

'이 양반아, 한 사람이 결정하는 거야. 당신 없었으면 이 전쟁, 시작도 못했듯이.'

하지만 빅터는 러스킨이 때가 되면 알아서 물러나겠지 싶어 내버려 두었다. 지금은 술을 마시고 싶었고 당분간 바쁠 걸 생각하면 지금이 마지막 기회였다.

"애제자를 잃었으니 슬픈 건 알겠지만, 이겨 내시오."

"위로해 줘서 고맙소."

"악마의 군대에 속해 인간을 멸망시키고자 하는 악당들끼리 감사 인사를 하는 거요?"

빅터는 잔에 술을 담아 러스킨에게 내밀었다.

"당신을 만난 후 처음으로 마음에 드는 말을 하는군. 말 나온 김에 하나 묻고 싶소. 어째서 루티아를 배신하고 악마의 군대를 돕기로 했소?"

"군주께서 직접 내게 도움을 청했으니까."

"왠지 뒷얘기가 잔뜩 있을 것 같은 대답이군. 그게 다요?"

"특별한 게 있을 것 같았나 보군. 그런 당신은 뭐 특별한 거 있소?"

"나는…… 재미있을 것 같아서?"

빅터는 의문형으로 대답을 마쳤다.

그때 찬바람이 불어 모닥불이 꺼졌다. 마법으로 일으킨 모닥불이 고작 바람 한 줌에 꺼질 리는 없었다.

'맙소사, 러스킨이 가주길 기다렸더니, 도리어 방해꾼이 늘었군.'

빅터는 한숨을 내쉬었다.

달빛이 어두워졌고 별빛은 아예 닿지도 않았다. 공기는 무거워지고 작은 바람 한 점도 사라졌다. 러스킨은 자리에서 일어나 아무도 없는 정면을 향해 고개를 숙였다. 하지만 빅터는 일어나지 않고 불만스러운 얼굴로 술잔을 내려놓기만 했다.

'술 좀 마시자!'

둘의 앞에 회색 로브의 마법사가 서 있었다. 죽지 않는 자들의 군주이자, 빅터를 포함한 이 군대의 주인이었다.

"하늘 산맥에서 둘 다 고생이 많았다. 내 기대보다 잘 해주었더구나."

군주의 옆에는 다른 남자가 서 있었다. 러스킨은 그 남자를 발견하고 놀랐다.

"그 사람, 혹시……?"

"네가 알고 있는 그 사람이 맞다."

"큰 힘이 되겠군요."

"만약을 위한 대비일 뿐이다. 여전히 나는 너희 둘로 족하다."

회색의 마법사는 빅터에게 눈길을 돌렸다.

"곧 로크에 심어 둔 내 아이가 로크를 안에서 무너트릴 것이다. 그때 너희 두 사람이 오면 전쟁은 아주 쉽게 끝날 것이다."

그의 말에 빅터는 어깨를 으쓱했다.

'그걸로 쉽게 끝날 일이면 모즈의 군대를 뭐 하러 이렇게 긁어모았는데?'

가넬로크를 무너트리면 반을 나누어 반은 카모르트, 반은 이로피스를 친다. 그렇게 아란티아를 고립시킨 후 천천히 조여 들어간다. 작전대로라면 루티아는 이미 무너트린 상태다. 아란티아는 아무런 원군도 부르지 못하고 파괴된다……. 그렇게 준비된 계획이 흐트러졌다.

루티아는 완전하게 점령되지 않았다. 레미프들을 제대로 분열시키지도 못했다. 이로피스에서 준비한 죽음의 군대가 왕실 기사단에게 무너진 것은 충분히 납득이 가는 일이었다. 그다지 강력한 군대는 아니었으니까. 하지만 카모르트에서 붉은 장미 백작이 실패한 것은 이해할 수가 없었다. 고작 하얀 늑대들 다섯에게 무너질 힘이 아니었다. 뭔가 이상한 일이 벌어진 것이다. 그러니 로크 내에 심어 둔 아이라는 게 누구든, 그자가 잔스테인 백작을 뛰어넘는 성과를 내줄 거라고는 기대할 수 없었다.

빅터는 자신의 손안에서 벗어난 주사위 따위는 믿지 않았다. 그리고 이런 식으로 늘어지는 작전 회의도 좋아하지 않았다.

"빅터, 네가 처음 네이슨을 데려왔을 때를 기억한다. 너는 또 한 명의 자신을 얻은 것처럼 좋아했지. 그러니 아쉬울 법도 하겠지. 네 한쪽 손을 보조해 줄 존재였으니까."

"그런 거 아닙니다."

회색 로브의 마법사는 빅터의 표정에 드러난 불쾌함을 묵과했다.

"그러니 지금이라도 받아들여라. 네 잃어버린 손을 주겠다."

"이제 네이슨이 대신한다는 핑계로 거부하지도 못하겠네요."

빅터는 팔이 없는 쪽 어깨를 그에게 내밀었다.

“주십시오. 어차피 요새 술 마실 때 잔과 병을 다 들 수 없는 게 불편했습니다.”

러스킨이 무덤덤한 목소리로 말했다.

“불손하다, 빅터. 은혜를 그렇게 말하는 게 아니다.”

“괜찮다, 러스킨. 난 이 아이의 이런 면이 마음에 드는 것이다.”

회색 로브를 입은 남자는 빅터의 어깨에 손을 댔다. 극심한 통증이 있었지만 빅터는 얼굴을 한 번 찡그리는 걸로 참았다. 술을 한 모금 마시고 숨을 한 번 내뱉으니 그에게는 새로운 팔이 만들어져 있었다.

회색 로브의 마법사는 후드를 뒤로 넘겨 얼굴을 드러냈다. 빅터가 10년 전 전쟁에 나서기 전 마지막으로 봤던 죽지 않는 자들의 군주는 론타몬의 슈라이튼 백작이었다. 지금은 빅터가 아는 얼굴이 아니었다. 그리고 이미 그것은 약속된 바였다.

“달리 필요한 것은 있느냐?”

“세상을 멸망시키는 데 필요한 것 말입니까?”

빅터는 눈을 가늘게 뜨고 웃으며 말을 이었다.

“달을 보며 혼자 술 마실 시간입니다.”

죽지 않는 자들의 군주는 어린아이처럼 천진한 미소를 지으며 대꾸했다.

“그리하여라.”

그의 모습은 사라지고, 잠시 후 남쪽의 하늘 산맥이 통째로 뒤흔들리기 시작했다. 하늘 산맥의 방벽을 두고 구아닐과 죽지 않는 자들의 군주가 양쪽에서 떠미는 힘이었다. 보이지 않는 힘이 충돌하며 공기와 땅이 떨렸다. 하늘 산맥을 벗어날 수 없어야 할 드래곤이 지금 아크랜드에 진입하고 있었다.

곧 모든 것이 잠잠해졌고, 그사이 러스킨도 어딘가로 가고 없었다.

빅터는 왼손을 땅에 짚고 오른손에 쥔 술잔을 입술에 댔다. 이제야 다시 조용한 달밤이 되었다. 그리고 술 마시기 좋은 어둠이 찾아들었다.

'다음 술은 세상이 멸망한 후에 마시면 딱이겠군.'

◈Chapter 6◈

아버지의 과거

나르베니의 말대로 의회 의원들은 이틀 전과 달리 회의에 적극적이었다. 아직도 카셀에 대한 반발이 있는 의원들과 그렇지 않은 의원들 사이의 열띤 토론은 있었지만 진행에 자극을 주는 정도에서 그쳤다. 그리고 적이 온다면 그 적에 대한 대비가 먼저라는 쪽으로 가닥이 잡혀갔다. 고작 원로의회에서 네댓 명이 참석하는 것만으로 이런 변화가 있을 리는 없었다.

그들 중 한 명은 안면이 있었다. 드래곤 기사단의 건물 근방을 구경할 때 갑자기 나타나 카셀의 출신 지역을 알아본 노인이었다. 그의 이름은 롬노르였다.

'원로 의원이었구나. 그런데 어떻게 그걸 알아낸 거지?'

회의가 한창 무르익어, 이제 캡틴 울프를 중심으로 하늘 산맥에서 오는 적이 누구인지, 왜 가넬로크를 노리는지, 그들과 어떤 식으로 싸우게 되는지를 논의할 단계에 이르렀을 무렵이었다.

"본의 아니게 한 가지 재미있는 사실을 알아냈소, 캡틴 울프."

찬물을 끼얹듯 집정관 루에머스가 말을 이었다.

"캡틴께선 아란티아 출신이 아닌 카모르트 출신이고 또한 성이 '노이'라는데, 사실이오?"

추궁하는 듯한 말투에 우호적으로 나섰던 의원들이 웅성거렸다. 원로 의원 롬노르도 당황했다. 카셀은 그 모습을 놓치지 않았다.

"카셀 노이가 내 본명이고, 카모르트 출신이 맞소. 그게 중요한 일이오?"

카셀이 되물었다.

"중요하오."

루에머스가 자리에서 일어나자, 나르베니가 손짓하며 말했다.

"'그것'을 언급하기에는 그리 좋은 시기와 장소가 아닙니다, 루에머스 집정관."

"지금 이 자리보다 더 적합한 곳이 어디에 있다는 거요?"

나르베니도, 논돌린도 대꾸하지 못하고 걱정스럽게 카셀만 바라보았다. 루에머스는 점점 소리를 높여 가며 의원들에게 말했다.

"이곳에 있는 의원들 중 상당수는 그 일에 대해 잘 모를 거요. 거의 이십오 년에 가까운 오래전 일이니까. 나도 고작 말단 의원에 불과했던 시절, 가넬로크에 굴욕적인 사건이 하나 있었소. 캡틴 데라둘, 당신은 그 자리에 직접 개입했으니 잘 알 거요."

회의 내내 팔짱 끼고 방관하고 있던 데라둘도 나르베니처럼 우려하는 목소리로 말했다.

"그 일이 지금 회의와 무슨 상관이오?"

"가넬로크의 의회는 모든 일에 공평해야 하고, 과거에 얽매이지 않아야 하오. 그러기 위해서 더욱 과거를 명확하게 규명해 왔소. 그러니 이 일 역시 얼버무려서는 아니 되오."

"적어도 지금 이 자리는 아니오, 집정관."

데라둘이 말했으나 루에머스는 듣지 않았다.

"사람들마다 과거를 평가하는 잣대는 다르겠으나 나는 그 일을 드래곤 기사단의 수치이자 우리 의회의 굴욕이라 말하고 싶소. 그 일은 안타깝게도 모든 나라에 전해져 이제 어중이떠중이 음유시인들까지 하찮게 입에 올리고 있소. 나는 그 일을 이 자리에서 해결하고 우리 의회 정치가 더욱 성장하는 밑거름이 되었으면 하오."

아무 말 않던 원로 의원 롬노르도 손을 들었다.

"집정관! 캡틴 데라둘의 말이 옳소. 그 일을 거론할 자리가 아니오."

카셀은 그들의 대화에 끼어들 수가 없어 점점 불안해졌다. 마치 검은 사자 백작이 카셀이 사실은 농부에 불과하다는 말을 재판장에서 끄집어내던 때와 비슷한 느낌이 들었다. 루에머스는 결국 롬노르의 말까지 무시하고 똑바로 카셀을 쳐다보며 말했다.

"이십오 년 전 가넬로크 의회와 원로의회는 단 한 명의 청년 때문에 엉망으로 흔들렸으며 드래곤 기사단은 그 청년을 캡틴으로까지 맞이하려 했소. 귀족의 핏줄만을 기사로 받아들이는 드래곤 기사단의 명성이 더럽혀졌고, 집정관의 딸은 그자에게 납치당하다시피 이 나라를 떠났소. 그 일로 인해 당시 집정관이 사퇴했으며 드래곤 기사단의 캡틴 엔손드가 또한 사퇴했고 한동안 가넬로크의 정치는 밑바닥부터 휘둘렸소."

루에머스의 열성적인 어조에 몇몇 나이 많은 의원들은 벌써 고개를 끄덕이고 있었다. 하지만 대부분은 루에머스가 왜 그런 얘기를 하는지 모르는 얼굴이었다. 두 집정관과 롬노르, 데라둘만 당황하고 있었다. 나르베니는 이마를 짚고 아예 루에머스에게서 고개를 돌려버렸다.

루에머스의 얘기는 계속됐다.

"그 당시 난 '그 남자'가 만행을 저지르는 현장에 있었소. 기억나십니까, 이 자리의 많은 선배 의원들! 우리는 결국 두 명으로 이루어진 집정관 체제가 허술하다는 걸 깨닫고 세 명으로 늘리는 법안까지 만들지 않았습니까?"

카셀이 이름을 모르는 한 의원이 일어나 설명했다.

"그렇소, 집정관. 나도 그 일을 기억하고 있소. 젊은 의원들을 위해 짧게 설명해 드리리다. 당시 집정관이셨던 롬노르 의원의 따님 달리아는 어디에서 흘러 들어왔는지 모르는 남자에게 유혹당해 반강제적으로 결혼했으며, 드래곤 기사단은 그자가 내세운 터무니없는 내기에 휘말려 캡틴 자리를 내줄 뻔했었소. 또한 그 남자는 원로 의원들 앞에서 자신이 레이디 달리아와 결혼할 자격이 있음을 일장 연설로 공격해 원로 의회의 권위를 더럽혔소."

"가넬로크의 최근 역사 중 가장 수치스러운 일 중 하나였소. 나 역시 다른 로크의 시민들과 함께 슬퍼했었소. 그러나 왜 그 일을 하필 지금 언급하시는 거요, 집정관?"

또 다른 의원도 일어나 루에머스를 탓하듯 말했고, 다른 의원도 가세했다.

"옳소. 지금은 캡틴 울프를 모시고 전쟁을 준비하는 자리가 아니오?"

루에머스는 차라리 그런 질문을 기다렸다는 듯 웃으며 대답했다.

"우리 정치의 초석을 흔들고 로크에서 가장 고귀한 여인을 데리고 달아나 버린 그 남자의 이름은 '에밀 노이'요. 그는 카모르트에서 흘러들어온 하찮은 농부의 자식이었으며 지위는 물론 재산도, 핏줄도, 검술도, 아무것도 없이 오직 거짓말로 무장한 사기꾼에 불과한 남자였소."

의자를 쥐고 있던 카셀의 팔이 채찍에 맞은 듯 격렬하게 떨렸다. 이미 카셀은 달리아라는 이름이 나오는 순간부터 주체할 수 없이 동요하고 있었다.

"어이, 카셀. 괜찮나?"

옆에서 재미없는 강의라도 듣듯 지루해하던 제이가 물었다.

타냐도 카셀의 손목을 잡았다.

"카셀?"

카셀은 제이의 목소리도, 타냐의 목소리도 듣지 못했다. 루에머스는 손가락으로 카셀을 가리키며 소리쳤다.

"바로 이 자리에 앉은 캡틴 울프라는 남자의 본명은 카셀 노이이며 당시 로크의 의회를 공격한 사기꾼은 그의 아버지요. 우리는 지금 또 한 번 사기꾼의 자식에게 농락을 당하러 이 자리에 나온 거요."

루에머스는 그 뒷말을 더 준비했을 것이다. 그러나 더 말할 필요가 없게 되었다. 이미 의회는 그것만으로도 발칵 뒤집어졌다. 루에머스는 차가운 얼굴 뒤에 승리의 미소를 감추고 자리에 앉았다.

나르베니 집정관은 고개를 설레설레 저었고 웃음을 잃는 일이 없는 논돌린 집정관도 얼굴을 찡그리며 한숨을 내쉬었다. 카셀은 굳게 다문 입술로 롬노르 원로 의원을 바라보았고 롬노르도 어찌할 줄 모르는 눈으로 카셀을 마주 보고 있었다.

"나가라!"

의원 중 하나가 들고 있던 양피지 두루마리를 카셀에게 집어 던지며 소리쳤다.

"우리에게 사기꾼의 자식 따위는 필요 없다."

의원들은 자리에서 일어나 소리 질렀고 욕을 섞은 말로 협박했다.

"나가!"

"경비병, 이자를 내쫓아라."

가넬로크의 정치 세계에서 회장에서 쫓겨나는 것만큼 굴욕적인 일은 없었다. 실제로 여기서 끌려나간 의원이 굴욕감에 못 이겨 스스로 목숨을 끊은 일도 있었다. 카셀은 의자를 쥐고 있던 주먹에 힘을 잃고 자리에서 일어났다.

"제 외할아버지셨군요."

카셀은 롬노르에게 말했다.

"아버지에 대한 복수를 손자에게 하러 오신 건가요?"

카셀은 힘없이 회장을 걸어 나갔다.

잉크병이나 종이 뭉치 같은 쓰레기가 날아왔다. 누군가는 점심으로 먹으려고 들고 온 토마토를 집어 던졌다. 우연인지 노렸는지 그 토마토는 카셀의 머리로 날아갔다. 그러나 그것은 카셀의 얼굴 바로 앞에서 멈췄다. 허공에 뜬 토마토는 천장 쪽으로 날아가더니 불꽃과 함께 요란한 소리를 내며 폭발했다. 타 버린 토마토 조각이 여기저기로 떨어졌다.

아수라장이었던 회장이 일순 침묵에 빠졌다. 카셀의 뒤에 있던 타냐의 머리카락이 허공에서 펄럭였다. 그녀는 토마토를 던진 의원을 노려보았다. 의회의 공기가 일순 차가워지며 난데없이 허공에 고드름이 맺히기 시작했다.

처음에는 한 뼘 크기였던 고드름이 거대한 창처럼 늘어났고 처음에는 한 개였던 것이 수십 개로 늘어났다. 얼음이 갈라지는 소리가 정적 속에서 메아리처럼 울렸다.

의원들은 겁에 질려 숨을 멈췄고 토마토를 던진 의원의 얼굴은 아예 새파랗게 질렸다.

"그만 해요, 타냐."

카셀은 그녀의 어깨를 쥐고 미소 지었다.

눈치 없는 제이는 돕겠답시고 큰 소리로 말했다.

"내버려 두지 그랬어, 타냐? 토마토로 맞히면 내가 칼로 되돌려줄 생각이었는데."

타냐는 손을 한번 내저었고 고드름은 거짓말처럼 깨끗하게 사라졌다.

카셀은 그사이 조용히 회의장을 나섰고 타냐가 뒤따라 나갔다. 찬 냉기가 겨울날 문을 열어 놓은 것처럼 한바탕 주위를 흔들었다. 토마토가 터진 후 타냐가 문을 닫고 나가는 순간까지 침묵은 계속되었다.

"훌륭하오, 루에머스 집정관. 이 와중에 아란티아를 적으로 삼아 어쩔 셈인지 묻고 싶군."

데라둘이 침묵을 깼다.

루에머스는 의자에 앉은 채 깍지를 끼고 대꾸했다.

"10년 전 전쟁에서도 혼자 도도한 척 꼼짝 않고 있던 아란티아요. 이제 와서 자기들 쪽에서 전쟁을 주도하겠답시고 사람 한 명 보내온 거요. 우리가 거기에 순순히 따라야 하오?"

"당신 눈에는 그냥 사람 한 명으로 보일지 모르나 내 눈에는 아란티아의 대표이며 가넬로크에 위기를 알리러 온 구원자로 보이는군."

루에머스는 비웃었다.

"아란티아가 구원자 행세를 하는 건 여전하군. 론타몬의 대륙 전쟁을 끝낸 건 가넬로크였소. 내가 이끄는 군대였고 당신의 드래곤 기사단이었소. 울프 기사단이 아니었단 말이오! 언제까지 거기에 휘말려 우리가 아란티아의 속국이나 된 것처럼 행동해야 하는 거요?"

루에머스는 데라둘에게 따지더니 의원들 모두에게 말했다.

"기억하시오, 모두! 가넬로크는 대륙 최강의 군대를 가졌소. 하늘 산맥에서 괴물들이 쳐들어온다고? 좋소. 그 일을 미리 알려 준 캡틴 울프에게 축복을! 그럼 그의 역할은 거기에서 끝이오. 이제 그 적을 우리가 막으면 될 일이오."

루에머스가 길지 않은 연설을 마치자 몇몇 의원들은 박수를 쳤고 몇몇 의원들은 깊이 공감했다. 여전히 불만을 품은 이도 있었으나 드러내고 말하는 이는 없었다. 논돌린 집정관은 또 한 번 한숨을 내쉬며 말했다.

"한 시간가량 휴회하겠소. 서기관, 로크 수비군과 각 지역 행정관들에게 보낼 서한들을 준비하게."

저녁 무렵 마법사 모임 그랜드 로크에서 예정대로 타냐를 초청했다. 의회 의원들에 비하면 마법사들의 조치는 매우 빨랐다. 그들은 가넬로크에 들이닥칠 적이 누군지 아는 만큼 두려워했고 두려워하는 만큼 적극적이었다.

하루 종일 말이 없는 카셀의 옆에 있어 주던 타냐도 하는 수 없이 일어나야 했다.

“제 걱정은 마세요. 대충 짐작한 일이었지만 막상 닥치니 놀랐을 따름이에요.”

카셀은 아무렇지도 않은 듯 말했으나 얼굴 표정은 그러지 못했다. 타냐 역시 그 말이 거짓인 줄 알면서도 지금은 자리를 뜰 수밖에 없었다.

타냐가 밖으로 나오니, 복도에 제이가 서성이고 있었다. 어째 오늘 상처 받은 사람은 카셀인데 더 괴로워하는 사람은 제이였다. 하지만 타냐는 그의 문제까지 신경 쓸 여력이 없었다.

“그랜드 로크에 다녀올 테니, 카셀을 부탁합니다.”

타냐는 제이에게 슬쩍 말해 두었다.

“저, 그냥 지키는 거 말하는 거지?”

제이가 조금 당황해하며 물었다.

“그 이상 뭐가 있습니까?”

타냐가 되물었다.

“그야 뭐……. 그럼 뭐, 걱정 마라. 난 나더러 카셀을 위로하라는 건가 했지. 아닌 거지? 아닌 거면 됐어.”

“그냥 카셀 옆에 있어 주기만 해도 당신은 도움이 될 겁니다.”

타냐는 그 말만 남기고 그랜드 로크의 안내자를 따라 기사단 건물을 나갔다.

“내가 도움이 된다고? 그럴 리가 있나?”

제이는 두 손을 털며 중얼거렸다. 그는 일부러 거칠게 문을 열고 들어가 혼자 소파에 앉은 카셀 앞에 앉았다.

"옆에 있어 주러 왔다!"

"뭐?"

카셀이 놀라 물었다.

"옆에 있으면 도움 된대."

"누가?"

"타냐가."

"타냐가?"

"도움 되냐?"

"도움이 되고 싶으면……."

"싶으면?"

"그냥 거기 앉아서……."

"앉아서?"

"나랑 똑같이 인상 쓰고 있어."

제이는 카셀의 요구와는 다른 의미에서 인상을 구겼다. 하지만 시키는 대로 앉긴 했다. 그리고 제이는 응접실 탁자에 놓인 마른 비스킷을 씹으며 시간을 보냈다.

"라이는?"

카셀이 물었다.

"그 녀석 갑자기 없어지는 게 하루 이틀이냐? 또 어디 높은 곳에 앉아서 깃털 손질이나 하고 있겠지."

"라이랑 너랑, 사이 어떠냐?"

"왜 또 물어보냐, 그걸?"

"싸우는 거 아니지?"

"안 싸운다. 친해진 것도 아니고."

"안 싸우면 됐어. 별로 할 말이 없어서 말한 것뿐이야. 신경 쓰지 마."

"네 어머니가 여기 집정관 딸이었냐?"

카셀은 대답하지 않았다.

'또 말실수했나? 타냐가 그냥 있으란 건 아무 말 않고 있으라는 거였는데.'

제이는 뭔가 수습해 보려고 입을 열었다.

"내 어머니도 여기 의원 딸이었……."

놀란 카셀의 눈을 보고서야 제이는 말을 멈췄다.

"네 어머니가?"

제이는 고개를 돌렸다.

"거짓말이다."

"내가 여자였다면 아마 너한테 반했을 거다. 어떻게 그렇게 거짓말하는 게 미숙할 수가 있냐?"

"시끄러워."

카셀은 허탈하게 웃었다.

"우리가 많은 이야기를 나눌 시간이 부족했던 건 사실이지만, 그래도 우리는 서로에게 중요한 이야기를 했어야 돼."

"중요한 게 뭐냐?"

"자잘한 얘기들."

“자잘한 얘기가 중요하다?”

제이는 자기 식대로 정리해 가며 물었다.

“어어. 가족 얘기, 앞으로 뭘 하며 살 건지, 고민거리는 뭔지…… 우린 항상 너무 굵직굵직한 얘기만 해 왔으니까.”

“카셀 넌 네 아버지 얘기 자주 했잖아.”

“그런가? 아버지 얘기라…… 그게 정말 아버지 얘기였나?”

“이 자식, 또 이상한 길로 빠지려고 하네.”

카셀은 짧게 웃었다.

“어렸을 때부터 많이 느꼈지만 난 아버지에 대해서 거의 아무것도 몰라. 그저 과거에 여기저기 여행하다가 이상한 짓 많이 벌리고 다녔다고만 생각했지. 하지만 어머니께서…….”

카셀은 고통스럽게 관자놀이를 눌렀다.

“나도 오늘 알았어. 정말이야. 아니, 사실은 루에머스 집정관이 한 말이 사실인지 아닌지도 모르겠어. 너무 어렸을 때 돌아가셔서 어머니가 어떤 분인지도 잘 기억이 안 나. 일찍 어머니를 여읜 많은 자식들이 대개 그렇듯 그저 아름다운 분이었다고 회상하는 정도지.”

카셀의 손은 얼굴을 감싸 쥔 채로 떨어지지 않았다.

“아버지께서는 절대 어머니 얘기를 하지 않으셨어. 누구 앞에서도 약한 모습을 보이지 않는 걸 자랑으로 여기시는 분이니, 분명히 눈물을 보일 얘기는 하고 싶지 않으셨던 거야.”

“언제냐?”

제이가 물었다.

“응?”

"언제 돌아가셨냐고, 네 어머니가?"

"두 살 때, 병으로. 잘 기억 안 나. 하지만 아버지는 술에 취하면 가끔 이런 말씀을 하셨었어. '나는 아내를 얻었고 아내는 자유를 얻었다…….' 어머니는 절대 루에머스 집정관의 말대로 치욕적인 어떤 일을 당한 게 아니었을 거라고 믿어."

"널 보면 알아."

"뭘?"

"네 아버지가 어떤 사람인지, 너 보면 알아. 난 부러워. 그런 게."

"부러워할 정도는 아닐 거야. 내 아버지는……."

"난 내 아버지를 내 손으로 죽였다."

카셀은 애써 슬픔을 참고 웃음으로 이어 가려던 말을 멈췄다.

"그게 무슨 소리야? 아버지를? 그러니까 어떤……?"

"돌려 말한 거 아니다. 내 손으로, 내 칼로, 내 힘으로 죽였다."

제이는 자신의 손을 내보이며 말을 이었다.

"카셀. 너는 그런 멋진 아버지를 두었고……."

제이는 카셀이 아버지 욕을 할 때마다 생각했다. 나도 그런 아빠 있어 봤으면 좋겠다!

"멋진 친구들이 있고……."

제이는 하얀 늑대들이 카셀의 얘기를 할 때, 그리고 카셀이 하얀 늑대들 얘기를 할 때 질투가 났다. 그들의 관계 안에 낄 수 없는 게 서러웠다.

"……이제 멋진 연인까지 생겼잖아! 우는소리 좀 하지 마! 짜증 나니까."

제이는 주먹을 꽉 쥐었다.

"화이트 게이트 앞에서 블랙을 세우던 그 기세는 어디로 간 거냐? 네가 네 아버지의 결백을 믿는다면 낮의 그 자식들이 한 말은 잊어버려."

제이는 부들부들 떠는 주먹 뒤로 카셀이 아닌 자신의 과거를 노려보았다.

"아버지는 나를 집어 던져 마룻바닥에 패대기쳤어. 나는 아직도 높은 곳이 무섭다. 널 구하려고 뛰어든 아란티아의 그 절벽에서 내가 얼마나 오금이 저렸는지 말하면 웃을 거냐? 타는 불을 볼 때마다 내 손으로 화장시켰던 어머니를 떠올린다면 어린애라고 놀릴 건가?"

제이는 자기도 모르게 흐르는 눈물을 손등으로 훔치면서 욕을 내뱉었다.

"이런 빌어먹을! 네가 얘기하자는 게 이런 거였나? 그래. 나의 아버지는 드래곤 기사단이었다. 여긴 내가 저주하는 곳이었어. 이제야 기억나다니. 너에게나 나에게나 거지 같은 곳이었다, 여긴."

"미안하다, 제이메르."

"관둬. 사내새끼 두 놈이 우는 꼴도 우습다."

"저……."

카셀이 손을 내밀자, 제이는 버럭 소리 질렀다.

"하지 마!"

카셀은 손을 접었다.

카셀은 의자에 머리를 기대었고 제이도 창밖만 바라보았다. 한참 동안 둘은 서로를 보지 않은 채 마주 앉았다.

"고마워. 얘기해 줘서."

카셀이 입술도 거의 떼지 않고 조용히 말했다.

"나도."

제이도 말했다. 그리고 계속 아무 말도 하지 않았다. 둘 다 서로를 위로하지 않았다. 하지만 제이는 하루 종일 허전했던 마음 한 부분이 채워지는 느낌이 들었다. 태어나서 제일 창피한 순간이면서도 동시에 가장 후련한 순간이기도 했다. 진작 말할 걸 하는 후회도 들었다.

제이는 카셀이 보이지 않게 흐뭇한 미소를 지었다.

"응?"

제이는 창밖으로 뭔가 희뿌연 것이 지나갔다고 생각하고 고개를 길게 뺐다. 카셀도 제이의 행동을 따라 바깥을 내다보았다. 잘못 본 건가 싶을 때 하얀 것이 창문 앞으로 나타났다.

로브를 입은 괴한이 똑바로 이곳을 노려보고 있었다!

'처리할까?'

제이는 눈짓으로만 카셀에게 신호했다.

카셀은 얼른 고개를 저었다.

'나가면 안 돼.'

제이는 그 말에 따랐다. 만약 저 로브를 입은 자가 '그자'라면 자신의 힘으로는 어떻게 할 수가 없다. 타냐도 없는 곳에서 마법사를 상대로 싸우고 싶지 않았다. 상대가 먼저 공격해 온다면 어떻게든 버텨 보겠지만 이쪽에서 먼저 자극하는 건 위험했다.

그자는 잠깐 동안 두 사람을 노려보는 듯하더니 어둠 속으로 사라졌다.

"……뭐였지?"

카셀이 묻는 말에 답변이라도 하듯 노크하는 소리가 들렸다. 카셀은 깜짝 놀라며 가슴에 손을 올렸다. 제이도 조금은 놀랐다.

"누구요?"

카셀이 물었다.

"손님이 왔습니다, 캡틴 울프."

기사단의 사무관 목소리였다. 카셀은 서둘러 제이에게 얼굴을 보이며 물었다.

"운 거 티 나?"

눈물 자국이 보였다. 제이가 대꾸했다.

"나."

카셀은 크게 소리쳐 말했다.

"잠시 기다리라 이르시오."

카셀은 세수를 하고 거울로 얼굴을 확인했다. 아직 눈이 빨갰지만 졸린 눈이라고 변명해 볼 수 있는 정도는 되었다.

카셀은 제이를 대동하고 사무관을 따라가 건물 앞에 서 있는 낯선 남자를 맞았다. 깔끔한 정장을 차려입은 그는 고급스러운 마차까지 준비해 기다리고 있었다.

"저는 롬노르 의원을 모시는 집사입니다. 주인님께서 울프 기사단의 캡틴을 모셔 오라 하셨습니다."

"롬노르 의원?"

"예. 거절하지 말아 주셨으면 한다고 강조하셨습니다. 그런 말은 절대 하지 않는 분인데 말입니다."

나이 지긋한 집사의 눈에는 젊은 카셀을 무시하는 빛이 가득했다.

"그럼 내 친구를 같이 데려가겠소."

"혼자 와 달라 하셨습니다만?"

"나 혼자 가 버리면 친구가 심심해할 테니 같이 데려가겠소. 또한 나는 혼자 움직일 수 없는 입장이니 그쪽도 이해해 주시오."

집사가 짧은 고민 끝에 수락하자, 제이는 카셀에게 속삭였다.

"혼자 오라는 건 둘째 치고 낌새가 좋지 않다. 방금 그…… 것도 그렇고."

"나도 그래. 뭔가 불길한 밤이군. 그러니까 더더욱 움직여야지. 준비해라, 제이메르."

카셀의 말에, 제이는 허리에 찬 칼 두 자루를 툭 두들겼다.

"준비야 항상 되어 있지."

라이는 지붕 위에서 마차에 타는 카셀을 내려다보고 있었다.

'카셀…….'

라이는 고개를 갸웃하며 그의 이름을 반복해 불러보았다. 익숙한 이름……. 이유는 모르겠지만, 하늘 산맥에 내려온 후 계속 그런 생각이 들었다.

라이는 자신이 그저 우그라고 불렀던 그 남자를 잠시 떠올렸다. 그 남자는 인간의 나이로 치면 마흔 살에 가까웠고, 항상 웃는 얼굴이라 보기 좋았다.

'우그'는 자기가 안 해 본 일이 없다고 자랑했다. 농사처럼 결과물 언는 데 시간이 오래 걸리는 작업 대신 장사처럼 빨리 돈을 회수할 수 있는 일을 좋아했고, 성실하게 버는 돈보다 도박으로 버는 돈을 더 좋아했다. 그래서 말아먹기도 잘했다.

이로피스라는 나라에서 정치도 해 봤고, 론타몬에서 기사 수행원을 해 보기도 했고, 여자도 스무 명은 만났다가 헤어졌고 사람도 죽여 봤고, 죽을 뻔하기도 했고, 이제 하늘 산맥의 레미프까지 만났으니 죽어도 여한이 없다고 말했다.

'그럼 이제, 죽을 건가, 우그?'

라이가 물었다.

'안 죽어, 안 죽어. 내가 왜 죽어? 죽어도 여한이 없다는 건 앞으로 하고 싶은 일이 늘어났다는 뜻이야!'

그는 정말 말이 많았다. 라이가 우그의 언어를 할 수 있게 된 것도 그의 수다 덕이었다. 그는 라이가 알아듣지 못해도 입을 멈추지 않았다. 그가 말을 꺼내면 주변 우그들이 이상하게 쳐다봤고 그 일로 싸우곤 했다. 일단 진지하게 입을 열면 듣는 쪽이 무서워하고, 경외하고, 경청하는 지금의 카셀과는 전혀 달랐다.

'그보다 맥주 더 마실래? 이 집 맥주는 카모르트 최고야.'

'더 마신다.'

'어이, 주인장. 여기 맥주 한 통 더 가져다주시오. 내 친구 주량 채우려면 이 집 술 다 비워야 될 거야.'

우그는 깔깔대고 웃으며 주문하고 자리에서 일어났다.

'어디, 가는가?'

라이가 물었다.

'잠깐 나갔다 올게.'

'술값은? 많이, 나온다.'

'오오, 레미, 드디어 네가 인간의 금전 관계를 파악하기 시작했구나. 좋아, 좋아. 가르친 보람이 있어. 하지만 걱정 마. 너 술 사주는 정도로 돈이 떨어지지는 않아. 사실 돈 없다고 술 못 먹거나 굶는 일도 없어. 나 알잖아. 큰돈 만지는 방법에는 도가 텄어!'

그는 환한 미소를 보이며 라이의 어깨를 툭툭 쳤다.

'금방 올게. 여기에 꼭 붙어 있어.'

그렇게 떠난 우그는 돌아오지 않았다. 그리고 다른 남자가 들어와 라이의 앞에 앉았다.

'너구나.'

수염을 덥수룩하게 기른 뚱뚱한 남자였다. 라이는 상대를 내리깔고 보는 그의 눈빛이 마음에 들지 않았다.

'누구, 냐?'

'질문은 단장께서만 하신다. 넌 닥치고 질문에 대답이나 해.'

라이와 맞먹을 정도로 근육을 키운 남자 두 명이 각각 한쪽씩 라이의 어깨를 세게 움켜잡았다. 술집에 있는 다른 우그들은 슬금슬금 달아나 버렸다. 술집 주인은 손님들의 술값을 받을 생각도 않고 뒷문으로 몰래 나갔다. 딱 한 명만 술집 구석에 남아서 라이와 그 남자들을 멍청히 지켜보고 있었다. 너무 무서워서 달아날 기회도 놓친 것 같았다.

'네 주인이 널 내게 넘겼다. 너 사느라고 돈 좀 썼으니 그리 알고.'

단장이라는 남자가 다시 말했다.

'주인? 돈?'

'그래, 돈. 네가 그 돈값을 해 줘야지.'

라이는 머릿속이 엉망이 되는 것 같았다.

돈.

물건을 판다, 물건을 산다.

돈으로 물건을 산다, 돈으로 사람을 산다.

돈 때문에 사랑을 버린다, 돈 때문에 우정을 깬다. 돈 때문에 나라를 판다……. '우그'가 라이에게 돈에 대한 지식을 가르쳐 주기 위해 얘기해 준 많은 동화와 설화가 떠올랐다.

'얌전히 날 따라와라. 사람 말도 할 줄 안다며?'

뚱뚱한 남자는 자리에서 일어나 상품을 점검하는 장사꾼의 차가운 손길로 로브에 가린 라이의 날개를 만지작거렸다.

'흐음, 진짜네. 이거 정말 돈 되겠어.'

돈.

배신.

우그.

……금방 올게, 여기에 꼭 붙어 있어.

거짓말?

그게 거짓말?

……걱정 마, 레미. 난 너한테 절대 거짓말하지 않아.

'자, 착하지? 이름이 레미라고 했던가?'

배신!

거짓말!

라이는 천천히 자리에서 일어났다.

두 남자가 억지로 누르려 했으나 라이의 힘을 이길 수는 없었다.

'우그, 어디, 있나?'

라이가 물었다.

'우그? 아, 그게 그 녀석 이름인가?'

단장은 웃으며 말했다.

'그야 내가 준 돈 받고 벌써 마을을 벗어나 있겠지. 덩치 좀 크다고 까불지 말고 앉아라. 사자도 조련하는 내가 너 따위 무서울까?'

단장은 허리에 매고 있던 채찍을 들었다.

'우그, 어디 있나!'

라이는 다시 한번 물었다.

'질문은 내가 한다고 했지!'

단장은 채찍을 휘둘렀다.

라이는 그 뒤가 잘 생각나지 않았다. 태어나 그렇게 화가 난 건 처음이었다. 처음으로 레미프가 아닌 인간을 죽이는 순간이기도 했다. 아직도 단편적으로 기억나는 건 그 일이 끝난 후에도 멍청히 술집 한쪽에 앉아 있던 남자의 목소리였다.

'괘, 괜찮으시오? 맙소사, 당신 진짜 하늘 산맥에서 온 요정이었군.'

라이는 대답하지 않았다. 아니, 못했다.

그저 '우그'가 마지막으로 시켜 놓은 맥주만 밤새 마시며 혹시나 하고 그를 기다렸을 뿐이었다. 그러나 그는 끝내 돌아오지 않았다. 그 후 하늘 산맥으로 돌아오기까지 라이의 시간은 오직 고통으로만 가득 채워졌다…….

라이가 막 과거의 회상에서 빠져나올 때 뒤에서 인간의 목소리가 들렸다.

“너구나.”

그자는 라이의 등 뒤에서 나타나 유령처럼 바람에 로브를 펄럭였다. 심상치 않은 존재였다.

“네가 캡틴 울프와 함께 하는 레미프지?”

그자는 ‘요정’이라는 단어를 쓰지 않고 정확히 ‘레미프’라는 단어를 썼다. 경험상 그것은 보통 인간이 모르는 단어였다. 더구나 로브를 입고 얼굴을 가리고 있었다. 라이는 카셀에게 들은 바가 있던 터라 경계하며 물었다.

“누구냐?”

그는 로브 안에 감추고 있던 얼굴을 보이며 말했다.

“카셀을 알고 있는 사람이다. 너에게 할 말이 있다.”

라이는 상대의 실력을 넌지시 짚어 보았다. 하늘 산맥에서 내려온 이후 처음으로 칼이 필요하다는 생각이 들 정도였다. 순간 싸우고 싶은 피가 끓어올랐다. 하지만 카셀을 알고 있다는 말에 참았다.

“말하라.”

롬노르 의원의 집은 비교적 검소했다. 경비라고 해 봐야 무장도 별볼 일 없는 병사 세 명이 고작이었다. 제이는 그들쯤은 염두에 둘 필요도 없다는 언질을 주었다. 그래도 카셀은 긴장을 풀지 않았다.

“어서 오시오, 캡틴 울프.”

놀랍게도 그 자리에는 롬노르 의원만이 아니라 다른 의원들도 참석해 있었다. 논돌린 집정관까지 있었다.

'이렇게 중요한 인물들이 모이는데 경비가 세 명밖에 없어? 그럼 이 모임은 비밀 모임이겠군. 괜히 밖에 사람을 세워 눈길을 끌지 않으려고.'

"우린 낮의 일을 몹시 유감으로 여기고 있소. 사실 오늘 캡틴께서 퇴장하신 후 의회는 전쟁 준비에 대한 논의를 마쳤소."

얘기는 논돌린이 주도하고 있었지만, 카셀은 롬노르만 신경 썼다. 롬노르 또한 카셀만 바라보고 있었다.

"세부 사항은 앞으로도 몇 번 회의를 거쳐야 하지만 소집된 군대가 이미 이쪽으로 이동 중이오. 의회는 지금 당신을 인정하는 부류와 인정하지 않는 부류로 나눠져 있으나, 당신에 의해 전쟁 준비를 시작했다는 것은 누구도 부정하지 못할 거요."

카셀은 처음부터 사태를 주도하기 위해 의회에 들어간 게 아니었다. 이 경고를 사실로 받아들여 그들 스스로 전쟁을 준비하면 그걸로 카셀이 할 일은 끝이었다. 바라던 대로 된 셈이었다. 그런데도 카셀의 마음은 불편하고 무거웠다.

"루에머스 의원이 당신의 출현을 못마땅하게 생각하고 있는 건 사실이오. 그러나 그도 요새 일어나는 좋지 못한 징조에 민감해 있던 차였소. 사람들의 실종 사건이나, 쥐가 갉아먹다 버린 것 같은 시체가 하수도에서 발견되었다던가, 유령이 성 주위를 배회하고 있다던가 하는……."

논돌린은 자기가 말을 하면서도 혐오감에 몸서리를 쳤다. 다른 의원들도 그 일에 대해 한마디씩 했다. 끔찍한 목격담이 이어졌다.

논돌린은 모두의 의견을 정리해 말했다.

"캡틴 울프. 루에머스는 기본적으로 가넬로크를 걱정하는 사람이오. 그런 일을 해결하는 데에 있어 아란티아가 끼는 걸 꺼리는 것뿐인 거요. 의회의 힘이 약해지는 걸……."

계속 긴장해 있던 논돌린의 얼굴에, 다시 늘 보던 미소가 떠올랐다.

"이 자리에 없으니까 하는 말이지만, 루에머스는 누구보다 당신이 캡틴 울프라는 걸 믿는 사람이었소. 나조차 미심쩍어 하던 차에도 루에머스는 당신이 퀘이언의 후계자임에 분명하다고 단언했소. 그래서 더욱 당신을 경계했던 거요."

"나를?"

카셀은 어째서 그렇게 되는 건지 납득이 가지 않았다.

"루에머스는 인재를 등용하고 그 사람들을 적재적소에 배치하는 것에 타고난 사람이오. 첫날 당신이 하는 행동만 보고, 그가 나를 불러 뭐라고 한 줄 아시오? '지금 저 청년이 캡틴 울프를 사칭하는 사기꾼에 불과하다면 감옥에 처넣는 척하고 나중에 슬쩍 빼내서 내 후계자로 키우겠다!' 그는 그런 사람이오."

논돌린의 미소 뒤에 무언가 속임수가 있을 것만 같았다. 그러나 카셀은 믿고 싶었다.

"오늘 일에 너무 노여워 마시오, 캡틴 울프. 우리는 아란티아를 적으로 삼고 싶지 않소."

"아란티아는 외부에 적을 두지 않소. 오늘 내가 당황했던 것은 모두 사적인 감정일 뿐이니, 그 점은 염려 않으셔도 되오."

"그거 다행이군요."

논돌린은 만족스러운 미소로 말했다. 다른 의원들도 안도의 한숨을 내쉬었다. 이내 논돌린은 롬노르에게 시선을 돌렸다.

"그리고 무엇보다 이 사태에 대해 롬노르 의원께서 하실 말씀이 있다고 하셔서 이렇게 자리를 준비했소. 오늘 회의에서 많은 의원들을 설득하셨으며 캡틴께서 퇴장한 후 흥분한 루에머스 대신 의회를 진정시키기도 하셨소. 모두 당신을 위해 한 일이니 롬노르 의원에 대해 혹시라도 갖게 될 오해를 풀었으면 하오."

"저에 대해 아는 사람이 있다면 롬노르 의원 한 분이시겠지요. 안 그렇습니까, 외할아버지?"

카셀은 날카로운 어조로 말했다.

"부정할 수 없구나. 그래, 내가 루에머스에게 사실을 말했다."

롬노르는 애써 웃으려 했으나 노려보는 카셀의 눈빛에 도로 웃음을 삼켰다.

"하지만 이런 결과를 바라고 한 말이 아니란다, 얘야. 나는 널 돕고 싶었다."

"의도된 바가 아니었다니 저도 거기에 대해 딱히 할 말은 없습니다."

카셀은 아버지의 일부터 묻고 싶었다. 대체 이곳에서 일어난 아버지의 '사기 행각'이 무엇이었는지, 왜 의회가 저토록 흥분하는지, 어째서 의회의 분노를 방치했는지……, 무엇보다 어머니를 강제로 끌고 갔다는 얘기가 무엇인지!

하지만 카셀은 아무 말도 하지 않았다.

'참아야 해. 세상의 운명을 결정지을 전쟁이 벌어질 거야. 이곳에서의 카셀은, 그리고 이 순간의 카셀은 에밀 노이의 아들이 아니라 울프 기사단의 캡틴이어야 해.'

논돌린은 부드럽게 대화를 이끌었다.

"두 분의 재회를 방해할 생각은 없습니다. 그러나 우리는 할 이야기가 많습니다. 우선 각 지방 전투 준비 상황과 앞으로 로크가 해야 할 일에 대해 상의해야 하고 하늘 산맥에서 오는 적들의 병력도……, 해주셔야 할 이야기가 많습니다."

카셀은 집사가 내준 차를 마시며 있는 그대로의 사실을 이야기해 주었다. 죽지 않는 자들의 군주와 10년 전 전쟁, 익셀런의 제1기사단, 드래곤, 레미프, 모즈들, 그리고 루티아의 함락. 그들은 다른 비현실적인 이야기보다 오히려 익셀런 기사단에 민감한 반응을 보였다.

"론타몬이 또 전쟁을 시작하려 한다는 거요?"

한 명이 물었다.

"아니, 이것은 론타몬과 별개로 일어나는 사건이오. 내가 말한 익셀런 제1기사단을 론타몬의 군대라 생각하지 말고, 하늘 산맥에서 내려오는 악마의 군대를 이끄는 지휘관이라고 생각하시오. 그것도 자기들이 가진 모즈 병력의 10분의 1만으로 루티아를 함락시켰을 정도로 뛰어난 자들이오."

카셀은 침착하게 설명했다. 의원들은 루티아의 마법사들이 원군으로 와 줄 수 없다는 사실에 큰 실망감을 보였다.

"실은……."

카셀의 설명이 끝난 후 논돌린은 괜스레 주위를 경계하다가 말했다.

"캡틴을 이 저택으로 부른 것에는 다른 이유가 있소."

"말씀하시오."

"캡틴 데라둘을 조심하시오."

카셀은 마시던 찻잔에서 입술을 뗐다.

"얼마 전 우리에게 경고하는 쪽지를 주신 게 혹시……."

"나였소. 나는 당신이 드래곤 기사단으로 가지 않기를 바라고 있었소. 차라리 우리 집정관들 중 한 명에게 몸을 의탁하는 게 좋다고 생각했소. 하지만 당신이 캡틴 데라둘에게 먼저 적극적으로 얘기를 걸어 버리는 바람에 조금 늦었소. 그래서 쪽지라도 보낸 거요."

카셀은 처음 그 쪽지를 받았을 때처럼, 오히려 그런 말을 하는 논돌린 쪽을 의심해 보았다. 그러나 그를 의심하면 그와 힘을 함께 하고 있는 롬노르까지 의심하는 게 된다. 카셀은 외할아버지가 죽음의 기사단에 연관되어 있는 일만은 벌어지지 않기를 빌었다.

"타국의 기사가 함부로 다른 기사단의 캡틴을 평가하는 짓을 할 수는 없소. 하지만 듣기로 데라둘은 누구보다 가넬로크를 지키려 한 사람인데 어째서 조심해야 한다는 거요?"

누구보다 루티아를 지키고자 했던 러스킨이 루티아를 배신했다. 데라둘도 과거의 명성만으로 평가할 수는 없었다. 그러나 카셀은 그렇게 물을 수밖에 없었다. 논돌린은 웃음기 하나 없는 얼굴로 대꾸했다.

"그의 애국심을 누가 따를 수 있겠소? 허나 지금은 그렇다 말하지 못하오. 그는 최근 정체를 알 수 없는 남자를 집안에 들이고 그자와 함께 의회 의원들의 뒷조사를 하고 있소. 나 역시 나흘쯤 전 로브를 입은 괴한이 저택 근처를 어슬렁대는 걸 발견하고 경비병을 시켜 쫓아가게 했으나, 귀신처럼 사라졌다고 하더군. 하지만 드래곤 기사단 근처에서 그자를 봤다는 소문은 무수히 많소. 분명 연관되어 있을 거요."

카셀은 창문 너머로 봤던 그림자를 떠올렸다.

"그 괴한이 논돌린 의원을 염탐하듯 캡틴 데라둘도 감시하는 건 아니고?"

"단언컨대, 그건 아니오. 둘이 같이 있는 걸 본 기사들이 꽤 있소. 일부 사무관들의 증언도 확보해 뒀소. 그자는 얼굴을 보이지도, 말을 하지도 않는다고 하오. 수상하기 이를 데 없지 않소? 더구나 최근 로크뿐 아니라 근처 도시에까지 검은 갑옷을 입은 기사들이 출몰한다고 하오. 너무 앞서가는 건 아닌지 모르겠소만 그 기사들이란 게 실은 드래곤 기사단의 누군가가 갑옷을 검게 칠해 입고 다니는 건지 누가 알겠소?"

"이번엔 내가 단언할 수 있겠군. 그건 아니오."

"근거가 있소?"

"경험이 있어 알고 있소. 갑옷 색깔만으로는 절대로 유령 기사들을 흉내 낼 수는 없소. 나 역시 이미 로크에 나타난 검은 기사를 접해 보아서 알고 있소. 그보다 검은 기사들이 내가 아는 '그것들'이 맞는다면 조종하고 있는 배후가 있을 거요. 혹시 사병을 여럿 거느린 의원이 있소?"

카셀은 붉은 장미 백작의 사례를 대입해 물었다.

"거의 모든 의원들이 사병을 데리고 있소. 나 역시 서른 명 정도……."

논돌린이 조금 불편해하는 어조로 말했다.

"그런 병사들 말고, 정예라고 할 만한 기사들 말이오."

카셀은 고개를 저으며 질문을 수정했다.

롬노르가 끼어들어 대답했다.

"나르베니 집정관과 루에머스 집정관. 두 사람 모두 특별히 키운 열 명의 기사들이 있다. 실력은 드래곤 기사단에 들어가도 좋으나 귀족의 핏줄이 아니라 사병으로 받아들인 케이스지."

카모르트에서의 경험대로라면, 가넬로크의 배신자는 최근 갑자기 강한 권력을 얻은 사람 중에 있을 것이다. 죽지 않는 자들의 군주가 약한 권력자를 굳이 자기편으로 만들었을 리 없으니까. 권력이 약한 이를 끌어들였다면 강하게 만들어 놓았을 것이다. 로크를 통째로 흔들 수 있을 정도로 강하게!

그럼 결국 의심할 사람은 의회를 움직일 수 있는 세 명의 집정관과 드래곤 기사단을 움직일 수 있는 캡틴 데라둘, 그리고 원로의회의 중심에 있는 롬노르였다.

그래도 만일을 대비해 카셀은 현재 로크에 갑자기 유행하는 종교가 있는지, 갑자기 힘이 강해진 귀족이나 의원, 또는 영주가 있는지도 물어보았다. 거론되는 이름 하나하나를 머릿속에 기억해 두는 척했지만 여전히 카셀은 다섯 명 중 하나라고 확신했다.

현재 로크에 오는 병력에 관한 이야기를 할 때까지도 롬노르는 회의에 개입하지 않았다. 그저 슬픈 눈으로 카셀을 바라보고만 있었다. 카셀은 그 눈빛에 화가 울컥 솟았다. 그는 루에머스 집정관이 아버지의 험담을 할 때도 저런 눈빛으로 잠자코 있었을 뿐, 반론을 펼치지 않았다.

'어째서?'

카셀은 결국 숨겨 둔 말을 토해냈다.

"그렇게 바라만 보지 말고 하고 싶은 말씀을 하십시오, 롬노르 의원. 그렇게까지 아버지와 어머니의 관계가 불만스러운 겁니까? 그래서 제 존재 자체가 달갑지 않으신 겁니까? 제가 당신의 수치스러운 과거를 들추는 거울이 되는 겁니까? 아버지께 죄가 있다면 제가 책임져 드리겠습니다."

다른 의원들은 갑작스러운 카셀의 분노에 당황했다. 그러나 롬노르는 의외로 덤덤하게 고개를 끄덕였다.

"너는……, 네 아버지와 같구나."

카셀은 일부러 건방지게 보이려고 까닥이던 손가락을 꾸욱 쥐었다.

"울프 기사단의 캡틴이라는 직책을 가졌기 때문일까? 아니, 너는 무일푼에 아무 직책 없이 내 앞에 나타났어도 같은 말을 했을 게야. 집정관들도 두려워하는 나, 롬노르에게 말이야. 그렇지 않니, 카셀?"

롬노르는 겨우 편한 얼굴을 지으며 말을 이었다.

"모든 것은 내 잘못이다. 그래, 수치스러웠지. 내 부덕함에, 집정관이라는 직책의 부담을 이기지 못하는 아둔함이 수치스러웠다. 그래서 진실은 그냥 묻어 두고 지금까지 지내왔다. 하지만 이제 말을 해야 할 때가 왔구나. 카셀, 내 딸 달리아의 아들아. 내가 진실을 말하도록 잠시만 시간을 내다오."

롬노르는 주름진 손을 내밀어 카셀의 손을 잡았다. 카셀은 그 떨리는 손길을 거부할 수 없었다.

"알려진 얘기와 실제 이야기는 다르단다. 네 아버지 에밀이 갑자기 나타나 달리아를 반강제로 데려갔다고 사람들은 떠들고 있지만 달리아는 스스로 에밀을 택했단다. 내가 반대하고 주위의 모두가 반대했음에도 그리했지. 가넬로크 최고 권력자의 딸이 출신도 알 수 없는 남자를 스스로 선택했다는 말을 머리 굳은 사람들이 믿겠느냐? 바로 옆에서 모든 것을 지켜보고 있던 나도 믿지 못했는데 말이다. 하지만 사실이야. 에밀은 달리아의 청혼자 스무 명이 모인 자리에서 당당하게 내게 요구했다. 사실상 협박이었지."

롬노르는 흐뭇하게 웃었다.

"귀족과 의원들의 자식들이, 가진 것도 없는 놈이 무슨 자격으로 나서느냐고 윽박지를 때, 부모에게 물려받은 것 말고 너희들이 가진 게 뭐냐고 따지던 에밀의 모습이 아직도 눈에 선하구나. 그 자리에 데라둘이 없었고 내가 말리지 않았다면 당장 목이 날아갈 판이었지. 그런데도 에밀은 물러서지 않았다."

"아버지는 어떻게 어머니를 만나신 거죠?"

카셀은 어머니와 관계된 이야기가 나오자 참지 못하고 뒤를 재촉했다. 방금 전 그에게 화를 냈다는 사실도 순간적으로 잊어버렸다.

"달리아는…… 불치의 병을 안고 있었단다."

이제 롬노르의 손을 잡고 있는 건 카셀 쪽이었다.

"불치의 병이라니요? 허약하신 분이라는 말씀은 들었으나……."

"병을 앓았으니, 허약해진 게다. 그리고 스무 살이 되던 해부터 급격히 악화되었지. 나는 집정관이라는 권한을 남용해 인간에 대한 지식에 통달한 드래곤 뷰하롤 님께 딸아이를 치료해 달라고 부탁하기에 이르렀단다."

롬노르는 자책하며 말을 이었다.

"심각한 규칙 위반이지. 드래곤은 나 같은 하찮은 인간의 부탁을 일일이 들어주셔서는 안 되는 게야. 그랬다가는 엄청난 혼란이 벌어지지 않겠느냐? 서로들 치료해 달라고 난리가 났겠지. 그러나 뷰하롤 님은 그런 걸 감수하고서라도 친히 달리아를 진찰해 주셨단다. 하지만 그분도 어쩌지 못할 정도로 달리아의 몸은 이미 망가져 있었어."

"어머니는 절 낳지 못할 정도로 허약했다고 했어요. 절 받아 준 산파는 아이와 산모 둘 중 하나는 분명 죽을 거라며 둘 중 하나를 선택하라고 강요했대요. 그때 정신이 없던 아버지는 산파에게, 자기가 죽을 테니 둘 다 살려내는 선택은 어떠냐고 했다더군요."

카셀은 허탈하게 웃으며 말했으나 아무도 웃지 않았다. 아니, 웃지 못했다.

"네 존재 자체가 내겐 기적이다. 뷰하롤 님은 달리아가 2년을 넘기지 못할 거라고 했어. 드래곤의 입에서 나오는 진찰이다 보니 그건 차라리 저주나 예언 같았지. 비밀로 했으나, 어떤 경로로 빠져나갔는지 로크의 어지간한 귀족들은 모두 그 사실을 알게 되었다. 그리고 무슨 일이 일어났는지 상상할 수 있겠니? 수많은 고위 관직자와 귀족들이 달리아에게 청혼을 해 왔단다."

논돌린마저 조금 흥분된 목소리로 말했다.

"잔인하군요."

"집정관의 외동딸, 그것도 얼마 후에 죽을 로크에서 가장 아름다운 소녀. 2년 후에 죽을 달리아의 슬픔을 알아주지 않는 건 비단 그들만이 아니었지. 나마저도 달리아가 어떤 남자의 품에서 죽어야 행복할까 하는 비겁한 생각을 하고 있었으니. 못된 아버지였어, 나는."

롬노르는 카셀의 손등을 도닥거리며 얘기를 이어나갔다.

"그때 나타난 게 에밀이었다. 나는 그 사형 선고를 받아들인 후 처음으로 달리아가 웃는 걸 보았지. 생을 포기한 아이가 웃는다는 게 어떤 기적인지 알겠느냐? 두 사람의 사랑을 나는 일찌감치 받아들였지. 하지만 내 지위가 지위다 보니 그것은 내가 받아들인다고 순수하게 받아들여질 수 없는 사랑이었단다. 에밀은 직접 의회에 나서서 의원들을 설득하려 했고 원로의회에서는 아예 의원 한 명이 고혈압으로 실려 나갈 정도로 격렬한 설전을 벌이기도 했단다."

논돌린과 다른 의원들은 그 말에 과장이 있다고 생각했는지 어깨를 으쓱하거나 허허 웃고 말았다. 그러나 평소의 아버지라면 별로 놀랄 것도 없는 일이라 카셀은 당연하게 받아들이며 뒷얘기를 기다렸다.

"그때 의회는 마지막 제안을 내놓았단다. 사실상 강제로 에밀을 포기시키려고 의회 의원들과 당시 달리아의 청혼자들이 생각해 낸 억지였지. 음, 내기라고 하는 편이 낫겠군. 지금 와서 생각해 보면 에밀의 말장난에 의원들이 넘어간 면도 있었어."

"무슨 조건 같은 거였나요?"

"집정관의 외동딸을 지키려면 그 정도 힘이 있다는 것을 보여야 하고, 달리아처럼 특별히 드래곤께서 운명을 점지해 준 여자라면 적어도 드래곤을 쓰러트릴 정도는 되어야 한다는 조건이었다."

듣는 사람들 모두 나직이 신음했다. 롬노르는 약간 미소 띤 얼굴로 말했다.

"세상 어떤 기사가 드래곤을 이길 수 있겠나? 오늘 의회에서 나왔던 말처럼 에밀이 사기 친 게 아니라 의회 쪽이 사기를 치려고 했던 거야. 나는 그 일을 저지시키려 했지. 그런데 엉뚱하게도 에밀은 그 내기를 승낙했고……, 해 버렸단다."

"자, 잠깐만요, 롬노르 의원. 그……, 드래곤을 꺾었다는 얘기가 사실이었습니까?"

논돌린이 소문으로만 들은 진상에 대해 놀라 물었다.

"논돌린 의원은 그 자리에 없었으니 모르겠구려. 하지만 꽤 많은 이들이 그 광경을 보고 충격을 먹었을 거요. 그 작은 젊은이가 녹색의 드래곤 뷰하롤을 맨주먹으로 쳐서 쓰러트린 건 그야말로 장관이었지."

"어떤 인간이 맨주먹으로 드래곤을 쓰러트린다는 게요? 그건 사기가 아니었소?"

드래곤에 대해 각별한 애정을 쏟고 있는 게 분명한 한 의원이 말했다.

"사기든 아니든, 드래곤이 정식으로 대결 신청을 받고 자기 입으로 패했다고 인정했는데 어떤 논란이 있을 수 있었겠소? 그런데 문제는 거기에서 그친 게 아니오. 기사단의 규칙상 드래곤이 인정을 한 기사는 드래곤 기사단의 캡틴으로 임명해야 한다는 거였소."

"그런 규정이 있소?"

한 의원의 질문에 대해서 논돌린이 대답해 주었다.

"나도 1년가량 드래곤 기사단에서 기사 수업을 받아 알고 있소. 그건 드래곤 기사단의 첫 번째 규정이기도 하오. 가넬로크를 지키는 드래곤이 인정하는 자는 기사단의 캡틴이 된다……. 간단하지만 매우 철저하게 지켜지고 있었소. 드래곤 기사단은 드래곤이 있어 존재하는 기사단이니까, 그건 당연한 일이오."

논돌린도 설명을 하면서 롬노르의 얘기를 곱씹었다.

"또한 그 규칙은, '기사 수업을 받기 위해서는 3대째 핏줄부터 귀족이어야 한다.' 같은 사소한 규정들을 모두 초월하오. 드래곤이 인정했는데 감히 누가 그런 규정을 들먹일 수 있겠소? 그렇다고는 해도 드래곤이 직접 기사단이 아닌 사람을 인정한 것은 역사상 처음 있는 일이라고 들었소. 맞습니까, 롬노르 의원?"

"맞소. 당시 캡틴이었던 엔손드는 드래곤의 말을 철저히 따르고 원리원칙을 강조하던 보수적이면서도 완고한 드래곤의 기사였던 데다가 마침 은퇴하려던 참이었소. '캡틴 에밀'이 탄생할 뻔했던 거지. 엔손드는 의회가 반대할 것임을 알고 자신의 의지를 관철시키기 위해 미리 은퇴해 버렸소."

"그래서 의회가 발칵 뒤집힌 거군요."

카셀이 말했다.

"오늘 보지 않았느냐? 발칵 뒤집혔다는 말로는 표현할 수 없을 정도였어. 게다가 그런 일을 벌인 드래곤 뷰하롤이 갑자기 아란티아로 가야 한다며 떠나 버려서 진상을 규명하지도 못하게 되었던 거지. 그때 왜 뷰하롤이 아란티아로 떠났는지 역시 아무도 모른다."

"아란티아에?"

카셀은 크게 놀라 말했다.

롬노르가 물었다.

"그 일에 대해 아는 거라도?"

"아, 아닙니다. 계속 얘기하십시오."

카셀은 얼버무렸고 롬노르는 말했다.

"그렇게 찬반양론이 벌어지고 이 사건에 대한 수사가 진행되고, 어떤 비리가 개입되었는지, 의회는 어떻게 반응할 것이며, 또한 원로의회는 어떤 조정을 해야 할 것인지…… 그런 문제들 때문에 혼란이 일어나던 어느 비 오는 날 밤에 에밀과 달리아는 사라져 버렸다네. 둘이 동시에!"

카셀조차 황당할 정도였다.

'무슨 짓을 한 겁니까, 아버지? 사랑의 도피였나요?'

롬노르는 계속 말했다.

"한참 그 청년에 대한 대비책을 준비해 뒀던 의회는 자존심이 상할 수밖에 없었지. 은퇴한 엔손드는 어쩌고! 결국 당사자가 없는 와중에 별의별 추측이 나돌 수밖에 없지 않겠니? 당연히 에밀이란 남자에 대한 소문도 극과 극을 달렸고."

"아버지가 지금 계신 곳이 카모르트의 루우룬이라는 건 어찌 아셨습니까?"

카셀이 물었다. 이미 롬노르에 대한 분노는 증발하고 없었다.

"에밀이 그곳 출신이라고 말한 적도 있고 달리아가 가끔 내게 편지를 보내기도 했으니까. 그곳 생활이 편하다는 말이나 시아버지, 그러니까 네 친할아버지가 돌아가셨다는 편지, 가뭄이 들어 농사가 어렵다는 얘기도 있었고 아이를 가졌으니 잘 낳을 수 있도록 기도해 달라는 편지도 있었단다."

롬노르는 느릿느릿 일어나 응접실을 나갔다. 그리고 절룩거리며 작은 보석함을 들고 돌아왔다. 그는 안에서, 얼마나 자주 읽었는지 손때가 잔뜩 묻은 편지를 꺼냈다.

“네 어머니의 편지다. 나보다 네가 가지고 있었으면 좋겠구나.”

그게 외할아버지에게 얼마나 소중한 물건인지는 상상도 할 수 없는 일이었다. 아무리 어머니의 유품이라 해도 카셀은 그것을 빼앗아갈 수 없었다.

“그럴 수는 없습니다.”

카셀은 손을 내저었다.

“달리아의 유품으로 네게 줄 만한 게 뭐가 있을까 많이 고민했다만 역시 이게 좋을 것 같다. 살날이 얼마 남지 않은 내가 가지고 있어 봐야 소용없지. 이 편지를 보렴. 너를 낳은 기쁨이 넘치는 이 문장들을 말이야.”

롬노르는 거의 강제로 편지함을 내주며 떨리는 목소리로 말을 이었다.

“알 수 있겠니? 살날이 얼마 남지 않았다는 선고를 받아 생을 포기한 아이가 좋아하는 남자와 결혼을 하고 자식까지 낳았을 때의 그 기쁨을!”

편지함을 받아 들고 카셀은 목이 멨다.

“어머니는 제가 두 살 때 돌아가셨어요.”

“너를 낳은 기쁨이, 달리아의 수명을 연장했다고밖에 생각되지 않는구나.”

롬노르는 카셀을 만난 후 처음으로 행복한 미소를 지었다.

“그리고 이제 나를 이해해다오. 달리아의 아들인 너를 본 내 심정이 얼마나 기쁨으로 가득 찼는지 알아다오.”

롬노르는 흐르는 눈물을 굳이 닦지 않았다. 카셀은 그의 늙은 손을 두 손으로 꽉 쥐었다.

"할아버지……."

Chapter 7

데라둘을 돕는 자

가넬로크의 마법사 모임인 그랜드 로크는 로크 시내 남쪽 끝에 위치하고 있었다. 루티아의 탑에 비할 바는 아니지만 이곳의 탑도 마법사들의 권위를 내세울 만한 웅장한 크기를 자랑하고 있었다. 아마 대륙에서는 가장 큰 탑일 것이다. 그리고 케인스윅을 모방해서 지은 탑 아래 건물이 그랜드 로크 마법사들의 집합 장소였다. 백여 명의 마법사들과 그 세 배가 넘는 숫자의 마법사 지망생들이 그곳 입구에서부터 기다리고 있었다. 타냐는 그들을 차갑게 대했으나 그들은 오히려 그걸 더 좋아했다.

"로크를 지킬 여러 가지 방안을 연구해 봤습니다. 선배들의 연구 결과를 긁어모은 것에 불과하지만 말입니다. 그래도 드래곤을 막을 수 있는 힘에 대해서 나름대로 결론을 내 봤습니다."

그랜드 로크의 의장 리펜다스는 열심히 흑판에 그림을 그리며 설명했다.

회의장은 조금 큰 강의실을 연상케 하는 평범한 방이었다. 모인 마법사들은 강의 듣는 학생들처럼 얌전히 앉아 고개만 끄덕이고 있었다. 격렬하게 전투하듯 수업을 치르는 케인스윅에 익숙한 타냐에게는 그것이 바람직하게 보이지 않았다.

'마법사들은 지위의 상하가 있으면 안 돼. 언제 학생이 선생을 능가할지 모르니까.'

경험상 타냐는 그런 조언을 하지 않았다. 아무리 루티아의 지부라도 루티아를 벗어나면 그 나라의 관습과 문화를 따라야 하기 때문이었다.

"저희들만으로는 실험해 볼 수 없었으나 이론적으로는 로크를 완벽하게 보호할 수 있습니다."

타냐는 흑판의 그림을 보는 즉시 리펜다스의 의도를 꿰뚫었다.

"방벽이군요."

눈을 초롱초롱하게 뜨고 의욕을 보이는 타냐의 반응에, 리펜다스는 더욱 설명에 열을 올렸다.

"맞습니다. 현재 우리 머리 위에 있는 이 탑의 이름이 '아로크의 탑', 아로크의 탑을 역삼각형의 아래 꼭짓점에 해당하는 장소로 치면 여기에서 약 15킬로미터 떨어져 있는 오른쪽 꼭짓점에 해당하는 탑은 '분노의 탑'이고 같은 거리의 왼쪽 꼭짓점에 해당하는 탑은 '축복의 탑'입니다. 이 두 개의 탑은 아로크의 탑에 힘을 불어넣어 주고 아로크의 탑에서 모인 힘으로 로크를 보호하는 마법의 방벽을 칠 수 있지요. 천 년 전 기록에 따르면 드래곤 십여 마리를 이 마법으로 막았다고 되어 있습니다."

"그게 사실이라면 충분히 가능하군요. 아무리 카-구아닐이 괴물이라고 해도 드래곤 열 마리의 힘을 가지고 있지는 않을 테니까요."

타냐는 흑판을 바라보며 계산에 몰두했다. 리펜다스의 말대로 이론상 세 탑의 힘을 합치면 루티아의 화이트비에 필적하는 마법을 발휘할 수 있었다. 하지만 여기에는 심각한 오류가 하나 있었다.

"잠시만요, 리펜다스 의장."

타냐는 백 명의 시선에 아랑곳하지 않고 연단에 올라갔다.

케인스윅에서 수업을 받을 때도 타냐는 종종 선생님의 분필을 빼앗아 질문하곤 했다. 선생님은 선생님 나름대로 타냐의 반박을 반박했고 그녀는 논쟁을 피하지 않았다. 케인스윅의 수업은 보통 그런 식으로 진행되지만 거기에서조차 그녀는 좀 심한 편이었다.

예의를 중시하는 그랜드 로크에서는 윗사람이 발표하는 중간에 나서는 것이 대단히 무례한 행동이며 그녀 역시 그걸 알고 있었지만 개의치 않았다. 그녀에게 있어 루티아의 마스터가 갖는 권위는 이럴 때 쓰라고 있는 것이었다.

"아로크의 탑은 아까 보니 처음부터 마법 방벽을 세울 수 있는 구조로 설계된 듯합니다. 하지만 북쪽 두 개의 탑이 그 힘을 받아낼 수 있을까 염려되는데요. 천 년 전과 구조가 달라졌거나, 설계가 조금이라도 변경되었다면 마법 방벽이 발동되는 순간 무너질 수도 있습니다."

타냐가 흑판 위의 탑을 짚으며 말하자, 리펜다스는 자신 있게 말했다.

"저희들은 천 년 동안 마법의 유산을 잘 지켜왔다고 자부합니다. 하지만 마스터 타냐께서 직접 검사해 주셨으면 합니다."

"좋습니다. 그럼 세 개의 탑이 정확하게 가동한다고 가정하고, 문제가 하나 있습니다."

"무엇인지요?"

"작동은 누가 시키죠?"

희망적으로 말을 이어가던 리펜다스는 순간 당황했다.

"그거야 마스터 타냐께서……."

"이 탑의 가동 원리를 설명한 책을 가져다주십시오. 제가 알기로 이런 종류의 탑을 가동시키려면 꽤 커다란 힘이 필요합니다."

"그거야……."

리펜다스가 또 같은 대답을 하려 하자 타냐는 손가락을 세 개 세웠다.

"세 개의 탑을 작동시킬 세 명의 마법사 말입니다."

타냐는 아로크의 탑을 짚으며 설명을 덧붙였다.

"아무래도 방벽을 세울 힘의 중심은 여기가 될 테니 아로크의 탑은 제가 맡겠습니다. 그럼 나머지 두 개의 탑을 작동시킬 두 명의 마법사가 필요합니다. 제 힘을 받아내야 하니, 저와 동등한 힘을 가지고 있어야 합니다."

백 명이나 모였음에도 누구 하나 대답하는 이가 없었다. 리펜다스는 손수건으로 이마의 식은땀을 닦으며, 양피지 수십 장을 열심히 뒤적였다.

"글쎄요……, 작동 원리를 설명한 고문서가 여기 어디 있을 텐데……, 아!"

리펜다스는 보물이라도 찾아낸 듯 한 장을 치켜들었다.

"여기 기록이 있습니다. 천 년 전에도 탑을 가동할 수준의 대마법사가 없어 각각 백 명의 마법사가 서로 힘을 합쳤군요. 그런 식이라면 저희도 가능할 겁니다."

타냐는 양피지를 받아 확인하고 말했다.

"실험해 보도록 하지요."

타냐는 수긍하고 자리로 돌아가 앉았다.

리펜다스는 겨우 안도하며 손수건을 집어넣었다.

"그리고 오늘 있었던 의회에서 반대 의견을 제시하는 다른 의원들과 달리 적극적으로 우리 의견에 호응하는 분도 계셨습니다. 오늘 우리에게 전폭적인 지지를 약속하신 그분을 모시고 더 깊이 있게 얘기하고자 합니다."

의장이 소개하자 중년의 여성이 문을 열고 회의장 안으로 들어왔다.

나르베니 집정관이었다. 목에는 디자인이 간단하면서도 큼직한 보석이 박힌 목걸이가 걸려 있었고 여전히 옷차림은 요염했다. 그녀의 뒤에는 세 명의 수하 기사가 따라오고 있었다. 타냐는 본적이 없어야 당연할 텐데도, 그 세 명 중 하나가 이상하게 낯이 익었다. 그 남자도 싸늘한 미소로 타냐를 마주 보고 있었다.

'누구였더라?'

리펜다스가 웃으며 나르베니에게 말했다.

"집정관께서 직접 마법사 회의에 참석해 주시니 이보다 더 큰 영광은 없을 겁니다."

나르베니도 마주 보고 웃었다.

"오히려 제가 영광입니다. 이 나라를 지키는 데 저라는 작은 힘이 도움이 될 수 있길 빕니다."

마법사들은 박수를 쳤다.

"그렇게는 안 된다, 나르베니!"

박수 소리가 가라앉을 즈음 한쪽에서 전혀 예상치 못한 목소리가 튀어나왔다. 캡틴 데라둘이었다. 그는 회의장 안으로 들어서자마자 칼부터 꺼내 들었다. 나르베니는 동그랗게 뜬 눈으로 말했다.

"이런 곳에 당신이 어째서? 그리고 그 칼은 뭡니까, 캡틴 데라둘? 이곳은 마법사들의 신성한 공간인 아로크의 탑입니다. 그런 무장은 용납되지 않습니다."

"그럼 너는 뭐가 무서워 호위병을 셋이나 데리고 온 거냐?"

나르베니는 거기에 대답하지 않고, 데라둘의 뒤를 따르는 갈색 로브를 입은 남자를 가리켰다.

"전부터 그 남자의 정체에 대해 궁금했었지요. 기어이 오늘 나타나셨군요. 어디 그 가면 속의 얼굴부터 드러내 보시죠?"

마법사들도 데라둘이 대동한 남자를 보고 놀라 웅성거리고 있었다. 그 괴한은 순순히 얼굴을 보여 주며 말했다.

"얘기가 다르지 않습니까, 데라둘? 우선 저 여자를 죽이고 시작하는 거 아니었습니까?"

로브 속 얼굴은 선해 보였으나 말투는 싸구려 악당처럼 사악했다. 나르베니는 그 남자를 보고 인상을 찌푸렸다.

"누구야, 당신?"

나르베니는 모르는 사람이었다. 그러나 놀랍게도 타냐는 아는 얼굴이었다.

"당신이 데라둘 편에 서 있었던 겁니까?"

오랜만에 만난 얼굴이었으나 그는 그다지 늙지도 않고 예전의 모습을 간직하고 있었다. 온갖 부정적 생각들이 머릿속을 가득 채웠다. 대체 상황이 어떻게 흘러가는지 알 수가 없었다.

드래곤 기사단을 숙소로 삼은 첫날 아침, 카셀은 로브를 입은 괴한을 보았다고 했다. 타냐는 그게 혹 죽지 않는 자들의 군주는 아닐지, 이미 드래곤 기사단이 그자의 손에 들어간 게 아닐지 걱정했다. 그 추측은 다행히 틀렸다. 그러나 이제 새로운 불안감이 부풀어 오르기 시작했다.

타냐는 여신 나디우렌의 경고를 떠올렸다. 죽지 않는 자들의 군주는 인간의 두 가지 커다란 힘을 자기 것으로 만들었다고.

그중 하나는 루티아의 그랜드 마스터 테일드였고 다른 하나는 울프 기사단 중 하나라고 했다. 카셀은 그 얘기를 해주며, 여신이 틀렸기를 바란다는 말을 덧붙였다.

타냐는 의식적으로 손을 꽉 쥐었다. 손바닥 안에서 생명의 힘이 응축된 마법의 칼이 길게 자라났다. 드래곤을 죽일 정도의 힘이었으나 지금 데라둘 뒤에 나타난 남자를 상대하자면 그 정도로도 충분할지 자신이 없었다.

"오랜만이다, 타냐. 하지만 얼굴이 달라졌군. 데라둘에게서 미리 이름을 듣지 못했다면 못 알아볼 뻔했어."

그는 부드럽게 미소 짓고 있었다. 사람을 살릴 때나 죽일 때나 항상 저 표정이었다. 타냐는 침을 꿀꺽 삼키고 말했다.

"지금 이 상황에 대해 설명을 해 주셔야겠습니다, 메이루밀 울프."

시간이 늦어 남은 얘기는 다음으로 미루고 카셀은 자리에서 일어났다.

헤어지는 마지막 순간까지 롬노르는 카셀의 손을 놓기를 아쉬워했다.

"해 주고 싶은 이야기도, 듣고 싶은 이야기도 너무 많구나."

"예, 저도요. 아버지는 그런 얘기를 절대 해 주지 않았지요."

"허허, 에밀에게 약점이 될 만한 이야기를 해 주는 게 할아비가 손자에게 주는 선물이 될 수 있으려나?"

카셀은 유쾌하게 웃었다.

"그보다 더한 선물은 없을 겁니다. 꼭 해 주세요."

카셀은 마차에 오른 뒤에도 몇 번이나 뒤를 돌아보았다. 밤의 거리는 조용해 마부의 콧노래만 들려오고 있었다.

"왜, 좀 더 얘기하지 않고?"

앞자리에 앉은 제이가 말했다.

"아쉽더라도 오늘은 여기에서 헤어져야지. 시간은 아직 많아. 그리고 우리에게 당장 중요한 건 언제 몰려올지 모르는 적이잖아. 아버지 얘기가 아니지."

"내가 보기에는 그리 미룰 일도 아닌 것 같다만……."

"그런가?"

카셀은 어머니의 편지가 든 보석함을 꼭 끌어안고 웃었다. 제이는 팔짱을 끼고 말했다.

"어쨌든 네 표정이 좋아진 건 다행이다."

"그래?"

"어어. 아, 그리고 아까 그 드래곤 얘기 있잖냐? 네 아버지가 어떻게 드래곤을 이긴 거냐? 엄청난 장사냐?"

"그럴 리가 있겠어?"

“그 얘길 아버지한테 직접 들은 적은 없고?”

“아버지는 ‘여행했다.’ 이상의 얘기를 하신 적이 없어. 하지만 원로의회란 존재는 무지 싫어하셨는데 그 이유는 대충 알겠군.”

“되게 궁금해지네. 힘도 없는 사람이 드래곤을 이기는 방법이라…….”

카셀은 턱에 손을 얹고 마차 옆을 지나쳐 가는 밤의 도시를 감상하며 말했다.

“나라면…….”

“너라면?”

“……아마 드래곤과 거래했을 거야.”

“어떻게?”

“내가 만나 본 드래곤이라 봐야 날 죽이려 드는 구아닐과 사-크나딜, 여신 나디우렌 정도지만, 적어도 그들 모두 인간과 대화가 통하는 존재야. 신도 아니고 괴물도 아니란 거지. 그러니 나라면 뷰하롤에게 뭔가를 제시하고 내 주먹 한 방에 쓰러져 달라고 부탁하지 않았을까 싶군.”

“내가 드래곤이라면 그런 조건 제시하는 녀석은 발로 밟아 버릴 거다.”

“거절할 수 없는 조건이라면? 이를테면 웬 거지가 너한테 다가와 수많은 사람들이 보는 앞에서 한 대 칠 테니 맞고 기절하는 척해 달라고 해도 들어줄 만한 부탁 말이야.”

“그런 게 있을 리가 있…….”

제이는 말하다 말고 입을 다물었다. 제이의 머릿속에 병석에 누워 말없이 자신을 올려다보던 어머니가 떠올랐다. 다시 한번 어머니를 만날 수 있다면, 단 몇 분만이라도 볼 수 있다면 한 번이 아니라 서른 번도 맞아 줄 수 있었다.

"있다."

제이는 대답을 수정했다.

"그렇지? 나라면 드래곤에게 그런 조건을 제시할 거야. 그리고 사람들 보는 앞에서 뷰하롤의 얼굴을 때리는 거지. 그럼 드래곤은 그럴싸하게 넘어지고 나는 드래곤 기사단의 캡틴이 되는 거야!"

카셀은 크게 웃었다.

제이는 고개를 저었다.

"사기잖아."

"사기면 어때? 수많은 사람들에게 비웃음을 당한 다음에 진심으로 사랑하는 단 한 사람을 얻는 것. 그런 건 사기라고 하는 게 아니지."

"네 얘기냐?"

"어쩌면 그럴지도."

"넌 누구한테 무슨 사기를 쳤는데?"

"카구아한테 내가 무지 세니까 물러나라고 사기 쳤지. 그랬더니 물러났어. 그사이 타냐는 회복했고 크나딜이 구해줬고. 만약 누가 그 모습을 보고 나더러 사기 쳤다고 욕한다면 난 기꺼이 받아들이겠어."

"음, 카구아란 게 정정당당히 싸울 상대가 아니긴 하지."

천천히 달리긴 했으나 마차는 거의 흔들림이 없었다. 도로도 잘 닦여 있고 예스러운 건물 하나하나가 멋졌다. 그러나 제이는 그런 것에 별 감흥을 느끼지 못했다. 그에게는 나디움이 훨씬 멋진 도시였다.

"그래서 드래곤이 거절하지 못할 제안이 뭐야? 너라면 뭘 제안할 거냐?"

"물어봐야 알지."

"아무리 생각해도 없는데? 드래곤 정도 되면 자기가 원하는 게 뭐든 모두 가질 텐데 뭐가 부족해서 인간에게 부탁해? 또 네 아버지는 가난했다며?"

"지금도 결코 부자는 못 되시지. 그러니 대화해 본다는 거야. 아버지라면 글쎄, 술을 한 통 짊어지고 가서 드래곤에게 권했을까? 감이 안 오긴 하네. 내가 아버지의 상황에 처해 있고 타냐에게 고백을 하는 위치에 있는데 그 조건이 드래곤을 쓰러트리는 것이다……."

제이가 이의를 제기했다.

"타냐는 드래곤을 쓰러트릴 수 있는 여자인데 뭘 그런 단서를 달아?"

"하나 있지."

카셀은 제이의 말을 무시하고 말했다.

"뭔데?"

제이가 물었다.

"새나디엘 폐하."

"여왕이 왜? 조건 들어주면 여왕을 줄 수 있을 정도로 네 아버지 권력이 엄청나냐?"

카셀은 깔깔대고 웃었다.

"아까 할아버지가 얘기하실 때 잠깐 떠올랐는데 만약 내 생각이 맞다면…… 아아, 이런 못된 사람 같으니! 아버지, 정말 치사하세요."

제이는 혼자서 웃는 카셀의 정강이를 툭 찼다.

"혼자 웃지 말고 가르쳐 줘."

"폐하께서 이런 말씀을 하신 적이 있었어. 너 있는 자리에서 말하지 않았던가? 어떤 날 닮은 여행자가 폐하 한번 만나는 게 너무 힘들어 차라리 드래곤 타고 날아다니는 게 더 쉽겠다고 말했더니, 폐하께서 이제 날 만났으니 어디 한번 드래곤 타고 날아 보라고 했다고. 그러자 그 여행자는 천생의 배필을 만나게 해 달라고 조건을 달았고……."

"그래서?"

"드래곤에게 거꾸로 거래를 하는 거야. '한 번만 져 달라. 그러면 너에게 새나디엘 여왕을 만나게 해 주겠다!'"

흥분하며 말하는 카셀과는 달리 제이는 별로 와 닿지 않았다.

"그게 뭐? 드래곤 날잖아. 혼자 아란티아 날아가서 만나면 그만이지."

"너는 아마 자세한 내막을 모르니 이게 어떤 의미인지 모를 거야. 새나디엘 여왕 폐하는 나디우렌에게 직접 지위를 하사 받은 '하이로드'셔. 반면 가넬로크에서는 위대한 드래곤이라 존경받는 뷰하롤도 드래곤들의 세계에서 고작 평민에 불과하지."

"평민에 불과하다는 건 어떻게 알아?"

"사, 레, 카 중 어느 호칭도 달지 않았으니까."

"난 뭔 소리인지 모르겠다."

"그냥 이것만 이해해 봐. 뷰하롤은 꿈에 그리던, 천 년 전 인간의 영웅이자 여신 사-나딜에게 인정받은 새나디엘이라는 분을 만날 수 있도록 공식적으로 소개받은 거야. 뷰하롤은 다른 세 마리 드래곤이 잠을 잘 때도 인간들과 교류하고 집정관의 딸을 치료하고자 했을 정도로 인간에게 관심과 정이 많은 드래곤이었어. 아아, 이걸 어떻게 설명하면 좋을까? 그런 소개를 받은 뷰하롤이 뛸 듯이, 아니 날듯이 기뻐하고 있는 게 내 눈에는 보이는군."

"그런데 네 아버지가 무슨 권리로 여왕을 소개해 주고 말고 하는 거야?"

"약속했잖아. 드래곤을 데려오겠다고. 미리 언질을 줬으니 아란티아에서도 갑작스러운 드래곤의 방문이 그리 놀랄 일이 아니겠지. 오히려 놀라는 건 아버지에 대해서일 거야. 누구도 드래곤을 데려올 거라고 믿지 않았을 테니까."

"잘 이해는 안 되는데. 어쨌든 그것도 사기구나?"

"그래, 그래. 사기야. 드래곤과 가넬로크 의회와 새나디엘 여왕 폐하를 상대로 한 사기였지. 그것도 단 한 여자를 얻기 위한 사기. 바로 내 어머니, 달리아……."

카셀은 웃으면서도 눈자위에 눈물이 그득했다. 그는 황급히 눈물을 닦으며 다시 창밖을 내다보았다.

"어머니 보고 싶냐?"

제이가 물었다.

"응. 항상 어머니가 보고 싶었지만 이렇게까지 보고 싶은 건 처음이야. 어머니는 내 이름을 위대한 모험가의 이름을 따서 지었대. 아버지가 그 모험가의 이야기를 듣고 감동해서 여행을 떠났고 그 여행에서 어머니를 만났으니까 당연한 거라나? 권력이란 권력은 다 팽개치고 아버지를 택한 어머니나 그런 어머니를 기어이 데리고 달아나는 아버지나…… 정말 똑같은 분들끼리 만났어. 하하……."

"그렇구나."

카셀이 슬퍼하는 모습을 보니 제이도 어머니가 보고 싶었다. 처음 보는 거지에게 죽도록 얻어맞아도 좋을 정도로.

"읍!"

그때 제이는 사방에서 조여드는 검의 간격을 느꼈다. 창문 밖으로 보이는 건 아무것도 없었다. 하지만 제이는 어디에서 칼이 날아오는지, 그 방향과 속도까지 감지했다. 그는 끼고 있는 팔짱을 풀 시간적 여유도 없어 발을 힘껏 뻗어 카셀의 가슴을 걷어찼다.

"윽!"

카셀이 뒤로 밀려나 마차 의자에 부딪치는 순간 창 한 자루가 천장을 뚫고 방금 카셀의 머리가 있던 자리를 지나갔다. 그다음에야 제이는 팔을 풀고 칼을 뽑았다. 천장을 뚫고 들어온 창은 도로 빨려 올라가더니 이번에는 제이의 머리 위로 떨어졌다. 제이는 몸을 비틀어 피하고 창을 잡았다. 두 번의 충격으로 마차가 심하게 흔들렸다.

제이는 카셀에게 소리쳤다.

"마차 문 열고 내려! 땅에 닿는 순간에는 아무 생각도 말고 무조건 머리를 감싸고 굴러라. 구르는 것만 생각하고 속도를 멈출 생각은 하지 마."

카셀은 제이가 시키는 대로 무작정 문을 열고 뛰어내렸다. 다행히 마차는 빠르지 않았다.

제이는 창을 놔주지 않고 칼을 머리 위로 휘둘렀다. 마차 천장이 깨져 나갔다.

누군가의 비명이 들렸다. 심하게 요동치는 마차 옆으로 마부의 머리가 굴러 떨어지고 있었다. 제이는 창을 놓고 카셀이 열어 놓은 문으로 뛰어내리려다 멈췄다. 카셀이 있던 자리에 편지가 든 보석함이 놓여 있었다.

'멍청이, 이 소중한 걸…….'

제이는 그 보석함을 챙기고 나서야 문으로 뛰어내렸다. 바로 머리 위로 창이 아슬아슬하게 스치고 지나갔다.

제이는 두 바퀴를 바닥에서 구른 후 오뚝이처럼 발딱 일어나 칼을 들었다. 검은 판금 갑옷을 입은 기사가 마차 위에 서 있다가 제이가 뛰어내린 걸 보고 자기도 뛰어내렸다.

그자가 착지한 돌바닥이 퍽 깨졌다. 휘청거리지도 않고 똑바로 서 있는 검은 기사의 투구 안에서 하얀 입김이 화악 쏟아져 나왔다.

아무도 태우지 않은 마차는 겁먹은 말에 이끌려 바퀴 마찰음만 남기고 어둠 속으로 사라졌다. 멀리서 밤길을 지나던 행인들이 비명을 지르며 달아났다.

제이는 먼저 마차에서 굴러떨어진 카셀을 돌아보았다. 오십여 미터 정도 떨어진 곳에서 카셀이 비틀거리며 일어나고 있었다. 제이는 보석함을 내려놓고 접근하는 검은 기사에게 칼을 치켜들었다.

"누가 보낸 거냐, 넌?"

제이가 물었다. 뒤에서 카셀이 대신 소리쳤다.

"그 녀석 말이 안 통한다. 죽지도 않아."

제이의 눈썹이 한쪽으로 치켜 올라갔다.

"안 죽어? 그럼 어쩌라고?"

검은 기사는 묵직하게 창을 휘둘렀다. 제이는 뒤로 물러나 피했다. 창이 떨어진 자리가 깨져 돌조각을 뿌렸다.

한 걸음! 제이는 간격을 재고 주저 없이 상대의 빈틈을 파고 들어갔다. 옆구리로 정교하게 파고 들어오는 창을 흘려내고 좌우로 균형을 흩트린 후 제이는 검은 기사의 투구에 칼을 내리쳤다. 르고의 검임에도 불구하고 투구를 깰 수 없었다. 그저 금이 갔을 뿐.

제이는 뒤로 물러섰다.

'좀 어렵겠군.'

투구가 깨진 자리에서 검은 연기가 피식피식 샜다.

제이는 허리에 차고 있는 다른 한 자루의 검까지 빼 들었다. 검은 기사는 쉽게 접근하지 않았다. 투구 속의 보이지 않는 시선이 워낙 강해서 제이도 공격하지 못했다. 기분 나쁜 탐색이 이어졌다.

'게랄드라는 녀석은 혼자서 이런 괴물을 열둘이나 상대했다고?'

카셀이 얘기해 준 하얀 늑대들의 활약상은 과장된 면이 있다고 생각했다. 그러나 쉐이든을 만나고 던멜과 로일을 만난 후 다시 생각하게 되었다.

12쏜즈라는 붉은 장미 백작의 정예 기사단을 혼자서 해치우고 나중에 아즈윈과 힘을 합쳐 둘이서 죽음의 기사 열둘을 부숴 버렸다는 말도 분명 사실일 것이다.

'그럼 내가 고작 한 놈을 상대로 빌빌거릴 수야 없지…….'

검은 기사는 갑자기 깨진 투구를 벗었다. 막 의욕적으로 싸우려던 제이는 쇠장갑을 낀 손가락의 움직임에 기겁했다. 투구 안에 또 아버지의 얼굴이 있었다.

"그만해, 이 망할 자식아!"

제이는 버럭 소리쳤다.

마치 그 소리에 반응하기라도 한 듯 마차가 사라진 방향에서 요란한 맹수의 울음소리가 들렸다. 검은 말을 탄 검은 기사 두 명이 달려오고 있었다. 마치 안개를 이끌고 온 것처럼 그들 주위가 희뿌옇게 보였다. 두 기사는 동시에 제이에게 도끼를 휘둘렀다. 제이는 그 두 자루 도끼를 두 자루 칼로 막았으나, 말을 타고 휘두르는 엄청난 힘에 밀려 뒤로 나가떨어졌다.

제이가 다시 일어났을 때 투구를 벗은 검은 기사는 그저 목이 없는 기사였다. 눈을 깜빡이며 다시 봐도 아버지의 얼굴은 없었다. 사실 그게 당연했으나 그는 혼란스러웠다.

"아!"

제이는 뒤늦게 놀라며 뒤를 돌아보았다. 지나쳐간 검은 기사 둘은 멈추지 않고 카셀 쪽으로 달려가고 있었다.

"피해라, 카셀!"

제이가 소리치기 전에 이미 카셀은 몸을 돌려 달아나고 있었다. 그러나 보통 말보다 두 배는 더 빠르게 달리는 말은 순식간에 거리를 좁혔다.

카셀이 모퉁이를 돌아갔고 두 기사도 금방 모퉁이를 돌아 제이의 시야에서 사라졌다. 제이는 앞에 있는 기사를 버려두고 카셀 쪽으로 뛰어갔다.

"어딜 가느냐, 제이메르?"

그를 부르는 소리에 깜짝 놀라 돌아보니 그 자리에는 또 아버지의 얼굴을 한 검은 기사가 있었다.

"빌어먹을."

검은 그림자가 제이의 발목을 덮었고 목을 조였다. 움직일 수가 없었다.

“넌 날 벗어날 수 없다.”

“넌 아버지가 아니야.”

이미 그 말을 하면서 제이는 놈의 손아귀를 벗어날 수 없음을 깨달았다.

“내가 네 아버지가 아니라면 넌 왜 여기 멈춰 있느냐? 왜 날 무시하고 네 동료를 구하러 달려가지 못하느냐?”

모퉁이 너머에서 금속이 부딪치는 소리가 들렸고 사람들의 비명도 들렸다.

‘카셀이 싸우는 걸까? 아니야. 검은 기사 둘이 카셀을 공격했다면 오히려 아무 소리도 들리지 않아야 해. 그리고 두 놈이 다시 카셀의 목을 들고 내 앞에 나타나야지.’

카셀이 달아난 모퉁이 너머에서 뭔가 벌어지고 있었다. 제이는 궁금해 미칠 지경이었지만 앞에 있는 아버지의 모습을 보고 고개를 돌릴 수 없었다.

“죽여 버리겠어!”

제이는 이를 악물고 말했다.

“한번 죽였던 애비를 또 죽이겠다고?”

검은 기사는 아니, 티온은 발작하듯 웃으며 제이에게 다가왔다.

“네 어미도 네 손으로 죽였지.”

“아니야! 어머니는 병으로 돌아가셨어.”

“집을 불태운 건 너잖아. 그때 네 어미가 죽었다고 확신할 수 있나?”

“뭐라고?”

제이는 뒤로 물러섰다.

티온이 물러선 만큼 다가왔다.

“만약 네가 집을 불태웠을 때 사실은 네 어미가 죽은 게 아니었다면?”

“그, 그럴 리가 없다!”

“사실은 네가 지른 불에 고통스럽게 타 죽었다면?”

“죽었어! 그때 어머니는 죽었어! 난 화장을 시킨 거지, 죽인 게 아니야!”

“확신할 수 있나?”

티온의 얼굴은 어머니의 얼굴로 변했다. 제이는 기겁을 하며 칼을 휘저었다. 검을 쥔 이후 가장 흉하고 어설픈 자세로.

“아니야!”

아나샤의 얼굴이 된 검은 기사는 갑자기 자기 얼굴을 움켜쥐고 비명을 질렀다.

“뜨거워. 얘야, 왜 내게 이러느냐?”

아나샤의 얼굴이 검게 녹았고 머리카락은 타서 재가 되어 날아갔다. 그녀는 해골이 되어 부서질 때까지 탔고 마지막까지 새된 비명을 내질렀다. 제이는 겁에 질려 뒤로 물러났다.

아나샤의 얼굴은 완전히 타서 사라졌고 비명도 사라졌다.

“네 옆에 있는 자는 모두 너로 인해 처참하게 죽을 것이다.”

머리 없는 검은 기사는 다시 투구를 쓰며 말을 이었다.

“네가 살아 있는 한 끝없이 그리되리라.”

검은 기사는 허리에 매고 있던 뿔 나팔을 들어 길게 불었다. 괴물 같은 말이 나타나 검은 기사를 태우고 사라졌다. 카셀이 달아난 모퉁이 방향에서도 말 울음소리가 들렸고 돌바닥을 부수며 달리는 발굽 소리도 금방 멀어졌다.

제이는 그 자리에 무릎을 꿇었다. 그는 숨만 헐떡이며, 뒤에서 누군가 나타날 때까지 움직이지 못했다.

"제이메르?"

카셀이 어깨에 손을 짚자 놀란 제이는 하마터면 칼을 휘두를 뻔했다. 다행히 카셀의 옆에 있는 다른 사람이 그의 손을 잡아 저지시켰다. 너무 정신이 없어 그 사람이 누군지 확인할 생각도 못했다.

"미, 미안해."

제이는 고통스러운 얼굴로 카셀에게 말했다.

"널 지키지도 못했고…… 널 죽일…… 뻔……."

제이는 쉽게 말을 잇지 못했다. 오히려 카셀이 걱정스러워하며 물었다.

"무슨 일이야, 제이메르?"

"미안해."

제이는 계속 사과만 했다.

카셀은 말을 타고 따라오는 검은 기사 둘을 피해 모퉁이를 돌았다.

속도에서 도저히 상대가 안 될 것을 직감한 카셀은 좁은 골목으로 피하려고 방향을 돌렸다. 하지만 건물 위에서 또 다른 두 명의 괴한이 뛰어 내려와 카셀의 앞을 막아섰다.

카셀은 꼼짝없이 죽었다고 생각하고 걸음을 멈췄다. 하지만 두 사람은 카셀의 뒤를 따라오는 검은 기사를 공격했다.

요란한 쇳소리가 카셀의 머리 위에서 울렸다. 두 손으로 가린 그의 머리 위로 깨진 금속 파편 몇 개가 떨어졌다. 검은 복면을 쓴 두 사람이 바닥을 몇 바퀴 굴러 일어났다. 검은 기사 둘은 복면을 쓴 두 사람을 상대하느라 카셀을 지나쳐 버렸고 멀찌감치 이동한 후에야 말 머리를 돌렸다.

그 뒤부터 카셀은 상황을 제대로 보지도 못했다. 그 두 사람은 착 붙는 옷을 입고 있었는데, 겉으로 보이는 몸매로 미루어 한 명은 여자였고 한 명은 남자라는 사실 정도만 알 수 있었다. 둘 중 여자 쪽이 카셀을 붙잡아 골목으로 피신시키고 다시 싸움판으로 끼어들었다.

남자 쪽이 휘파람을 불었고 사방에서 같은 복장을 한 사람들이 나타났다. 골목 뒤에서, 지붕 위에서, 빛이 없는 그림자 속에서 갑자기 모습을 드러낸 그들은 쇠사슬을 던져 검은 기사 둘을 묶었다.

물론 검은 기사들은 그 상태로도 도끼를 휘두르며 싸웠다. 검은 옷을 입은 사람들은 철저하게 검은 기사를 괴롭히기만 하고 결정타를 날리기 위한 무모한 공격을 하지 않았다. 상대가 안 죽는다는 사실을 알고 있는 움직임이었다.

처음에 카셀을 구해 준 여자가 신호를 보내자 옥상에서 준비하고 있던 궁수들이 일제히 화살을 날렸다. 검은 갑옷에 화살이 퍽퍽 박히고, 기사들이 타고 있는 전투마에도 화살이 박혔다.

카셀은 제이메르가 걱정되어 모퉁이 너머로 시선을 돌렸다. 그때 그 방향에서 듣기 싫은 괴성이 들렸다. 놀라서 귀를 막아야 할 정도로 끔찍한 소리였다.

검은 기사 둘은 갑자기 싸움을 멈추고 그들끼리만 통하는 의사소통을 했다. 두 명의 기사들은 즉시 말 머리를 돌려 달렸다.

"놓아줘라!"

카셀을 구해 준 남자가 부하들에게 명령했다. 부하들은 붙들고 있는 쇠사슬을 놓아주었고 화살 공격도 멈추었다. 검은 기사들은 쇠사슬을 몸에 단 채로 요란한 소리를 내며 어둠 속으로 사라졌다.

처음 카셀을 구한 두 사람이 다가와 복면을 벗었다. 블랙풋의 헤더와 발락이었다. 로크에 와서 의회와 부딪치느라 바빠 잊고 있었던 두 사람이었다.

"괜찮으십니까? 마차에서 떨어지셨을 때 바로 뛰어든다는 게 그만 늦었습니다."

헤더가 사과했다.

"아니오. 정말 고맙소."

카셀은 급히 대꾸하고 제이가 있는 곳으로 달려갔다. 제이는 어째서인지 무릎을 꿇고 있었다. 다친 건 아니었다. 뭔가에 겁을 집어먹은 모습이었다.

"미안하다."

제이는 계속 사과만 했다. 위로를 할 수도, 상황을 물을 수도 없어 카셀은 헤더에게 눈을 돌렸다.

"저 검은 기사들…… 조사했소?"

"네. 붉은 장미 백작과 검은 사자 백작의 사례를 생각하여 저희들은 신중하게 누가 캡틴께 암살자를 보냈으며, 누가 또 이런 힘을 얻어 검은 기사를 보내고 있는지 여러 가지 방향으로 접근해 보았지요. 한 시간 전에야 겨우 알아냈습니다."

헤더가 작은 목소리로 대꾸했다. 생각 같아서는 귓속말로 하고 싶어 하는 눈치였다.

"캡틴 데라둘?"

카셀은 급한 마음에 넘겨짚어 물었다.

"실은 저희들도 그자를 제일 먼저 주시했습니다. 최근 그의 행동이 수상했으니까요. 몰래 의원들을 조사하기도 하고, 기사단 사무실에 정체를 알 수 없는 괴한을 들이고 그와 어떤 일을 꾸미고 있는 모습도 목격했습니다."

카셀은 저녁에 봤던 로브를 뒤집어쓴 남자를 떠올렸다.

"혹시 마법사요?"

"아닙니다. 저희 쪽 마법사 메첼이 확인했습니다. 마법사는 따로 있었습니다. 집정관 중 한 사람입니다."

루에머스. 나르베니. 논돌린. 셋 중 한 명이 마법사라는 건 금시초문이었다.

"저희들은 그 집정관이 바로 오늘 밤 이 도시를 장악하려 한다는 사실을 알아내고, 죄송스럽게도 명령을 받기 전에 행동에 들어갔습니다. 하지만 이미 집정관의 사택은 비어 있었고 지하에는 끔찍한 현장이 방치되어 있더군요."

헤더는 빠르게 말을 이었다.

"사람을 재물로 바친 흔적과 최근 로크에서 실종된 사람들의 시체 수십 구가 쌓여 있었습니다. 그리고 어떤 마법인지 모르겠으나 우리가 지하실을 조사하는 순간, 집이 갑자기 불에 타며 무너져 내렸습니다.

그 일로 우리 쪽의 유능한 요원 몇 명이 희생당했지요."

말해 주지 않았음에도 카셀은 이미 누군지 짐작하고 있었다. 검은 기사를 부리는 자와 그에게 암살자 보낸 자, 가넬로크의 배신자라는 것은 모두 일치했다.

"맙소사, 내가 늦었군. 조금만 더 집중했더라면 알 수 있었는데! 충분히 대처할 수 있었는데!"

카셀은 스스로에게 화를 내며 말했다.

"전 아직 그 이름을 말씀드리지 않았는데요."

헤더가 말했다.

"말해줄 것도 없소! 그자는 자기가 검은 기사를 만났는데, 그 검은 기사가 입은 갑옷이 익셀런 갑옷이라고 정확히 묘사했소. 모르는 사람 눈에는 그게 익셀런의 갑옷으로 보이지 않소. 게다가 정원에서 우연처럼 만났을 때 타냐가 공격받았지. 그 순간 알았어야 했던 거요. 그럼 오늘 밤 벌어질 일을 모두 막을 수 있었을 것을!"

카셀이 후회하며 말했다.

"뭘 그렇게 경계하는 게냐, 타냐?"

로브를 벗은 메이루밀이 말했다. 타냐는 주의를 늦추지 않았다. 전 하얀 늑대들 중 한 명이었다는 사실 하나만으로도 이런 거리 안에 두기 위험한 적이었다.

"저는 벌써 가장 믿었던 두 사람이 적의 편에 붙은 걸 보았습니다.

당신이라고 예외로 둘 수는 없지요."

메이루밀을 마지막으로 만난 건 테일드의 실종 사건을 얘기하던, 따뜻한 차가 놓인 탁자 앞이었다. 그때의 조용한 분위기, 서글서글한 눈매와 사람 좋은 웃음은 조금도 변하지 않았다. 변한 건 묶은 머리가 더 길어졌다는 것 정도였다.

"타냐, 외모는 달라졌지만 칼날 세운 것 같은 성격은 하나도 변하지 않았구나."

루밀이 한 걸음 다가오며 말하자 타냐는 손을 앞으로 내밀었다.

"움직이지 마세요. 지금 제 마법이 당신의 심장을 겨냥하고 있습니다. 캡틴 데라둘, 당신도. 그리고 나르베니 집정관 당신도! 지금 이 회장에 있는 누구든 움직이면 나는 제일 먼저 그 사람을 죽일 겁니다."

전혀 염두에 두고 있지 않은 리펜다스 의장이 제일 놀라 얼어붙었다. 회의장의 다른 마법사들도 마찬가지였다.

나르베니는 한심하다는 듯 말했다.

"정말 대단한 자신감이네요, 마스터 타냐. 루티아의 마법사라면 그 정도 오만은 기본인가 보지요?"

데라둘은 꺼낸 칼을 치우지 않았으나 타냐의 경고를 무시하지도 않았다. 그저 칼을 가볍게 바닥에 늘어트리기만 하고 말했다.

"마스터 타냐, 당신이라면 저 여자의 사악한 기운을 느낄 수 있지 않나? 어제도 저 여자는 카셀이 혼자 있을 때 죽이려고 접근했었다. 만약 제이메르라는 청년이 옆에 있어 주지 않았다면 카셀은 죽었겠지."

"데라둘, 당신이 카셀을 적극적으로 도운 건 루밀 때문이었나요?"

타냐가 물었다.

"메이루밀이 이야기해 주는 카셀의 활약상을 아주 감명 깊게 들었거든. 카모르트에서 그런 일을 해낸 친구가 로크에 와 준 건 환영할 만한 일이지."

데라둘은 나르베니를 노려보며 말을 이었다.

"더구나 카모르트에서 일어난 믿지 못할 일이 여기에서도 벌어지고 있다는 걸 알아낸 시점에서 나타나 준 건 더더욱 환영할 일이고."

나르베니는 대꾸도 하지 않았고 데라둘의 이어지는 말에 표정 변화도 거의 보이지 않았다.

"메이루밀은 처음부터 로크 의회 의원들 중 배신자가 있을 거라 말했지. 난 믿고 싶지 않았으나, 혹시나 하는 마음에 조사를 시작했고 루에머스가 로크의 배신자라고 심증을 굳혀 갔다. 그가 여러 가지 의심받을 행동도 많이 했거니와……, 그자가 역으로 나를 조사하는 일도 있었거든. 하지만 그는 그저 보수적인 고집쟁이에, 과격한 애국자에 불과했어. 저 여자의 정체를 꿰뚫어 본 건 메이루밀이었지."

"증거라도 있나요?"

무표정하게 있던 나르베니가 입을 열었다. 유리같이 매끄러운 피부에 신경질적인 주름이 잡혔다.

"네 저택 지하에 있는 끔찍한 광경을 본 것으로 충분하다. 그때 너를 죽이지 않은 것이 차라리 후회스럽구나, 나르베니. 그래도 너무 늦지 않아 다행이야."

나르베니는 장난스럽게 머리를 긁적였다.

타냐는 그녀의 멋진 금발을 타고 뱀 같은 것이 꿈틀대는 걸 발견했다. 굵은 실오라기처럼 보였는데 형체를 가진 물체가 아니라, 젖은 나무를 태울 때나 날법한 시커먼 연기였다.

"그냥 그때 죽이러 나서지 그랬어요, 데라둘? 그럼 귀찮게 여기에서 맞닥트리는 게 아니라 실종 처리로 끝낼 수 있었는데…… 다 늙어서 잘난 척하긴!"

나르베니는 안타깝다는 듯 말을 이었다.

"당신의 힘으로는 날 어쩌지 못해요. 내가 왜 당신을 침대로 유혹해서 설득하려고 안 했는지 알아요? 이제 나 정도 여자는 안지 못할 정도로 늙어 버렸으니까."

"닥쳐라! 네가 얻은 힘을 믿고 자신감이 넘치나 본데, 어디 이 성스러운 드래곤의 검을 맞고도 그런 말을 늘어놓을 수 있나 보자꾸나."

데라둘은 타냐의 경고를 잊고 늘어트리고 있던 칼을 던졌다. 물론 타냐는 처음부터 좌우에 서 있는 세 명을 모두 견제하고 있었으므로 데라둘의 칼을 저지할 수도 있었다. 그러나 나르베니가 굳이 부인하지도 않는 상황에서 객관적인 위치에 있으려고 노력할 필요는 없었다.

데라둘이 던진 칼은 나르베니의 얼굴로 회전하며 날아갔다. 그러나 나르베니의 뒤에 있던 호위병이 앞으로 나서서 그 검을 가슴으로 받았다. 그 기사는 심장에 박힌 칼을 움켜쥐고 무릎을 꿇었다. 나르베니는 마차 바퀴에 깔려 죽은 생쥐를 발견한 어린 소녀처럼 깜짝 놀랐다. 하지만 이내 깔깔대고 웃었다.

"어머나 이런, 내 수호기사를 한 명 죽여 버렸네. 괜찮아요, 데라둘. 원래 죽어 있던 애니까. 당신이 기사단에 받아 주지 않아 타락하던 애를 데려다 재물로 바쳤더니 이렇게 멋지게 자라 주었지요. 앤디, 일어나 널 쫓아낸 저 늙은이를 죽이렴."

기사 앤디는 자리에서 일어나 가슴에 박힌 칼을 뽑아 옆으로 휙 던졌다. 피가 분수처럼 뿜어져 나올 위치에 구멍이 뚫렸는데도 생채기가 난 정도의 피밖에 나오지 않았다. 게다가 그 피는 흐르지 않고 끈적거렸다.

"당신을 다시 만나 죽일 날을 항상 꿈꾸고 있었지요."

앤디가 자신의 칼을 뽑으며 말했다.

"네가 나르베니의 밑으로 들어간 건 알고 있었으나 설마 '그런 쪽'이었나?"

데라둘은 나직이 신음하며 물었다.

"예, 그런 쪽입니다. 이제 내가 당신보다 강하니 지금이라도 드래곤 기사단으로 받아 주시겠습니까?"

타냐는 그의 목소리를 듣고 흠칫 놀랐다. 기사단 정원에서, 얼어붙어 박살 나면서도 끝까지 달려들어 타냐를 찌르려 했던 그자였다. 그가 후려쳤던 뺨이 지금도 욱신거렸다.

"물론 이제는 받아 줘도 제 쪽에서 거절하겠지만요, 캡틴 데라둘."

앤디라는 흐리멍덩한 눈을 가진 붉은 머리 청년은 대답을 기다리지 않았다. 그는 목에 멘 십자가 비슷한 모양의 목걸이를 쥐고 뭐라고 중얼거렸다. 나르베니의 뒤에 있는 다른 두 명의 기사도 같은 짓을 하고 있었다.

"자, 데라둘. 봐요. 항상 가넬로크에서 최고라고 떠벌리던 당신의 힘으로도 어쩌지 못하는 기사를 제가 데리고 있어요. 제가 당신을 깔아뭉갤 이 순간을 얼마나 기다리고 있었는지 상상도 못할 거예요. 당신을 두 조각 내어 불 속에 집어넣고 타는 냄새를 즐길 겁니다."

나르베니는 머리를 쓸어 넘겼다. 손가락을 타고 검은 연기가 살아있는 구더기처럼 꿈틀꿈틀 기어 올라갔다.

"이제 와서 내가 로크의 배신자라는 걸 알아서 뭘 하게요? 늦지 않아 다행이다? 늦었어요. 오늘 그랜드 로크의 마법사들을 모조리 죽일 겁니다. 거기 있는 루티아의 마법사도."

나르베니의 팔을 중심으로 검은 불길이 치솟아 올라갔다. 불길은 둥근 회의장을 크게 한 바퀴 휘감으며 단숨에 마법사들을 포위했다. 놀란 마법사들이 그 불을 꺼 보려고 마법을 썼으나, 소용없었다.

그것은 그들이 아는 종류의 마법이 아니었기에 끌 수가 없었다. 오히려 그들이 쓰는 마법을 흡수해 불길이 더 커졌다. 불타는 기름에 물을 끼얹는 꼴이었다. 회의장 안은 이미 지옥의 도입부처럼 어둠이 내려앉았고 마법사들의 비명과 혼란이 가득 찼다.

검을 잃은 데라둘도, 아직 검을 들지 않은 메이루밀도 지켜보기만 했다. 이 끔찍한 공간의 주인이 된 나르베니의 목소리만 울려 퍼졌다.

"데라둘, 자! 어디 저항해 보세요. 무릎 꿇고 제 발등을 핥으면 당신 목숨 하나는 살려 드리죠. 당신이라면 저의 군주께 데려가도 받아 줄 거예요. 당신께 젊음을 안겨 드리죠. 그리하면 우리는 '또 하나의 커다란 힘'을 얻게 되겠죠."

나르베니의 몸이 변하고 있었다. 등에서 그림자처럼 뻗어 나온 검은 연기는 형체를 갖추어 나르베니를 감쌌다. 그것은 깃털 하나하나가 살아서 흔들리는 검은 날개였다. 그녀의 손톱이 길게 늘어났고, 금발의 머리카락은 검게 변하여 뱀처럼 어깨 위로 꿈틀거렸으며 얼굴에서는 보랏빛 광채가 흘렀다. 그녀의 몸을 가리던 옷은 검은 불꽃과 함께 재도 남기지 않고 타 버렸다. 피부에서 흘러나온 검은 연기가 나체로 선 그녀의 몸을 옷처럼 감쌌다.

"어쩌시겠어요? 제가 손가락만 까딱하면 이곳은 완전히 사라집니다. 당신의 대답 여하에 따라 죄 없는 마법사 몇 명을 살려 줄 수도 있어요."

나르베니의 옆에 선 기사들은 완전하게 검은 기사로 변해 있었다. 석상처럼 살아 있는 기척이라고는 느껴지지 않는 그들이지만, 명령 한 마디만 떨어지면 무서운 기세로 달려들 것이다.

"마지막 기회입니다!"

나르베니는 대답을 강요했다.

"드래곤의 기사가 군주로 모실 분은 오직 '가넬'과 그분께서 직접 내린 드래곤뿐이다."

데라둘이 말했다.

"하지만 드래곤은 다 죽었잖아요?"

"드래곤은 다시 돌아온다. 그리고 내 뒤를 이을 캡틴을 지목하실 것이다."

"교섭 결렬! 재미없네요. 당신을 데리고 갔으면 정말 재미있었을 텐데."

나르베니는 웃으며 말을 이었다.

"정말 아쉬워요."

살아 꿈틀대는 검은 불길이 솟아올라 회장에 있는 마법사들과 타냐, 메이루밀, 데라둘을 덮쳤다. 거의 동시에 타냐가 오른발을 한 걸음 앞으로 내디뎠다. 그녀를 중심으로 하얀 냉기가, 소용돌이치며 빠르게 주위로 뻗어 나가 검은 불길을 날렸다.

나르베니와 검은 기사 셋은 움찔하며 뒤로 물러났고 마법사들도 화들짝 놀라 주저앉았다. 루밀은 하얀 서리가 앉은 어깨를 털며 너스레를 떨었다.

"어이쿠, 추워라."

타냐는 루밀에게 살짝 웃어 보이고 나르베니에게 말했다.

"평범한 인간이 사악한 주술로 마법을 얻었다고 루티아의 마스터를 꺾을 수 있을 줄 알았더냐? 너 정도의 마법을 막을 수 있는 마법사는 루티아에 백 명도 넘게 있다. 밤의 여왕이나 된 듯이 잘난 척할 정도는 아니니 좀 더 겸손해져야겠군, 나르베니."

나르베니의 얼굴에 튀어나온 굵은 핏줄이 크게 박동했다. 어린아이처럼 탄력 있는 보랏빛 뺨이 바들바들 떨렸다.

"확실히 루티아의 마스터를 얕잡아 보긴 했군요. 하지만 당신은 당신의 연인을 어디다 두고 오셨나요? 내 다른 부하들이 캡틴 울프가 있는 곳에 모였는데 그건 어쩌려고?"

타냐는 아무렇지도 않게 대꾸했다.

"그런 말을 해서 날 흔들려는 걸 보니 당황하긴 했구나?"

"흐음…… 예상치 못한 전력을 상대로 싸우고 싶진 않군요. 오늘은 물러나도록 하죠. 어차피 로크의 주요 인사는 모조리 오늘 밤 안으로 죽을 테니, 당신들 세 사람 살아남는 것 정도는 그분이 용서해 주시겠죠."

나르베니는 몸을 휙 돌려 문을 나갔다. 그녀가 달아나는 길목은 검은 기사로 변한 앤디가 지키고 섰다.

"메이루밀, 저 셋을 맡아 주십시오. 저것들은 저와 상성이 맞지 않습니다."

타냐는 검은 기사를 향해 달려갔다. 검은 기사들은 지체 없이 칼을 내리쳤다. 그러나 타냐는 허공으로 뛰어올라 검은 기사 셋의 뒤에 착지했다. 그리고 나르베니를 쫓아갔다. 금방 뒤에서 칼 부딪치는 소리가 났다.

'루밀 혼자서 괜찮을까? 아니, 데라둘도 같이 있으니 괜찮을 거야.'

나르베니가 지나간 자리를 따라 검은 불길이 치솟아 오르기 시작했다. 나무나 기름이 아니라, 공기를 직접 태우는 것처럼 불길이 사방으로 번졌다. 운 나쁘게 복도에 서 있던 죄 없는 마법사 세 명이 불길에 휩싸였다.

타냐는 전력을 다해 달리며 양팔을 펼쳤다. 그녀의 얼음 마법에, 불길은 일어나는 속도보다 더 빠르게 꺼졌다. 극히 짧은 순간 불에 휘감겼던 어린 마법사들은 이번에는 추위에 몸을 떨어야 했다.

나르베니는 뒤를 돌아보더니 알아듣기 힘든 저주의 언어를 내뱉으며 창문을 깨고 하늘로 날아갔다. 타냐도 지체 없이 깨진 창문을 통해 달려나갔다.

나르베니는 날개를 펼쳐 활공하다가 근처 풀밭에 내려앉았다. 타냐도 마법을 이용한 몇 번의 도약으로 비슷한 자리에 착지했다.

불어오는 바람이 인적 없는 로크 외곽의 풀밭을 흔들었다. 나르베니는 날개를 접고 어둠 속에서 기다리며 말했다.

"얌전히 탑 안에 있었으면 목숨은 건졌을 텐데!"

"너 하나 해치우는 일에 내 목숨을 걸 일은 없다."

타냐는 그녀에게 다가가며 말했다.

"하나?"

나르베니는 거슬리는 소리로 웃었다.

"아까 말했잖니? 예상치 못한 전력을 상대로 싸우고 싶지 않다고. 내가 왜 너와 싸우는 걸 깨끗이 포기한 줄 아니? 그건 너 정도 되는 마법사가 얼마나 막강한지 알기 때문이야. 하지만 너랑 같은 힘을 가진 마법사라면 널 상대할 만하지."

나르베니는 긴 손톱 달린 손가락을 까닥이며 말했다. 타냐는 발소리가 나기 전에 이미 접근해 오는 익숙한 마법의 기운을 느꼈다. 타냐는 나르베니가 아닌 그쪽으로 손을 내밀었다. 그녀의 손이 하얗게 빛을 내기 시작했다.

"더 다가오면 공격하겠습니다, 마스터 러스킨."

타냐는 그 이름을 입에 올리는 것만으로도 분노와 수치심을 느꼈다.

루티아의 그랜드 마스터였던 러스킨은 타냐와 스무 걸음쯤 떨어진 자리에서 멈췄다. 여전히 가슴 아래까지 기르고 있는 하얀 수염은 멋졌고 미소는 인자한 친할아버지처럼 보기 좋았다.

"타냐, 이제 본래의 힘을 찾았구나. 테일드가 농담처럼 이런 말을 했지. 타냐가 봉인을 푸는 날, 우리 두 사람은 그랜드 마스터라는 자격을 던져야 할 거라고. 틀린 말이 아니었어."

"언제고 만날 줄 알았습니다. 그리고 만나면 살려 두지 않기로 결심했습니다. 차라리 잘되었군요."

타냐는 손에 마법을 끌어모아 빛의 창을 만들었다. 그러나 러스킨은 고개를 저었다.

"네 마법은 다시 샘솟지 않는 우물을 퍼다 쓰는 것과 같다…… 테일드가 그리 말하지 않았느냐? 그런 강력한 마법을 쓰면, 너도 죽게 된단다."

"한계까지 끌어 쓰면 그리되겠지만, 그럴 일 없습니다. 그전에 죽일 테니까요."

나르베니의 손에 검은 기운이 뭉치기 시작했다. 러스킨도 지팡이를 들었다.

솔직히 타냐의 힘으로 둘이나 상대하긴 버거웠다. 특히 러스킨은 전쟁을 몇 번이나 치른 베테랑이며 이런 국지전에도 능했다. 그래서 미지의 힘을 가진 나르베니보다 오히려 어떤 공격을 해올지 알고 있는 러스킨의 움직임에 더 집중했다.

그때 하늘에서 깃발이 바람에 펄럭이는 소리가 났다. 라이였다. 그는 하얀 날개를 접으며 과격하게 바닥에 착지했다.

라이는 어디에서 주워 왔는지 모를 거대한 낫을 쥐고 있었다. 일반 농부라면 당연히 낫의 끝을 허리에 고정시켜야만 쓸 수 있는 커다란 농기구였으나, 그의 손에서는 그저 약간 큰 낫으로 보였다. 어둠 속에서 날개를 펼친 그가 하필 그런 도구를 들고 있으니 애들 겁주는 동화 속에 나올 만한 죽음의 신 같은 꼴이었다.

"또 저 녀석인가? 나타나는 시점이 항상 기가 막히는군."

러스킨은 조금 놀라며 말했다. 타냐도 당황했다. 드래곤 기사단 사무실에 있어야 할 그가 어떻게 여길 알고 왔는지 모를 일이었다.

"루밀…… 이라는 사람, 부탁했다."

라이가 말했다.

"메이루밀?"

러스킨이 나르베니에게 물었다.

"방금 아로크의 탑에서 절 방해했지요. 데라둘과 함께."

"로핀에 이어 또 성가신 자가 나타났군."

러스킨은 혀를 찼다. 그사이 라이는 타냐를 돌아보며 레미프의 언어로 물었다.

"타냐, 이 남자 죽여도 되는가?"

타냐는 망설였다. 여기에서 라이와 힘을 합쳐 러스킨과 싸울 수 있을까? 그러나 타냐보다 나르베니가 먼저 반응했다.

"이 요정 놈이 하늘 산맥에나 처박혀 있지 여기는 왜 나타나 방해야?"

나르베니는 타냐에게 쓰려고 모아 둔 검은 기운을 라이에게 쏟아부었다. 타냐도, 러스킨도 반응하지 못한 찰나의 순간이었다. 그러나 라이는 반응해, 손에 쥔 낫을 나르베니에게 내던졌다. 낫은 검은 기운을 두 조각 내며 크게 회전하여 나르베니의 허리를 치고 지나갔다.

하지만 나르베니가 쓴 무형의 기운을 아무 마법적 힘도 없는 철제 농기구로 막을 수는 없었다. 검은 기운은 두 조각이 난 상태 그대로 라이를 덮쳤다. 라이는 수십 걸음 떨어진 풀숲까지 날아가 날개 한번 퍼덕이지 않고 둔탁하게 떨어졌다.

나르베니 역시 낫에 베여 비명도 지르지 못하고 엉거주춤한 자세로 서 있었다. 어둠 속에서 검게 보이는 피가 입에서 터져 나왔다. 그녀의 허리를 기준으로 상반신만 밑으로 떨어졌다.

라이와 나르베니가 거의 동시에 양쪽에서 쓰러지며 소리를 냈다. 러스킨과 타냐는 서로를 겨냥하느라, 이 싸움에 개입하지 못했다.

"타냐. 너에게 선택권을 주겠다. 우리 두 사람도 방금 저 둘처럼 서로를 죽이며 끝낼 수 있다. 네가 먼저 시작한다면 나도 피하지 않겠다. 어차피 앞으로 벌어질 전투는 결국 널 죽이느냐, 죽이지 못하느냐의 싸움이니, 나야 손해 볼 것 없지."

러스킨이 말했다.

"그거야 저 역시 마찬가지죠. 하지만 먼저 시작하지는 않겠다는 뜻인가요?"

"너랑은 싸우고 싶지 않다는 뜻이라 해도 좋다."

타냐는 혼란스러웠다. 러스킨이 싸움을 피해 준다면 굳이 싸우고 싶지는 않았다. 그가 서로 죽는다고 말한 건 겸손이었다. 열 번 싸우면 아홉 번을 질 싸움이었다.

"하나만 묻죠."

"대답해 줄 수 없다."

"무슨 질문인지 듣지도 않고요?"

"무슨 질문인지 아니까. 둘 중 하나겠지. 왜 루티아를 배신했냐고? 대답하지 않겠다. 두 번째 질문에 대해서는 대답할 필요가 없다고 해야겠지."

타냐는 그래도 물었다.

"죽지 않는 자들의 군주가 진짜로 마스터 테일드인가요?"

"곧 만나게 될 것이다. 그러니 대답해 줄 필요가 없는 게지."

타냐는 조심스레 손을 내렸고 러스킨도 타냐를 향한 지팡이를 그 손에 맞춰 천천히 내렸다. 그리고 타냐는 라이에게, 러스킨은 나르베니에게 갔다.

라이는 기절한 게 아니었다. 그는 거의 손가락 하나 까딱하지 못하고 신음하고 있었다.

"몸을 일으켜 보십시오."

타냐는 과격하게 라이의 등을 잡고 허리를 세웠다. 라이는 그녀에게 기대어 거칠게 숨을 내뱉었다.

"수, 숨을 쉬기가, 힘들다."

"잠시만 기다리십시오."

타냐는 라이의 가슴에 손을 대고 회복의 마법을 부여했다. 나르베니의 공격은, 보통 사람이라면 죽음에 이를 마법이었다. 이렇게 정면으로 맞았는데도 살아 있는 건 기적이었다. 그리고 조금만 늦었어도 죽었을 것이다.

타냐가 마법으로 호흡을 돕는 것만으로도 라이는 고통스러운 신음을 멈추었다.

"떨어지면서 어깨가 빠졌나 보군요. 잠깐 이쪽으로 몸을 돌려 보십시오."

타냐는 라이의 팔을 잡고 살짝 어깨를 틀었다. 빠져나온 관절이 맞물려 들어가는 느낌이 났다. 기절할 정도로 아팠을 테지만 라이는 비명 한마디 내지 않고 꾹 참았다.

"적은?"

겨우 숨을 돌린 라이가 물었다. 타냐는 뒤를 돌아보았다. 러스킨은 물론이고 나르베니도 보이지 않았다.

"달아났습니다. 하지만 아마 가장 중요한 순간에 가장 위험한 모습으로 다시 나타나겠죠.”

라이는 타냐의 도움으로 자리에서 일어났다.

“살았다, 덕분에. 고맙다.”

“아닙니다, 라이. 저야말로 당신 덕에 두 번이나 목숨을 건졌군요.”

라이는 무뚝뚝하게 고개만 끄덕였다.

둘은 다시 아로크의 탑으로 돌아갔다. 앤디를 비롯한 검은 기사들도 달아나고 없었다. 데라둘은 보이지 않고, 메이루밀만 남아 다른 마법사들에게 이것저것 지시하고 있었다.

“캡틴 데라둘은 어디 가셨습니까?”

타냐가 물었다.

“그 마녀의 말대로라면 이미 많은 의회 의원들이 공격당했을 것이다. 지금이라도 기사단을 출동시키려고 갔다. 하지만 이미 늦었겠지.”

“정말 놀랐습니다, 루밀. 당신이 여기 있다는 것에…….”

“카셀이 말해 주지 않던가? 나는 검은 기사들의 흔적을 찾아 돌아다니고 있었다. 카모르트 다음에 갈 곳은 당연히 가넬로크였어. 비밀리에 움직이느라 정체를 드러낼 수 없어서 오해를 부른 건 미안하게 됐다. 카셀은? 기사단에 혼자 있나?”

“글쎄요. 제이메르가 같이 있긴 합니다만…….”

타냐는 뒷말을 삼켰다.

‘부디 아무 일도 없어야 될 텐데.’

카셀은 다시 롬노르의 저택으로 돌아갔다. 검은 기사에게 공격당하고 나니, 할아버지가 걱정되어 견딜 수 없었다. 그 걱정은 현실이 되어 있었다. 저택의 정문은 부서졌고 집은 불타고 있었다. 카셀은 불타는 집으로 뛰어 들어갔다.

"할아버지!"

카셀은 크게 외치며 저택 안을 살폈다. 제이도 카셀의 뒤를 따라왔고, 다른 블랙풋의 요원들도 흩어져서 생존자를 찾았다.

카셀은 기도하는 마음으로 복도를 달려 아까 얘기를 나눴던 응접실에 도달했다. 롬노르는 카셀과 얘기하던 바로 그 자리에 앉아 있었다. 창이 뚫고 지나간 흉한 상처가 가슴을 관통하고 있었다. 그런데도 그는 아직 살아 있었다. 마치 방금 잠에서 깨어난 것처럼 멍한 눈을 뜨고서.

"할아버지."

카셀은 그의 앞에 무릎을 꿇고 손을 잡았다.

"오오, 카셀이 왔구나."

"저, 절 잡으세요. 어서 안전한 곳으로……."

"아니, 됐다. 얘야. 내 상태는 내가 잘 알아."

롬노르는 천천히 숨을 내쉬더니 다시 말을 이었다.

"이런 상처를 입고도 살아남아 너를 볼 수 있는 건 아마도 뷰하롤의 축복이겠지. 카셀…… 이건 내 죄의 대가란다. 달리아와 에밀의 결혼을 진심으로 축하하지 못한 죄. 그러니 괜찮다. 나는 살 만큼 살았고 너도 봤으니 만족한다. 그저……."

롬노르는 겨우 숨을 몰아쉬었다.

"직접 사과하지 못하는 게 아쉬울 따름이란다. 카셀, 에밀을 다시 만나거든 미안하다고 전해 줄 수 있겠니?"

"예, 할아버지."

카셀은 울음을 꾹 참고 그의 손을 쥐었다. 이미 제정신을 유지할 수가 없었는지 그는 딸의 죽음을 알고 있으면서도, 카셀이 결코 들어줄 수 없는 부탁을 남겼다.

"그리고…… 달리아에게도…… 미안하다고…… 저, 전해다오. 이 애비가…… 잘못했다고, 사랑한다고……, 한 번도……, 잊은 적이 없었다고……."

롬노르는 말을 끝내지 못하고 고개를 옆으로 떨어트렸다. 카셀은 소리 내어 울음을 터트렸다.

불길은 응접실까지 침범해 순식간에 커튼과 바닥의 양탄자를 잡아먹었다. 제이가 카셀의 어깨를 잡아끌며 말했다.

"카셀, 여기서 어서 나가야 해."

"하, 할아버지를 여기 둘 수는……."

그 순간 복도 쪽 천장이 무너지며 퇴로가 막히고, 응접실이 순식간에 연기로 가득 찼다. 제이는 반강제적으로 카셀의 손목을 잡아끌어 창문을 깨고 밖으로 빠져나갔다. 근처에 있던 마을 사람들이 놀라 밖으로 나와 있었다. 불을 끄려고 물통을 나르는 사람들도 있었다.

겨우 불길에서 벗어나 주저앉은 카셀은 한참이나 일어나지 못하고 거칠게 기침만 토했다. 기침이 그쳤어도 무너지는 저택을 바라보며 일어날 줄 몰랐다. 제이는 카셀을 위로하지 못하고 그저 어깨만 살짝 잡아 주었다.

"저, 캡틴 카셀."

둘의 앞으로 조용히 헤더가 다가왔다. 사람들이 많아지다 보니 다른 요원들은 해산시키고 혼자 남아 있던 모양이었다.

“이걸 놓고 가셨더군요.”

그녀의 손에는 어머니의 편지가 들어 있는 보석함이 들려 있었다.

“아까 그 검은 기사들과 싸웠던 자리에 떨어져 있었습니다. 중요한 것 같아 보여서.”

제이는 허둥대며 말했다.

“아아, 맞다. 잊고 있었군. 미안. 마차에서 꺼내 오기까지는 했는데…….”

“고맙소, 헤더.”

카셀은 차가운 눈으로 제이에게 말했다.

“그리고 사과는 이제 그만해라, 제이메르.”

제이는 입을 다물었다.

카셀은 냉정하게 말을 더했다.

“검은 기사가 네게 뭘 보여 줬든 그런 걸로 무너지지 마라.”

입을 꽉 다문 카셀의 입에서 거친 숨이 터져 나왔다.

“알았다.”

제이는 힘없이 대답했다.

“저희들이 해야 할 일이 있다면 말씀해 주십시오.”

헤더가 말했다.

“집정관 루에머스가 안전한지 확인해 주시오. 그리고 아직 살아 있다면 내일 즉시 의회를 개최하라고 전하고. 나머지는…… 나중에.”

“바로 조치하겠습니다.”

헤더는 소리 없이 물러났다. 카셀도 불구경하는 인파를 헤치고 어둠 속을 걸었다. 제이가 뒤를 바짝 따랐다.

✦Chapter 8✦
아로크의 탑

루에머스가 살아남은 건 불행 중 다행이었다. 전날 밤 그의 집에도 검은 기사들이 둘이나 들이닥쳤다. 그들을 막기 위해 저택의 사병들이 총동원되었고 그 과정에서 루에머스가 동생처럼 아끼는 기사가 여섯이나 죽었다. 그나마 검은 기사들은 뭔가에 불려 간 듯 스스로 돌아간 것이었다. 그들의 희생으로는 시간을 번 게 고작이었다.

다시 의회에 나선 루에머스의 얼굴에는 짙은 어둠이 드리워져 있었다.

집정관 중 한 명인 논돌린은 롬노르의 저택에서 죽었다. 나르베니는 사라졌다. 또 의원들의 절반 정도가 어제 벌어진 무차별 테러로 죽어 의회에 빈자리가 많았다. 화재가 번지거나 싸움에 휘말려 희생된 시민들도 많았다. 공포가 순식간에 로크에 퍼졌다.

메이루밀은 의회에 출석해 가넬로크를 무너트리려는 내부의 적을 조사했던 자신의 입장을 설명했다. 그리고 이로피스에서 일어난 비슷한 사건과 카모르트의 붉은 장미 백작의 일에 대해 이야기했다. 가넬로크의 의회처럼 정보 수집에 빠른 이들이 외국의 일이라고 모를 리는 없었으나, 그런 황당한 일이 진짜로 일어났을 거라고 믿지는 못했던 모양이었다. 이제야 그게 사실이었고 어제 그런 일이 자기들에게 일어났다는 것에 의원들은 큰 충격을 받았다. 의원들은 심각하게 루밀의 말을 새겨들었다.

카셀은 모든 일을 루밀에게 맡기고 방관자로 타냐와 함께 의석 한쪽에 앉아 지켜보기만 했다.

의원들은 나르베니의 배신에 분노했다. 가넬로크를 노린 침략이 오래전부터 준비되어 있었다는 것에는 놀랐다. 그리고 그 침략의 주체가 죽지 않는 자들의 군주라는 것에서는 공포를 느꼈다.

루밀은 끝까지 감정을 담지 않고 사무적으로 조사 내용을 전달하기만 했다. 그리고 중간중간 루에머스를 여러 차례 돌아보았다. 과거 울프 기사단 소속이기도 하고 데라둘과 친분이 있긴 하나 엄밀히 말해 메이루밀은 의회와 아무 상관없는 사람이었다. 그러니 언제 집정관이 개입해도 이상할 게 없었다. 그러나 루에머스는 루밀의 발표를 내버려 두고, 카셀만 노려보고 있었다. 카셀도 집정관의 시선을 피하지 않았다. 현역 시절 루밀도 나서기 싫어하는 다른 울프들을 대신해 이런 자리에 자주 서 봐서 저런 눈빛을 잘 알았다. 그것은 말로 싸우는 자들이 전투 준비를 마친 눈빛이었다.

루밀은 현역 시절, 울프 기사단에 대변인이 필요하다고 자주 역설했었다. 아이린은 항상 말 많은 남자는 딱 질색이니 그런 놈을 울프 기사단에 껴 놓을 생각 말라고 핀잔이었다. 로핀은 관심 없었다. 퀘이언은 대변인으로 이미 루밀이 있는데, 그런 사람이 왜 더 필요하냐고 따졌다. 마스터 그란돌은 언제나처럼 알아서 하라고 말했다. 여왕은 필요하다면 어디선가 굴러들어 올 거라며 여유를 부렸다.

울프 기사단은 어느 곳에서나 전설처럼 여겨지지만 어느 곳에서도 강한 인상을 주지 못했다. 조용한 파티장에서 칼을 꺼내 실력을 보일 수도 없으니 울프 기사단은 아란티아 안에서도 얕잡아 보이는 경우가 허다했다. 그래서 루밀은 은퇴 후에도 자주 그런 생각을 했다.

'말로 싸우는 자가 필요하다.'

그러던 중에 루밀은 카모르트에서 딱 맞는 녀석을 발견했다. 그는 속으로 후배들에게 '너흰 축복받은 게야' 하고 생각했으나 정작 녀석들이 그런 생각을 하고 있는지 알 수 없었다.

루밀이 로크에서 데라둘과 조사하던 중에 뜻밖에도 카셀이 하늘 산맥에서 나타났다. 그리고 오자마자 의회와 격돌하더니, 지금도 집정관 루에머스와 맞서고 있는 것이었다. 하지만 단순히 감정 대립으로 이어져서는 안 될 일이었다. 루밀은 걱정이었으나 내버려 두기로 했다.

'마스터 그란돌이 항상 그랬지. 알아서 될 일은 알아서 되게 내버려 둬라.'

루밀은 카셀과 루에머스의 묘한 시선 교환을 발견했으면서도 자신의 발표만 끝내고 돌아섰다. 지금은 자신이 아니라도 말로 싸울 울프가 있으니까.

점심시간 겸 휴회에 들어갔다. 모두 빠져나간 와중에 루에머스 집정관만 자리를 지켰다. 그는 상념에 젖어 턱에 손을 올리고 눈을 감았다. 눈을 떠 보니 앞에 카셀이 내려다보고 서 있었다.

"내 입에서 졌다는 말이 듣고 싶은 건가, 캡틴 울프?"

루에머스의 눈동자는 불타올랐다. 마치 어제 자신의 동료들을 죽이고 소중한 기사들을 죽인 사람이 카셀이기라도 한 듯.

"봐라, 내 말을 안 들어서 집정관이 하나 죽었고 다른 하나는 의회를 배신했다, 내가 이겼다……. 그런 말을 하고 싶어서 왔나?"

아무도 없는 회장에 으르렁거리는 루에머스의 목소리가 울렸다. 카셀은 의자를 끌어다 그의 앞자리에 앉았다. 서너 걸음 앞에 두고 두 남자는 동시에 팔짱을 꼈다.

"우리는 둘 다 졌소."

카셀이 말했다.

"뭘 말하고 싶은 건가?"

루에머스가 물었다.

"내가 늦었고 당신은 대처하지 못했소. 나는 당신이 배신자일지도 모른다고 믿었으며 심지어 캡틴 데라둘도 그런 의심 때문에 대응이 늦었소. 모두가 졌소."

"아주 잘나셨군그래. 그래서 내가 그 말에 동의하길 원하나? 가넬로크는 곧 무너질 거라고? 솔직히 말씀해 보시게, 캡틴. 이후 벌어질 전투에서 가넬로크가 살아남을 것 같은가?"

두 사람은 이미 서로의 의중을 반쯤은 꿰뚫어 보고 있었다. 그래서 사소한 기 싸움이나 속마음을 떠보려는 설전도 건너뛰고 서로를 직접 공격하고 있었다.

“하늘 산맥에서 적이 온다는 말을 믿었소?”

카셀이 물었다.

“믿으나 안 믿으나 결과는 같지.”

“그럼 가넬로크의 패배를 인정한 건 당신이오, 루에머스 집정관.”

“천 년 전 아로크가 가넬로크로 바뀔 때 가넬로크는 드래곤의 힘으로 일어났다고 했다. 그러나 드래곤을 잃어버린 우리가 다시 그런 거대한 적을 맞아 싸워, 이긴다는 희망을 가지라고? 멍청한 소리. 차라리 처음부터 그런 일은 없을 거라고 믿는 편이 훨씬 편하지.”

“아직 적의 규모조차 파악하지 못하고 있으면서 그런 말을 하시오? 가넬로크는 10년 전 전쟁에서도 대처만 빨랐다면 론타몬을 막을 수 있었소.”

“울프 기사단이 그런 론타몬을 막았다는 걸 간접적으로 드러내고 싶은 건가? 그때 너는 몇 살이었나? 열일곱? 열다섯? 에밀이 달리아를 납치한 시점을 생각하면, 고작해야 열두어 살 정도겠군.”

루에머스는 끝까지 납치라는 단어를 썼다.

“나는 그 전장 한복판에 서 있었다. 캡틴 웰치의 힘을 눈앞에서 보았고 그가 이끄는 익셀런의 군대가 드래곤을 죽이는 모습을 직접 보았다. 캡틴 데라둘이 이름도 모르는 나이 어린 기사의 칼에 맞아 말에서 떨어진 걸 아는 사람이 몇이나 있을 것 같은가?”

루에머스의 목소리가 점점 커졌다. 적을 겁주어 쫓아내려는 맹수의 포효도 없었고 사냥감을 노리는 굶주림이나 잔인함도 없었다.

“뷰하롤, 셀팬텀, 데널 마이오니, 아샤크……. 우린 드래곤 네 마리를 모두 잃고 드래곤 기사단의 절반 이상을 잃는 희생을 치러야 했다. 하지만 우리는 그 희생을 바탕으로 결국 론타몬 병력의 절반을 꺾어 버렸다. 그 절반 남은 군대의 절반만 아란티아로 간 거다. 아란티아는 전설의 기사단처럼 일어나 그 사소한 군대를 무너트린 것뿐이지. 틀렸나?"

루에머스의 눈빛과 목소리에는 자신의 영역을 지키려는 주인의 의지가 있었다.

"그땐 몇 번의 칼질만으로 가넬로크가 가져야 할 명예를 약탈하더니, 이제는 손가락 하나 까딱 안 하고 캡틴 한 명 보내어 의회를 조종하려 하는가?"

'이 사람을 이겨선 안 된다…….'

카셀은 처음부터 그런 가정으로 그에게 접근했다. 이 남자는 이제 가넬로크 의회에 마지막 남은 힘이자, 자존심이었다. 그를 꺾으면 의회도 꺾인다. 또 카셀은 자신의 힘과 지혜로는 이 강인한 의회의 전사를 이길 수 없다는 것도 잘 알았다.

카셀은 누군가를 짓누르는 거짓말이 오래가지 않는다는 걸 몸으로 배운 바 있었다. 카모르트에서 도적들이나 강도들에게 했던 거짓말이나, 장미 기사단을 상대로 했던 거짓말들은 단 몇 시간도 가지 못했다.

팔콘은 카셀의 거짓말을 순식간에 꿰뚫었다. 그런데도 그는 넘어가 주었다. 어쩌면 카셀의 거짓말을 본 게 아니라 카셀 자체를 본 것인지도 몰랐다.

검은 사자 백작은 하얀 늑대들이라는 간판이 없었다면 카셀의 말에 넘어가지 않았을 정도로 영악했다. 결국 카셀은 거짓말을 끝까지 지키지 못했다. 마지막에 백작을 꺾은 건 캡틴 울프라는 직책이 아니었다. 카셀 스스로의 믿음이었다.

루에머스는 의회 정치에서 수많은 경쟁자들을 제치고 당당히 집정관의 자리에 올라 다른 두 집정관마저 밑에 두고 있는 로크의 정점에 있는 사람이었다. 카셀이 로크에 들어와 몇 가지 정보를 수집하면서 제일 걱정하면서도 가장 대비하지 않은 인물이 루에머스였다. 그는 아란티아의 여왕 새나디엘과도 어깨를 나란히 하는 가넬로크의 최고 권력자였다.

'누구도 아란티아 땅에서 새나디엘 폐하를 이길 수는 없다. 그러니 누구도 가넬로크 땅에서 루에머스를 이길 수 없다.'

카셀은 위축되려는 마음을 다잡았다. 하늘 산맥의 여신까지 만난 자신이 아직도 인간을 상대로 이런 마음을 가질 수 있다는 것이 놀라웠다.

"캡틴 웰치라면 나도 만났소."

카셀은 입을 열었다.

"그가 루우룬이라는 시골 마을에 잠시 들르기라도 했던가?"

루에머스가 비아냥거리며 물었다.

"한 달 전에, 아란티아 땅에서."

"말도 안 되는 소리!"

"그는 죽음에서 부활해 골드 게이트를 뚫고 화이트 게이트로 진격했소. 그리고 마지막까지 기사도를 지킨 다음에야 죽음의 길로 들어섰소. 당신 말대로 나는 너무 어려 10년 전 전투에는 없었소. 대신 화이트 게이트 앞에서 그의 죽음을 눈앞에서 바라보았소."

루에머스는 잠자코 있었다. 나르베니가 이끄는 검은 기사를 직접 본

후라 그런지, 못 믿는 눈치는 아니었다.

"또한 그곳에서 나는 죽지 않는 자들의 군주가 새나디엘 여왕 폐하 앞에 선 것을 보았소. 그자는 단지 바라보는 것만으로도 모든 이를 죽일 만했소. 나는 하늘 산맥에서 그 힘의 일부가 루티아를 무너트리고 레미프들을 죽이고 드래곤들을 죽이는 걸 보았소. 그러나 그들은 아란티아를 공격할 수 없소. 왠지 아시오? 가넬로크가 있기 때문이오."

"가넬로크를 언급해서 분위기라도 부드럽게 만들어 볼 생각인가? 유치하군."

"유치하다면 적에게 유치하다고 말하시오. 죽지 않는 자들의 군주는 론타몬을 이용하여 이미 실험을 마친 바 있소. 아란티아를 공격하던 막강한 군대는 오히려 완전히 무너트렸다고 생각했던 가넬로크에게 역습당해 패했지. 당신이 옳소. 네나드로스 평원 전투를 기억하시오? 천 년 전 옐로우 게이트 전투에서도 적은 진작 끝장냈다고 생각했던 아로크의 기사단에게 후방을 빼앗겨 패한 바 있소. 죽지 않는 자들의 군주는 분명히 그것을 기억하고 있소."

루에머스가 천 년 전 전쟁에 대해 제대로 알 리는 없었다. 그러나 적어도 아로크라는 국명이 왜 가넬로크가 되었는지에 대해서는 잘 알 것이었다.

"이제 그자는 더 이상 실수하지 않을 거요. 확실하게 가넬로크를 무너트려, 완전히 죽음의 땅으로 만든 후에야 군대를 아란티아로 돌릴 것이오. 루티아라는 동맹까지 잃은 아란티아는 가넬로크 없이 결코 혼자 힘으로 그 대군을 막지 못할 거요. 죽지 않는 자들의 군주가 아란티아를 뚫고 하늘 산맥으로 들어가 고대에 잃어버린 힘을 회복하면, 그때부터 그자를 막을 수 있는 건 아무것도 없소. 루에머스 집정관, 가넬로크가 무너지면 모든 것이 끝장이오."

루에머스는 소리 없이 카셀을 노려보았다. 그는 카셀의 말을 헛소리라고 일축할 정도로 그릇이 작은 남자는 아니었다. 그러나 쉽게 넘어가 주지도 않았다.

"그런 식으로 협박해서 메이루밀의 말에 겁먹고 고개 끄덕이는 다른 의원들처럼 날 네 편으로 만들 수 있을 거라고 생각했나?"

"당신이 내 편일 필요가 있소?"

카셀은 웃었다. 강한 어조의 웅변에는 흔들리지 않던 루에머스의 표정이 그의 작은 웃음에는 흔들렸다.

"카모르트에서도, 아란티아에서도 내 편이 된 사람은 내가 그렇게 만든 게 아니라 그들 스스로 나의 편이 된 거요. 나는 나를 적대시하는 사람까지 내 편으로 만드는 능력은 없소."

"그만. 카모르트에서 캡틴이 된 활약상을 이 자리에서 늘어놓기라도 할 모양새군."

카셀은 순간 당황했다.

"내가 카모르트에서 캡틴이 되었다고 말한 적이 있었소?"

"추리하기 어려울 것도 없지. 아까 회의 시작 전에 메이루밀이 한 달 전 카모르트에서 만난 이후 처음이라며 인사하는 것도 봤고, 얼마 전까지 루우룬 마을의 농부 출신이었던 자가 갑자기 한 달 전 아란티아에서 죽은 캡틴 웰치가 부활했다는 말을 했다면 캡틴으로 임명받은 건 근 한두 달 사이라는 거겠지. 우리 의회 정보에서도 아란티아에 캡틴 울프가 있다는 말은 최근까지 없었고!"

루에머스는 냉정하고 흔들림 없이 말을 이었다.

"결국 카셀 너는 카모르트에서 '우연히' 캡틴이 되었다는 소리겠지. 여왕께서 아란티아의 인사 정치가 가넬로크에 비하면 상당히 파격적이라고 농담하시더니, 농담이 아니었군."

카셀은 오랜만에 맛보는 긴장감에 입안이 바싹 타들어 갔다. 심장이 세차게 두근거리니, 한동안 잃어버린 감각 중 하나가 되돌아온 기분마저 들었다.

'그러고 보니 새나디엘 폐하와 여신 나디우렌 앞에서도 이러지는 않았구나.'

카셀은 손바닥을 내려다보았다. 실제로 검을 들고 전투를 치른 적도 없건만 손바닥은 자잘한 상처로 엉망이었다. 그 상처들 틈으로 캡틴을 맹세하며 보검으로 낸 긴 자상이 희미하게 보였다.

'패잔병들의 마을에서 시작해, 카모르트, 아란티아, 라든, 타치셀, 그리고 가넬로크……. 난 성장한 걸까, 머물고 있는 걸까, 아니면 오히려 퇴보한 걸까?'

카셀은 주먹을 꽉 쥐고, 대답을 기다리는 루에머스를 다시 바라보았다. 이미 그의 눈빛은 '한 달 만에 캡틴이 된 녀석이 감히 누구 앞에서 함부로 입을 여느냐.'고 말하고 있었다. 그러나 카셀은 그만 웃어 버렸다.

"그런 것까지 예측하실 정도라면 말하기 쉽겠소, 루에머스 집정관. 내가 하고자 하는 말도 변하지 않소. 나는 당신을 내 편으로 만들 수도 없고 만들 생각도 없소. 실제로 내가 같은 편으로 끌어들이려고 노력한 이가 정말 나의 편이 된 적은 없었던 것 같소. 그건 내가 결정할 일이 아니었소. 내가 하고자 하는 일을 전심전력으로 다 해 나갈 때 나의 편이 생겼소."

쉐이든, 던멜, 아즈윈, 게랄드, 로일, 제이메르, 타냐, 라이…….

"그리고 그 일에 대한 반대급부로 나의 적이 생겼소."

붉은 장미의 잔스테인 백작, 검은 사자의 뤼미에르 백작, 캡틴 웰치, 카-구아닐, 그리고 죽지 않는 자들의 군주…….

"그 속에서 내가 할 수 있는 일은 나의 편에 선 자와 함께 나의 적을 상대로 싸우는 것뿐이었소."

루에머스는 팔짱을 풀고 자리에서 일어났다. 그는 꼿꼿이 몸을 세우고 카셀을 내려다보았다. 하얀 옷이 창문에 비쳐 반사되면서 라이의 하얀 날개처럼 그를 더욱 강하고 커 보이게 했다.

"끈질기게 날 설득하려 드는군. 그만해라. 가넬로크의 의회는 네가 생각하는 것보다 약하지 않다."

"당신을 설득할 생각은 없소, 루에머스 집정관. 당신의 일을 하시오. 나는 나의 일을 하겠소."

"너의 일? 너의 일이 가넬로크에 해를 끼칠 거라고는 생각 못하나? 아란티아의 캡틴이 의회에서 권력을 행사하는 순간 무너지게 될 의회의 권위는 어찌 되는가? 네 아비 되는 자가 원로원을 무너트렸던 그때처럼 되는 거지."

"다시 말하지만 나는 당신의 일을 하라고 했지, 협조해 달라 하지 않았소. 가넬로크의 집정관을 믿소. 가넬로크를 지키시오, 상대가 누구든 간에."

점심시간이 시작되고 긴 시간이 흐른 것도 아닌데 서기관이 황급히 집정관에게 달려오고 있었다. 루에머스는 카셀에게 얼굴을 가까이 들이대더니 낮은 목소리로 말했다.

"그럼 내가 제일 먼저 할 일은 아란티아의 캡틴 울프를 의회에서 끌어내는 거다."

카셀 역시 목소리를 낮춰 말했다.

"공식적으로 나의 출입을 막으시오. 그리하면 나는 따르겠소. 그게 로크의 의회를 지키기 위한 당신의 판단이라면! 그럼 내가 할 일은 여기에서 끝이오."

"약속은?"

"캡틴 울프의 약속이오. 믿으시오."

둘은 마지막까지 서로를 노려보다가 서기관이 다가오자 서로에게서 한 발자국씩 물러섰다.

"무슨 일인가?"

루에머스가 물었다.

"큰일 났습니다, 집정관. 레오피오가 함락되었다는 소식입니다."

서기관의 말은 알아듣기 힘들 정도로 흔들리고 있었다. 하지만 루에머스는 이미 알고 있었다는 듯 침착하게 고개만 끄덕였다. 그는 다시 카셀을 돌아보며 물었다.

"당신이 해야 할 일이 '나' 때문에 조금 늦어 버렸군. 또 할 말 있는가?"

카셀은 가볍게 대꾸했다.

"이미 전투 준비를 끝내지 않았소? 그걸로 됐소. 아까 이기고 지고를 따졌는데 여기에 관한 한은 내가 이겼소. 당신은 이미 전투 준비를 하고 있고 그건 내가 바라던 바니까."

루에머스는 메마른 코웃음을 쳤다.

"의회에서 쫓겨나는 쪽이 할 말은 아니군."

카셀은 뒷말을 못 들은 척 몸을 돌려 문으로 걸어갔다.

"카셀!"

루에머스는 '캡틴'이 아닌 이름을 불렀다. 카셀이 돌아보니 루에머스는 짧은 순간 망설인 후 말했다.

"롬노르 의원은 내가 가장 존경하는 분이셨다. 네가 할아버지를 잃었다면 나는 아버지를 잃은 거다."

카셀은 힘없이 웃으며 말했다.

"언제고 할아버지의 얘기를 들려주십시오."

루에머스는 고개를 끄덕였고 카셀은 회장을 나섰다. 문을 닫은 후 서기관에게 명령하는 루에머스의 목소리가 들렸다.

"점심시간을 끝낸다! 다시 의원들을 집합시켜라."

카셀은 루에머스를 혼자 만난다고 아직 회장에서 나오지 않았다. 타냐는 메이루밀과 재미없는 대화만 주고받고 있었다. 죽지 않는 자들의 군주가 어쩌고, 테일드가 저쩌고, 하늘 산맥이 이러쿵저러쿵 하는 얘기만 이어져 제이가 낄 수 없었다. 제이는 갑자기 우울해져 의회에서 나와 버렸다.

라이는 정원이 보이는 창가에 서 있었다. 그는 나뭇잎이 풍성하게 자란 나무를 감상하고 있었다. 여전히 라이의 주변에는 먼발치에서 수

줍은 눈으로 구경하는 여자들이 많았다.

'아니, 난 지금 뭐 하러 쟤한테 가고 있는 거야?'

아침에 의회로 출발하기 전 카셀은 타냐와 제이, 라이를 모아 놓고 의회 정치와 권력의 특성, 거기에 따른 자신의 위치, 앞으로 모두가 할 일에 대해 이야기했다. 타냐는 로크와 근처 평원에 놓인 마법의 탑에 대한 이야기를 했다. 제이는 그런 어려운 것들을 애써 이해하려고 노력하지 않았다.

울프 기사단이 그리워졌다. 그곳에서는 이렇게 멍청히 있는 시간이 아까울 정도로 많은 일이 있었다. 또 자신을 가만히 두지 않는 울프의 기사들이 있었다. 제이에게는 그런 게 딱 맞았다.

"자네 어머님 성함이 혹시 레이디 아나샤가 아니신가?"

반면 가넬로크에서는 계속 기분 나쁜 일만 벌어지고 있었다. 겨우 어제 검은 기사의 머리에서 나타난 아버지의 얼굴을 잊을 만하니 이제 엉뚱한 녀석의 입에서 어머니의 이름이 튀어나오고 있었다.

드래곤 기사단의 브란더였다. 그는 처음 만났을 때와 같은, 가슴에 붉은 드래곤의 문장이 새겨진 은빛 갑옷을 입고 있었다. 그는 옅은 미소를 짓고 있었다. 적의를 드러내는 제이의 눈을 보고 이렇게까지 반응 없는 이도 드물었다.

제이는 내키지 않는 목소리로 반문했다.

"어떻게 알았지?"

"이걸 우연이라고 하면 우습지만…… 그 일이 있었던 게 한 달쯤 전이었지? 자네가 트레고라는 현상범을 잡은 덕에 나랑 만나게 된 게."

제이는 트레고인지 테고인지 하는 이름은 까먹고 지옥도끼라는 별

명만 기억하고 있었다.

"그 후 이곳 사무실에 돌아왔을 때 마침 캡틴 데라둘께서 다음 캡틴으로 임명할 만한 인재가 누가 있나 살펴보라고 하셨거든. 그 자격 요건이 까다로워 20년 전 기록부터 훑어봐야 했지. 그런데 말이다, 제이메르. 그 명단에 자네 이름이 있더라고."

"잘못 본 거다."

제이가 부정했지만, 브란더는 확신했다.

"제대로 봤어."

"로크에 안 와 본 건 아니야. 하지만 드래곤 기사단과는 인연이 없어. 20년 전이면 난 빵 심부름도 못하던 요만한 꼬마였어."

제이는 허리 아래를 손으로 휘저었다.

"20년 전 기록부터 봤다고 했지, 누가 자네 기록이 20년 전에 있다고 했나?"

브란더는 자기 머리를 손가락으로 쿡 찔렀다.

"난 이래 봬도 기억력이 꽤 좋은 편이야, 친구. 자넨 드래곤 기사단에 대해 얘기할 때 표정이 달라졌지. 그래서 내가 관계가 있냐고 물었고, 자넨 없다고 말했지. 하지만 그때도 자네 표정은 관계가 있다고 말하는 것 같았어."

"내가?"

제이는 한 달 전 자기 표정까지 기억하는 브란더와 이야기하는 게 슬슬 불안해지기 시작했다.

"카르라는 이름의 기사를 아는가?"

제이는 머리를 한 대 얻어맞은 것처럼 잠깐 휘청거렸다. 옆에 있는 난간을 잡지 않았다면 창피하게도 뒤로 몇 걸음이나 물러나거나 넘어졌을지도 몰랐다.

브란더는 제이의 너무나도 솔직한 반응에 오히려 당황했다.

"그가 왜?"

브란더는 윽박지르는 제이의 물음에 순순히 대답했다.

"무슨 과정으로, 어떤 절차를 거쳐서 그리되었는지는 모르네. 어쨌든 기사 카르는 자네를 기사단 훈련생의 목록에 정식으로 올려놓았더군. 그러다 전쟁이 터졌고, 훈련생들까지 모조리 전사하는 바람에 자네는 그 기수에서 유일하게 살아남은 훈련생으로 남게 되었지."

돌아오지 않는 카르를 기다렸던 눈 오는 겨울밤, 제이는 처음 검의 간격을 보았고 어머니는 죽음에 이르는 병을 얻었다. 어머니는 카르가 자기를 잊어버렸다며 울었고 훗날 카르와 그녀의 아버지 우페르의 죽음을 알리는 통보에 또 한 번 울었다.

'우페르가 살아있었다면 나도 카셀처럼 외할아버지를 만나게 됐던 걸까?'

제이는 어머니 앞에서 무릎 꿇고 눈물 흘리던 카르의 모습이 떠올랐다. 제이는 아직도 그때의 의문을 풀지 못했다.

'왜 오지 않았지? 왜 나와 어머니를 데려가지 않았나? 그랬더라면 뭔가 달라졌을 거야. 왜? 카르, 이 나쁜 자식! 그래 놓고 혼자 죽어?'

아직 어머니를 잊지 못하고 혼자 외로움에 떨며 사냥꾼 생활을 하던 밤이면 제이는 있지도 않은 카르의 망령에게 소리 지르곤 했다.

"카르가……."

제이가 작은 목소리로 말했다.

"음, 카르가?"

"카르가…… 그때 왜 날 데려가지 않았지? 훈련생 명단에 올려놨다면 어째서? 그러니까 내 말은, 카르가 죽기 전이었잖아. 날 훈련생 목록에 올려놓은 건."

"자세한 사정이야 나도 잘 모르지만 대충 추측은 가능하다. 당시 자넨 시골에서 살고 있었다고 했지? 카르는 훈련생들까지 차출당해 모조리 죽어버릴 전쟁터에 자네를 데려오고 싶지 않았던 거야. 전쟁이 끝난 다음에 데려오고 싶었겠지."

제이는 입을 다물고 난간을 세게 붙잡았다. 브란더는 침묵으로 그를 위로했다.

"카르는 어떤 기사였지?"

겨우 제이가 입을 열어 물었다.

"우리들 세계에서 가장 이름 높은 기사 중 하나였고, 전투에서 누구보다 용맹했다. 빈말로 하는 게 아니야. 그가 죽었을 때 캡틴 데라둘께서는 후계자를 잃었다고 슬퍼하셨을 정도였다."

"죽은 자는 언제나 그렇게 위대해지는 법이지. 더 말해 봐. 그가 혼자서 몇백 명을 죽였고 몇십 명을 구했는지! 무용담 같은 거 말이야!"

제이는 정원으로 향한 시선을 돌리지 않고 말했다. 브란더는 씁쓸하게 웃으며 그의 어깨를 꾸욱 잡았다.

"제이메르, 이건 우리들의 수치이기 때문에 말하지 못했으나 오해는 풀고 싶다. 카르는 진정으로 위대한 기사였어. 그는 스무 명의 드래곤 기사들을 이끌고 원로의회의 의원들을 로크의 남쪽으로 후퇴시키는 임무를 수행했지. 그때 그 작전을 알아챈 익셀런의 일부가 그 길을 막았다. 고작 다섯 명 정도였지. 그 다섯 명에게 드래곤 기사 스무 명 전부가 살해당했다."

제이는 아란티아에서 봤던 익셀런의 기사 빌리를 떠올렸다. 빌리는 강했지만, 다섯 명이 스무 명을 꺾을 정도는 아니었다. 브란더는 계속 말을 이었다.

"그 희생을 발판으로 모든 의원들을 대피시키는 데에 성공했음에도 카르는 돌아왔다. 그리고 그들 중 가장 강한 이와 싸우겠다며 검을 든 거다. 누군가는 위대한 용기라고 말했을 것이고, 누군가는 쓸데없는 희생이라고 말했겠지. 카르가 싸운 익셀런의 기사는 네이슨이었다."

제이의 눈썹이 살짝 꺾였다.

"누구라고? 다시 말해 봐."

"네이슨. 그 당시에도 꽤 어린 기사였다던데 혹시 아는 자인가?"

제이가 말이 없자 브란더는 계속 얘기를 이어갔다.

"그자 한 명에게 목숨을 잃은 드래곤 기사가 서른 명이 넘고 죽은 로크의 경비병은 셀 수가 없지. 심지어 캡틴 데라둘을 말에서 떨어트린 것도 네이슨이다. 드래곤 뷰하롤과 아샤크의 목에 거대한 철창을 박아 넣은 것도 그자다! 캡틴 웰치의 명성에 가려 이름이 알려지지 않은 것도 사실이지만 우리가 공개하지 않은 탓도 있다. 적의 이름을 굳이 드높여 줄 이유가 없지 않은가? 어쨌든 그자는……."

"네이슨 얘기는 그만해도 돼. 그래서 그다음은?"

제이는 멱살이라도 잡을 기세로 물었다.

"뭐…… 결국 그 작전도 실패했다. 카르가 피신시켰다고 생각한 의원들은 모조리 매복해 있던 다른 익셀런 기사들에게 죽었지. 그때 아나샤의 아버지, 우페르 의원도 죽었다."

알 수 없는 분노와 후회가 온몸을 사로잡았다. 제이는 자기도 모르게 중얼거렸다.

"그럼 루티아에서 내가 싸운 그 녀석이……, 카르를 죽인 놈이었다고?"

제이는 주먹으로 벽을 세게 쳤다. 브란더는 무슨 사연인가 싶어 물어보려다 말았다.

"그래서 갑자기 그런 말을 하는 이유가 뭐냐? 훈련생 목록이니 뭐니, 그런 걸 왜!"

제이는 약간 충혈된 눈으로 그를 노려보며 물었다.

"내가 너무 깊숙이 개입한 거라면 사과하……."

"할 얘기만 해!"

브란더는 고개를 끄덕였다.

"알았다. 네 어머니는 원로 의원 우페르의 딸이었다. 우페르 의원도 그 전대 의원의 아들이었고. 자네는 몇 대 위를 거슬러 올라가도 흠잡을 수 없는 귀족 가문이라는 거지. 3대 전부터 귀족의 혈통이어야 한다는 조건에도 충족되며 이미 훈련생 명단에 오른 채로 8년 이상 지났으니 이대로 기사에 올라도 문제 될 건 없다. 실력도 검증되었으니 간단한 서류상의 절차만 남은 셈이다. 제이메르, 넌 이미 드래곤 기사단이야."

브란더는 부탁하는 어조로 말을 이었다.

"어떤가, 제이메르? 듣자니 캡틴 울프의 옆을 지키고 있긴 하지만 울프의 기사는 아니라며? 이번만큼은 내 제안을 무시하지 마라."

"더 조사해 봐. 어머니 쪽 말고 아버지 쪽으로."

제이는 더 얘기하고 싶지 않아 몸을 돌려 복도를 걸었다.

"아마 난 자격이 안 될 거다."

브란더는 그의 뒷모습을 바라보다가 말했다.

"자네 아버지가 어머니를 겁탈한 일 말인가?"

제이는 살기를 품고 칼을 뽑았다. 그러나 브란더는 칼을 뽑지 않았다.

'일부러 안 뽑았군. 전에 정원에서 보여 준 실력이면 충분히 대응했을 텐데.'

만약 브란더가 칼을 뽑았다면 제이는 뒤를 생각하지 않고 칼을 휘둘렀을 것이다.

"대체 나에 대해 얼마나 조사한 거냐, 브란더!"

"그게 다다. 딱 그 한 줄만 있었다."

브란더는 도리어 칼을 뽑은 제이에게 다가가며 말했다.

"내가 어설프게 기사단의 직위 하나 제안하는 걸로 보이나? 자네 아버지의 죄는 지난 의회에서 이미 지워졌다. 캡틴 데라둘 역시 그 일을 잊고 자네 아버지를 복직시키려 하셨다. 상황이 여의치 않아 아직까지 지금의 자네로 있는 것이지……, 사실 자넨 진작 '내가 있을 자리'에 있어야 했다."

브란더는 제이가 내민 칼끝까지 다가갔다. 제이는 하마터면 뒤로 물러날 뻔했다.

"혹시 거기에 얽매여 있는 건 자기 자신이 아닌가? 말해 봐라, 제이메르. 사냥꾼 생활을 얼마나 오래 한 거냐? 그 시간 동안 아직도 그 일을 잊지 못했다면 자네는 과거를 털어버리기 위해서라도 드래곤 기사단에 들어와야 해."

"그래, 얽매여 있다. 잊은 줄 알았지만…… 아니더군."

어제 일이 떠올랐다. 아버지와 어머니의 얼굴로 번갈아 변하는 검은 기사를 상대로 제이는 아무것도 하지 못했고 심지어 무릎까지 꿇었다. 수치스럽고 괴로웠다. 지금도 그랬다. 제이는 칼을 접고 물러났다. 브란더는 돌아서서 걸어가는 그의 등에 대고 소리쳤다.

"설사 아버지에게 죄가 있다 하더라도 아들이 대신 갚을 필요는 없지 않은가!"

제이는 잠깐 멈칫했다가 그대로 걸어가 버렸다.

메이루밀은 초록빛이 파도처럼 흔들리는 풀밭에 앉아 구운 소시지를 뜯어 먹고 있었다. 그의 옆에 앉은 데라둘은 그가 권하는 소시지를 거절하고 연초 파이프만 물고 있었다. 드래곤의 휴식처였고 인간과 드래곤의 교류장이었던 이곳에는 이제 쓸쓸한 바람만 불고 있었다. 데라둘이 타고 온 말과 기사단에서 키우는 몇 마리 사냥개들이 같이 뛰어다니며 빈자리를 채울 따름이었다. 저녁노을조차 희미해져 보였다.

"정말 드래곤 기사단을 움직이기로 했습니까?"

루밀이 물었다.

"그러면 안 된다는 규칙은 없네."

데라둘은 깨물고 있는 파이프의 위치를 옮기며 대꾸했다.

"전 늘 사람도, 상황도 제 뜻대로 이끌어간다고 생각하다가 결정적인 순간에 어긋나고 말더군요. 지금도 그렇군요."

카셀만 해도 그랬다. 말 잘 듣는 모범생처럼 행동하던 그가 갑자기 메이루밀을 찾아와 이제부터 자긴 의회 출입은 할 수가 없다고 일방적으로 전했다. 나중에서야 데라둘을 통해 공식적으로 카셀은 의회에서 빠진다고 전해 들을 수 있었다.

루에머스를 중심으로 의회는 레오피오 함락에 대한 논의를 빠르게 진행시켰다. 소식을 전해 온 기수의 말에 따르면 레오피오에서의 전투는 없었다고 봐도 좋았다. 레오피오의 행정관 세레스머스는 진작부터 마을을 비울 준비를 해 두었던 터라 적이 지평선에 보이자마자 주민들을 모조리 대피시켰다고 한다. 그리고 공격이 시작되자 경비병들까지 빠져나갔으니 인명 피해도 거의 없었다.

처음에 의원들은 자기 마을을 지키지 않고 도망친 행정관의 대처에 화를 냈다. 이 바쁜 와중에 징계 논의가 있을 정도였다. 그러나 그런 불만은 금방 사라졌다. 기수는 아직도 믿을 수 없다는 듯 '괴상하게 생긴 괴물들이 시야에 보이는 평원 전부를 까맣게 물들였다.'라고 당시 본 광경을 설명했다. 만약 세레스머스가 그 근처 마을의 군대를 모조리 모아 성벽을 방어했다 하더라도 아마 몇 분 버티는 게 고작이었을 것이다. 그 기수는 적의 정확한 숫자를 헤아리지 못하고 '최소 2만은 족히 넘지만 분명 그것보다는 많은 것 같다.'는 부정확한 수치만 전달해 주었다.

최소 2만.

의회는 발칵 뒤집어졌다. 10년 전 로크의 방위군을 무너트린 론타몬의 병력이 오천이었다. 게다가 이번에는 인간도 아니었다.

루에머스 집정관은 로크 방위군을 맡을 만한 장군들을 호출하고 가장 기동력이 좋은 기마대를 구성하여 앤발디를 지키라고 명령했다. 그 때 데라둘이 기병대가 아닌, 드래곤 기사단을 직접 출동시키겠다고 제안했다. 루에머스는 딱 잘라 승인을 거절했다. 그런데도 지금 데라둘은 강행할 생각이었다.

"카셀도 저와 상의 없이 행동하더니, 데라둘도 그러시는군요."

루밀의 타박하는 말에, 데라둘은 연초 연기를 길게 내뿜기만 했다.

"확실히 앤발디를 잃는 건 타격이 큽니다. 하지만 그렇다고 드래곤 기사단이 움직이는 건 시기상 좋지 않습니다. 루에머스 집정관 말이 옳아요. 드래곤 기사단은 마지막까지 아껴야 하는 병력입니다."

"로크의 수비대에서 기마대를 구성한다? 아무리 초법적 조치를 취한다 하더라도 내일 아침에야 준비되지. 그리고 그들의 실력으로 아무리 말을 독려한다 해도 앤발디까지 사흘 이상은 걸린다. 하지만 우리는 이틀이면 족해."

"몇 명이나 끌고 갈 겁니까?"

"백. 나머지 백오십은 로크에 남겨 두고."

"레오피오를 지난 적도 사나흘이면 앤발디에 들이닥칠 겁니다. 그 숫자로 뭘 할 수 있다는 겁니까?"

"오십여 명에 불과한 울프 기사단 출신이 숫자를 논하나?"

"적어도 우리는 몇천 명에게 덤비는 짓은 하지 않았죠."

"그럼 우리가 해서 자네 기사단의 명성을 꺾어 볼까?"

"진담 같아서 원……, 받아치기도 힘들군요."

데라둘은 루밀의 어깨에 손을 얹었다.

"걱정 말게. 그저 적들의 이동 속도를 약간 늦추는 것 이상은 하지 않을 생각이네. 앤발디는 로크만큼이나 큰 도시야. 사람들이 피할 시간적 여유를 주는 것에 드래곤 기사단이 쓰인다면 충분하지."

"데라둘, 굳이 그런 슬픈 눈으로 하실 얘기가 아닌 듯합니다만?"

"날 보게, 루밀. 잘 봐. 얼마나 늙어 버렸나? 자네보다 어린 퀘이언이 모든 검사들 앞에 마스터라는 칭호를 써도 될 정도로 성장해 있네. 본인은 싫어한다지만. 그런데 나는 그런 퀘이언의 스승과 같은 연배임에도, 아직도 기사단의 캡틴으로 남아 있어. 권력에 단맛을 들여 아직도 후계자를 만들지 않는다는 소릴 듣고 있을 지경일세."

"누가 그따위 말을 합니까? 데라둘께서 안 계셨다면 드래곤 기사단은 뿌리부터 흔들렸을 겁니다."

"아니야. 익셀런의 그 어린 기사에게 패했을 때 난 물러났어야 했어."

"걱정 마십시오. 바깥에서는 '다행스럽게도' 웰치에게 패했다고 알려져 있습니다. 그리고 일 대 일 싸움쯤이야 아무렴 어떻습니까? 이길 때도 있고 질 때도 있는 거죠. 중요한 건 모든 기사들이 그런 당신을 존경하고 뒤를 따르려 한다는 점입니다. 약해지지 마십시오."

"난 약해질 자유도 없다는 건가?"

데라둘은 연초 연기를 흘리며 웃음을 터트렸다.

"억울하면 어서 후계자를 두십시오. 인재가 그리 없는 것도 아니던데요."

"몇 명 봐두고 있네. 루시우스, 브란더, 텐드로스, 그라쿠스 같은 녀석들이 쓸 만하지. 하지만 이 기사단의 캡틴은 언제나 드래곤께서 임명해 왔어. 지금은 아무도 안 계시지 않은가? 이 규칙을 어떻게 우회해야 할까? 그놈의 규칙이란 게…… 아아, 나는 때로 그란돌 녀석이 진심으로 부러워.”

“세상을 등지고 외롭게 사는 분이 뭐가 부럽습니까?”

마스터 그란돌의 행방을 아는 사람은 거의 없었다. 오직 루밀과 데라둘만 알고 있었다. 새나디엘 여왕도 ‘알면 찾아가고 싶어질 테니까 모르고 있을 거야.’라면서 귀를 막았다.

루밀은 세상에서 가장 강한 검사라면 늘 그란돌을 떠올렸다. 이전 하얀 늑대들 중에서도 지금 하얀 늑대들 중에서도 그란돌의 젊은 시절을 따를 수 있는 사람은 없을 거라고 단언했다. 기술적으로도, 정신적으로도! 단순히 스승에 대한 환상은 아니었다.

새나디엘 여왕을 제대로 보좌하지 못했다는 죄책감 때문에 은퇴한 후, 그란돌은 가넬로크와 아란티아의 국경 근처 작은 시골 마을에 살았다. 하늘 산맥의 가장 높은 산이 보이고 낚시하기 좋은 강이 있는 통나무집이었다. 루밀이 ‘행복하십니까.’하고 물었더니, 그란돌은 ‘여자가 없어서.’라는 다의적인 해석이 가능한 대답을 했다. 하지만 그의 표정은 한없이 밝았다.

오십이 넘는 나이였지만 여전히 그란돌은 낚싯대로 루밀을 제압할 실력을 가지고 있었다. 그러나 식탁에 직접 잡은 생선으로 만든 요리를 올려놓고 석양을 바라보는 그란돌의 눈에는 고독이 담겨 있었다.

‘나디움으로 가십시오. 아무도 죄를 묻지 않는데 왜 혼자 죄책감을 갖고 사십니까?’

루밀은 그란돌의 집을 떠나기 전에 물었다.

‘언제고 데라둘을 만나거든 이렇게 묻게. 왜 아직도 현역에서 뛰느

냐고. 모른다고 답할걸? 나도 마찬가지네. 왜 굳이 이렇게 사냐고? 나도 모르겠네.'

그렇게 작별 인사 하는 그란돌은 몹시 늙어 보였다.

"아직도 현역에서 뛰는 데라둘이 훨씬 멋지십니다."

루밀이 위로했지만, 데라둘은 인상을 찌푸렸다.

"현역에서 안 뛰는 게 부럽다는 건데 뭔 소리야? 그란돌 이 못된 친구 같으니라고. 은퇴해서 얼마나 행복하게 사는지, 어떻게 산다 하는 편지 한 통도 없다니까. 나도 은퇴하면 쫓아가서 죽을 때까지 괴롭혀 줄 생각이네."

"두 분이 젊은 시절 막역한 사이라고 들었습니다."

"좋은 경쟁자였지. 들어두면 재미있을 얘기지만 그건 우리 두 노인네들의 추억으로 남겨 둘 걸세."

"노인이라기에는 아직 젊지 않습니까? 이제 겨우 50대 중반 주제에 말이에요!"

데라둘은 장난스럽게 노려보다가 갑자기 생각난 듯 말했다.

"카셀 말이네."

"예?"

"자네가 말한 만큼의 박력이 있다거나 리더십이 있지는 않은 것 같군. 아직 많이 겪어 보지 않은 탓이긴 하지만."

루밀은 빙그레 웃었다.

"데라둘께서도 '그때 그 자리'에 계셨더라면 아마 저와 같은 생각을 하게 되었을 겁니다. 물론 그땐 아직 아란티아의 보검이 무거워 보였죠. 그 후 카셀은 아란티아를 갔고, 하늘 산맥을 거쳐 로크로 왔는데,

아직까지 보검이 손에 쥐어져 있더군요. 이제 자기 몸의 일부인 것처럼 보입니다. 저는 그것만으로도 그 친구를 캡틴으로 인정합니다."

"울프의 캡틴은 울프들이 스스로 결정한다지? 자네가 결정했다면 그리되는 거겠지. 그래, 그런 것도 부러워. 하지만 나는 깐깐한 규칙으로 똘똘 뭉친 드래곤 기사단이 체질에 더 맞는 것 같네. 그래서 젊은 시절 그란돌이 아란티아를 택했을 때 나는 가넬로크에 남은 거고."

"그 선택은 틀리지 않았다고 생각합니다. 드래곤이 없어진 지금, 캡틴 데라둘은 드래곤 기사단 그 자체이십니다."

"말만으로도 고마우이."

데라둘은 천천히 자리에서 일어나며 투덜댔다.

"참내. 이제 일어나면 무릎이 아파."

"비가 오면 젊었을 때 다친 부분도 아프고요?"

"자네는 안 그런가?"

"전 허리가……."

"난 무릎이 그래."

드래곤의 기사 중 하나가 다가왔다. 브란더였다. 그는 투구를 벗고 루밀에게 가볍게 인사한 후 데라둘에게 말했다.

"캡틴, 앤발디로 떠날 준비가 끝났습니다."

"얘기해야 할 친구가 있다더니 그건 마무리 지었나, 브란더?"

브란더는 이마를 긁적거리더니 말했다.

"나중에 다시 하기로 했습니다."

"지휘는 누가 맡기로 했는가?"

"선발대는 텐드로스, 후발대는 제가, 그리고 루시우스가 로크에 남기로 했습니다."

"텐드로스가 또 동전 던지기에서 이겼나?"

데라둘의 말에 브란더는 사무적으로 대답했다.

"루시우스는 아직도 사기라고 주장하고 있습니다만 늘 그렇지요. 그 친구는 정당한 승부를 받아들일 줄을 모릅니다."

데라둘은 웃음을 터트렸다.

"대체 루시우스는 언제 그 동전의 앞뒷면이 같은 모양이라는 걸 알아챌는지."

"알면서 그러는 거라면 루시우스는 당장 캡틴 자리를 넘겨받아도 된다고 생각합니다."

"나도 그렇게 생각해."

둘의 진지한 대화를 듣고 루밀은 숨죽여 웃었다.

'다른 건 모르겠지만 입담으로 치면 드래곤 기사단을 따라갈 기사단은 없지.'

데라둘은 브란더가 끌고 온 말 위에 가벼운 몸놀림으로 올라타 고삐를 움켜쥐었다.

"가세. 그 '괴상하게 생긴 괴물들'이란 게 어떻게 생겼는지 구경하러."

그는 기운차게 말을 몰아 달려갔다. 브란더는 한 번 더 루밀에게 인사하고 캡틴의 뒤를 따라 달렸다. 루밀은 허리에 손을 얹고 두 마리 말이 풀밭을 가로지르는 모습을 한없이 바라보았다.

"데라둘, 누가 뭐라 해도 당신은 최고의 기사입니다."

막 해가 서쪽 지평선에 머리를 담는 저녁이었다. 카셀은 멀지 않은 로크의 남쪽 성문을 통해 빠져나가는 한 무리의 기사단을 보았다. 백여 마리 정도 되는 말이 일으키는 먼지가 뿌옇게 성문을 덮었다.

"드래곤 기사단이 출정하는군요."

햇빛을 직접 쳐다봤더니, 눈이 아팠다. 동굴에서 바위 조각에 찔렸던 눈은 여전히 아침에 일어날 때나 햇빛을 받으면 아팠다.

타냐는 둥근 방 중앙에 눈을 감고 정좌를 하고 있었다. 가지런히 정돈된 눈썹과 뺨을 덮은 긴 머리카락이 어울리는 그녀의 모습은 아름다웠다.

두 사람이 있는 곳은 아로크의 탑 꼭대기 방이었다. 한쪽 끝에서 반대쪽 끝까지 채 다섯 걸음이 되지 않고 위로 팔을 뻗으면 천장이 닿는 좁은 곳이었다.

타냐가 눈을 뜨고 카셀의 시선을 받고는 부드럽게 미소 지었다. 카셀은 수줍은 듯 머리를 긁적이다가 다시 밖을 바라보았다.

"루에머스 집정관이 생각 이상으로 행동을 빨리하는군요. 기대했던 대로인가요?"

타냐가 물었다.

"그 이상입니다. 아니, 저건 어쩌면 캡틴 데라둘의 독단일지도 모르겠군요. 제가 없었더라도 그 두 사람은 레오피오 침공에 이런 빠른 대응을 했을 겁니다. 어제의 재앙도 사실상 데라둘과 타냐가 막았고, 제 힘으로 의원들을 구한 것도 아니었으니……."

카셀은 할아버지를 잃은 슬픔에 그만 신파조로 말하다가 고개를 저었다.

"미안해요, 타냐. 또 제가 쓸데없는 소리를 늘어놓고 있군요."

"미안해할 필요는 없습니다, 카셀. 제 앞에서는 어떤 경우라도 미안하다는 말은 하지 마세요. 카셀은 항상 자기가 한 일이 아무것도 없다고 말을 하지요. 그러나 그 자리에 카셀이 없었다면 그런 일이 가능하지도 않았습니다. 카셀은 그런 존재입니다. 그러니 자신감을 잃지 마십시오."

"자신감이라, 쉽지 않군요."

드래곤 기사단은 순식간에 남쪽으로 향하는 큰길에 올라 시야에 먼지만 남겨 두었다.

"그건 아직도 끝내지 못한 숙제예요. 캡틴의 조건은 무엇일까……? 마스터 퀘이언은 모두를 단숨에 제압하는 카리스마라고 하셨고, 루밀은 어떤 상황에서도 머뭇거리지 않는 과감한 결단력이라고 주장하셨으며, 하이로드 탈룬드께서는 모두를 감동시키는 인간성이라고 했거든요. 저는 아직도 어떤 것이 옳은지 모르겠어요."

"그거라면 제가 해답을 드리죠."

"타냐가요?"

갑작스러운 말에 카셀은 놀랐다.

"최고의 리더란, 유능한 부하를 뒀을 때 아무것도 하지 않는 자입니다."

"그래요?"

"반대로 최악의 리더는 유능한 부하를 놀리고 자기가 일을 하는 자이지요."

"좀 이상한걸요. 열심히 일하는 사람이 최악이라고요?"

"되새겨 보세요. 제 마스터께서 해 주신 이야기입니다. 이전 하얀 늑대들을 길러내신 마스터 그란돌이 바로 그런 캡틴이라면서요."

"어떤 분이셨는데요?"

"그란돌은 지금까지 있어 본 적이 없는 최고의 기사였다더군요. 하지만 네 명의 하얀 늑대들을 밑에 두고 나선 아무것도 하지 않았대요. 전쟁에도 개입하지 않았고……."

"이전 하얀 늑대들에 대한 얘기도 겨우 들어서 그 이전 하얀 늑대까지는 듣지 못했어요. 타냐는 알아요?"

"저도 그 정도 말만 들었습니다. 카셀이 모르는 게 당연할 겁니다. 원래 은퇴한 울프 기사단은 울프였는지도 모르게 살게 된다고 들었으니까요."

"그래도 언제고 기회가 되면 뵙고 싶어요."

카셀은 아로크의 탑 아래를 내려다보았다. 루티아의 탑을 본 적이 없는 카셀은 나디움을 제외하고 이렇게 높은 건물에 오른 적이 없었다. 아니, 나디움도 산허리에 위치한 건물이라 높은 거지, 이렇게 단독으로 높이 솟은 건물은 처음이었다.

처음 올랐을 때는 다리가 후들거려 서 있기도 힘들어 타냐의 부축을 받아야 했을 정도였다. 하지만 나중에는 밑에서 지나가는 사람이 개미처럼 작게 보인다는 것에 쾌감마저 느꼈다.

타냐는 드래곤의 어깨 위에 올라가 날기까지 한 사람이 할 말은 못된다고 지적했다. 카셀은 그땐 무서워서 눈을 감고 있었다고는 도저히 말할 수 없었다.

"그런데 정확히 이 탑을 어떻게 이용하는 거죠?"

카셀이 물었다.

"천 년 전 아직 국명이 가넬로크가 아닌 아로크였을 때 이곳은 대륙의 모든 마법사들을 길러내는 마법 학교 같은 곳이었습니다. 지금의 루티아 같은 곳이었달까? 물론 그랜드 로크라는 모임은 케인스웍을 모방해서 나중에 만들어졌지만 아로크의 마법 학교 자체는 루티아보다 먼저 존재했죠."

타나는 바닥을 가리키며 설명을 이어갔다.

"우리가 지금 서 있는 이곳 아로크의 탑, 북동쪽에 분노의 탑, 북서쪽에 축복의 탑, 이 세 곳에 마법의 힘을 부여하면 그 삼각형 안에 있는 공간을 외부의 침입으로부터 막아낼 수 있습니다. 이곳 마법사들은 그 영역을 로크 존Roc Zone이라고 부르고 있더군요."

"모든 걸 다 막아내나요?"

"아니, 마법적으로 사악한 존재만요."

"모즈도?"

"성공한다면, 예. 모즈들 역시 인간도 짐승도 아닌 존재이므로 로크 존 안에 발을 들일 수 없습니다. 카셀이 루티아의 화이트비라는 보석을 봤다면 이해하기 편할 겁니다."

"화이트비는 역으로 이용당해 버렸다고 들었어요."

"맞아요. 하지만 이곳은 이용하지 못합니다. 화이트비처럼 강력한 매개체 하나로 이루는 방벽이 아니라 수십 명의 마법사들이 동시에 힘을 합쳐야 이룰 수 있는 힘이거든요. 누군가 배신을 하거나 어느 한 탑이 무너지면 로크 존이 무너지겠지만, 적어도 그걸 역으로 이용하지는 못하지요."

"어느 쪽도 일어나면 안 될 일이네요. 그런데 완성되면 드래곤도 막을 수 있을 정도인가요?"

"가능합니다. 세 개의 탑이 힘을 합치면 그 마법의 힘은 화이트 게이트의 성스러운 힘에 필적하죠. 죽지 않는 자들의 군주조차 존 안으로는 들어오지 못할 겁니다."

"굉장하군요. 그럼 천 년 전에는 왜 이 엄청난 힘을 쓰지 않았죠? 그때 아로크는 드래곤들의 공격으로 무너졌다고 했는데 이걸 썼다면……."

"썼습니다. 하지만 축복의 탑이 무너졌죠."

"탑은 존 안에 포함이 안 되는 건가 보군요."

"이 절대 마법의 약점이죠. 아로크의 탑은 존 안에 포함되어 안전하지만 축복의 탑과 분노의 탑은 존 바깥쪽에 그대로 노출됩니다. 그걸 잘 알고 있던 '당시의 카-구아닐'은 제일 먼저 축복의 탑을 무너트렸죠."

"지금의 카-구아닐도 그걸 알고 있겠군요."

카셀은 이제 상황이 정확히 이해가 되었다.

"예. 그렇겠죠. 그리고 로크 존의 한쪽인 축복의 탑이 무너지는 순간 분노의 탑을 지키는 마법사들은 적의 편이 되어버렸죠."

"배신한 건가요?"

"아군이 적이 되어버린 거라고 해야겠죠. 분노의 탑이 가지는 특성 탓입니다."

카셀은 그 특성이 뭐냐고 물어보려다 멀리서 날아오르는 하얀 날개를 발견했다.

라이였다. 준비가 끝나면 축복의 탑 쪽에서 날아서 이쪽으로 오기로 되어 있었다. 여전히 방향 감각을 잘 못 잡아서인지 똑바로 날지 못하고 몇 번이나 중간에 위치를 수정하고 있었다.

"라이가 날았어요."

카셀이 내내 창가에 서 있었던 것은 드래곤 기사단의 출정을 구경하기 위해서가 아니라 이 신호를 봐주기 위해서였다. 타냐는 고개를 끄덕이더니 앉은 채로 두 손을 바닥에 가만히 댔다. 탑이 천천히 흔들리기 시작했다. 카셀이 놀라 창틀을 잡았다.

"걱정 마십시오, 카셀. 처음 시작할 때만 이러는 거니까."

탑에서 피어오르는 아지랑이 같은 힘이 하늘로 올라갔다. 옅은 푸른색을 띠고 있는 빛이 아로크의 탑을 감싸더니 어두워져 가는 하늘을 가로질러 라이가 날아오는 방향으로 무지개처럼 늘어졌다. 카셀은 그게 어떤 현상인지 알지 못하고 그저 그 빛의 아름다움에 감동하고 있었다. 뭐가 진행되는지도 모르는 사이에 끝났다.

"성공이군요. 적어도 이 탑은 천 년이 지난 지금도 작동시킬 수 있습니다. 하지만……."

타냐는 뒷말을 흐렸다.

"역시 두 개의 탑이 존 바깥에 노출되는 문제가?"

카셀이 물었다.

"그 이전 문제예요. 탑은 세 개, 방금 보셨듯이 아로크의 탑은 제가 작동시킬 수 있어요. 축복의 탑은 그랜드 로크의 마법사들 전원이 힘을 합치면 방금 실험했던 대로 작동시킬 수 있지요. 하지만 분노의 탑을 작동시킬 수가 없군요."

"마법사가 모자라서?"

"그런 셈이지요. 그리고 저 같은 마법사가 한 명 더 있다 해도, 분노의 탑을 작동시킬 수 없어요. 뭐라고 설명해야 하나……?"

타냐는 어깨를 으쓱하며 말을 이었다.

"옷을 입는 것에도 유행이 있듯 검술의 세계에서도 유행이란 것이 있고, 마찬가지로 마법의 세계에도 유행이 있습니다. 루티아가 세워지면서 암흑 마법으로 분류된 많은 마법들이 사악하게 취급되어 거의 사라지고 지금은 그 명맥만 이어 오고 있습니다."

"암흑 마법이라면 어떤 종류죠?"

"쉽게 말해 아란티아에서 본 블랙이나 검은 기사들이 바로 암흑 마법의 결정체입니다."

"아까 말했던 분노의 탑이 갖는 특성이 이거군요?"

"암흑 마법은 상대를 조종하는 마법입니다. 역으로 당하기도 쉽죠."

"그럼 분노의 탑 안에 그런 마법을 쓸 줄 아는 마법사가 백 명 정도 있어야 한다는 건가요?"

"그렇습니다. 하지만 그랜드 로크 내에 암흑 마법의 기초라도 아는 마법사가 몇 명이나 있을지 모르겠습니다. 아니면 저와 동일한 수준의 암흑 마법사가 한 명이라도 있으면 되는데, 루티아에서도 그런 사람은 마스터 골베인과 마스터 데다인 정도밖에 없습니다. 그나마 데다인께서는 돌아가셨고요."

"그럼 어쩌죠? 골베인을 모셔 와야 하나요?"

"방법을 찾아봐야지요. 마법에 관해서는 걱정 마십시오. 제가 알아서 하겠습니다. 카셀은 다른 걱정거리도 많지 않습니까?"

카셀은 타냐가 억지로 안심시키려 한다는 느낌이 강하게 들었다. 잠시 후 아로크의 탑에서 피어오른 파란빛이 사라지고 어둠이 내려앉았다.

밤사이 타냐는 몇 번이나 늑대로 변하여 걸어서 두세 시간은 족히 걸리는 거리에 위치한 축복의 탑과 분노의 탑 사이를 뛰어다녔다. 그녀는 마법사들에게 이것저것 지시를 내리며 탑을 작동시킬 방법을 강구했다. 그 와중에 라이도 무수히 로크의 밤하늘을 날아다니느라 로크 시민들의 좋은 볼거리가 되어 주었다. '하늘 산맥의 요정이 우리들을 위해 싸워 준다.'가 아니라 '천사가 우리 편이 되었다.'라고 왜곡되긴 했지만 결과적으로 얼마 전 무서운 일을 당한 로크 시민들의 공포를 덜어 주었다.

카셀은 가끔 땀에 절어 돌아오는 타냐를 조용히 맞이하는 일밖에 할 수 없었다. 타냐는 이렇게 맞이해 주는 것만도 족하다고 했으나, 미안한 마음이 드는 건 막을 수 없었다. 제이메르는 무슨 일인지 보이지 않았다.

아침이 되어도 타냐는 방법을 찾지 못했다. 그랜드 로크 측에서도 암흑 마법을 구사할 수 있는 마법사들을 수소문했다. 블랙풋의 메첼이라는 마법사도 '업계'의 동료들에게 연락을 했다. 그러나 암흑 마법으로 못된 장난을 친 범죄자들까지 총동원한다 해도 쓸 만한 이는 열 명이 채 나오지 않았다. 그마저도 타냐의 눈에는 차지 않는 수준이었다.

이쯤 되면 이제 시간문제가 아니었다. 아크랜드를 다 뒤져도 백 명의 암흑 마법사를 찾아내는 것은 불가능했다.

겨우 아침 식사를 시작할 무렵 각 지역에서 속속 군대가 도착하거나, 곧 도착한다는 연락이 왔다. 로크의 성문은 강화되거나 보수되었고 병사들의 이동이 활발히 일어났다. 그러나 카셀은 그 군대의 숫자를 모두 합한다 하더라도 남쪽에서 올라오는 모즈들의 반의반도 채 되지 않는다는 걸 알고 있었다. 그리고 거기에는 카-구아닐과 카구아라는 거대한 괴물들이 있었고, 러스킨이라는 마법사가 있었으며, 익셀런 제1기사단이 있었다. 무엇보다 죽지 않는 자들의 군주가 있었다.

군대가 모일수록 카셀은 희망보다 절망감이 깊어졌다. 전 대륙의 군대를 로크 한곳에 집결시켜도 모자랄 판이었다. 하지만 그런 거대한 일을 하려면 몇 달이 더 필요했다. 사신을 보내고 사정을 설명하고 설득을 해서 군대를 끌고 오려면 몇 년이 걸릴 수도 있었다.

'루에머스와 상의해 볼까? 아니야. 아마 걱정을 했으면 그가 더 걱정하고 있을 거야. 구체적인 방법도 없이 만나면 서로 부담만 될 뿐이지.'

그런 중에 생각지도 못한 군대가 북쪽에서 나타났다. 채 백여 명이 되지 않는 작은 군대였으나 민감해져 있는 로크의 군대를 자극하기에는 충분한 숫자였다. 기병대는 비상사태를 알렸고 성문은 굳게 닫혔다.

말을 타고 달려온 루에머스는 카셀을 보고 인사도 않고 물었다.

"무슨 일이지?"

"나도 모르오."

둘은 서로 양보하지 않고 계단을 달려 북쪽 성문의 망루에 올랐다. 북쪽에서 내려온 군대는 로크에 위협이 되지 않을 정도의 위치에서 멈췄다. 그쪽에서 보낸 사신이 커다란 깃발을 들고 성문 쪽으로 말을 달려오고 있었다. 카셀은 나직이 탄성을 질렀다.

깃발에 붉은 장미가 그려져 있었다.

◈ Chapter 9 ◈

붉은 장미의 여백작

하얀 연초 연기가 좁은 밀실 안에서 실처럼 가늘게 올라가 천장에 부딪쳐 흩어졌다. 루에머스는 가만히 그 연기 줄기를 추적하다가 길고 가는 금빛 파이프와 파이프를 물고 있는 매혹적인 붉은 입술을 바라보았다.

'나르베니를 떠올리게 하는군.'

나르베니가 수많은 의원들을 살해하고 사라진 후 루에머스는 즉시 조사에 착수했다. 데라둘이 지적한 대로 그녀는 많은 의회 의원들을 음란하게 꾀였다. 데라둘은 그녀가 집정관이 된 것부터 그런 내막이 있었다고 주장했고, 결정적 증거를 찾아내기 위해 지금까지 숨겨 왔다고 고백했다.

'아니, 나르베니보다 더 위험한 기분이 들어. 나르베니는 침대에 끌어들여 유혹하지만, 이 여자는 손짓 하나로 굴복시켜 버릴 것 같군.'

라틸다 쟌스테인.

카모르트에서 온 이 여백작은 붉은 머리카락에 붉은 드레스를 입고 도도한 걸음걸이로 주위 남자들의 시선을 모조리 빼앗았다. 그러나 결코 그들에게 눈길을 주는 법이 없었다. 그녀의 차가운 아름다움은 루에머스의 관심까지 끌었다. 물론 남자로서의 흥미가 아니라 인간으로서의 흥미였다.

루에머스는 이미 오래전 사랑했던 여자가 있었고 용기가 없어 말하지 못하다가 놓쳐 버린 경험이 있었다. 고백하면 그 순간 주위의 다른 남자들과 다를 게 없을 거라는 생각이 들어 말하지 못한 것이었다. 그리고 그 여자는 다른 남자를 사랑해 버렸고 로크를 떠났다. 그 후 그는 평범한 귀족답게 가문을 따져 결혼을 했으나 거기에 사랑은 없었다.

"캡틴 울프는 아직인가요?"

라틸다가 물었다. 루에머스는 그녀가 자신의 생각과 일치되는 타이밍으로 말을 꺼내자 자기도 모르게 웃어 버렸다.

"제가 우스운 말이라도?"

그녀가 의아하게 쳐다보자, 루에머스는 헛기침으로 얼버무리며 대답했다.

"아니오. 예전에 겪은 한심한 일이 생각나서. 여백작과 관계없는 일이오. 사과드리겠소. 캡틴 울프는 곧 올 거요."

그러면서 루에머스는 또 웃었다.

가넬로크의 의회 정치에서는 전통적으로 중요한 사안을 공개된 장소에서 논의했고 이런 밀실 회담은 지양했다. 그러나 갑작스레 찾아온 붉은 장미의 여백작은 사람 바글거리는 곳에서 하는 대화는 익숙하지 않으니 대표 한 사람하고만 얘기하고 싶다고 말했다. 그렇지 않아도 이런저런 일로 바쁜 의원들을 모두 소집하기가 여의치 않으니 루에머스도 찬성했다. 그런데 그녀는 거기에 한 가지 조건을 더 붙였다.

이건 두 나라 사이의 일이 아니니, 타국의 중요인사가 있다면 같이 참석하길 원한다는 것이었다. 다분히 캡틴 울프를 염두에 둔 발언이었다. 어떤 경로를 통해서인지 라틸다는 이 도시에 카셀이 있다는 사실을 알고 있는 것 같았다.

결국 루에머스는 그 조건까지 수락했다. 루에머스가 두 번째로 웃은 건 그 때문이었다.

그가 사랑하던 여인은 다른 곳으로 떠나고 겨우 잊어버릴 긴 세월이 지났다. 그러다 갑자기 자신의 심기를 건드리며 울프 기사단의 캡틴이 나타났다. 조사해 보니 그의 어머니가 바로 자신이 젊은 시절에 사랑했던 달리아였다.

루에머스는 자신의 목이 날아가는 한이 있어도 젊은 시절의 첫사랑을 입에 올릴 생각은 없었다. 대신 그때 에밀이라는 남자에게 찍소리도 못했던 복수를 그 아들에게나마 하고 있었다. 그러나 역시 그 아버지에 그 아들이었다.

말도 걸어 보지 못하고 다른 남자에게 줘 버려야 했던 첫사랑의 아들. 카셀 울프.

"늦었습니다."

문을 열고 나타난 카셀이 웃으며 인사했다.

루에머스는 땀 흘리며 다가오는 금발의 청년을 바라보며 생각했다.

'나중에 내가 원로 의원이 될 때쯤이면 또 그의 자식이 의회에 나타

나 나를 괴롭히려나? 그것도 이 싸움에서 살아남았을 때의 이야기지만.'

"늦었소."

루에머스는 조금도 화가 나지 않았지만 화난 목소리로 말했다. 그리고 라틸다와 앉아 있던 시간이 불편했었다는 듯 일어났다.

"공기가 답답하군. 정원으로 가는 게 어떻소? 미리 말해 뒀으니 지금쯤 정원은 비어 있을 거요."

두 사람은 루에머스의 제안에 순순히 따랐다.

둘은 정원까지 가는 동안 작은 목소리로 오랜만이라는 둥, 그사이 많이 성숙해졌다는 둥, 스스럼없는 인사말을 나누었다.

"로일은요?"

라틸다가 물었다.

"아직 루티아에 있습니다. 곧 올 거예요."

"무사한가요?"

"그럼요……. 아니, 사실은 잘 모릅니다. 직접 보지 못하고 왔거든요. 하지만 같이 싸우고 왔다는 제 친구 말에 따르면 건강하다고 합니다."

둘은 정원에 이를 때까지 루에머스를 안 보이는 사람 취급하며 대화에 열중했다.

'괜히 나오자고 했나?'

카셀의 경호원 노릇을 하는 제이메르와 라틸다의 호위병은 근처까지 따라왔다가 각각 두 사람의 손짓을 보더니 입구에서 멈췄다. 그리고 제이메르와 그 호위병들은 쓸데없는 눈싸움을 벌였다.

"얘길 듣자니, 국경 밖에 이천 명의 군대를 세워두었다면서요? 가넬로크가 어수선한 시기를 틈타 쳐들어오는 거라면 이미 늦었소만?"

루에머스는 대충 상황이 어떻게 돌아가고 있는지 짐작하고 물었다.

라틸다는 카셀과 얘기할 때와는 확연히 다른 차가운 어조로 답변했다.

"집정관께서는 농담도 잘하시는군요. 카모르트 왕실의 결정에 따른 정식 원군입니다. 알고 여쭤보시는 거겠죠?"

"알고 여쭈었소."

이런 농담을 하면 어지간한 배짱을 가진 의원도 루에머스 앞에서 기가 죽었다. 그러나 라틸다는 눈빛 하나 변하지 않았다. 그리고 카셀은 큰 소리로 웃어 버렸다.

루에머스는 다섯 살 때 병으로 죽은 자기 아들이 떠올라 경계했다.

'달리아의 아들이라니, 괜히 정이 가는 건가? 나도 참 허술하군. 더 차갑게 대해야겠어.'

라틸다가 말했다.

"카모르트가 10년 전 전쟁에서 직간접적으로 가넬로크의 도움을 많이 받았으니 갚을 때도 됐죠. 워낙 시안이 급한 일이다 보니 샤를 국왕 폐하의 사신이 올 시간도 부족해 군대를 이끌고 직접 올 수밖에 없었습니다."

"정말 중요한 순간에 너무나도 반가운 원군이오. 그런데 어떻게 이런 일이 있을 것을 아셨소? 하늘 산맥에서 괴물들이 오고 있고 그게 세상을 무너트릴 악마의 군대라는 것은 바로 얼마 전까지 우리도 모르는 사실이었소. 캡틴 울프가 말해 줬는데도 믿기 힘들었을 정도로."

"의회가 캡틴 울프를 통해 알았듯 저도 '어떤 경로'로 알게 된 것뿐이에요."

"저 정도 군대를 여기까지 이동시키려면 적어도 한 달 전부터 준비했어야 했는데 그때는 로크에 아무 일도 없었소. 징조조차 없었소. 그런데 미리 가넬로크로 보낼 군대를 편성했다? 미안하지만, 그 경로라는 것을 의심하지 않을 수가 없소. 로크의 총사령관 자격으로 묻는 거요."

루에머스는 날카로운 어조로 말했다.

"맞아요. 군을 편성하고 여기까지 오는데 딱 한 달 정도 걸렸죠."

"그렇게나 빨리?"

"네."

"그래서 어떤 경로로 알았는지는 말해 줄 수 없다?"

"그걸 말하지 않으면 카모르트의 원군을 쫓아내실 건가요?"

노골적으로 숨기려 드니 묻기도 힘들었다. 그리고 옆에 카셀이 있어 함부로 몰아세울 수도 없었다.

"물론 환영이오. 그러나 그 군대를 로크에 들일 수는 없소."

"들일 수 없다니요? 내가 제대로 들은 게 맞나요?"

속눈썹을 길게 세운 라틸다의 눈이 살짝 치켜 올라갔다. 카셀도 놀랐다가 금방 이해하는 표정으로 돌아갔다.

'이 녀석은 뭐든 빨리 이해하고 눈치가 빠르군. 기분 나쁠 정도야.'

루에머스는 또 한 번 과거의 순간이 떠올랐고, 복잡한 감정에 마음이 흔들렸다.

"이 정원이 그리 마음에 들지 않는 모양이군. 장소를 옮기는 게 좋겠소."

루에머스의 말에 라틸다는 고개를 갸웃했다.

"아니에요. 좋은걸요."

"카모르트 왕실에도 여기에 필적하는 천상의 정원이 있다고 들었소. 굳이 칭찬할 필요는 없소. 그리고 여백작께서 직접 전투 준비 상황을 보는 것도 나쁘지 않을 거요."

"내가 봐야 뭘 아나요?"

라틸다는 겸손하게 말했다.

"그래도 봐 주시오. 상황을 설명할 말재간이 없으니 직접 보여 드릴 수밖에 없음을 양해하시오."

셋은 마차를 타고 로크의 남쪽으로 달렸다. 제이메르와 다른 병사들은 말을 타고 마차를 따라왔다.

마차를 타고 가는 사이 둘은 루에머스를 배제하고 또 자기들끼리 떠들었다. 하지만 이번 얘기는 단순한 잡담이 아닌, 꽤 들어둘 만한 카모르트의 최신 소식이었다.

"원래 내가 아닌 왕실 기사단을 직접 보낼 예정이었습니다. 그러나 아시다시피 현재 캡틴 데이릭은 왕실 복구에 전력을 다하느라 움직일 여유가 없었죠. 코홀룬의 고디머 백작도 수호 가문으로서 복구에 관련된 재정적 후원을 대느라 정신이 없고요. 그래서 내가 이런 몸으로 직접 나설 수밖에 없었죠."

"캡틴 데이릭, 고디머 백작…… 그리 긴 시간이 흐른 것도 아닌데, 벌써 그 이름이 그립게 들리는군요. 그런데 덴모주도 영주가 자리를 비울 정도로 여유가 있는 건 아니지 않나요?"

"나의 아버지가 왕실에 진 빚을 갚아야죠. 전투가 끝난 후 남은 군대를 모아 보니 그 정도는 되더군요. 덴모주의 자잘한 경비는 레앙의 군대가 보조해 주기로 했고요."

"검은 사자 백작의 후계자라면 다 죽은 걸로……?"

"첫째 아들이 남아있어요. 아버지와 달리 심약하기 그지없지만 적어도 죄책감이 뭔지는 아는…… 아, 저런. 재미없는 이야기였죠, 집정관?"

루에머스는 시큰둥하니 대꾸했다.

"대충 뤼미에르 백작이 무슨 일을 했고 어떤 사건이 벌어졌는지는 알고 있었소. 당사자로부터 자세한 내막을 듣게 되니 재미없지는 않소."

카셀은 어딘지 쓸쓸해 보이는 눈동자로 라틸다에게 말했다.

"카모르트에도 많은 일이 있었군요."

"아주 많은 일이 있었지요."

라틸다는 외로워하는 목소리로 말했다.

루에머스는 거기에서 한 번 더 의심했다.

'더 얘기해야 했는데, 내가 있어서 뭔가를 숨기고 있군. 농담처럼 말했지만 상황이 이렇지 않다면 진짜로 쳐들어올 욕심이라고 오해하겠어.'

그들이 도착한 곳은 아로크의 탑이었다.

카셀은 라틸다에게 열심히 아로크의 탑이 두 개의 탑을 어떤 식으로 작동시키는지, 어떻게 로크를 수비할 것인지 설명하느라 바빴다. 루에머스는 세금만 뜯어먹고 사는 그랜드 로크의 마법사 늙은이들을 마침내 써먹을 수 있게 된 것이 반가울 따름이었다.

"상황을 모두 보셨고 탑에 대한 설명도 모두 들었으니 내가 덧붙일 말은 하나요. 카모르트의 군대는 그 두 개의 탑을 지키는 싸움을 해 주시오. 로크에 들어오는 일 없이. 당연히 모든 원조는 철저히 해 드리겠소."

라틸다는 루에머스의 설명을 금방 이해했다.

"흐음, 외국의 군대를 자국의 성안에 끌어들이고 싶지는 않다 이거죠?"

"그렇소. 역사적으로 '그런 일'은 수없이 일어나지 않았소?"

"카모르트의 귀족들끼리도 그런 치졸한 싸움을 짜증 날 정도로 많이 했었죠. 더구나 나의 아버지조차 노르만트를 놓고 비슷한 작전을 써먹으려고 했으니까. 이해해요."

라틸다는 주저 없이 말했다.

'대단한 여자군. 여자라고 얕볼 생각은 없었지만, 나도 모르게 얕보고 있었던 모양이야.'

루에머스는 속으로만 그런 생각을 하고, 역시나 겉으로는 아무렇지도 않게 대꾸했다.

"이해해 줘서 고맙소."

"하지만 두 가지를 약속하셔야겠어요."

"들어 봅시다."

"하나는 내가 묵을 숙소는 아주 편하고 독립적이어야 한다는 점."

"이미 준비 중이오. 레이디마저 막사에 지내게 할 생각은 손톱만큼도 없었소."

"그러시군요."

라틸다는 꼭 어른이 아이를 칭찬하는 말투로 말했다. 복잡한 마음이 들게 만드는 미소까지 곁들이며.

"다른 하나는?"

"또 한 번의 동맹을 준비하셔야 한다는 점이에요."

"카모르트에서 다른 원군이 또 있소?"

"이로피스예요."

루에머스는 잠시 그녀의 말을 곱씹어 보다가 고개를 저었다.

"이로피스에 지금 가장 빠른 파발을 보내어 가장 빨리 원군을 보낸다 해도 한 달 이상은 걸리오. 하지만 적은 열흘 거리 안에 있소. 물론 이 소식을 이로피스에도 보낼 테지만 원군을 기대하는 건 아니오."

"맞아요. 한 달."

라틸다는 아무렇지도 않게 말을 이었다.

"그래서 한 달 전에 미리 원군을 요청했어요. 로크로 보낼 원군을 샤를 국왕께 요청할 때 동시에."

"어떻게?"

루에머스는 너무 놀란 나머지 예의도 잊고 소리쳤다.

"어떻게라니, 어떤 부분에 대한 질문인지 전혀 모르겠는데요."

라틸다는 붉은 머리카락을 귀 뒤로 넘기며 말했다.

"내 말은……."

루에머스도 '어떻게?'라는 질문에 너무 많은 뜻을 담았음을 깨달았다. 어떻게 로크의 일을 미리 내다보고 이로피스에게 동맹을 요청했는가. 어떻게 설득했는가. 어떻게 이 모든 일을 한꺼번에 추진할 수가 있었는가.

루에머스는 그중 하나만 물었다.

"……어떻게 이로피스까지 끌어들일 발상을 떠올렸냐는 거요."

"글쎄요. 어찌하다 보니 그렇게 되었습니다. 딱히 깊은 생각을 하지는 않았어요."

루에머스는 속으로만 소리쳤다. 대체 어디까지 알고 있는 건가!

"내 설득이 통했다면 열흘 안에 올 것입니다. 아무래도 거리상으로 가까워 내가 더 일찍 도착했을 뿐이지요."

카셀은 뭔가 알고 있는 눈치였다. 허리를 반듯하게 세우고 탑을 바라보는 나이 어린 두 남녀를 보고 루에머스는 두려움이 일었다. 둘 다 스물다섯도 안 되는 나이에, 한 명은 기사단의 캡틴이 되어 하늘 산맥의 원군을 데리고 나타났고 한 명은 여백작이라는 지위로 세 나라의 연합을 이끌어 냈다.

'어떻게?'

질문을 하나로 압축할 수 없어 루에머스는 아무것도 묻지 못했다.

아로크의 탑 주위에는 그랜드 로크의 마법사들과 마법 학교 학생들이 잔뜩 있었지만 루에머스가 바로 옆에 있는 것도 못 알아보고 있었다. 평소라면 마차만 근처에 와도 줄을 지어 인사할 정도였는데 지금은 다들 무거운 짐을 지고 나르느라 바빠 정신이 없었다. 걷기도 귀찮아하는 게으름뱅이들이 웬일로 이리 열심인가 하며 자세히 봤더니, 일꾼들 사이에서 루티아의 마스터인 타냐가 손수 남자도 들기 어려운 나무와 돌을 지고 옮기고 있었다. 그러니 당연히 다른 사람들은 손을 놓고 구경할 수가 없게 된 것이다. 마법사라고 으스대던 약골들이 땀을 뻘뻘 흘리고 있으니 루에머스는 속이 다 시원했다. 곧 그랜드 로크의 의장과 타냐가 세 사람을 발견하고 다가왔다.

천 년 전 전쟁에서도 이 탑이 쓰였다고 했다. 그때는 한쪽 탑이 무너져 패배했지만 지금은 결코 무너지지 않아야 했다. 10년 전 전쟁과는 다른, 기분 좋은 흐름이 느껴졌다. 가넬로크, 아란티아, 카모르트, 이로피스, 네 나라가 연합했고, 루티아의 힘이 로크를 보호하고 있다…….

그리고 그 중심에는 카셀이 있었다. 엄밀히 말해 카셀이 한 일은 아무것도 없었다. 그러나 카셀이 없으면 일어나지 않을 일이기도 했다.

'달리아. 당신의 아들이 로크를 지키러 왔군. 내가 사실은 이 아이가 얼마나 반가웠는지 고백해 버리면 난 얼마나 엉뚱한 녀석이 될까? 그때도 그랬고 지금도 그렇지만 난 주변의 시선이 두려워 늘 본심을 숨기고 진심을 말하지 못하는군.'

처음 결심대로 루에머스는 침묵했다. 자신의 추억으로만 남기고, 카셀에게는 그저 신경질적이고 보수적인 권력자가 되기로…….

"레이디 라틸다?"

타냐는 라틸다를 보더니 먼저 손을 내밀어 악수를 청했다. 라틸다가 손을 잡으며 물었다.

"루티아의 마법사신가요?"

"그렇습니다."

타냐는 대답하더니 악수한 손을 놓지 않고 옆에 붙어 서 있는 카셀을 뒤로 밀었다. 갑자기 타냐의 주위로 하얀 냉기가 피어올랐다. 라틸다는 깜짝 놀라며 타냐의 손을 놓으려 했으나 그러지 못했다.

“무슨 짓이오, 마스터 타냐?”

루에머스가 소리쳤다.

“죄송합니다만 루에머스 집정관. 다가오지 마십시오.”

타냐가 경고했다. 루에머스는 세 걸음이나 떨어져 있는데도 손가락이 얼어붙는 냉기에 놀라 물러섰다. 타냐는 계속해서 라틸다에게 말했다.

“지금부터 하는 질문에 솔직하게 대답해 주십시오, 레이디 라틸다! 카모르트의 소중한 원군을 해치고 싶지 않습니다.”

“내가 왜 이런 악의에 찬 공격을 받아야 하는지 모르겠군요. 무슨 질문이든…… 하시죠!”

한여름인데도 라틸다의 입에서 하얀 입김이 새어 나오고 있었다.

“최근 죽은 적이 있었습니까?”

타냐가 물었다. 루에머스는 이게 무슨 엉뚱하고도 멍청한 질문인가 싶어 카셀을 돌아보았다. 이 자리에서 타냐를 막을 수 있다면 그건 카셀뿐이었다. 그러나 카셀은 그걸 농담으로 여기지도 않고, 타냐를 말리지도 않았다.

타냐의 긴 머리카락이 펄럭였고 발 주위로 고드름 같은 긴 얼음송곳이 라틸다의 주위를 에워싸기 시작했다. 라틸다가 공포에 질려 소리쳤다.

“이게 무슨 짓이에요?”

“다시 묻습니다. 누차 경고하건대 대답하지 않으면 또 한 번 죽게 될 겁니다. 죽은 적이 있습니까?”

라틸다의 붉은 입술이 파랗게 질렸다. 생기 넘치는 붉은 머리카락이 하얗게 얼어붙기 시작했다.

"당신 질문에 이미 대답이 있군요. 그래요. 죽은 적이 있었습니다. 다시 죽고 싶었지만 생에 미련을 두고 죽지 못하고 있지요."

"그 후 죽지 않는 자들의 군주를 만난 적이 있습니까?"

"그게 누군지 몰라요."

"아니요, 모르지 않을 겁니다! 말해요. 여기에는 어떻게 왔죠?"

타냐는 악수한 손을 놓지 않고 소리쳤다. 라틸다는 부들부들 떨면서도 노려보는 시선을 거두지 않았다.

검은 머리와 함께 타냐의 옷이 펄럭였고 라틸다의 드레스도 격한 바람에 펄럭거려 종아리와 허벅지가 드러났다. 바닥이 얼어붙었고 찬 바람이 세차게 몰아쳤다. 어째서인지 라틸다는 루에머스를 돌아보았다. 도움을 청하는 건가 싶었지만, 타냐 앞에서 로크의 집정관이라는 지위는 아무 소용이 없었다.

"꿈을 꿨습니다."

라틸다가 말했다.

"무슨 꿈이었죠?"

타냐가 물었다.

"로크에 있는 어떤 탑이 무너지는 꿈."

"그 꿈을 보고 원군을?"

"맞아요."

루에머스는 질려서 말도 나오지 않았다.

'지금 저 여자, 자기가 꾼 꿈을 근거로 원군을 데려왔다는 건가? 그

것도 다른 나라까지 끼어들게 하고? 어떤 경로라는 게 저거였어? 말하지 않은 이유가 있었군!'

타냐는 마법을 거두지 않고 물었다.

"꿈에서 당신은 어떤 존재였죠?"

라틸다는 주저했다.

"그것까지 말해 줄 수는 없어요."

"말하지 않으면……."

"적어도 단둘이 말해요!"

라틸다는 비명을 지르듯 말했다. 타냐는 잠시 그 상태로 라틸다를 노려보다가 손을 놓아주었다. 냉기는 사라지고 얼음송곳도 거짓말처럼 없어졌다. 라틸다는 양어깨를 움켜쥐고 바닥에 털썩 주저앉았다. 마법은 사라졌으나 타냐의 시선은 아직도 차가웠다.

"루에머스 집정관, 저는 잠시 이분을 어디로 좀 모셔가야겠습니다. 그래도 되겠습니까?"

타냐가 물었다. 말도 못 꺼내는 루에머스보다 추위에 덜덜 떠는 라틸다가 먼저 대답했다.

"좋아요. 따라가죠."

파랗게 질린 입술에 머리카락과 옷이 습기에 젖었지만 라틸다의 눈빛은 전혀 죽지 않았다. 마법이 아직도 사라지지 않는 듯 보였다. 라틸다는 도전적으로 말했다.

"내 군대의 운영권은 루에머스 집정관에게 맡기죠. 이대로 따라갔다가 내가 죽거든 향후 나의 군대는 알아서 하시길."

라틸다와 타냐는 대답을 구하듯 동시에 루에머스를 돌아보았다. 두 여자가 뚫어지게 쳐다보니 어째 선택의 여지라고는 없는 기분이 들었다.

“알았소.”

“가죠. 하지만 잠시 당신 연인의 어깨를 좀 빌려야겠군요.”

라틸다는 카셀에게 손을 내밀었다.

“부축이라면 제가 해 드리죠.”

타냐가 손을 내밀었으나 라틸다는 거부했다.

“또 무슨 짓을 당할 줄 알고 내가 당신 손을 잡아야 하죠?”

타냐는 짧게 콧김을 내뱉더니 카셀에게 말했다.

“부탁해요, 카셀.”

카셀은 하는 수 없이 라틸다의 손을 잡았고 그녀는 힘겹게 기대었다. 타냐는 잠시 둘을 노려보더니 몸을 홱 돌려 걸어갔다. 카셀도 그녀를 따라 걸었다. 루에머스는 어찌할 바를 몰라 뒤에서 소리쳤다.

“어디로 데려가는 거요?”

당연히 타냐가 대답해야 할 질문에, 카셀이 대답했다.

“분노의 탑!”

마차에 라틸다가 타고 타냐와 카셀도 탔다. 제이가 그들에게 다가가 물었다.

“따라갈까?”

“아니, 괜찮아.”

카셀이 대답했다. 제이는 어깨를 으쓱하며 마차에서 물러났다. 마차는 곧장 로크의 북쪽으로 달려갔다.

루에머스는 속삭이는 목소리로 리펜다스 의장에게 물었다.

"마스터 타냐가 왜 저러는 거요?"

리펜다스 의장도 뒤늦게 짐작한 듯 속삭였다.

"아마 저 여백작을 다른 곳에 쓸 모양입니다."

"다른 곳?"

모르는 일투성이였다. 라틸다의 꿈 얘기도 그렇고, 꿈을 통해 원군을 데려왔다는 말도 그렇고, 라틸다가 꿈속에서 어떤 존재였는지 묻는 타냐의 질문도 이상했다. 동시에 불안했다. 마법에 대해 전혀 모르는 루에머스였지만, 방금 타냐가 라틸다를 위협할 때 자신의 목숨을 걸었다는 건 알았다.

칼도 없고 마법도 모르는 여자를 상대로 루티아의 마스터가 전력을 다해 싸울 준비를 했던 것이다. 루에머스는 방금 자신의 앞에서 무슨 일이 벌어졌는지 이해할 수가 없었다. 그리고 앞으로 벌어질 일에 대해 자신감을 잃었다.

라틸다는 아직도 추위에 떨면서 마차의 맞은편에 앉은 타냐를 노려보고 있었다. 하지만 진심으로 분노를 담은 건 아니었다. 타냐가 너무나도 무섭기에 그 감정을 감추고 싶어서였다.

그걸 아는지 타냐는 라틸다의 쏘아보는 시선에 전혀 개의치 않고 선생이 강의하듯 말했다.

"당신의 몸에 암흑의 힘이 흐르고 있습니다. 그것도 꺼내 보이는 것만으로 주위에 있는 생명체를 모조리 죽일 수 있는 수준이지요."

라틸다는 카셀이 벗어 준 웃옷으로 어깨를 덮었지만, 아직도 추위가 가시지 않았다. 그래서 창피하게도 목소리가 계속 떨렸다.

"내가 그 정도로 위험한 존재인지는 몰랐군요."

"아직 그 힘을 쓸 줄 모르니까요."

"그럼 아까 그냥 그대로 얼려버리지 그러셨어요?"

"그러고도 싶군요. 단지 죽지 않는 자들의 군주가 신호를 보내는 것만으로 당신은 괴물로 변할 수도 있습니다. 솔직히 '이 문제'만 아니라면 당신을 카모르트로 돌려보내고 싶을 정도입니다."

옆에서 둘의 눈치를 보던 카셀이 조심스럽게 물었다.

"라틸다가 나르베니처럼 된다는 뜻인가요?"

타냐는 고개를 저었다.

"다릅니다. 나르베니는 이미 죽은 채로 움직이고 있고 완벽하게 죽지 않는 자들의 군주에게 종속되어 있죠. 여왕벌과 일벌처럼요. 그러나 이분은 자기가 몸을 통제하고 있습니다. 즉, 살아 있습니다."

라틸다는 콧김을 푹 내뱉었다.

"내가 아직 살아 있다니! 그거 아주 다행스럽군요. 분석 고마워요, 마스터 타냐."

"아까 어째서 카셀을 제 연인이라고 말한 거죠? 어떻게 알고 계셨습니까?"

"그것도 다 꿈에서 봤어요."

"비아냥거리지 마십시오."

잠시 누그러지는 것처럼 보이던 타냐가 다시 무섭게 쏘아보았다.

라틸다는 더 이상의 감정싸움을 포기했다. 감정적으로도, 체력적으로도 지쳤다. 그녀는 가넬로크의 국경을 통과하는 시점부터 계속 로크의 가장 좋은 침대는 내 차지야! 하는 마음으로 쉬지 않고 달려왔던 터라, 연이어 진행되는 이 상황을 견딜 수가 없었다.

"……그냥 눈치로 알았어요. 캡틴 카셀쯤 되는 남자가 감정을 무너뜨리고 쳐다볼 여자라면 당연히 연인밖에 없다고 생각했죠! 대답이 됐나요?"

타냐는 카셀을 힐끔 쳐다보았다. 카셀은 멀뚱히 눈만 깜빡거렸다. 둘의 그 짧은 시선 교환만 봐도 라틸다는 둘이 어떤 관계인지 알아볼 수 있었다.

"이제 말해 줘도 되지 않나요? 날 어디로, 왜 데려가는지."

라틸다는 여전히 긴장된 목소리로 물었다.

"분노의 탑입니다. 거기서 해주셔야 할 일이 있습니다."

"강요인가요?"

"부탁이라고 해도 좋아요."

"부탁하는 사람의 자세 같진 않은데요."

"부탁하는 사람의 자세를 보이기 전에 먼저 설명부터 드리지요. 천 년 전에 로크에서 전쟁이 있었습니다. 지금처럼 인간의 운명을 건 거대한 전쟁이었죠."

타냐는 변함없이 딱딱한 어조로 설명했다.

"그 당시 악마의 마법에 대항하기 위해 축복의 탑에 빛의 마법사 백 명, 분노의 탑에 어둠의 마법사 백 명이 집결했습니다. 하지만 축복의 탑이 구아닐에게 무너지는 순간 마법의 방벽이 깨지고, 분노의 탑에 있던 마법사들이 모조리 악의 편으로 물들어 버렸습니다. 자기 의지와는 상관없이! 그리고 로크를 가장 사랑했던 마법사 백 명은 그대로 로크를 불태우는 악마의 군단이 되어버렸습니다. 그때 만약 두 개의 탑이 버텼다면, 그런 비극은 일어나지 않았을 겁니다. 그런데 지금은 아예 분노의 탑을 지탱해 줄 마법사가 없습니다. 그리고 당신에게는 그 힘이 있지요."

"이제 알았어요. 나더러 분노의 탑으로 가서 어둠의 마법사 백 명 중 한 명 노릇을 하라는 거죠?"

라틸다는 지친 목소리로 말을 이었다.

"그럼 더 이상 부탁하실 필요 없겠군요. 난 얼마 전까지 마법이라고는 구경조차 못해 봤어요. 지금도 장작개비에 불씨 하나도 못 붙이고요."

"마법이란 학문처럼 차근차근 배우는 게 아닙니다. 계기죠. 전 저보다 세 배를 더 산 마법사들보다 더 강합니다. 그리고 이 마법은 어느 한순간에 얻었고요. 당신도 마찬가지입니다."

"못 믿겠어요."

"곧 믿게 될 겁니다. 그리고 백 명 중 한 명이 되라고 하지 않았습니다. 라틸다 혼자서 백 명의 역할을 하게 될 것입니다."

"네?"

"그 설명은 나중에 하죠. 꿈 얘기부터 해 주세요. 로크에 있는 어떤 탑이 무너지는 광경을 볼 때 당신은 무엇을 하고 있었지요? 단둘이 있을 때라고 했지만, 카셀은 껴도 되는 거겠죠?"

"내 꿈을 믿어 주시는 건가요?"

"믿고말고요! 당신에게 무슨 일이 있었는지는 카셀에게 들어 잘 알고 있습니다. 그리고 당신은 제가 보자마자 어둠의 힘을 느꼈을 정도로 강력한 마법사입니다. 로크의 탑을 이용하는 방어 마법은 저도 극히 최근에 알았던 방법입니다. 그런데 당신은 한 달 전에 봤다고 했죠. 어떻게 믿지 않을 수가 있겠습니까?"

라틸다는 씁쓸한 눈동자로 카셀을 돌아보았다. 그는 어색하게 웃으며 물었다.

"루에머스 집정관 앞에서는 할 수 없는 얘기였군요?"

"창피한 얘기가 될 테니까요."

"이해합니다. 저라도 꿈 얘기는 못 했을 겁니다."

카셀의 위로에 이어 타냐가 또 질문을 하려 하자, 라틸다는 한발 앞서 말했다.

"그 꿈에서 난 암흑 군단의 지휘관 같은 존재가 되어 있었어요. 무서운 꿈이었죠. 제가 명령을 내리는 검은 드래곤이 인간의 군대를 짓밟는 그런……. 난 비명을 질렀어요. 멈추라고 말하고 싶었지만 그러지도 못했죠. 아버지가 겪은 일이 나한테도 벌어질까 봐 무서워서."

라틸다는 잠시 가슴에 손을 올리고 힘들어했다. 카셀이 조용히 그녀의 어깨에 손을 올리고 말했다.

"저, 힘들면 지금 당장 말씀하시지 않아도……."

"아니요! 지금 들어야 해요."

타냐가 싸늘한 목소리로 말했다. 카셀은 하는 수 없이 라틸다의 어깨에서 손을 뗐다. 라틸다는 괜찮다고 말하며 얘기를 이어갔다.

"탑이 무너지고 난 그토록 잊어버리려고 애쓰던 말을 내뱉었어요. '모든 것이 나의 뜻대로 되게 하라.' 그 뒤는 기억나지 않아요. 그게 내가 사악한 암흑의 군주가 되어 세상을 파멸시킬 그런 존재가 될 예지몽이였다면 여기 오지 않았을 거예요. 일부러라도 오지 않았겠죠. 하지만 깨기 직전에 아버지의 목소리가 들렸어요. 내가 가야 한대요. 여기 있어야 한대요. 그래서 온 거예요."

"죽은 아버지의 말을? 하지만 당신 아버지는 암흑의 힘에 노출되어……."

"마지막 순간에는 아니었어요!"

라틸다는 타냐의 말을 끊으며 소리쳤다.

"마지막 순간에는 누구보다 날 사랑하는 아버지로 돌아오셨어요. 검은 기사가 아닌 아버지는 달라요. 난 아버지를 믿어요."

라틸다는 자기도 모르게 흘린 눈물을 서둘러 닦았다. 타냐는 못 본 척해주는 듯, 마차 밖을 내다보며 말했다.

"일단 당신이 탑을 작동시킬 수 있는지 봅시다."

마차가 멈췄다. 타냐는 먼저 마차에서 나가며 말했다.

"그게 안 되면 애초에 모든 얘기가 의미 없을 테니까."

"안 되는 게 당연하죠. 아까도 말했지만 난 마법 같은 거 몰라요."

"어디 그런지 봅시다."

분노의 탑은 피라미드처럼 아래가 넓고 위로 갈수록 점점 좁아지는 형태를 가진 건축물이었다. 탑의 중간 부분이 한 번 뒤틀려 있어 옆에서 보기에도 불안한 이 건물이 천 년이나 무너지지 않았다는 게 라틸다는 신기했다.

타냐와 라틸다, 카셀은 탑 꼭대기에 올라가 있었다. 라틸다는 아직 설명도 제대로 듣지 못하고 타냐가 시키는 대로 방 중앙에 앉았다.

"뭘 해야 하죠? 주문이라도 외울까요?"

라틸다가 물었다.

"앉아 있어요. 그게 다예요. 당신의 힘을 끌어내는 건 제 일입니다."

타냐는 라틸다의 어깨에 살짝 손을 얹었다.

바닥이 흔들렸다. 이 높은 탑의 꼭대기 방에 앉아있는데 천장에서 돌먼지까지 떨어질 정도로 흔들리니, 불안하기 짝이 없었다. 옆에서 카셀이 '어제보다 더 흔들리네요.'라고 중얼거리며 불안감을 가중시키니, 라틸다는 참지 못하고 입을 열었다.

"역시 안 되죠? 그러니까 내가 말했……."

"잠시만."

타냐는 천장을 쳐다보며 입술에 손을 댔다. 잠시 후 그녀는 허공을 응시하며 감탄했다.

"기대 이상이군요. 이 정도면 오히려 축복의 탑에 있는 그랜드 로크 마법사 백 명이 먼저 지쳐 나가떨어지겠는걸요."

"그럴 리가! 난 지금 아무 느낌도 없어요! 딱히 힘이 빠져나간다거나 그런 것도 없이."

"그건 당연합니다. 그래서 대단한 것이기도 하고요. 이 상태라면 한 시간쯤 후에야 직접적으로 피로가 느껴질 테죠."

"그게 어느 정도인지 조금도 실감 나지 않는군요."

"당신에게 어떤 계기가 주어진다면 저와 맞먹는 힘을 발산할 수도 있어요."

옆에서 카셀이 놀라며 물었다.

"검술로 비유하자면, 방금 칼을 들었는데 로일과 맞상대할 수 있다는 건가요?"

"그다음부터는 경험이죠. 마법이란 그런 거예요."

라틸다는 전혀 믿지 않았다. 하지만 타냐는 놀란 얼굴 그대로 말했다.

"하지만 불행히도 라틸다의 마법은 저와 같은 방식이군요. 당신이 진짜 힘을 쓰면 생명을 퍼다 쓰는 형태가 될 겁니다. 만약 그런 순간이 오게 된다면 반드시 이 말을 기억하십시오. 너무 많이 사용하면 죽을 수도 있다!"

"다행이군요. 많이 사용하고 싶어도 사용할 방법을 모를 테니까."

라틸다는 여전히 비꼬는 목소리로 말했지만 타냐는 계속 허공만 주시하며 듣지 않았다. 카셀이 조심스럽게 말을 걸었다.

"좀 흥분한 것 같아요, 타냐."

"그럴 수밖에요. 어제부터 계속 연구하던 문제의 답이 갑자기 나타나 버렸잖아요……."

타냐는 라틸다의 어깨에서 손을 떼며 말을 이었다.

"좋아요. 됐어요. 저는 아직 이 탑에 있어야겠으니 카셀은 그랜드 로크로 가서 이 탑을 작동시킬 수 있게 되었다고 알려주세요. 아마 리펜다스 의장이 직접 오거나 다른 마법사들이 올 겁니다. 가는 길에 여백작님도 모셔다드리세요. 먼저 실례할게요."

타냐는 로브를 펄럭이며 계단을 휙 내려갔다. 카셀과 라틸다는 조금 얼떨떨한 마음으로 탑에서 내려와 마차에 탔다. 이동하는 마차 안에서 라틸다는 한숨을 내쉬었다.

“무서운 여자를 옆에 두고 계시는군요, 캡틴 울프. 하긴, 당신 동행은 항상 그렇겠지만요.”

카셀은 괜히 말을 돌렸다.

“샤를 국왕 폐하께서는 괜찮으신지요.”

“적극적으로 국정에 참여하고 계시지요. 심지어 이번 원정에 자신이 직접 나서겠다는 엉뚱한 말을 하는 바람에 대신들이 말리느라 고생했다는 후문도 있었어요.”

“놀랍군요.”

“다들 그러더군요. 캡틴 울프가 국왕을 바꾸었다고.”

“전 농부의 아들일 뿐인데요, 카모르트에서는.”

“그런 신분과 형식을 중요시하는 사람이 없는 건 아니지요. 하지만 대부분은 당신이 아란티아에서 돌아와 고국인 카모르트를 위해 일해 주길 원하고 있어요. 어떠신가요?”

“뭐가요?”

라틸다는 재미있어하며 말했다.

“난 지금 국왕이 직접 당신을 지목했다고 말하는 건데요. 당신처럼 눈치 빠른 사람이 그게 무슨 뜻인지 몰라서 묻는 건 아니겠지요?”

“그게, 뭐라고 해야 할지 잘…….”

카셀은 난처해하며 머리만 긁적였다.

“질문을 바꾸죠. 이번 일이 모두 끝나면 뭘 하실 건가요? 아란티아의 울프 기사단으로 돌아갈 건가요? 아니면 마스터 타냐를 따라 루티아로? 아니면 카모르트의 왕실로?”

"모르겠는데요."

"답변을 회피하시는 건가요?"

"아니요. 정말 생각해 본 적이 없어요."

마차는 다시 로크의 북쪽 성문을 통과해 시내로 들어섰다.

"타냐가 갑자기 공격한 건 대신 사과드릴게요."

"진짜 죽나 보다 했어요."

"신경이 날카로워요. 지금부터 싸워야 하는 상대가 워낙 커다란 존재라서요."

"내 아버지 같은 자인가요?"

라틸다는 자조적인 어조로 물었다. 카셀은 숨기지 않았다.

"그 이상의 존재입니다. 아마도 당신의 아버지를 그렇게 만든 존재겠지요."

"……그렇군요."

라틸다는 아직도 한기가 가시지 않아 몸을 떨었다. 그것이 타냐에게 당한 마법의 후유증인지, 마음속의 공포 때문인지 알 수 없었다.

"그러고 보니 내가 아는 하얀 늑대들은 한 명도 보이지 않는군요?"

"사정상 저만 먼저 오게 되었습니다. 나머지는 하늘 산맥의 일이 끝나면 뒤따라올 겁니다."

라틸다는 슬그머니 속마음을 드러내어 물었다.

"로일도 그때 함께 오는 거겠죠?"

"솔직히 저 역시 그저 너무 늦지 않길 바랄 따름이지, 정확히 언제가 될지는 몰라요. 하늘 산맥의 일이란 게 워낙 불확실한 면이 많아서요. 아, 물론 시간문제라는 거지, 로일한테는 아무 일 없을 거예요. 아마 여기 와 있는 라틸다를 보면 로일은 정말이지……."

카셀의 표정이 갑자기 굳었다. 라틸다는 로일이 없다는 것에 쓸쓸히 고개를 끄덕이다가 그의 표정이 하도 심각해서 물었다.

"무슨 걱정이라도?"

"어제부터 느꼈는데……, 전 여기 있을 필요가 없었네요?"

라틸다는 맥락 없는 그의 말을 알아들을 수가 없었다.

"필요가 없다니요? 카셀이 있어 줘서 난 편했는데요."

"그게 아니라……."

카셀은 빠르게 말을 이었다.

"로크의 군대를 루에머스 집정관이 소집했고, 카모르트에서 원군이 왔고, 이로피스에서도 곧 오겠죠?"

"아마도요."

"루티아의 원군을 타냐라고 치면 아란티아의 원군인 하얀 늑대들도 곧 올 테지요."

"네, 거의 모든 나라의 군대가 모이는 셈이네요."

"이제부터 이 군대는 죽지 않는 자들의 군주가 모은 군대와 맞설 거예요. 드래곤을 죽이는 드래곤과 생명을 농락하는 악마, 거기에 싸움밖에 모르는 포악한 괴물들을, 전투에 도가 튼 기사들이 이끌고 있는 군대죠. 그들을 상대로 제가 더 할 수 있는 일이 뭘까 계속 생각해 봤어요. 뭘 더 해야 하지? 뭘 더 준비해야 하는 걸까? 어제부터 따져봤는데, 아무것도 없어요. 전부터 어렴풋이 느꼈지만 라틸다가 오면서 확실해졌네요."

라틸다는 여전히 카셀의 말을 알아들을 수가 없었다.

"그게 무슨……?"

"제가 할 일은 모두를 모이게 하고, 이곳을 전장으로 만드는 것까지였어요."

카셀은 좋아하는 건지, 슬퍼하는 건지 알 수 없는 기묘한 표정으로 말을 이었다.

"로크에서 제가 할 일은 끝났어요."

"라이가 로크 경비대에 잡혀 감옥에 갇혀 있다더라."

라틸다를 데려다주고 왔더니, 제이가 카셀에게 엉뚱한 소식을 알려줬다.

"그건 무슨 말도 안 되는 소리야……?"

"나도 자세한 건 모르겠다. 로크 감옥 간수쯤 되는 녀석이 너한테 전해달라고 하고 가버렸어."

카셀은 그 길로 감옥으로 말을 타고 달려갔다. 워낙 경황이 없어 철창 안에 갇힌 라이를 발견하고도 카셀은 한동안 할 말을 찾지 못해 멍청히 서 있었다.

간수장은 라이가 때려눕힌 남자가 워낙 돈도 많고 의원들과 친분이 있는 상인이라 라이가 누군지 알면서도 형식상 잡아 둘 수밖에 없었다고 변명했다. 충분히 상황을 이해하므로 카셀은 간수장에게 괜찮다고 말했다. 간수장은 다행스러워하며 감옥 문을 열어 주었다. 라이는 문 여는 소리를 듣고도 고개를 돌리지 않았다.

"뭐, 저도 그 사람이 뻑하면 찾아와서 돈으로 사람 빼내는 것에 못마땅하던 차니 이번에는 제 권한으로 빼내 드리겠습니다. 애초에 규칙상이 감옥은 '사람'을 가두는 곳이지 요정을 가두는 곳은 아니니까 법적으로도 아무 문제없고요."

"고맙소. 헌데 구체적으로 무슨 일이 있었소?"

"이 요정을……."

"요정이 아니라 레미프라고 하오. 이름은 라이고."

요정이라는 호칭이 마음에 들지 않아 카셀은 즉각 수정했다.

"어, 그러니까 이 레미프를 고소한 사람의 말에 따르면…… '좋은 조건으로 스카우트하려는데 느닷없이 주먹을 날렸다.'고 하더군요. 당장 사형을 시켜야 한다고 난장판을 피우는 걸 겨우 설득해서 돌려보냈습니다. 이 레미프가 로크를 위해 일하고 있다는 것도 알고 캡틴 울프의 경호를 맡고 있다는 걸 알면서도 그러는 걸 보니, 어지간히 화가 나긴 한 모양입니다만……."

간수장은 더 작은 목소리로 덧붙였다.

"실은 우리가 잡은 게 아니라 이 레미프가 잡혀 준 거였습니다. 밧줄도 안 묶고 데려왔지요. 그냥 따라와 줍디다. 우리로서는 다행이었지요."

카셀과 제이는 철문 안으로 들어가 라이의 옆에 섰다. 카셀은 뒤돌아 앉아 있는 라이 옆에 쭈그리고 앉았다.

"처음 만났을 때랑 똑같네. 그렇지?"

비로소 라이는 고개를 돌렸다. 그의 아름다운 눈동자는 어둠 속에서도 빛이 났다.

"미안, 하다."

놀랍게도 라이는 사과부터 했다. 카셀은 빙그레 웃어 보였다.

"사과할 일은 아니야. 네가 이유 없이 그런 일을 했을 리가 없으니까. 대체 스카우트란 건 무슨 소리야?"

"돈, 준다고 했다. 구경거리, 되라고 했다. 그래서 때렸다."

밖에서 요란한 소리가 났다. 간수들이 말리는 소리와 누군가 악을 쓰는 소리도 났다. 카셀은 거기에 상관하지 않고 말했다.

"그때와 '같은 일'을 겪은 거구나."

"그렇다."

"잘했어, 그럼. 내 이름을 빌려주지. 그런 놈 또 나타나면 이빨을 다 뽑아 버려. 죽이지만 마."

제이가 웃으며 말했다.

"네 입에서 그런 말도 나오네?"

"친구의 명예가 더럽혀지는 것보다 내 입이 더러워지는 게 낫지."

간수장의 만류에도 불구하고 안으로 들어온 중년의 남자는 척 봐도 이번 사건의 피해자임을 보여 주고 있었다. 퉁퉁 부어오른 눈과 찢어진 눈썹에, 화가 잔뜩 난 작은 눈으로 그는 소리쳤다.

"캡틴 울프의 경호원이 이런 폭행 사건을 치르고도 그 명성이 무사할 줄 아시오? 책임 단단히 지셔야 할 거요."

제이는 팔짱을 끼고 카셀을 돌아보며 입 모양으로 물었다.

'어떻게 할까?'

라이는 말이 없었다.

카셀은 제이에게 손짓을 해 보인 다음, 그 남자에게 물었다.

"라이를 데려다가 뭘 하려고 했소?"

"출세시켜 주겠다고 했소! 그게 잘못인가? 하늘 산맥의 요정이 가진 아름다운 자태를 로크의 시민들에게 자랑할 기회를 주겠다고 했소. 명성과 돈! 그냥 그 말이 다요! 그의 외모를 나 나름의 방법으로 칭송한 것뿐인데, 그 대가가 이거요!"

그는 자신의 부은 얼굴을 가리키며 말했다.

"아아, 그러니까 쉽게 말해……, 캡틴 울프의 경호원을 구경거리로 만들려고 했다?"

카셀의 말에 그 남자는 움찔했다. 하지만 다시 목소리를 높여 말했다.

"단어 선택을 신중히 하시오! 나는 그런 뜻으로 제안을 한 게 아니었소. 무엇보다 그만큼의 보수는 내겠다고 했소."

"보수? 어, 더 이상해지는군. 내가 이런 쪽으로는 머리가 잘 안 돌아가서 잘 납득이 안 가는데, 그러니까 돈으로 내 경호원을 빼 가려 했다?"

카셀이 물었다. 남자는 물러서지 않았다.

"나는 이곳 의회와 밀접한 친분을 가지고 있소. 이런 식으로 나오면 아무리 당신이 울프 기사단의 캡틴이라도 곤란한 일을 당할 거요."

"곤란하게 해드려 미안하게 됐소. 그럼 당신과 친분이 있는 그 의원과 직접 상의하겠으니 부디 그분의 성함을 알려 주시오. 내가 워낙 가넬로크의 관습 같은 걸 몰라서 실례를 범한 것 같으니 나중에 따로 사과하리다. 아니, 아니지. 의원 얘기를 한 거라면 그렇게 쉽게 끝낼 일이 아니지 않소?"

카셀은 미소 띤 얼굴을 조금도 흩트리지 않고 계속 말했다. 그럴수록 남자의 얼굴은 공포로 물들어 갔다.

"이번 전쟁이 끝난 다음에 좀 더 자세히 얘기합시다. 로크의 운명, 나아가 대륙의 운명, 더 나아가 인간의 운명을 결정짓는 전쟁에서 가장 큰 역할을 맡고 있는 전사를 구경거리로 만들기 위해 돈을 제시했다는 말을 의회에서 해보자 그 말씀이신데, 이거 너무 조용히 수습하려 했군. 나도 이 일을 루에머스 집정관께 상의 드려 좀 더 일을 크게 벌이겠소. 당신도 최대한 일을 크게 벌여 날 곤란하게 만드시오. 부디 그래주시오. 그래야 내가 죄책감을 안 갖지."

간수장과 간수들은 나서지도 못하고 눈치만 보았다. 그 상인은 머뭇거리며 말을 잇지 못했다. 카셀은 말하다 보니 오히려 화를 참기가 어려웠다.

"나르베니한테 의원들이 살해당한 게 고작 며칠 전 일인데, 어떻게 의회 친분 운운하는 저딴 개소리를 늘어놓는 놈이 있을 수 있는 거지?"

이런 식으로 화를 낸다고 무거운 마음이 풀어지는 것도 아니고 라이가 받은 상처를 치유해 줄 수도 없었다. 이따위 일에 시간 빼앗기고 싶지도 않았다.

"제이메르, 이런 사람한테는 내 말이 안 먹힐 것 같아. 네 식대로 하는 게 좋겠다."

"내 식이 어떤 식인데?"

"보복할 엄두도 못 내게 하기?"

"내 경험상 보복을 못 하게 하는 제일 좋은 방법은 죽이는 거야."

제이의 말이 채 끝나기도 전에, 상인은 서둘러 말했다.

"보복할 생각 없소."

"있는 것 같으니까 하는 말이잖아."

제이는 그대로 상인을 끌고 밖으로 나갔다. 상인은 처음에는 협박하다가 그다음에는 사과하다가 나중에는 애원했다. 그 후 특별히 비명 같은 건 들리지 않았다.

카셀은 라이의 어깨에 손을 얹고 말했다.

"가자, 라이."

오랜만에 카셀, 라이, 제이메르, 타냐 네 사람이 모두 같이 저녁 식탁에 앉았다. 딱히 약속을 하지도 않았는데 타냐가 때마침 돌아왔고 또 지붕 위에 올라가서 혼자 시간을 보내던 라이도 돌아왔다. 제이도 우연찮게 식사 시간이 되자 돌아왔다. 혼자서 식사를 하게 될 줄 알았던 카셀은 기쁜 마음으로 그들을 맞이했다.

음식이 모두 준비되자 카셀은 포크를 들었다가 도로 내려놓았다. 셋의 시선이 모두 그에게 맞춰져 있었다. 그는 쉽게 할 말을 꺼내지 못하고 있었는데, 셋은 계속 기다려 주었다. 카셀은 이 정도까지 자기의 마음을 알아주는 친구들이 고마웠다. 어쩌면 그들도 같은 기분으로 그에게 고마워하고 있는지도 몰랐다.

"이런 소중한 자리를 앞으로 몇 번이나 가질지 모르겠지만……."

말문은 열었지만 딱히 멋진 연설을 준비한 건 아니었다. 카셀은 그저 웃으며 와인 잔을 들었다.

"……맛있게 먹자."

제이도 잔을 들었다.

"그래, 맛있게."

타냐도 잔을 들었고 한참 와인에 맛을 들이는 라이도 어색하게 인간의 문화를 따라 잔을 들었다.

잠깐 동안 넷은 전쟁에 관한 이야기는 일절 하지 않았고 앞으로 일어날 비극도 화제 삼지 않고 식사만 즐겼다. 라이는 오늘 겪은 일을 입에 올리지 않았고 카셀도 자신의 고민을 토로하지 않았다.

대신 카셀은 아버지와 농사를 하며 겪었던 이야기를 했다. 최근 긴장된 일을 끝없이 이어 가던 타냐가 몇 번이나 웃음을 터트렸고 타인의 이야기에 관심이 없는 라이는 두 번이나 농사일에 대해 질문을 했다.

제이는 현상범을 따라가다 겪은 이야기를 재미있게 해 보려다가 결국 어디 어디를 베어 죽였다는 걸로 얘기를 끝내는 바람에 타냐에게 핀잔을 들었다.

타냐도 혼자 대륙을 여행하다가 겪은 자잘한 얘기를 해 주었다. 왠지 외로웠다는 결말이 나올 것 같은 얘기였는데 중간에 급격히 수정했는지 과격한 범인 퇴치로 어정쩡하게 결말이 났다. 제이가 '나랑 다를 게 없잖아?'라는 말로 복수했다. 웬일로 타냐는 자신의 실수를 시인했고, 제이는 더 기분 나빠했다.

라이도 어린 시절 짝사랑했던 레미프에 대해 얘기했다. 한참 듣다 보니 그 짝사랑 상대가 '레미프 소녀'가 아닌, '레미프 소년'이었다는 것을 알고 카셀과 제이는 경악을 했다. 흥미롭게 얘기의 뒤를 재촉한 건 타냐뿐이었다. 타냐는 어느 쪽이 더 적극적이었는지를 규정하려고 노력했고, 라이는 무덤덤하게 설명했다. 카셀은 그녀가 저렇게 눈을 빛내는 순간을 처음 본 것 같았다.

라이의 얘기를 마지막으로 식사가 끝났다. 그리고 그것은 네 사람이 모두 함께 즐긴 마지막 저녁 식사가 되었다.

◈Chapter 10◈
두 남자의 약속

"최고의 자리에 오르면 만나는 걸로 하자, 그란돌. 그전까지는 연락도 하지 마!"

데라둘이 화라도 내듯 말했다.

"꼭 사귀던 여자한테 비겁한 이별 선언하는 것 같군. 내가 그리 싫었나, 데라둘?"

그란돌도 다르지 않은 어조로 대꾸했다.

"너랑 헤어지니 속이 다 시원하다. 절대 최고의 자리에 오르지 마라. 다시 만나기 싫으니까."

"그럼 나 혼자 오를 테니, 넌 자식아, 그냥 그쪽 기사단 설거지 담당이나 해라."

두 사람이 말하는 건 옆에서 보면 싸우는 것 같았다. 가끔 칼을 뽑기 직전까지 가는 바람에 주위에서 우르르 달려들어 말리기도 했다. 그러나 둘은 항상 그렇게 얘기했다. 데라둘은 속으로 헤어짐이 너무 아쉬워 울고 싶은 심정이었고, 그란돌도 다르지 않다는 걸 잘 알았다. 그래서 차라리 싸웠다. 그래야 이별의 아픔을 더는 것 같았다.

뒤도 돌아보지 않고 달리던 그란돌이 갑자기 말 머리를 돌렸다. 데라둘도 그가 말을 타고 달리면 돌아보지 않을 거라고 생각하고 뒷모습을 바라보고 있었다. 서로들 그렇게 생각한 나머지 눈을 마주치자 동시에 흠칫 놀랐다. 그란돌이 민망함을 감추기라도 하듯 짧게 말했다.

"죽지는 마라."

"너나 죽지 마."

데라둘도 창피함을 이기려고 그렇게 말했다. 사실은 잘 가라고 말하고 싶었다. 몸조심하라고 말하고 싶었다. 하지만 그런 말을 하면 지는 것 같았다. 그런 시절이었다. 그리고 2년이 흘러 그란돌에게서 편지가 왔다.

'나 오늘 하얀 늑대 됐다. 진짜로 이제부터는 누구한테도 안 질 것 같구나. 자리가 중요한 건 아니지만, 아무래도 내가 먼저 최고의 자리에 오른 모양이다.'

데라둘은 질투가 나 죽고 싶었다. 그 역시 누구 못지않게 노력했지만, 워낙 규정과 절차가 엄격한 드래곤 기사단인지라 실력만으로 직책이 올라가진 않았다. 하지만 데라둘은 태연하게 답장을 썼다.

'그 애기라면 네 엄마한테 가서 해라. 난 한 달 전에 이미 최고가 되었다. 당장 가서 널 한 손으로 박살 내고 네 오만함에 대해 몇 시간쯤 설교해주고 싶지만 바빠서 관둔다.'

바쁜 건 사실이었다. 마구간 청소하고 말 먹이고 선배들 심부름하느라.

1년쯤 뒤에 또 편지가 왔다.

'얼결에 여왕 수호기사 자리를 수락해 버렸다. 아직은 배우는 중이라며 거절했지만 여왕님이랑 스승님이 밀어붙이는 바람에. 되게 부담스럽다. 이거 어쩌냐? 수호기사 하면 평생 결혼도 못한대. 총각으로 죽게 생겼다.'

여왕 수호기사. 가넬로크의 기사들은 있는 줄도 모르는 자리였다. 하지만 데라둘은 아란티아 여왕의 옆을 지키는 자리가 얼마나 영광스러운 자리인지 잘 알고 있었다. 이제야 겨우 정식 기사가 된 데라둘은 혼자서 쭉쭉 치고 올라가는 친구의 모습을 보고 화가 났다. 그래서 아예 답장도 안 썼다. 그런 자신의 모습이 혐오스러워 더더욱 기술과 학업에 열중했다.

에밀 노이라는 청년이 저지른 사건의 여파로, 얼결에 캡틴 자리를 물려받은 후에야 데라둘은 편지를 썼다.

'미안하다. 그때는 질투가 났었다. 늦었지만 축하한다. 너는 아란티아에서 가장 훌륭한 기사가 될 거야.'

그것은 처음으로 그란돌에게 진심을 내보인 문장이었다. 이런 편지를 보내는 것 자체가 창피했지만 나이 들어 그게 뭔 상관이냐 싶었다. 하지만 일주일 만에 가장 빠른 파발로 날아온 답장에는 엉뚱한 말이 적혀 있었다.

'왜 그런 말을 하는 거냐? 너 혹시 죽을병 걸렸냐? 사실이면 말해라. 휴가 받아서 얼른 가 볼게.'

휘갈긴 문장. 지금 보면 웃겨 죽을 상황이었지만 그때는 왜 그렇게 화가 났는지 데라둘은 당장 답장에 '굳이' 드래곤 기사단 캡틴의 인장을 박아 보냈다.

'개새끼야! 나 캡틴 됐다고!'

그에 대한 답장은 반년 후에나 날아왔다. 한 문장밖에 안 적혀 있었다.

'에이, 난 또 뭐라고.'

데라둘은 후회했다. 그냥 죽을병 걸렸다고 할걸. 그럼 만났을 텐데…….

그렇게 둘은 남들이 보면 10대 소년 둘이서 티격태격하는 것 같은 편지만 수없이 주고받았다. 그렇게 30년을 못 보고 지냈다.

전쟁이 끝나고 그란돌은 은퇴하고 싶다는 편지를 보냈다. 한동안 연락이 되지 않다가 겨우 날아온 편지에는 그가 살고 있는 곳의 위치가 적혀 있었다. 데라둘은 안심하며 자기 방 하나 준비해 놓으라고 마지막 편지를 보냈다. 그 후 연락이 끊겼다.

그 뒤로도 데라둘은 몇 번 편지를 보냈지만 답장이 없었다. 사람 하나 보내 잘 살고 있나 확인하고 싶은 마음이 굴뚝같았지만 자존심 때문에 그러지도 못했다.

'이번 일만 끝나면.'

데라둘은 결심했다.

'자존심이고 뭐고 은퇴해서 녀석 옆에서 낚시나 하자. 죽을 때까지 심심하지는 않겠지.'

데라둘은 살짝 머리를 내밀어 앤발디의 성 밖을 내다보았다. 아직

특별한 신호는 없었다. 운이 좋은 건지 나쁜 건지 오늘따라 달과 별이 무척 밝았다. 데라둘은 한참 어둠을 응시하다가 다시 몸을 낮추고 망루에서 내려왔다. 밑에서 브란더가 대기하고 있었다.

"준비는?"

"끝났습니다, 캡틴. 텐드로스가 북쪽 성벽에 대기 중입니다. 이쪽에서 신호만 보내면 언제든……."

브란더는 누가 듣기라도 한다는 듯 뒷말을 삼켰다. 데라둘은 믿음직스러운 그의 등을 툭 쳤다.

"이제 자네 할 일만 끝내면 되겠군. 서두르게."

브란더는 망설이다가 말했다.

"캡틴께서 가시면 안 됩니까?"

"지금 내 명령을 거부하려는 건가?"

"그렇습니다. 조만간 불바다가 될 이곳에 캡틴을 두고 갈 수는 없습니다."

"오백 명이나 되는 주민들을 지켜야 하는 일은 중요하지 않다고 말하려는 거냐? 브란더, 그런 건 가장 젊은 자네가 해야 할 일이야."

"검술은 제가 텐드로스보다 뛰어납니다."

"고집부리지 말게. 내 '인사 배치'에 불만이 있으면 정식으로 절차를 거쳐."

"예. 사흘쯤 걸리겠군요."

브란더의 말에, 데라둘은 숨죽여 웃었다.

"조심하십시오, 캡틴."

"자네야말로."

갑옷도 입지 않고 신발도 신지 않은 브란더는 소리 없이 어둠 속으로 달려갔다. 브란더가 보이지 않을 때가 되어서야 그는 혼잣말을 했다.

"이 일이 정말 위험하다면 더더욱 자네가 여기 있어서는 안 되지."

아무도 보지 않게 되어서야 데라둘은 의자에 앉았다. 피곤했다. 그래도 아직 가벼운 몸놀림으로 움직이는 젊은이들이 부럽지 않다고 우길 힘은 남아 있었다.

"캡틴."

기사 한 명이 다가와 차를 권했다.

"고맙네."

그는 향 좋은 차를 한 모금 마시고 다시 하늘을 올려다보았다. 이렇게 중요한 작전을 앞두면 항상 옛 생각이 났다. 이런 게 또한 늙었다는 증거라고 생각하니 조금은 우울해졌고 우울해지면 언제나 그랬듯 그냥 웃음으로 넘겼다.

"남쪽에서 적의 움직임이 발견되었습니다."

차를 가져다준 기사가 다시 다가와 보고했다.

"차 한 잔 마실 시간을 안 주는군."

데라둘은 미련 없이 잔을 내려놓고 일어났다.

'모즈라…… 살다 살다 이제 별의별 괴물을 다 상대하는군.'

오늘 새벽 도저히 이 세상의 생물이라고는 생각되지 않는 괴물들 백여 마리가 기습적으로 앤발디를 공격해 왔다. 고작 그 정도 숫자에도 앤발디의 병사들은 쩔쩔매며 당해 내질 못했다. 다행히 드래곤 기사단은 늦지 않게 도착해 괴물들을 전멸시켰다. 그 과정에서 드래곤의 기사가 한 명이 죽고 여섯 명이 다쳤다. 급히 대열을 갖춘 것에 비하면 큰 피해는 아니었으나 데라둘은 단 한 명의 피해도 내고 싶지 않았다. 그나마 다친 기사들 중 둘은 의식을 차리지 못했다. 나머지 넷도 힘이 없어 보였다.

처음에는 광견병의 일종이라고 생각했는데, 앤발디의 의사는 오히려 독사나 도마뱀의 독에 감염된 것 같다고 말했다.

'카셀이 말한 독이란 게 이런 거였군? 성가시겠는걸.'

카셀은 데라둘에게 미리 하늘 산맥에서 내려올 괴물들의 특징을 몇 가지 말해 주었다. 그는 모즈들이 공포도 모르고 이성도 없는 괴물 같아 보이지만 지휘관의 명령에는 절대복종하는 모습을 보인다고 했다. 손톱과 이빨에 독이 있으며 어두울 때 더 활발히 움직이니 밤을 조심하라고 했다.

검은 드래곤이 나타나면 절대 싸우지 말고 마법사가 나타나도 달아나라고 전했다. 평범한 드래곤이 아니며, 또한 평범한 마법사가 아니라는 말을 덧붙이면서.

'로크의 수호 드래곤보다 대단한 드래곤인가?'

농담조로 묻는 데라둘의 말에 카셀은 심각하게 말했다.

'저는 전투에 대해 아무것도 모릅니다만, 카-구아닐은 그런 어린 드래곤 네 마리는 적수로도 보지 않을 겁니다.'

다행히 지금 앤발디에 접근하는 적의 군대에 드래곤은 섞여 있지 않았다. 마법사가 섞여 있을지는 모르겠으나, 그것까지 일일이 확인해 가면서 싸울 수는 없는 노릇이었다. 소리 하나 내지 않고 천천히 다가오는 모습은 새벽에 봤던 괴물이라고는 생각하기 힘들 정도로 절제되어 있었다. 적어도 반년 이상 잘 훈련시킨 병사들 같았다.

"저것들에게 지휘관이 있다고 했던가? 군을 이끄는 실력이 제법이군. 누군지 한번 만나보고 싶을 정도야."

데라둘은 눈이 침침하여 어둠 속을 완전히 파악할 수 없었다.

"놈들의 숫자는 어느 정도 되는가?"

부관이 금방 보고했다.

"오백 마리 정도 됩니다. 그리고 뒤쪽에 그것과 비슷한 숫자가 대기하고 있는데 접근하지 않습니다."

"그럼 후방에 적어도 천은 있다고 봐야겠군. 이 오백이 우리 움직임을 기다리는 미끼일지도 모른다. 신호가 있을 때까지 절대 작전을 시작하지 마라."

"예."

부관은 나직이 대답하고 옆에 있는 기사에게 신호했다. 앤발디의 너른 마을 지붕 여기저기에 숨어 있는 기사들이 수신호로 응답해 왔다. 불빛 하나 없이 전달되는 수신호는 금방 북쪽의 성벽까지 이르렀다.

"우리도 움직이지."

데라둘은 성벽에서 내려와 마을을 거슬러 북쪽으로 올라갔다. 예정대로라면 앤발디의 마을 중앙 광장에는 말이 세 마리 대기하고 있어야 했다. 하지만 말은커녕 말을 데리고 있어야 할 부하 기사도 한 명 없었다.

"아무도 없나?"

데라둘은 목소리를 약간 높였다.

"저쪽에……."

부관이 물이 고인 분수대를 가리켰다. 말을 끌고 기다리고 있어야 할 기사는 거기에 앉아 쉬고 있었다. 멀리서 보면 한가롭게 쉬고 있는 것처럼 보였다. 데라둘은 조심스럽게 다가가 그의 어깨를 짚어 보았다.

"이보게."

데라둘의 손길에, 어깨 위에 간신히 얹어 놓은 그의 머리가 바닥으로 툭 떨어졌다. 출혈은 전혀 없었다. 아주 오래전에 죽은 것처럼.

데라둘과 그의 부관은 바로 칼을 뽑았다.

"마을 주민들은 몰래 대피시켜 놓고 여기에서 뭘 하고 계시나요, 캡틴 데라둘?"

성당 벽에 그려진 것 같은 타락한 천사의 검은 그림자가 광장을 덮었다.

"나르베니!"

데라둘이 위를 올려다보며 말했다. 구체적으로 모습이 드러난 건 아니었다. 목소리가 울리고 달빛을 가린 그림자만 광장을 덮고 있을 따름이었다. 그림자의 위치는 빠르게 이동했다. 데라둘은 그림자에 현혹되지 않으려고 다른 곳까지 철저하게 살피며 소리쳤다.

"여기를 지휘하는 게 너였나?"

어디에도 나르베니는 보이지 않았다. 펄럭이는 날개 소리와 타박타박 지붕을 밟고 달리는 소리만 들렸다.

"맞아요. 모즈들을 지휘하는 사소한 임무를 맡아 속상했는데 의외로 큰 걸 건지게 되었군요."

"닥쳐라. 네년을 로크에서 놓친 실수를 여기서 만회하겠군. 아인쉘! 위치는?"

데라둘은 아무도 없는 지붕에 대고 소리쳤다.

"잡았습니다."

굵은 남자의 목소리가 들렸다. 데라둘도 아인쉘이 어디 있는지 찾을 수 없었다. 그는 기사단 내에서 가장 활 솜씨가 뛰어나고 잠행에 능한 기사였다.

"그럼 뭘 기다리나!"

데라둘의 명령이 떨어지자마자, 굴뚝 뒤에 서 있던 아인쉘이 갑자기 앞으로 튀어나오며 활시위를 당겼다. 그리고 데라둘이 전혀 의식하지 못한 자리로 활을 쐈다. 보통 화살보다 두 뼘이나 더 긴 화살이 아무도 없는 자리에 박혔다.

거기에 나르베니가 있었다. 화살은 정확히 그녀의 가슴에 박혔다. 그녀는 짧은 비명을 지르며 분수대 한가운데에 떨어졌다. 작은 물기둥이 솟아올랐다가 사방으로 퍼졌다.

"동행이 더 있을 것이다! 계속 대기하라."

데라둘은 다시 명령했고 아인쉘은 대답 없이 굴뚝 뒤로 사라졌다. 이제 다시 굴뚝 뒤로 가보면 그는 그 자리에 없을 것이다.

데라둘은 긴장을 풀지 않고 분수대에 다가갔다. 물속에서 유령처럼 긴 머리를 늘어트린 나르베니가 천천히 일어났다.

'역시나 쉽게 죽지 않는군. 타냐 말로는 낫에 두 동강이 났다는 데도 죽지 않았으니, 화살로는 어림없겠지.'

나르베니는 물이 주르륵 흐르는 머리카락을 어깨 뒤로 넘기며 웃어 보였다. 달빛 아래에서 묘한 빛을 발하는 그녀의 모습은 가슴을 섬뜩하게 만들었다.

"어머나, 젖어 버렸네. 이걸 어쩌나?"

그녀는 풍만한 가슴에 박힌 화살을 천천히 뽑더니 손가락에 끼고 까닥거렸다. 화살에는 피 한 방울 묻어 있지 않았다.

"이런 걸로는 날 죽일 수 없어요, 데라둘."

"알고 있다. 네 위치만 드러나면 그걸로 족하지."

데라둘은 칼을 앞으로 내밀고 분수대 옆을 천천히 돌았다.

"아하, 그 칼은 캡틴 드래곤에게만 전해진다는 성검이군요? 그거라면 절 죽일 수 있겠네요. 그럼 어디 해 보시죠. 다 늙어 가지고 될까 싶지만요."

나르베니가 한 손을 들자, 분수대 주변의 어둠이 짙어졌다. 어둠은 주변을 빠르게 잠식하다가 데라둘과 그의 부관을 덮쳤다. 부관은 비명도 지르지 못하고 몇 조각으로 갈기갈기 찢어졌다. 붉은 피가 광장 여기저기로 퍼졌다. 그러나 데라둘은 무사했다.

나르베니는 눈을 몇 번 깜빡이더니 말했다.

"어? 안 죽네? 그거 진짜 성검이었어요? 그냥 장식품인 줄 알았더니."

데라둘은 열심히 자신을 따라다니며 보필해 준 어린 기사가 형체도 없이 찢겨진 것을 보고 버럭 소리 질렀다.

"네 이년!"

데라둘은 달려가 칼을 휘둘렀다. 그러나 나르베니는 금방 날아올라 피했다. 그리고 손에 든 화살을 옆으로 던졌다. 처음에는 느리게 날아가던 화살은 갑자기 빨라져, 아무도 없는 지붕 한 곳에 꽂혔다.

"윽!"

아인쉘이었다. 그가 나르베니를 쉽게 찾아낸 것처럼 나르베니 역시 그를 금방 찾아낸 것이었다. 그는 비명을 지르다가 지붕에서 굴러떨어져 머리부터 추락했다. 둔탁한 소리와 함께 바닥에 늘어진 그는 일어나지 못했다.

"또 어디 숨은 녀석들 있나? 어디 보자."

나르베니는 지붕 높이에 뜬 채로 주위를 살핀 후 허리에 손을 얹었다.

"흐음, 이 앤발디에서 모즈의 군대를 맞아 무슨 작전을 쓰려는 건가요? 여기저기 숨어 있는 애들 많네. 가만두면 안 되겠군요."

나르베니는 양팔을 펼쳐 뭐라고 소리쳤다. 짐승의 울음소리가 널리 퍼지며, 몇 마리의 말이 성벽을 뛰어넘어 마을 안으로 진입했다. 그 검은 말은 심연에서 울리는 메아리처럼 말발굽 소리를 내며, 곧장 데라둘을 목표로 달려왔다.

"전원 자리를 지켜라. 모습을 드러내지 마라!"

데라둘은 크게 소리 질렀다. 캡틴의 위기를 알고 달려오려던 부하 기사들이 명령을 듣고 멈췄다. 그리고 그 명령을 다른 기사들에게 수신호로 전달했고 검은 기사들의 침입을 보고 자리를 이동하려 했던 기사들도 멈췄다.

데라둘의 주위를 나르베니의 부하 기사 다섯이 에워쌌다. 하지만 그는 끝내 부하들을 부르지 않고 차분하게 칼을 얼굴 앞에 세웠다. 나르베니는 분수대 중앙에 서 있는 여인의 조각상 어깨에 사뿐히 앉았다. 그녀는 물 항아리를 짊어진 조각상의 얼굴을 쓰다듬으며 말했다.

"안타깝네요. 가넬로크의 영웅이 죽는 자리에 지켜봐 줄 부하 하나 없다니. 내가 이 죽음을 보고 나중에 슬픈 노래를 만들어 드리죠."

"타락한 집정관의 노래나 불러라."

데라둘은 자세를 풀지 않고 말했다. 나르베니는 피식 웃으며 손짓했다.

"죽여라."

다섯 명의 검은 기사는 말에서 내려 데라둘의 옆으로 다가갔다. 그리고 동시에 칼을 휘둘렀다. 데라둘은 그 포위를 칼 몇 번 휘두르는 것만으로 빠져나오더니 기사 하나의 등에 칼을 꽂았다. 그리고 발로 등을 걷어차며 뽑아낸 칼로 두 기사의 공격을 동시에 막아냈다.

검은 기사의 공격은 강하면서도 아주 빨랐다. 데라둘은 이런 무지막지한 공격을 계속 허용하면 체력만 깎아 먹는다는 걸 잘 알았다. 그는 무리해서라도 두 기사의 사이로 파고들어 크게 칼을 휘둘렀다. 검은 기사의 투구 하나가 허공을 날았다. 머리 없는 기사가 휘청대며 허공에 칼질을 하다가 바닥에 쓰러졌다.

데라둘은 팔을 잃은 검은 기사와 다른 두 기사가 달려드는 걸 무시하고, 아까 등에 칼을 꽂아 약간 움직임이 더딘 녀석을 발로 걷어차며 다시 한번 목에 칼을 꽂았다. 검은 연기가 주위로 폭발하듯 새어 나왔다.

"물러나라!"

나르베니가 소리쳤다. 검은 기사 셋은 미련 없이 뒤로 물러났다. 나르베니는 쓰러진 검은 기사 둘을 한참 동안 바라보았다. 그들은 움직이지 않았다.

"죽지 않는 애들인데 어째서 죽은 거지?"

나르베니는 경악하며 말했다.

"너 같은 악마를 죽이기 위해 드래곤 가넬께서 내린 칼이다."

데라둘은 칼로 나르베니를 가리켰다.

"거기서 내려와라, 나르베니. 네가 저지른 죄악을 드래곤 기사단의 캡틴이 심판하리라."

"어디 해 보시죠."

흥분한 나르베니가 조각상 위에서 뛰어내렸다. 그녀의 발이 분수대를 채운 물 위에 닿는 순간 사방으로 물이 터져 나갔다. 데라둘은 얼굴로 쏟아지는 물을 맞으면서도 칼을 쥔 자세를 고치지 않았다.

나르베니는 여인의 석상에 손을 댔다. 석상은 단숨에 산산조각이 났고 부서진 조각들이 허공으로 떠올랐다. 그녀의 긴 손가락이 움직이자, 뾰족한 돌 조각들이 데라둘에게 차례대로 날아갔다.

데라둘은 가볍게 칼을 휘둘러 날아오는 파편을 깨트렸다. 그다음 돌 조각도, 그다음 돌 조각도 피하지 않고 부쉈다.

"그런다고 이 칼이 약해지지는 않는다. 어디 밤새도록 그 짓을 해 볼 텐가?"

데라둘이 도발적으로 물었다. 나르베니는 으르렁거리며 뾰족한 이빨을 드러냈다. 그녀가 양팔을 휘젓자, 무수히 많이 떠 있는 돌무더기가 한꺼번에 데라둘을 덮쳤다. 이 정도 숫자는 도저히 받아칠 수 없었다. 그는 포기한 사람처럼 칼을 늘어트렸다.

'이 나이가 되어서도 성장한다는 게 가능한 걸까?'

아무도 그렇게 생각하지 않았다. 나이 마흔이면 배움을 멈추고, 은퇴를 준비하고, 가르치는 즐거움에 빠져 단련에 게을러지기 마련이었다. 데라둘도 그랬다. 그래서 익셀런 제1기사단에 있는 어린 소년에게 패했다. 그 후 10년간 수없이 자신을 채찍질한 지금에야 데라둘은 대답할 수 있었다.

'난 아직도 더 강해질 수 있다.'

데라둘은 몸을 슬쩍 몇 번 돌리는 것만으로 돌조각들을 다 피했다.

다시 해 보라고 해도 또 할 수 있을 것 같았다.

'지난 10년이 헛된 건 아니었군.'

데라둘이 다시 칼을 들자, 나르베니는 급히 명령을 내렸다.

"공격하라. 저 늙은이를 죽여!"

뒤에서 대기하고 있던 검은 기사들이 다시 달려들었다. 데라둘은 세 자루 검을 모조리 피하고 밑에서 위로 칼을 올려쳤다. 기사 하나의 목이 날아갔다. 그는 휘두른 칼을 멈추지 않고 다른 녀석의 목을 내리쳤다. 그리고 다급히 물러서는 기사를 쫓아가 아직 몸에 남아 있는 회전력을 살려 또 한 번 칼을 휘둘렀다. 검은 기사는 칼을 내밀어 막았으나, 데라둘의 칼은 그 칼까지 부러트리며 투구를 깨트렸다.

'다시 그 소년을 만나고 싶군. 그 소년이 10년간 얼마나 더 성장했든 내가 이긴다.'

데라둘은 젊은 시절부터 끈질긴 승부욕이 무기였던 기사였다. 지고 있을 때도 집요하게 반격을 노렸고, 상대가 상처를 입어 물러나도 방심하지 않고 버릇처럼 계속 몰아붙였다. 그건 지금처럼 나이 들어서도 변하지 않았다.

데라둘은 부서진 투구를 붙잡고 물러나는 기사를 두 걸음 더 쫓아가 머리 위를 내리쳤다. 어깻죽지까지 잘려나간 검은 기사는 몇 번이나 발버둥 치다가 움직이지 못했다.

데라둘은 눈을 돌려 나르베니를 노려보았다. 나르베니의 젖은 날개에 달린 검은 깃털이 일제히 곤두섰다. 그녀는 당황하여 날개를 펼쳐 날아올랐다.

데라둘은 놓치지 않고 칼을 집어 던졌다. 그의 칼은 허공을 가로질러 막 떠오른 그녀의 어깻죽지를 맞혔다. 나르베니는 아까 화살에 맞아 떨어질 때와 달리 이번에는 고통스럽게 몸부림치며 돌바닥에 머리부터 떨어졌다. 그녀는 꿈틀대며 바닥을 기었다.

데라둘은 천천히 다가가 그녀의 등을 밟았다.

"죽은 후에라도 그런 게 가능하다면 네가 지은 죄에 대해 빌어라, 나르베니!"

데라둘은 어깨에 박힌 칼을 뽑아 높이 치켜들었다. 나르베니는 비명을 질렀다.

"꺄아악!"

그 순간 데라둘은 보이지 않는 힘에 떠밀려 분수에서 넘친 물로 가득한 광장으로 미끄러졌다. 그는 가까스로 멈춘 다음 무릎을 꿇었다.

"뭐가……."

엉뚱하게도 이 순간 극심한 편두통이라도 생긴 것처럼 머리가 아팠다. 나르베니의 마지막 마법 공격이라도 있었나 했지만, 아니었다. 나르베니는 지금도 날개를 접어 몸을 가리고 공포에 떨고 있었다.

다른 방향에서 누군가가 광장 안으로 들어왔다.

찰박찰박. 바닥에 고인 물을 밟는 가벼운 걸음걸이였다. 나르베니의 등 뒤로 회색 로브를 입은 마법사가 다가와 섰다. 그는 마치 연인이라도 되는 듯 나르베니의 어깨를 살짝 두 손으로 쥐었다.

"놀라운 일이군. 공포의 전도사가 되어야 할 네가 도리어 공포에 질려 비명을 지르다니……."

보이지 않는 로브 안에서 들리는 그 목소리는 몇백 살은 먹은 노인처럼 거칠었다.

"아아, 용서하세요, 주인님. 제가 패했습니다."

나르베니는 흐느끼며 말했다.

"아니, 아니, 괜찮아. 널 탓하는 게 아니야. 애초에 이 남자는 네가 상대할 수 있을 정도로 약한 사람이 아니었으니까. 암, 넌 잘못이 없다. 나는 아란티아에서 보았지. 10년 전에도 보았고, 천 년 전에도 보았지. 울프의 기사, 하얀 늑대들, 나마저도 물러나게 할 힘을 가진 인간의 기사들. 지금 저 남자는 아란티아의 축복에 초대받지 못했을 뿐 그들과 같은 힘을 가졌다. 내가 늦어 널 잃지 않은 것만도 다행이란다."

나르베니는 그의 어깨에 의지해 자리에서 일어났다. 데라둘은 그 남자가 하는 말만 듣고도 그 정체를 짐작할 수 있었다.

"너로구나, 죽지 않는 자들의 군주라는 게."

회색 로브의 마법사는 검은 장갑을 낀 손을 내밀었다.

"내 앞에 무릎을 꿇으라, 데라둘. 그리하면 너를 죽음 후에 있을 고통에서 구제하노라. 나를 믿고, 죽음으로부터 벗어나 자유로워질 수 있음을 믿으라. 그리하면 그 같은 자유를 얻으리라."

"내게 있어 자유는 이미 오래전에 내 안에서 완성되었다."

"생과 사의 수레바퀴에서 한 치도 벗어나지 못하는 인간이 감히 그런 말을 할 수 있는가?"

딱히 대단한 의미를 지닌 말도 아니었는데 데라둘은 마치 한바탕 욕을 얻어먹은 것처럼 불쾌해졌다.

"내 검이 대답하리라."

"그럼 그 대답에 '나의 검'이 응하리라."

그의 말에, 데라둘은 자세를 낮췄다.

'나의 검? 마법적인 공격을 암시하는 말인가?'

마음 한편에서 일어나던 두려움은 여기서 저자를 죽이면 전쟁이 시작되기도 전에 끝난다는 생각에 꺼졌다.

데라둘은 자신의 실력을 믿었다. 수없이 단련하며 보내왔던 지난 세월을 믿었다. 자신의 칼을 믿었다. 그것은 로크에 네 마리 드래곤을 내리고 멸망한 아로크 땅에 가넬로크라는 국명을 지어 준 '아침의 드래곤'이 하사한 성검이었다. 만약 세상에 죽지 않는 자들의 군주를 죽일 수 있는 칼이 한 자루 존재한다면 그것은 바로 이 칼일 것이다. 드래곤 기사단의 캡틴에게 대대로 내려온 검이자, 상징.

즈토크 가넬!

'이길 수 있다. 상대가 죽지 않는 자들의 군주라 할지라도! 지금의 난 태어나 가장 컨디션이 좋고 가장 자신감이 넘치니까.'

체력이 걱정이었지만 어차피 어둠의 마법사를 상대로 시간을 끄는 싸움을 할 수는 없었다. 단칼에 끝내야 한다.

데라둘은 상대의 공격을 기다렸다. 어떤 예상치 못한 공격이라도 피하고 역습을 노릴 수 있도록, 모든 신경이 회색 로브의 마법사에게 집중되었고 그가 내민 손가락 끝을 주시했다.

죽지 않는 자들의 군주는 데라둘을 향하고 있던 손을 돌려 어두운 골목을 가리켰다. 엄청난 마법 공격이 아니라, 단순한 방향 지시였을 따름이었다.

골목에서 한 남자가 다가오고 있었다. 그는 차분한 걸음걸이로 광장 안에 들어섰다. 어둠 속에서 다가오는 그 희미한 윤곽을 보고, 데라둘은 굳게 칼을 쥔 손에서 서서히 힘이 빠져나가는 걸 느꼈다.

"네가 보는 것을 의심치 마라, 데라둘. 네가 보는 그대로니까."

회색 로브의 마법사는 웃음을 참는 목소리로 말했다. 그러나 데라둘은 도저히 눈앞의 일을 믿을 수가 없었다. 악마의 말이라 더더욱 믿을 수가 없었다. 안개 같은 뿌연 어둠을 헤치고 걸어 나온 남자는 데라둘이 익히 알고 있는, 또한 너무나도 그리운 얼굴이었다.

"내 눈을 현혹하지 마라. 지금 내 눈앞에 있는 것을 믿을 바에야 차라리 내 한쪽 눈을 내놓겠다. 지금 이 일을 납득할 바에야 내 목숨 전부를 내놓고 네 목숨의 반쪽을 빼앗겠다. 저 가짜를 내 앞에서 치워라."

데라둘은 목이 메는 슬픔을 견디려 애쓰며 말했다.

회색 로브의 마법사는 어둠 속에서 걸어 나온 남자와 어깨동무하며 말했다.

"네 목숨을 걸었다면 공평하게 내 목숨도 전부 걸어도 좋다. 이것은 거짓이 아니라, 사실이다. 혹시 너무 오랫동안 만나지 않아 잊어버렸는가? 그래, 원래대로라면 네가 은퇴해서 곁에 오길 기다리며 쓸쓸히 낚시질이나 하며 살아가고 있어야겠지. 나를 만나자마자 그런 말을 하더군. 친구를 기다리고 있다고. 낚시하며 십몇 년 살기에 딱 좋은 곳에 집을 지었고 방을 두 개 준비했다고. 그때 나는 내 정체를 말했지."

마법사는 기어이 참고 있던 웃음을 터트렸다.

"어떻게 그리 똑같은 반응을 보일 수가 있지? 그러니까 친구라는 거겠지. 보아라, 데라둘. 새끼 드래곤의 하인이여. 여기 있는 건 네가 그토록 만나길 바라던 바로 그 친구다. 반갑지 않은가? 응?"

"아니야."

주름진 데라둘의 눈가를 따라 눈물이 한 방울 흘러내렸다. 검을 들고 다가오는 그 남자는 데라둘과 전혀 다를 바 없이 늙어 있었다. 데라둘처럼 흰머리가 조금 섞인 짧은 갈색 머리에 보기 좋게 기른 턱수염은, 데라둘이 항상 그리워했던 친구의 얼굴 그대로였다. 이 나이에도 여전히 팔뚝의 근육은 젊은이들처럼 탄탄했다. 대신 맑게 빛나야 할 푸른 눈동자는 말라 버린 듯 생기가 없었고 굳게 닫힌 입술은 열리지 않았다.

"아니야……."

오랜 친구의 얼굴을 바라보며 데라둘은 몇 마디 말도 꺼내지 못했다.

"이런 식으로 만나자는 게 아니었지 않나, 그란돌?"

그란돌이 하얀 늑대들 네 명을 뽑았다는 편지를 받은 후, 데라둘은 자기도 경쟁적으로 제자를 키우려고 노력했다. 새로운 캡틴, 퀘이언이 아란티아를 지켜냈다는 것에 지신의 제자가 해낸 것처럼 뿌듯해지기도 했다. 하지만 전쟁이 끝난 어느 날 날아온 편지 내용은 암울했다.

'내 자만심이 도가 지나쳐, 새나디엘 폐하께서 크게 다치셨다. 자리에서 물러날 시기가 왔다.'

데라둘은 그 편지에 답장을 보내지 못했다. 전후 처리와 무너진 가넬로크를 복구하기 위한 많은 일들을 추진하느라, 잠깐 펜을 들 여유도 없었던 것이다.

'늦어서 미안하다. 무슨 일인지 묻고 싶지만 편지로는 힘들겠지. 만나자. 만약 은퇴한다면 꼭 로크로 먼저 와라.'

겨우 여유가 생겨 그런 편지를 보냈지만 답장은 울프 기사단 사무관으로부터 왔다.

'마스터 그란돌은 이미 반년 전 은퇴하셔서 지금은 연락을 취할 방법이 없습니다. 우선 캡틴 데라둘의 편지는 저희 사무실에 보관하고 있습니다. 만약 마스터께서 찾아오시면 목숨을 걸고 전달하겠사오나 떠나실 때의 모습을 보니 돌아오실 것 같지 않습니다. 이 점 알려 드립니다.'

데라둘은 당황했다. 그리고 이제나저제나 하며 친구의 편지만 기다렸다.

여왕과 함께 가넬로크를 방문한 퀘이언에게 제일 먼저 물은 것도 역시나 그란돌에 관련된 이야기였다. 하지만 퀘이언도 스승의 소식을 알지 못했다.

'마스터는 캡틴 웰치의 공격으로 폐하께서 부상당하신 걸 자책했습니다. 그전부터 은퇴를 생각하고 계셨으니 그게 계기가 된 듯합니다.'

퀘이언은 그란돌이 어딘가에 혼자서 유유자적하고 있을 거라고 말했다. 그리 생각해 버리는 게 편했다.

그 후 겨우 당도한 그란돌의 편지를 받고 데라둘은 얼마나 다행스러워했는지 몰랐다. '이제 곧 나도.'라는 생각으로 데라둘은 기쁘게 은퇴를 준비했다. 대륙 모든 기사들의 영웅으로 떠오른 퀘이언의 스승이자, 메이루밀이 주저 없이 하늘 아래 최고라고 치켜세운 기사며, 아란티아 여왕의 수호기사……. 하지만 데라둘에게 그란돌은 그냥 친구에 불과했다.

세상에 단 하나밖에 없는 친구……. 그거면 됐다. 그저 지저분하고 생선 비린내 나는 옷을 입고, 낚시하느라 까맣게 탄 얼굴로 웃으며 기다려 주면 되었다. 이런 모습으로 만나길 원한 게 아니었다. 죽지 않는 자들의 군주의 옆에서 자기에게 칼을 겨누는 모습이 아니었다.

데라둘은 검을 든 친구가 두 걸음 가까이 다가올 때까지 전의를 상실한 듯 멍청히 있었다.

"자네도 꽤 늙었군. 나만 늙은 게 아닐까 걱정 많이 했는데."

데라둘이 겨우 입을 열어 말했다. 하지만 그란돌은 무표정한 얼굴과 공허한 눈빛으로 대꾸 한 마디 없이 칼로 옆구리를 찌르고 들어왔다. 데라둘은 정확히 그 공격을 막고 반격으로 목을 공격하려고 손목의 균형을 바꿨다. 그러나 데라둘은 하려던 공격을 멈추고 도로 방어 자세를 취했다. 그란돌도 옆구리를 내리친 공격에서 뭔가를 기다리다가 한 걸음 물러났다.

두 사람은 순간적으로 앞으로 있을 두 가지 공격과 방어를 예측했고 우선 물러나는 것을 선택했다. 둘은 서로를 노려보며 움직이지 않았다.

"하긴, 우리 두 사람의 시작이 서로 죽이려고 싸웠던 것부터였지? 젊은 혈기에 지쳐서 기절할 때까지 싸웠으니 이제 그 승부를 낼 때도 된 거라 이거군."

데라둘은 큰 소리로 웃으며 죽지 않는 자들의 군주를 바라보았다.

멀리 나무 성문을 두들기는 소리가 이곳의 공기까지 쿵쿵 울렸다. 공격을 앞두고 자제력을 잃은 모즈들이 문을 부수고, 성벽을 타 넘으려고 발악하는 소리였다. 지휘하고 있어야 할 나르베니가 빠진 탓에, 괴물들이 이성을 잃은 모양이었다.

그럼에도 데라둘은 다급해하지 않았다. 오히려 여유를 가지고 그란돌의 공격을 기다렸다. 그란돌도 굳이 데라둘의 검이 펼치는 영역 안에 들어서지 않았다. 오히려 보고 있는 회색 로브의 마법사가 답답해했다.

“그런 식으로 시간을 끌면 위험하지 않겠나, 데라둘?”

“급한 건 내 쪽이 아닐 것이다.”

데라둘은 눈을 감았다. 모즈들이 성문을 뚫고 도시 안으로 들어오는 광경이 머릿속에 그려졌다. 그는 기다렸다. 그 순간 그란돌의 검이 데라둘의 얼굴을 내리쳤다. 데라둘은 공격을 막고 몸을 한 바퀴 돌려 반격했다. 몇 번이나 서로의 검을 쳐 내며 접전이 벌어지는 동안 데라둘은 메이루밀의 말이 틀리지 않았음을 알았다.

생기를 빼앗긴 듯 멍한 눈동자를 하고도, 그란돌은 자신의 검술을 정확히 펼치고 있었다. 그 엄청난 공격을 도저히 계속 받아낼 사신이 없었다.

‘결국 난 단 한 번도 자넬 이겨 보지 못하는군.’

데라둘은 그란돌의 검을 세게 쳐서 상대의 균형을 무너트렸다. 물론 그 정도로 그란돌을 찌를 수는 없었다. 그러나 적어도 몸을 돌려, 죽지 않는 자들의 군주에게 달려가는 시간을 벌 수 있었다.

“!”

회색 로브의 마법사는 느닷없이 공격 목표를 자기로 잡고 달려오는 데라둘을 향해 손바닥을 펼쳤다. 검은 불길이 박쥐의 형상을 갖추고 데라둘을 향해 날아들었다. 몇 개인지 셀 수 없을 정도로 많았다. 그러나 데라둘은 빠른 칼놀림으로 모조리 쳐내거나, 피했다.

마법사는 뒤로 한 걸음 길게 뛰었으나 데라둘은 그 움직임마저 따라잡았다.

'한 번만 내 명령을 따라다오, 늙어 버린 몸이여. 조만간 쉴 시간을 줄 테니 단 한 번만…….'

데라둘은 로브를 펄럭이며 물러선 마법사가 바닥에 착지하자마자 길게 손을 뻗었다. 그의 검은 정확히 마법사의 가슴을 꿰뚫었다. 그리고 동시에 뒤에서 따라온 그란돌의 검이 데라둘의 등을 뚫고 배를 빠져나왔다.

데라둘은 멍한 표정의 그란돌을 돌아보았다.

"자네 죽은 후에 기회가 되거든, 꼭 이 일을 사과하게…… 친구."

그때 회색 로브의 마법사가 데라둘의 검을 움켜쥐었다.

"네 어리석음이 내린 해답이 고작 이런 거냐? 감히 가넬의 검 따위로 나를 저지하려 들다니!"

드래곤의 성검, 즈토크 가넬이 쩌억 금 가더니 마법사의 가슴에 박힌 채로 재가 되어 타 버렸다.

지지대를 잃은 데라둘은 천천히 허물어졌다. 마법사는 쓰러지는 데라둘의 목을 잡아 일으켜 세웠다. 그의 배에서 빠져나온 칼날을 타고 붉은 피가 밑으로 주르륵 흘렀다. 데라둘은 힘겹게 말했다.

"나, 나는 실패했으나…… 가, 가넬로크는 패하지…… 않으리라."

마법사는 싸구려 웃음을 터트리며 대꾸했다.

"로크에 남겨 놓고 온 애송이들이 날 막을 수 있으리라 보는가? 넌 실수했다. 내가 로크에서 두려워하고 있는 것은 단 두 명. 하나는 내

제자 타냐고 하나는 데라둘 너였다. 그런데 가장 무서운 적 중 하나를 여기에서 아주 쉽게 죽여 버렸군."

마법사는 로브를 벗었다. 그 순간 데라둘은 눈앞의 광경을 죽기 전에 보는 환상이라고 여기고 싶었다. 자신의 목을 움켜쥐고 있는 이 괴물 같은 마법사는 아란티아를 구한 루티아의 영웅, 테일드였다.

테일드는 십여 년 전 잠깐 봤던 모습 그대로 허약해 보였고 스무 살을 갓 넘은 듯 젊어 보였다. 그러나 사악하게 치켜 올라간 눈초리는 그때와 전혀 다른 인상이었다.

"잘 가게, 캡틴 데라둘."

테일드의 손 안에서 데라둘의 목뼈가 부러졌다.

데라둘이 차가운 바닥에 쓰러지는 순간 밤하늘을 가르는 효시의 날카로운 소리가 울렸다. 대기하고 있던 드래곤의 기사들은 앤발디의 여기저기에 놓아둔 짚 더미에 불을 붙이거나, 기름 뿌린 지붕에 횃불을 집어 던졌다. 커다란 마을은 삽시간에 불길에 휩싸였다. 마을을 침범했다가 불길에 휘말린 모즈들의 찢어지는 괴성이 사방에서 터져 나왔다.

데라둘의 귀에는 이미 모든 소음이 희미해졌다. 죽어가는 그의 귓가에 환청처럼 익숙한 목소리가 들렸다. 그란돌이었다.

'미안하네, 친구.'

데라둘은 그 목소리에 대답할 수 없었다. 그는 더 이상 숨을 쉬지 못했다.

먼발치에서 불타오르는 앤발디를 바라보는 그란돌의 멍한 눈에 눈물이 고였다. 테일드의 얼굴을 한 죽지 않는 자들의 군주는 그 모습을 보고 웃었다.

"친구의 죽음을 슬퍼할 정도로 이성이 남아 있는가?"

그란돌의 입은 움직이지 않았다. 옆에 있던 나르베니가 기분 나쁘다는 듯 말했다.

"이 남자를 완전히 수중에 넣지 않으신 겁니까? 저라면 아예 이런 감정도 못 느끼게……."

"함부로 나서지 마라, 나르베니. 검술까지 내가 조종할 수는 없는 노릇이다. 더구나 그란돌의 검술이라면 불가능하지. 그러니 이 정도가 딱 좋다."

회색 마법사의 뒤로 익셀런 제1기사단의 캡틴 빅터가 말을 타고 달려왔다.

"모즈가 천 마리나 불에 타 죽었습니다."

그는 말에서 내려오자마자 예도 갖추지 않고 보고했다.

"드래곤 기사단이 한 짓인가? 작전 좋군."

회색의 마법사는 도리어 칭찬했다.

"제가 우려했던 대로입니다. 왜 굳이 앤발디를 공격하라고 명하셨습니까? 여길 손에 넣지 않아도 로크를 치는 데에는 지장이 없습니다. 모즈를 잃은 것은 물론이고 군대의 이동도 반나절이나 늦춰졌습니다."

빅터는 강한 어조로 말했다.

"데라둘 하나 죽이는 데 모즈 천이면 싼 거지. 하얀 늑대 한 마리 없애는 데 네이슨을 잃은 네가 할 말은 아니다."

빅터가 노골적으로 그를 노려보자, 보다 못한 나르베니가 으르렁거리듯 말했다.

"주인님께 예를 다해라. 하찮은 인간 놈이!"

"모즈를 천 마리나 잃은 건 마지막 순간에 지휘관이 없었기 때문이다. 내 통제 아래 있을 생각이 없다면 당장 꺼져라, 나르베니."

나르베니를 노려보는 빅터의 눈길이 날카로웠다. 나르베니 역시 붉은빛을 내는 눈을 치켜떴다.

"뭣이 어째?"

"내 앞에서 사소한 감정싸움은 하지 마라."

마법사는 둘을 번갈아 보며 말했다. 나르베니는 하는 수 없이 물러났다. 빅터는 여전히 그녀의 존재를 무시하며 마법사에게만 말했다.

"저는 예정대로 로크로 진격하겠습니다."

"좋다."

빅터가 다시 말을 타고 떠났고 나르베니는 불만스러운 얼굴로 말했다.

"총사령관 자리는 저에게 약속하시지 않았습니까? 아무리 뛰어난 기사라도 고작 인간에 불과한 자에게 어찌 이런 큰 권력을 주셨습니까? 저는 육체 자체가 주인님께 충성을 다할 수 있게 되어있습니다. 반면 빅터는 언제라도 배신할 수 있는 몸이고요."

"네 권한이 아닌 일에 나설 것 없다, 나르베니."

그는 부드러운 미소를 지으며 말을 이었다.

"빅터는 세상 어느 누구보다 인간의 멸망을 지켜보고 싶어 하는 녀석이니까. 너에게 약속된 자리는 멸망 후 암흑의 권좌다. 그땐 빅터도 없겠지. 아무도 살아 있지 않은 곳에서 날 독차지하는 것으로는 모자라는가?"

나르베니는 겨우 고개를 숙였다.

"아닙니다."

"그럼 너는 앤발디에서 도망친 드래곤의 기사들을 제거하고 로크로 뒤따라와라."

"예, 주인님."

나르베니는 날개를 활짝 펼치고 어둠 속으로 날아갔다. 죽지 않는 자들의 군주는 다시 회색 로브를 뒤집어썼다. 동쪽에서 천천히 뜨고 있는 태양이 북쪽 땅까지 밝히고 있었다.

"나딜, 내가 인간 세상의 가장 큰 두 가지 힘을 가졌을 때 네가 얻은 것은 무엇이냐? 이제 인간이 볼 수 있는 아침의 태양이 얼마 남지 않았도다."

"당신도 많이 늙었군."

처음 그 말을 듣는 순간 나르베니는 죽음을 선고받은 사람처럼 움직이지 못했다. 마치 불사인 줄 알았다가 언젠가는 너도 죽는다는 말을 들은 기분이었다.

나르베니는 화장하던 손길을 멈추고 거울을 통해 침대에 누운 남자를 바라보았다. 그녀는 눈빛에 온갖 증오와 저주의 감정을 담았지만, 정작 남자는 침대 옆의 탁자에 놓인 와인 잔을 드느라 바빴다.

"뭐라고 했어?"

나르베니는 잘못 들었기를 바라며 물었다. 그러나 자기보다 스무 살은 더 어린 남자가 그런 배려를 익혔을 리가 만무했다.

"늙었다고."

파비오라는 이름의 청년은 와인을 한 모금 하더니 웃음을 터트렸다.

"오늘은 무리하는 것 같은데 혹시 아란티아의 여왕 보고 자극받은 거야?"

젊은 남성의 매끈한 근육질 몸매는 촛불밖에 없는 어둠 속에서 더욱 매력적으로 보였다. 그는 드래곤 기사단에 들어가겠다며 시골에서 올라온 청년이었다. 잘생긴 외모에, 칼솜씨도 제법 있었지만 기사단이 되기에는 여러 가지로 소양이 부족했다.

캡틴 데라둘은 단번에 파비오의 단점을 알아채고 훈련병으로도 넣어 주지 않았다. 파비오는 악감정을 품었지만 감히 데라둘을 상대로 복수를 꿈꾸지도 못하는 소심한 남자였다.

나르베니는 파비오를 자신의 침실로 끌어들였다. 기사 소양이나 검술은 모르겠지만 침대에서 나르베니를 만족시키기에는 충분했다. 말도 잘 듣고 비밀도 잘 지켰다. 그러나 어느 순간 돈과 권력에 취하더니, 점점 선을 넘기 시작했다.

"하긴 그 여왕, 끝내주더군. 오늘 회의실에 모였던 남자들은 새나디엘 여왕의 행동 하나하나에 눈을 떼지 못했을 거야. 소문에는 천 년 동안 살았다는데 그게 진짜인지 가짜인지 알 게 뭐야? 그 자체로 여신이라도 내려온 것 같던데."

파비오는 천장을 올려다보며 흐뭇한 미소로 주절주절 늘어놓았다.

"내내 그 여자를 생각하고 있었군. 그렇지, 파비오?"

나르베니가 물었다. 파비오는 조금 놀란 얼굴로 와인 잔을 내려놓고 자리에서 일어났다.

"어쩔 수 없잖아. 남자란 건 원래 그런 거야. 솔직히 말해 당신, 오늘 퀘이언을 유혹하려다 보기 좋게 차였잖아. 새나디엘이란 여자를 보좌하는 남자가 다른 여자가 눈에 들어오겠어? 인정해, 나르베니. 하지만 여전히 매력적이니 굳이 젊어 보이려고 노력하지 말라고. 그걸 말하고 싶은 거야. 내가 사랑하는 거 알지?"

파비오는 기지개를 켜며 베란다로 나갔다. 나르베니는 자기도 모르게 숨이 거칠어졌다.

"내 어디가 늙어 보인다는 거지?"

파비오는 알몸으로 난간 앞에 서서 말했다.

"여러 가지로. 옆구리 살이라거나……. 솔직히 1년 전까지만 해도 그렇게 살이 잡히지도 않았고 얼굴에 주름도 별로 없었잖아. 요새는 좀…… 억지로 감추려고 하는 게 더 추해 보이니까 그냥 자연스럽게……."

파비오는 거기까지 말하고 놀라 입을 다물었다. 나르베니가 벽에 걸린 칼을 들어 그의 목을 노리고 있었다.

"왜, 왜 이래? 순전히 당신 생각해서 하는 조언인데!"

"나한테 그런 조언 필요 없어."

나르베니는 파비오의 목을 찔렀다. 그는 칼이 꽂힌 채로 2층에서 떨어졌다. 하녀들이 비명을 질렀고 경비병들이 달려왔다. 나르베니는 밑을 내려다보며 말했다.

"흔적을 남기지 마라."

사건은 조용히 끝이 났다. 하지만 그날 나르베니는 혼자 지하실에서 고통스럽게 울음을 터트렸다. 거울이란 거울은 모두 깨트렸다. 유리 조각에 온몸이 베이는 것도 아랑곳 않고 바닥에 엎어져 일어날 줄을 몰랐다.

"어째서 나는 그렇게 살 수 없는 건가?"

천 년을 살아왔는데도 변함없이 아름다운 여인을 본 후 나르베니는 늙어 가는 자신의 몸을 저주했다.

"알아. 이제 더 이상 난 젊지 않아. 아름답지도 않아. 날씬하지도 않지. 얼굴은 주름으로 가득하고 가슴은 처졌어. 화장과 옷으로 어떻게든 감추려 했지만 오늘 새나디엘을 보고 깨달았어. 난 늙었어!"

나르베니는 얼굴을 감싸 쥐었다.

"시간이 갈수록 난 점점 늙고 추해질 거야. 그렇게 되기 전에 죽어버리고 싶어. 조금이라도 아름다울 때!"

이틀 동안이나 어둠 속에서 죽음을 기다리고 있던 나르베니에게 인자한 남자의 목소리가 들렸다.

"새나디엘의 젊음을 가지고 싶으냐?"

진이 빠진 그녀는 그가 누구인지 의심할 생각도 없이 즉시 복종했다.

"가지고 싶습니다."

"평생 늙지도, 나이 먹지도 않는 그런 몸이 되고 싶으냐?"

"되고 싶습니다."

"내게 복종을 맹세하라. 그리고 그대의 생명을 바쳐라. 영원히 죽지 않는 몸이 되리라."

남자가 그녀의 젖가슴을 움켜쥐었다 놓자, 마치 조각처럼 단단하고 예쁜 모양으로 모아졌다. 그의 손이 목에 닿자 주름 한 점 없이 매끈한 목덜미가 되었다. 그의 부드러운 팔이 허리를 감싸자 군살 하나 없는 날씬한 허리가 되었다. 두 손을 들어 보니 어느 순간 스무 살로 돌아간 것처럼 가늘고 하얀 손가락이 눈앞에 보였다.

나르베니는 오르가슴을 느끼기라도 하듯 숨도 못 쉬고 자기 몸에 일어나는 기적을 지켜보았다. 남자는 나르베니의 얼굴 쪽으로 손을 가져갔다. 그녀는 황홀한 기분에 젖어 눈을 감고 그의 손을 기다렸다. 하지만 그는 그녀의 얼굴에 손을 대기 전에 먼저 요구했다.

"내게 충성을 맹세하라. 그리고 나를 주인이라 부르라."

"매, 맹세합니다, 주인님."

나르베니는 얼굴을 더 들이대며 말했다. 하지만 그의 손은 그녀가 다가온 만큼 뒤로 물러났다.

"맹세하겠습니다!"

그녀는 계속 무릎으로 걸으며 다가갔으나 아무리 가도 그의 손은 가까워지지 않았다.

"네 젊음을 유지하려면 매번 거기에 준하는 피가 필요하다."

그의 말이 떨어지자마자 그녀는 대꾸했다.

"바치겠나이다."

"내게 필요한 게 아니라 네게 필요하다. 인간의 피를 마실 자신이 있느냐?"

"마시겠습니다, 주인님."

마침내 남자의 손이 나르베니의 얼굴에 닿았다. 그의 손이 닿자마자 얼굴이 팽팽하게 당겨지는 것이 느껴졌다.

"이제 앞으로 밖에 나설 때마다 귀찮은 짓을 해야겠구나, 나르베니."

"그게 무엇인지요?"

남자는 숨죽여 웃었다.

"이 일을 들키지 않으려면 거꾸로 나이 들어 보이는 치장을 해야 할 게 아니냐?"

그의 조언은 나르베니에게 짜릿한 쾌감마저 안겨주었다.

그녀는 얼굴을 손으로 만졌다. 만져만 봐도 확연히 달라졌다는 것을 느낄 수 있었다. 하지만 직접 눈으로 확인하고 싶어 거울을 찾았다. 지하실에 있는 거울은 다 깨 버려서 남은 게 없었다. 그녀는 손이 베이는 것도 아랑곳 않고 깨진 거울을 집어 들었다. 하지만 어두운 지하실 안에서는 정확히 어떻게 변했는지 잘 보이지 않았다.

나르베니는 지하실 계단을 뛰어 올라갔다. 그녀는 이른 새벽, 아직 하녀 한 명 깨지 않은 저택의 복도를 달렸다. 그리고 자신의 방으로 돌아갔다. 거기에 전신을 비추는 거울이 있었다.

나르베니는 지저분한 옷을 벗어 버리고 알몸으로 거울 앞에 섰다. 거기에 스무 살이 된 소녀가 서 있었다.

"맙소사."

나르베니는 얼굴을 손으로 쓰다듬으며 말했다. 어느 순간 뒤에서 나타난 남자가 그녀의 어깨를 가만히 쥐었다. 그녀는 거울에 비친 자신의 얼굴만 바라보며 말했다.

"이제부터 제가 무얼 하면 되나요, 주인님?"

남자가 말했다.

"로크를 멸망시켜라."

나르베니는 대답했다.

"네, 주인님."

"잘 타는군."

나르베니는 아직도 꺼지지 않고 불타오르는 앤발디를 내려다보며 중얼거렸다.

이런 몸이 되어 단 하나 마음에 드는 것이 있다면 하늘을 날 수 있다는 점이었다. 누구도 방해하지 않는 허공을 거꾸로 떠 있을 때의 해방감은 성적인 쾌감 따위와는 비교할 수 없을 정도였다.

나르베니는 커다란 날개를 펼치고 허공에 뜬 자신의 모습이 지상에서 어떻게 비치고 있는지 잘 알았다. 이대로 로크로 돌아가면 공포의 상징이 되어 모든 사람들을 죽음으로 이끌 것이다. 그리고 언제든 아름다운 여자의 모습으로 돌아가 새나디엘처럼 인간들의 복종을 얻어 낼 수도 있을 것이다.

'그런 나더러 앤발디의 뒤처리나 하라고? 중요한 일은 빅터에게 맡기고?'

나르베니는 주인님의 다음 계획을 모두 알고 있었다. 그래서 더더욱 자신의 다음 할 일을 잘 알았다. 로크만 무너지고 나면 그녀는 빅터부터 죽일 것이다. 빅터의 계획대로 세상을 멸망시키고 일을 끝내기에는 아직 그녀가 하고 싶은 일이 많았다.

“로크만 무너지고 나면 넌 필요 없어, 빅터.”

나르베니는 활짝 날개를 펼쳐 리마 성을 향해 날아가며 중얼거렸다.

“주인님의 옆자리는 내 것이다.”

✦Chapter 11✦
리마 성

로크의 방비에 관련된 작업은 더욱 빨라졌다. 몇 년 전에 큰 전쟁을 치러 보기도 했고, 얼마 전에 큰 사건도 있었으니 카셀은 다가오는 전쟁에 대한 시민들의 공포가 클 거라고 생각했다. 그러나 의원들은 사람들을 설득해 오히려 열심히 일을 하게 만들었다. 입만 놀릴 줄 아는 인간들이라고 욕하던 타냐도 그들이 입으로 해내는 성과를 칭찬했다.

의회 의원들은 또한 원활한 지휘 체계를 위한 지휘관 선정도 서둘렀다. 원래대로라면 최소한 보름 정도 후보 물색과 투표를 진행해야 하지만, 반나절 만에 과반수 찬성으로 로크 경비대의 캡틴 하로우를 총사령관으로 뽑았다.

하로우는 하루에도 몇 번씩 붉은 장미의 군대를 직접 찾아가 그쪽 지휘관과 의견을 교환했다.

'서로 다른 두 나라의 지휘관이 쉽게 의견을 조율하기가 어려울 텐

데, 저 두 사람은 잘하고 있어. 여긴 내가 없어도 될 거야.'

카셀은 그들이 신경 쓰지 않게 하려고 그들을 만나러 가지 않았다.

타냐는 그때 같이한 저녁 식사 이후 한 번도 드래곤 기사단 건물로 돌아오지 않았다. 그녀는 없는 시간을 쪼개 밤을 새워서 그랜드 로크의 마법사들을 가르쳤다. 축복의 탑을 움직이기 위한 최소한의 교육이었다. 그리고 모즈의 독에 대비한 해독제 개발을 위해 리펜다스 의장을 비롯한 일부 직책 높은 마법사들을 불러 연구하기도 했다. 타냐는 전쟁의 중심에 있었다.

"당연한 걸 알면서도 보고 싶은 건 아직 내가 철이 덜 들었기 때문일까?"

남쪽 성 망루에 서서 하소연하는 카셀의 말을 듣고 제이가 대꾸했다.

"보고 싶으면 보러 가면 되지."

카셀은 반쯤 입을 열었다가 닫았다.

문제는 카셀도 바쁘다는 것이었다. 아마도 카셀은 로크 내에서 타냐 다음으로 바쁜 사람일 것이다. 이렇게 겨우 시간을 내어 제이와 만날 수 있는 것도, 경비 상황을 점검한다는 핑계였다. 폭력 사건을 일으킨 후 카셀은 라이를 항상 옆에 끼고 다니고 있었으나 별 도움이 되는 건 아니었다. 지금도 그는 카셀과 제이의 뒤에서 아무것도 하지 않고, 아무 말도 하지 않고 서 있기만 했다.

'제이메르의 말이 맞아. 보고 싶으면 보러 가면 그만이지.'

바쁘다는 건 언제나 좋은 핑계거리였다.

"너, 타냐랑 같이 있는 거 부담스럽지?"

제이는 난간에 양팔을 늘어트려 걸치고 물었다. 카셀은 제이를 흉내

낸 포즈로 팔을 늘어트리고 투덜거렸다.

"제이메르 따위한테 분석 당하다니……."

"장난하지 말고!"

"맞다는 소리야, 네 말이."

"어째서? 내가 보기에도 타냐는 너 좋아해. 티 많이 나. 그 여자가 그 정도 티 내는 거면……, 뭐, 확실한 거 아니냐?"

"사태를 단순화시키지 좀 마. 그런 건 솔직히 좀…… 아아, 타냐와 얼굴을 맞대지 않고 얘기를 나눌 수 있었던 하푸 밑의 동굴 안이 내게는 더 편했던 것 같아."

"얼굴이 너무 예뻐져서 오히려 부담되냐?"

"너한테 고민 상담한 내 잘못이다."

"그러지 말고…… 너, 타냐랑 한번 자 버려."

카셀은 어처구니가 없어 벌린 입을 다물었다 열었다를 반복하다가 제이의 어깨를 한 대 쳤다. 그의 근육 앞에선 도리어 카셀의 주먹이 더 아팠다.

"너 지금 그런 것도 충고라고 하는 거냐?"

"뭐! 내 경우에는 그랬다. 때론 그게 더 좋아. 넌 여자를 너무 소중히 여겨. 너무 아끼려고 한 나머지 쩔쩔매지."

"너 진짜……."

카셀은 몇 마디 퍼부어 주려다가 말았다.

"아, 빌어먹을, 너 때문에 타냐 얼굴 더 못 보게 생겼다. 볼 때마다 네 충고가 생각날 것 같아."

"그런 건 원래 한번 저지르고 나면 더 생각나."

"너 내가 진짜로 치면 피할 거지?"

"말이라고 하냐? 넌 내 간격 안에 들어오지도 못해!"

"그럼 잘됐네. 적어도 난 주먹질을 하고 싶으니까! 네가 피하든지 말든지 확 그냥……."

"요는, 우리들도 언제 죽을지 모른다는 거야."

제이는 갑자기 진지하게 말했다. 카셀은 들었던 주먹을 도로 내려놓았다.

"너도 그런 생각해?"

"루티아에서 싸워 봐서 알아. 잘못 걸리면 죽어. 그러니까 내 말은, 그놈 한 마리한테도 죽을 수 있다는 거야. 그놈이란 건, 모즈."

"아무리 너라도?"

"아무리 나라도."

제이는 나직이 중얼거렸다.

"그런 놈들이 몇백이 아닌, 몇만이라잖아. 여기 군대로는 못 막아."

카셀은 재빨리 주위에 다른 사람들이 있나 살폈다.

"그런 말 함부로 하지 마."

"로일, 던멜, 나, 그렇게 셋이 힘을 합쳐서 백 마리 조금 넘게 잡았어. 그것도 꽤 위험했지. 그런 놈들이 몇만이라고?"

2만에서 4만. 다시 8만. 모즈의 숫자는 의회에 보고될 때마다 수치가 증가하고 있었다.

"포기해라, 카셀. 로크는 무너진다."

"시끄러워. 무서우면 도망치시던가?"

제이는 드물게도 부드러운 미소를 지으며 카셀을 올려다보았다.

"그래 버릴까?"

카셀은 그의 농담이 오히려 불안했다.

"제이메르 너, 무슨 일 있었어? 요새 가끔 이상한 말 하더라?"

"난 원래 이상하게 말했어."

제이는 다시 고개를 돌려 먼 곳을 응시했다. 늘어트린 양팔을 난간 밑으로 대롱대롱 흔들거리고 있으니, 의욕 없어 괜히 한번 자살 생각을 해 보는 사춘기 소년 같았다.

"그런데 드래곤 기사단이 떠나고 사흘 정도 지나지 않았나? 왜 소식이 없지?"

제이가 물었다. 카셀도 궁금했다. 앤발디가 무사하다면 무사하다는 소식이, 함락되었다면 함락되었다는 소식이 올 때가 되었다.

"드래곤 기사단을 걱정해 주네. 웬일로?"

"거기에 있는 어떤 녀석을 알거든. 그놈한테 뭣 좀 물어볼 게 있어서. 무사히 돌아오면 좋겠는데……."

"나도. 캡틴 데라둘과 하고 싶은 얘기가 많아."

두 사람은 거기까지 말하고는 한참이나 서로에게 말을 걸지 않았다. 카셀이 이 짧은 휴식을 끝내고 일어설 때 내내 뒤에 없는 것처럼 서 있던 라이가 말했다.

"사람들이 공격당하고 있다."

카셀은 주위를 두리번거렸지만, 근처에 아무도 없었다.

"어디?"

라이는 여태껏 카셀이 바라보고 있던 방향을 가리켰다.

"저곳."

"어떤 사람들?"

카셀과 제이는 고개를 길게 빼고 라이가 가리킨 방향에 뭐가 보이는지 보려고 눈을 가늘게 떴다. 그러나 인간의 시력으로 레미프의 시력이 닿는 곳을 내다보는 건 무리였다.

"검은 기사들이 셋. 공격당하는 쪽, 백 스물. 일반인과 기사, 섞였다. 기사는 열 명 정도."

"일반인?"

카셀은 뭔가 생각나는 바가 있어 황급히 말했다.

"라이, 지금 저들을 구해 줄 수 있겠어?"

"있다."

라이는 날개를 펼치고 확인 조로 한 번 더 물었다.

"지금, 가?"

"가!"

카셀은 서둘러 명령했다. 제이가 라이의 앞을 막아섰다.

"나도 데려가라. 나 하나 정도는 들고 날 수 있지?"

라이는 '왜?'라는 질문은 하지 않고, 제이를 유심히 보고만 있다가 대답했다.

"좋다."

라이는 제이를 뒤에서 끌어안더니 망루에서 뛰어내렸다. 조금 무거웠는지 바닥까지 거의 떨어지는 듯하더니 곧 위로 활공해 올라갔다. 카셀은 말없이 둘을 바라보다가 중얼거렸다.

"제이메르 저 녀석, 높은 곳은 싫어한다더니 왜……?"

제이는 높은 곳이 질색이었다. 지붕에 앉아 있는 건 그 두려움을 자극해 짜릿해서 좋지만, 절벽 위나 탑처럼 아래가 훤히 내다보이는 높은 지대는 싫었다. 그러니 디딜 곳 없이 매달려 하늘을 나는 건 제이에게 고통 그 자체였다. 라이는 그런 제이를 고려하지 않고 몇 번이나 격렬한 날갯짓으로 속도를 높였다. 늦게 가 달라고 부탁할 상황도 아니니 제이는 그저 지금 벌어지고 있는 상황에만 집중했다.

슬슬 라이가 멀리서 목격했던 광경이 제이의 눈에도 보였다.

라이의 말대로 로크 쪽으로 백 명 넘는 사람들이 달려오고 있었다. 검은 기사들 셋이 그들을 뒤쫓고 있었다. 중간 중간에 끼어 있는 로크의 기사들 몇 명이 검은 기사들을 저지하고자 했으나, 상대가 되질 않았다. 로크의 기사들이 타고 있는 말로는 황소처럼 앞에 있는 거라면 닥치는 대로 들이받으며 달리는 전투마를 상대하는 게 쉬운 일이 아니었다.

라이는 최대한 바닥에 닿을 듯 낮게 날았다. 제이는 땅이 가까워지자, 그렇게 반가울 수가 없었다.

"놓는다?"

라이가 말했다.

"놔!"

제이는 나는 속도에 맞춰 바닥을 달리며 소리쳤다. 라이가 두 팔을 놓자 생각보다 속도가 빨라 감당이 되지 않았다. 제이는 바닥을 심하게 굴렀다.

'전에 마차에서 뛰어내리는 연습을 해두길 잘했군. 할 때는 쓸데없는 짓이라고 생각했지만.'

제이는 먼지를 뒤집어쓰고 약간 긁힌 것 빼고는 별로 다치지도 않고 일어날 수 있었다. 제이의 옆으로 피로에 찌들고 공포에 질린 얼굴을 한 사람들이 스쳐 갔다. 그 행렬의 가장 끝에서 드래곤 기사단이 따라오고 있었다.

"나와 하늘 산맥의 레미프가 맡겠다. 계속 달려라."

제이는 그들에게 크게 소리쳤다.

"죽지 않는 자들이오."

기사 중 하나가 제이의 옆에서 말을 멈추고 절망적으로 외쳤다. 제이와 라이가 나타나 준 것을 그다지 기뻐하지도 않는 목소리였다.

"우리는 스무 명이나 희생하는 와중에도 저들을 필사적으로 공격했으나, 몇 번을 찔러도 죽질 않았소."

"알아! 그러니까 얼른 달리기나 해."

그사이 검은 기사 하나가 제이를 발견하고 엄청난 속도로 돌진해 왔다. 보고했던 기사는 겁에 질려 달아났다. 제이는 칼을 뽑아 두 손에 쥐었다.

'죽여도 바로 부활하는 건 아니라고 했지?'

제이는 고개를 숙여 검은 기사가 휘두르는 창을 피했다. 그리고 바닥을 쓸듯이 칼을 휘둘러, 달리는 말의 앞다리를 하나 베어 버렸다. 달리는 속도가 보통이 아니었으니 당연히 넘어지는 것도 요란했다. 말 위에 타고 있던 검은 기사는 먼지를 일으키며 스무 걸음 넘게 바닥을 미끄러졌다. 제이는 비틀거리며 일어서는 검은 기사에게 달려가 머리를 칼로 날려 버렸다.

그사이 하늘에서 활공해서 내려간 라이가 검은 기사 하나를 낚아채 하늘로 올라갔다. 검은 기사는 그 묵직한 쇠 주먹으로 라이의 가슴과 배를 치며 저항했으나 오히려 라이의 무릎에 얻어맞아 목이 옆으로 꺾였다. 라이는 까마득한 높이에서 검은 기사를 떨어트렸고, 바닥에 추락한 검은 기사는 산산이 조각났다.

남은 검은 기사 하나는 동료 둘의 죽음에도 별 동요를 보이지 않고 칼을 내밀었다. 앞발로 바닥을 긁는 말이 강한 투지를 보이며 제이를 노려보았다. 검은 기사를 향해 날아가는 라이를 보고 제이는 손을 내밀었다.

"내가 상대한다."

라이는 날개를 활짝 펼쳐 날아오던 속도를 늦추더니 그대로 바닥에 착지했다. 그리고 제이의 부탁대로 더 접근해 오지 않았다.

"저놈이랑은 해결할 일이 좀 있어."

제이는 칼끝을 앞으로 내밀었다.

"방금 죽은 두 놈 중에 날 겁주던 그놈이 있냐, 아니면 네가 그놈이냐, 아니면 네놈들 모두 그런 이상한 짓들을 할 수 있는 거냐? 어느 쪽이든, 네 투구 안의 얼굴을 보여 봐라. 이제 더 이상 그런 걸로 날 어쩌지 못하니까."

제이는 소리쳤다.

"투구를 벗어라!"

"의기양양하군."

듣기 싫은 괴물의 목소리도 아니고, 레미프어도 아니고, 알아들을 수 없는 고대어도 아닌 또렷한 사람의 목소리가 투구 안에서 흘러나왔다. 아버지 티온의 목소리였다. 검은 기사의 몸에서 흘러나오는 검은 기운이 제이의 주위를 어둡게 물들였다.

"그런다고 너의 공포를 없앨 수 있을 것 같은가?"

"없앨 수 없지……."

몇 번이나 반복되는 광경인데도 제이는 무서웠다. 어린 시절 두려움의 전부였던 사람을, 컸다고 두렵지 않다고 말하는 건 거짓말이었다.

제이는 상대와 거리를 좁히며 달려갔다. 검은 말은 앞발을 치켜세우며 단숨에 제이에게 달려들었다. 검은 기사의 창이 제이의 목을 겨냥하고 날아왔다.

창날이 제이의 어깨를 스치며 바닥에 내리꽂혔다. 그리고 제이의 칼은 말의 목을 베고 그 위에 타고 있는 검은 기사의 옆구리까지 벴다. 머리가 날아간 말이 바닥을 구르고 타고 있던 검은 기사도 말과 함께 몇 바퀴를 굴렀다. 검은 기사의 다리 한쪽이 떨어져 나가고 팔 하나가 떨어져 나갔고 마지막으로 투구가 바닥으로 굴러떨어졌다.

갑옷 안에는 아버지가 있었다.

"또 한 번 나를 죽일 셈이냐, 아들아? 넌 평생 나의 공포를 안고 살아야 한다. 평생, 죽는 그 순간까지."

제이는 피를 토하며 말하는 아버지의 얼굴을 보고 칼을 앞으로 내밀었다.

"알아. 평생 안고 살 거다."

제이의 칼이 아버지의 목을 베었다. 검은 연기가 폭발하며 옆으로 흘러나갔다.

제이는 빠르게 칼을 칼집에 집어넣고 돌아섰다. 머리 없는 말과 머리 없는 기사가 서로 뒤엉켜 꿈틀대는 모습은 그리 오래 볼 만한 광경은 아니었다. 하지만 제이는 어딘지 속이 후련해지는 기분이었다.

"적어도 아버지는 죽어 가면서 그런 구차한 말은 안 했어."

갑자기 브란더의 말이 떠오르자 절로 미소가 떠올랐다.

'네 말이 맞아, 브란더. 내가 아버지의 죄를 갚을 필요는 없지.'

걸어가는 제이 옆으로 라이가 다가왔다.

"검은 기사, 너, 둘이서, 무슨 말, 했나?"

"집안 문제다. 관심 갖지 마라."

라이가 손을 내밀었다.

"날아가자. 멀다."

"싫다."

"그럼 나 혼자 간다."

"혼자 가."

그러자 라이는 혼자 날아서 갔다.

"진짜 혼자 가네."

제이는 투덜대며 앞서가고 있는 드래곤 기사들과 합류했다. 그들은 피곤하지만 안도하는 눈빛으로 그에게 인사했다.

"정말 고맙소."

"꼼짝없이 전멸당하는 줄 알았소."

"말 위에 탄 기사를 그런 식으로 공격하는 건 처음 봤소. 대단하군."

그중 하나는 전에 제이와 시비가 붙었던 바로 그 기사였다. 그는 머뭇거리다가 손만 슬쩍 들며 어색하게 웃어 보였다.

제이도 손을 들어 주고 그들의 얼굴을 하나씩 살피다가 물었다.

"브란더는?"

한 명이 머뭇거리다가 대답했다.

"그는 빠져나오지 못했소."

앤발디에서 빠져나온 시민들의 절반 정도는 무사히 근처 다른 도시로 피했다. 나머지 절반은 그렇게 하지 못했다.

제이와 라이에게 도움을 받아 살아남은 기사 그라쿠스의 말에 따르면, 검은 날개를 펼치고 날아다니는 악마가 동료들을 불태워 죽였고 몇십 명이나 되는 사람들이 검은 안개에 휩싸여 미라처럼 말라 죽었다고 했다.

결국 브란더는 앤발디의 북쪽에 있는 '리마 성'으로 약 오백여 명의 사람들을 피신시켰다. 동료인 텐드로스는 퇴로가 없는 리마 성에 모두 갇혀 있다간 학살당할 거라고 생각해, 일부 시민들을 빼내어 로크 쪽으로 피신했다. 그러나 적에게 그 경로를 추적당했다. 이 과정에서 텐드로스와 기사 스무 명이 죽고 시민들 백여 명이 죽었다. 살아남은 건 제이와 라이가 구출한 사람들이 다였다.

"리마 성을 포위하고 있는 적의 병력은?"

루에머스 집정관은 굳은 얼굴로 물었다.

"저희들이 빠져나올 당시에는 괴물들만 약 오백여 마리였습니다. 하지만 문제는 그 괴물들보다 죽여도 죽지 않는 검은 기사들과 하늘에서 저주를 쏟아붓는 그 악마입니다."

'나르베니로군.'

카셀은 속으로만 생각했다. 드래곤의 기사 그라쿠스는 건조한 말투로 계속 보고했다.

"많은 희생이 따랐으나, 텐드로스의 판단이 틀렸다고는 할 수 없습니다. 리마 성을 계속 지킬 수는 없었습니다. 제가 마지막에 봤을 때만 해도 식량도, 마실 물도 남아있지 않고, 무기도 거의 없었습니다. 애초에 방어를 위해 지어진 곳이 아니라 오래 버틸 수가 없습니다. 지금쯤……."

그는 말을 끝맺지 못했다.

"리마 성이 어떤 곳이죠?"

카셀이 물었다.

"봉화대를 지키는 작은 성채입니다. 지하실이 넓어 당장 사람들을 수용할 수는 있을지 모르나 퇴로가 없어서……."

로크 수비대의 캡틴 하로우와 일부 의원들, 참모들이 웅성대며 그곳의 시민들을 구하러 가는 방법을 모색하기 시작했다. 특히 살아남았음을 오히려 죄책감으로 여기는 그라쿠스는 그들을 구하러 가는 어떤 작전이든 자기가 가장 앞에 서게 해 달라고 부탁했다.

'쉬운 일은 아니야.'

리마 성까지는 말을 타고 전력 질주 해도 반나절 거리였다. 언제 적이 쳐들어올지 모르는 시기에 가장 귀중한 전력이 되어 줄 기마병을 많이 뺄 수도 없는 노릇이었고, 그렇다고 보병들을 이끌고 가면 그다음 날 도착할 것이다. 그때까지 리마 성이 버티길 기대할 수는 없었다. 이미 함락되었다면 괜한 위험을 감수하는 꼴이기도 했다. 열성적으로 의견을 제시하는 그라쿠스의 말대로 드래곤 기사단 스무 명과 로크 수비대의 기마병 백여 명이 지원을 가는 쪽으로 가닥을 잡아가는 순간이었다.

'아니야. 가면 안 돼.'

카셀은 입을 열지 못했다. 그리고 같은 이유로 루에머스도 입을 열지 못했다. 또 하로우를 보좌하는 나이 많은 참모관도 안절부절못했다. 루에머스가 펜을 들어 뭔가를 써서 카셀에게 밀었다. 루에머스는 짧은 문장 안에 자기 의견을 모두 담았다.

'당신이 말하라. 나와 참모는 말할 수 없다.'

카셀은 아랫입술을 지그시 깨물었다. 루에머스가 옳았다. 집정관은 절대 말할 수 없는 문제였다.

'책임을 짊어져 달라는 부탁이구나.'

카셀은 루에머스를 보고 고개를 끄덕인 다음 입을 열었다.

"원군을 보내선 안 됩니다."

다들 눈이 동그래졌다. 원로의회의 대표로 나선 의원이 턱수염까지 바르르니 떨며 말했다.

"지금 캡틴께선 이백 넘는 사람들의 생명을…… 포기하자는 말씀이시오?"

"예, 포기합니다. 기마병을 보낼 수는 없습니다."

"닥치시오. 의회에 출입할 권리조차 없는 사람이 그런 명령을 내릴 자격은 없소!"

원로 의원의 말에 원탁에서 한참이나 떨어진 곳에서 혼자 다리를 꼬고 앉아 있던 라틸다가 조용히 입을 열었다.

"그건 저도 포함입니까, 의원?"

붉은 입술에서 새어 나오는 하얀 연초 연기가 회의실 천장을 뿌옇게 흐렸다. 그녀가 내미는 연초 파이프 아래로, 옆에 있는 경호 기사가 은잔을 내밀어 재를 받았다.

"군사 작전에 참가시켜 주셨으나 전략 전술 같은 걸 전혀 모르니, 전 가급적 말을 하지 않으려고 했어요. 제 귀에 여러분들 발음이 우습게 들리는 것만큼이나 제 발음이 여러분들 귀에 우습게 들릴 테니 나서기도 창피하고요. 하지만 캡틴 울프의 생각이 틀리지 않다는 걸 여러분들 모두 알고 계시지 않나요?"

조금도 강압적이지 않은 라틸다의 목소리에 원로 의원은 기가 죽었다. 그녀는 자신의 외모가 가지는 힘을 잘 알았고, 그걸 적절하게 이용하는 타이밍도 알았다. 카셀은 입이 아닌 행동으로 상대를 제압하는 그녀의 기술을 감탄하면서도 경계했다. 타냐가 누누이 경고했듯 그녀는 적이 될 수도 있는 여자였다.

"적의 주력 부대 위치가 중요하겠군. 현재 예상 위치는 어디요?"

루에머스의 질문에, 늙은 참모가 조심스레 말했다.

"레오피오에서 앤발디에 다다른 시간을 생각하면 정말 경이적이라 하지 않을 수 없습니다. 그 속도로 앤발디를 떠났다면 오늘 밤…… 아니, 최악의 경우 이미 도착해 어딘가에서 기다리고 있을지도 모를 일이지요."

"원군 포기에 대한 캡틴 울프의 의견에 대해선 어떻게 생각하시오?"

루에머스가 곧바로 이어 물었다.

참모는 짧게 답했다.

"동의합니다."

"나도 동의하오."

루에머스가 회의를 끝내는 어조로 말했다. 드래곤 기사 그라쿠스가 강력히 반발했다.

"지금 드래곤 기사들을 포기하시겠다는 뜻입니까? 리마 성에는 일반 백성만 있는 게 아닙니다. 드래곤 기사들도 사십여 명이 살아남아 있습니다. 그들은 어쩌시겠습니까?"

말하는 상대는 루에머스였으나 증오의 대상은 카셀이었다. 카셀은 처음 입을 열 때부터 그 증오를 받아들일 준비가 되어 있었다. 그러니 자연스럽게 카셀이 대꾸할 수밖에 없었다.

"리마 성에서 사람들을 죽이는 게 검은 악마라면 나르베니일 것이고, 나르베니가 있다면 마법사 없이 그곳은 단 한순간도 지킬 수 없습니다. 기마병을 백이 아닌 이백을 데려가도 나르베니를 막을 수는 없을 겁니다. 저는 카모르트에서 몇백 명의 병사들이 검은 기사 열두 명을 막지 못해 단숨에 무너지는 것도 보았습니다."

"마법사를 데려가면 되지 않소?"

"나르베니를 막을 마법사를? 마스터 타냐더러 로크를 비우란 거요?"

"애초에 캡틴 울프의 계산은 틀렸습니다. 우리 드래곤 기사단은 이틀째 그 암흑의 마법을 막고 있습니다!"

"막고 있는 게 아니라, 일부러 내버려 두고 있는 겁니다."

루티아도 그렇고, 적의 작전은 지나치게 단순했다. 그래서 늘 통했다.

"적은 이쪽에서 그곳으로 원군을 보내길 원합니다. 고통스럽게 쫓기는 당신들을 로크까지 보내 주면서요. 더 심하게 말하자면 당신들이 살아남을 수 있었던 것도 적의 계획입니다."

"뭐, 뭐요?"

"제이메르와 라이가 조금 빨리 뛰어들어 희생을 줄인 것뿐이지요. 그 둘이 아니었더라도 당신은 로크까지 무사히 도착했을 겁니다. 이 사실을 우리에게 알리라는 적의 의도에 따라서요."

그렇지 않아도 정신적 충격이 큰 그라쿠스는 침울해진 얼굴을 바닥으로 떨어뜨렸다.

"그러나 리마 성은……."

지휘관 하로우는 뭔가 강하게 이의를 표하려 했다. 하지만 카셀이 그의 말을 기다려 주니 오히려 말을 잇지 못했다. 다시 카셀이 말했다.

"여러분, 적은 가넬로크를 무너트리는 걸 시작으로 대륙 전체를 무너트릴 준비를 마치고 하늘 산맥을 내려왔습니다. 그들은 마법의 도시 루티아조차 나디움을 공격하기 위한 함정으로 써먹던 자들입니다. 고작 리마 성 하나에 애를 먹을 이유는 없습니다. 리마 성 자체가 함정입니다."

"의회는 캡틴 울프의 의견에 동의하겠소."

루에머스는 자신이 의견을 말한 게 아니라 카셀의 의견에 동의한 것으로 마무리했다. 그 잔인한 결정을, 집정관으로서 힘겹게 받아들이는 모습으로 연출한 것이었다. 카셀은 마지막까지 자신을 노려보는 의원들과 기사를 뒤로하고 회의실을 나왔다.

바깥의 찬 공기를 들이마시자 속에서 뭔가 울컥 솟아올랐다. 카셀은 입을 막고 벽에 손을 짚었다. 힘을 잃은 팔뚝이 격렬히 떨렸다.

'왜 이러지?'

리마 성의 모습이 눈에 보이는 듯했다. 아니, 실제로 그 끔찍하고 선명한 영상이 방금 전 겪은 기억처럼 머릿속을 들었다가 놓았다.

리마 성은 불타고 있었다. 그 불길 속에 사람들이 까맣게 타거나 진흙 속에 파묻혔다. 시체더미 위에 검은 날개를 펼친 여자가 카셀을 보더니 깔깔대고 웃었다. 죽은 사람 모두가 다 아는 사람 같았다. 그들이 죽을 때 겪은 고통이 모두 전해지는 것 같았다.

보검 손잡이에 박힌 보석이 빛을 내고 있었다. 카셀은 보검을 꽉 잡았다.

'당신이 보여 주는 모습입니까, 즈토크 워그? 바꿀 수 없는 미래라면 보여주지 마십시오.'

화강암을 말끔하게 깎아 만든 하얀 바닥에 카셀의 눈물이 떨어졌다. 그 눈물 자국 옆으로 커다란 늑대의 발이 다가왔다. 카셀은 얼굴을 들어 무릎 꿇은 자기보다 더 높은 곳에 있는 늑대의 머리를 올려다보았다.

"제, 제가 왜 이러는 거죠? 거기서 곧 죽을 사람들의 모습이 모두 보이고 있어요. 제가 내린 결정으로 죽는 사람들이겠지요. 제게 그럴 권리가 있습니까?"

카셀은 늑대의 목을 꽉 끌어안았다. 은빛 털이 카셀을 포근하게 감쌌다.

"무서워요, 타냐. 이보다 더한 결정을 내리게 될 것 같아 무서워요."

늑대가 앞발을 들어 카셀의 등을 감쌌다. 그 몸은 천천히 인간의 몸으로 바뀌었다. 타냐는 자신에게 힘없이 매달린 카셀을 안으며 말했다.

"어떤 결정을 내리든 그 옆에는 반드시 제가 있겠습니다, 카셀. 당신이 어떤 죄를 지든 같이 짊어지겠습니다."

타냐는 적의 선두 부대가 이미 남쪽 평원에 도달했다는 소식을 알려 주기 위해 늑대로 변하여 전력을 다해 달려왔던 차였다. 그리고 울고 있는 카셀을 발견했다.

타냐는 달려가 카셀을 안아 주었다. 그것밖에 해 줄 수 없었다.

타냐도 무서웠다. 그녀의 눈에는 불타는 리마 성이 아닌, 불타는 로크가 보이고 있었다. 라틸다가 꿨다는 꿈처럼 무너진 축복의 탑이 보였다.

'죽지 않는 자들의 군주가 내민 손길이 우릴 지배하기 시작하는 거야. 그의 가장 강한 마법은 파괴의 힘이 아니라 공포니까.'

타냐는 크나딜의 동굴에서 카셀이 했던 말을 돌려주었다.

"지면 안 돼요, 카셀. 지지 말아요."

'살아있는 한 우린 더 성장할 수 있다. 나는 말에서 굴러떨어져 치욕스럽게 패했고 훌륭한 기사들을 잃었다. 그러나 우리는 살아남았다. 그 일을 수치로 여기지 마라. 다시 일어설 수 없는 것이 수치다. 드래곤이 없어도 우리는 드래곤 기사단이다. 드래곤께서는 돌아오신다. 그때 우리가 엉망으로 무너진 기사단을 보여드려야 하겠는가?'

데라둘은 10년 전 전쟁에서, 패퇴하고 쓰러진 기사들을 일으키며 외쳤다. 그리고 그는 정말로 기사단의 전력을 회복시켰다.

데라둘, 그는 브란더의 영웅이자 스승이었고 캡틴이었다. 그런 그가 앤발디에서 죽었다. 브란더는 부모님께서 돌아가셨을 때만큼이나 통곡했다.

리마 성에는 이제 먹을 것이 남아 있지 않았다. 물도 없었다. 마지막으로 물을 마신 게 언제인지 기억도 나지 않았다. 밤은 길었고 지쳐 잠든 사람들은 마른기침을 하며 뒤척였다. 어둠 속에서 어린아이의 울음소리가 들렸다.

동료가 다가와 피곤한 목소리로 말했다.

"브란더, 네 차례야. 한숨 자라."

브란더는 메마른 입술을 겨우 움직여 대답했다.

"됐어. 어차피 잠도 안 와."

"어제도 못 잤잖아. 눈이라도 붙이고 있어."

"괜찮대도."

브란더는 계단 옆에 쭈그리고 앉았다.

"원군이 올 것 같나?"

잠들지 못하는 노인들, 힘없이 허공을 응시하는 아낙들, 부상으로 몸을 움직이지 못하는 앤발디의 병사들……. 그들은 모두 브란더의 대답을 기다렸다. 브란더는 그들을 보다가 대꾸했다.

"반드시 올 거야. 하루만 더 버티면 살아남을 수 있어. 설마하니 드래곤의 기사들이 마흔 명이나 생존해 있는 이곳을 버리겠어?"

"그런가?"

"안 움직이니까 비관적인 생각을 하는 거야. 산책이나 하지."

브란더는 절룩거리는 다리로 계단을 올라갔다. 하늘에는 약간 구름이 있었으나 별도 달도 잘 보였다. 최근에는 날씨가 줄곧 좋았다. 브란더는 주위에 사람이 없는 걸 확인하고 속삭이듯 말했다.

"방금 거짓말이었다. 내가 로크 쪽 사령관이라면 원군을 보내지 않을 것이다."

"그, 그럼 아까는……."

"듣는 귀가 많아서."

리마 성의 성벽은 쉽게 오를 만큼 낮지 않았다. 상대가 일반 군대라면 어느 정도 피해를 각오하고 공성전을 할 만했다. 그러나 검은 기사들이 타고 있는 말은 이 정도 높이의 성벽을 한 번에 뛰어 넘어왔고, 드래곤의 기사들을 몇 명이나 베고 되돌아갔다. 그런 식의 기습이 몇 번이고 이어지다 보니, 살아남은 마흔 명 중에 몸이 성한 기사는 아무도 없었다.

브란더도 검은 기사를 상대하다가 허벅지를 창에 찔렸다. 걸을 때마다 비명이 나올 정도로 아팠다. 하지만 어차피 약도 없고 쉴 시간도 없고, 아프다고 해봐야 봐줄 사람도 없고, 고통이 줄어드는 것도 아니니 안 아픈 셈 쳤다.

"저길 봐라. 저 많은 괴물들이 그저 포위하는 것 외에는 아무것도 하지 않잖아."

브란더는 지평선에 점처럼 움직이는 그림자들을 가리키며 말을 이었다.

"도망을 못 가게 한다, 그렇다고 죽이지도 않는다. 천천히 괴롭힐 뿐……. 로크에서 원군이 오길 기다리는 거다. 우린 미끼야. 이런 미끼에 빠지는 의원이 로크에 없길 바라야지. 더 무서운 건 뭔지 알아? 저렇게 많은 괴물들이 전체 군대에 비하면 극히 소수라는 거다."

"너, 대단하다. 나도 그런 생각을 하긴 했다만, 이 상황에서 어떻게 그렇게 냉정하게 말할 수 있는 거냐?"

"캡틴 데라둘께서 작전 중에 돌아가셨다. 그 시체를 버리고 온 우리들이 무슨 자격으로 살아 있으려 하느냐? 다만 내 책임으로 데려온 사람들을 지키지 못한 죄책감만 있는 거다. 그래서 무섭지 않은 거고, 그래서 말할 수 있는 거다."

브란더는 성벽 위 좁은 난간에 서서 밖을 내다보았다. 잠이 없는 괴물들의 붉은 눈동자가 어둠 속을 어슬렁거리며 움직이고 있었다. 괴물들은 무기 없이도 드래곤 기사들과 상대할 만큼 막강했다. 갑옷을 뚫을 수는 없어도 그 발톱과 이빨에 스친 기사들은 시름시름 앓으며 죽어 가고 있었다. 독 때문이란 걸 알아도 약이 없으니 아무 처치도 할 수 없었다.

브란더는 난간을 주먹으로 내리쳤다.

"내가 남았어야 했다. 캡틴 데라둘을 내쫓고 내가 그 작전을 맡았어야 했다. 나는 명령이라는 변명 때문에 그분을 가장 위험한 곳에 팽개치고 도망친 거야."

브란더는 분을 삭이지 못해 소리를 버럭 질렀다. 근처에서 경계를 서던 다른 기사들도 놀라 돌아보았다.

"캡틴의 고집을 알면서 그러나? 네가 그런다고……."

"방법이 없는 것도 아니었다. 내가 그 자리에서 캡틴 자리를 받아들였으면 그만이었다. 즈토크 가넬을 내가 물려받았으면, 데라둘도 내 명령을 들어야 했지!"

"브란더, 네가? 혹시……?"

"그래. 캡틴께서는 계속 내게 자리를 물려받으라고 하셨다. 하지만 드래곤 기사단의 캡틴은 오직 드래곤만 지명할 수 있다. 내가 그 정도 자격이 있다고도 생각하지 않았고 규칙을 깨는 첫 번째가 되고 싶지도 않았다."

듣고 있던 동료가 브란더의 어깨를 짚었다.

"브란더, 정말 캡틴께서 그런 말씀을 하셨다면 지금이라도 네가 맡아라. 비상시다. 규칙이 중요한 게 아니야. 그걸 어겨서라도 지휘 체계를 확실히 해야 하지 않겠는가?"

"내 말을 듣지 않았나? 나는 캡틴이 될 자격이 없다. 그럴 자격이 있었다 하더라도 캡틴 데라둘을 앤발디에 버리고 온 순간 사라졌다."

밤은 영원히 계속될 것처럼 오래갔다. 적들은 예고 없이 공격해 왔고, 또 예고 없이 공격해 올 것이다. 또 검은 기사들이 이 성벽을 넘어오면 몇 명이나 더 죽을 것이며, 그런 고통스러운 고문이 몇 번이나 계속되어야 끝이 날 것인가? 브란더는 마지막 살아남는 사람이 자기가 될 것 같아 무서웠다.

"나를 저주한다. 캡틴을 죽인 게 나라면 대체 나는 무엇을 어떻게 해야 그 죄를 씻을 수 있단 말인가?"

브란더는 갑옷을 모조리 벗어 던졌다. 안에 겹쳐 있는 사슬 갑옷까지 벗어 성벽 밑으로 던져 버리더니 칼 한 자루만 들고 성벽 아래로 뛰어내려갔다. 착지하는 순간 겨우 아물어 가던 허벅지의 상처가 터졌다.

경계를 서고 있는 동료들이 소리쳤다.

"브란더, 무슨 짓이냐? 올라와라."

성벽을 내려온 먹잇감을 발견한 괴물들이 냄새를 맡으며 다가오기 시작했다. 검은 기사들이 말을 타고 달려와 브란더를 향해 달려왔다. 브란더는 목청껏 소리쳤다.

"나르베니, 들어라! 드래곤 기사단의 브란더가 말한다."

검은 기사들이 다가오다가 말을 세웠고 괴물들도 누군가의 명령으로 멈췄다.

검은 기사 중 하나가 알아들을 수 없는 말을 하다가 곧 인간의 언어로 바꾸었다.

"어제 나를 벴던 그 녀석이군. 무슨 미련이 남았나? 협상은 없다."

드물게도 그 검은 기사는 자신의 이름을 '앤디'라고 밝히고 브란더를 공격했다. 브란더는 가까스로 앤디의 머리를 떨어뜨렸다. 하지만 놈은 목이 떨어진 뒤에도 움직여 기어이 브란더의 허벅지에 창을 찔렀다. 물론 앤디는 그 다음 잘린 목을 도로 붙였고 지금도 브란더 앞에 당당히 말을 타고 움직이고 있었다.

브란더는 놈을 보자 더욱 자신의 생각을 확신했다. 죽지 않는 녀석들이 이렇게 시간을 끌 이유가 없고, 리마 성에 묶여 있는 사람들은 미끼라는 것!

'나는 절대 아군을 괴롭힐 미끼가 되지 않겠다.'

브란더는 남은 힘을 끌어모아 소리쳤다.

"너에게 할 말이 아니다. 너의 군주를 데려와라."

"네 앞에 나설 분이 아니다."

브란더는 잠시 앤디를 바라보다가 허공에 대고 소리 질렀다.

"나르베니, 가넬로크에 대한 그대의 맹세는 어디 갔는가? 그대의 흉

측한 형상에도 귀가 있다면 그대가 값어치 없이 맹세한 충성심에 배신당해 죽어 간 사람들의 원성을 들어라."

밤하늘 어딘가에서 날개가 퍼덕이는 소리가 들리더니, 나르베니가 브란더 앞에 착지했다.

"원성이라니? 난 안 들리는데?"

나르베니는 남자를 유혹하는 듯 몸매를 한껏 드러내고 서서 미소 지었다. 그런 웃음을 보이며 몇 명의 동료들을 죽였던가? 브란더는 그녀의 미소가 증오스러웠다. 나르베니는 장난스럽게 귀에 손을 댔다.

"나보다 귀 좋은가 봐. 그런 것도 들리게."

브란더는 이가 갈리는 분노를 참고 말했다.

"한때 당신의 열정을 존경한 나를 증오하노라. 데라둘의 분노를 이어받아 나의 통찰력 없는 영혼을 이 자리에서 불태워 그 불길로 너를 베겠다. 내가 하지 못하면 나의 동료들이 할 것이다. 나의 동료들이 못한다 하더라도 천 년을 이어 온 드래곤 기사단의 누군가가 언제고 너를 처단하리라."

"천 년이면 오래도 했지, 뭘. 맥이 끊길 때도 되지 않았어? 아직은 날 존경해도 좋아. 드래곤 기사단을 박살 낸 가넬로크의 집정관! 최초이자, 최후!"

브란더는 성벽에 대고 소리쳤다.

"성문을 열어라. 기사들은 칼을 들어라. 우리가 로크의 미끼가 될 수는 없다."

브란더는 울면서 동료들에게 평생 할 일이 없을 거라고 생각했던 말을 내뱉었다.

"이 자리에서 모두 죽어라. 죽음으로 우리의 마지막 용기를 적에게 보여주자."

하지만 나르베니는 브란더의 의지를 깔깔대고 비웃었다.

"멍청한 기사 놈들의 답답한 기사도의 결론이 그거야? 자살? 까불지 마라, 브란더. 아무도 네 명령에는 따르지 않아. 넌 캡틴도 아니잖아. 그리고 그렇게 죽고 싶으면……."

브란더가 잠깐 성벽 쪽으로 시선을 돌린 사이에 나르베니는 사라지고 없었다. 그녀의 목소리는 등 뒤에서 들리고 있었다.

"……그냥 내가 죽여주지."

브란더는 칼을 등 뒤로 휘둘렀다. 그러나 허공만 그었고 나르베니는 또 아까처럼 그 자리에 있었다. 그녀는 손가락으로 자신의 뺨을 두들기며 말했다.

"로크에 짐이 되지 않게 하겠다고? 좋은 생각이야. 그래, 죽으렴. 그 후에 난 저 성안의 어린아이들을 창대에 꽂아서 로크에 데리고 갈 거야. 여자들을 벗겨서 거꾸로 매달아 까마귀 먹이가 되게 할 거야. 남자들은 사지를 따로 떼어서 로크의 성벽 너머에 선물로 던져 넣어야지. 그래도 너희들의 영혼이 깨끗하다고? 직무유기예요, 드래곤의 기사님. 끝까지 지켜야지요."

나르베니는 손가락을 앞으로 내밀며 말을 이었다.

"용기 있는 척하지 마. 개죽음이니까."

"생명의 가치를 논하지 마라. 너는 그럴 자격이 없다. 나는 드래곤의 기사다. 나의 죽음을 이야기할 수 있는 사람은 오직 드래곤과 드래곤을 따르는 기사들뿐이다!"

뒤에서 들리는 소리는 없었다. 브란더는 뒤를 돌아보지 않았다. 돌아봄으로써 동료들을 죄책감에 젖게 하고 싶지 않았다.

'아무도 따라 주지 않았군. 그래도 좋아. 동료들에게 명령을 내릴 권한 같은 건 처음부터 없었어.'

혼자서라도 싸우겠다고 다짐하며 브란더는 칼을 세우고 소리쳤다.

"캡틴 데라둘을 위하여!"

그러자 등 뒤에서 우렁찬 목소리가 들려왔다.

"캡틴 데라둘을 위하여!"

그제야 브란더는 등 뒤에 동료들이 서 있음을 깨달았다. 이미 와 있었기에 아무 소리도 나지 않았던 것뿐이었다. 부상당해 움직이지 못하고 있는 기사들은 뒤늦게나마 말을 타고 달려 나왔다. 누구 하나 몸 성한 이가 없었으나, 누구 하나 물러나지 않았다.

브란더는 뒤를 돌아보고 굳은 각오로 동료들을 향해 고개를 끄덕여 보였다. 모두들 그를 향해 고개를 까닥했다.

"지금 기억난 건데, 난 이런 모습을 하기 전에도 너희들의 그런 잘난 척은 꼴사나웠었어."

나르베니는 날개를 펼치고 공중에 떠서 바닥을 미끄러지듯 뒤로 물러났다. 그녀는 손가락을 앞으로 내밀었다.

"이제 필요 없게 된 것 같군. 죽여 버려라. 인질도 필요 없다."

멀리 대기하고 있던 모즈들이 일제히 리마 성을 향해 파도처럼 밀고 왔다. 모즈 오백여 마리가 일으키는 먼지와 진동이 리마 성을 흔들었다. 브란더는 절룩거리며 앞으로 몇 걸음 내디뎠다가 뒤를 돌아보았다. 동료들에게 뭐라 말하면 좋을까? 브란더는 이런 연설에 익숙하지 않았다.

'우리의 죽음이 헛되지 않게 하자고? 아니. 헛된 죽음이어도 좋다. 그동안 형제와도 같은 동료들과 마지막을 함께 하는 것으로 족하다.'

브란더는 모두에게 짧게 말했다.

"가자, 형제들."

브란더의 말에 기사들은 일제히 앞으로 달려나갈 준비를 했다. 그 순간 브란더의 옆으로 한 여자가 걸어 나왔다.

"형제애는 나중에 찾아요, 드래곤의 기사들."

그 여자의 목소리는 애교가 섞였는데도 이상하게도 묵직한 명령조로 들렸다. 마흔 명의 기사들은 달려 나가려다 멈칫했다. 그녀는 브란더의 옆에 섰다. 목 뒤만 살짝 덮은 길지 않은 갈색 머리카락에, 짙은 눈썹을 한 여자였다. 그녀는 허리에 차고 있는 칼을 뽑아 들었다.

"누, 누군지 모르지만 여기서 피하시오."

몰려오는 괴물들을 보고 다급해진 브란더가 서둘러 말했다.

"저 마물의 말이 맞아요. 여기서 죽으면 개죽음이야."

"뭐요?"

브란더가 화를 내며 소리쳤다.

"화내지 말아요. 이런 곳에서 죽어 버리면 데라둘, 그 고지식한 양반은 오히려 화낼걸."

"……당신은 누구요?"

브란더가 물었다.

"아이린 울프. 지금은 이름만, 자세한 소개는 나중에! 아란티아에서 가넬로크를 돕기 위해 왔으니 지금은 나와 내 후배들에게 맡겨요."

아이린의 옆에는 어느새 세 명의 남녀가 서 있었다. 방패와 길지 않은 칼을 두 손에 든 단발의 젊은 여성과 길고 가는 칼을 든 갈색 머리의 남자, 활을 손에 쥔 옅은 금발의 남자가 있었다. 셋 다 아이린보다 키가 컸으나, 이상하게도 브란더의 눈에는 그녀가 넷 중 가장 커 보였다.

아이린은 칼을 바닥에 내리꽂더니 한쪽 무릎을 꿇고 고개를 숙였다. 그녀의 입에서 알아들을 수 없는 언어가 흘러나왔다.

"드루 즈나바드 오그 베나, 입쥬브 마이 치하프. 즈루오 요에브 나위브 두 마이 우푸마이."

붉은빛이 그녀의 몸을 휘감기 시작하더니 점점 부풀어 올랐다. 처음에는 아이린과 그녀 주위 세 명을, 그다음에는 드래곤의 기사들을 모두 감쌌다. 당황한 기사들이 그 빛이 두려워 물러나자, 브란더가 손짓으로 그들을 안심시켰다.

"괜찮은 것 같다. 다들 가만히 있어."

그 빛은 추운 겨울날 쬐는 모닥불처럼 따뜻했다. 브란더의 손짓을 보고 멈춘 기사들도 곧 그 붉은빛이 해롭지 않다는 걸 직감했다. 칼에서 시작된 거대한 빛의 뭉치는 점점 더 커지더니 리마 성 전체를 감쌌다.

달려오던 모즈들도 그 빛을 보고 멈췄다. 그들은 빛이 닿는 부분에서 스무 걸음쯤 떨어진 곳을 넘지 못했다. 괴물들은 괴성을 지르고 무기도 집어 던졌다. 붉은빛이 그것까지 막아주진 못했지만 너무 멀리서 던진 거라 전혀 위협이 되지 않았다.

"저건 뭐야?"

나르베니가 당황하며 말했다.

"동쪽을 보세요, 드래곤의 기사들이여."

아이린이 눈을 뜨며 말했다. 해가 떠오르려면 시간이 한참이나 더 남았는데 동쪽 하늘에서 태양이 떠오르고 있었다. 자세히 보니 그건 태양과 같은 황금빛을 띤 거대한 물체가 날아오고 있는 것이었다. 그 황금빛 날개의 주인은 리마 성에서 한참 떨어진 곳에 착지했다. 그것은 온몸의 비늘에서 눈부신 빛을 뿜는 거대한 드래곤이었다.

드래곤의 기사들 모두가 경악했다. 특히 나르베니는 날개를 퍼덕이는 걸 깜빡해 잠깐 밑으로 처질 정도였다. 드래곤은 가늘게 뜬 눈으로 나르베니 쪽을 바라보더니 크게 숨을 들이켰다.

"맙소사, 드래곤이라니! 이럴 수는 없어!"

드래곤의 입에서 폭발하는 불길의 포효가 나르베니의 목소리를 삼켜버렸다. 바닥을 일렁이는 불줄기는, 댐에서 터진 물길처럼 진행 방향에 있는 것은 모조리 휩쓸었다. 모즈들은 불길에 휘감기자마자 형체를 잃고 증발했다.

브란더를 비롯한 드래곤의 기사들은 자기들까지 덮치는 불길을 보고 고개를 돌렸다. 그러나 불은 아이린이 만들어 낸 붉은 장막에 막혀 옆이나 위로 흘러갔다. 후끈한 열기가 모두의 얼굴을 스치고 갔으나 잠깐 난로에 얼굴을 가까이 하는 정도밖에 되지 않았다.

불길이 스쳐 지나간 자리에 있던 모즈들은 일부 흔적만 남아 있을 뿐, 시체도 찾아보기 힘들었다. 불길의 영향권에서 벗어나 살아남은 극소수의 모즈들도 정신이 나간 듯 도망가지도 않았다. 시커멓게 탄 자리에 남아 있는 건 검은 날개로 몸을 감싸고 있는 나르베니뿐이었다. 그녀는 겨우 날개를 펼치고 자신의 손과 날개를 내려다보았다.

"하늘 산맥에서 원군이 몇 명 왔나 보군. 어디서 애송이 드래곤이라도 데려왔나 보지? 그러나, 보아라. 드래곤의 불길 속에서도 안전한 나를! 이는 내가 모시는 주인께서 저 드래곤보다 더 상위의 존재임을 증명하고 있다."

나르베니는 웃으며 손가락을 치켜세웠다. 그녀의 손가락을 따라 검은 기운이 흘러나왔다. 그것은 드래곤의 불길에 휩쓸려 부서진 검은 기사들을 도로 일으켜 세웠다. 검은 말은 유령처럼 투명한 모습을 갖추고 기사들을 태웠다.

"자, 이제 론타몬의 기사들이 10년 전 했던 일을 다시 하겠노라. 이름도 없는 드래곤, 탁한 금빛으로 자신을 치장한 가련한 짐승아! 하늘산맥에서 얌전히 잠이나 퍼질러 자면서 눈뜨지 말 걸 하고 후회하게 해주마."

그때 아이린이 바닥에 꽂힌 칼을 뽑아 들며 외쳤다.

"후회는 네가 할 텐데? 엉뚱한 편에 섰구나 하고."

"성스러운 신들의 전투에 하찮은 인간이 끼지 마라."

나르베니의 손가락에서 사람 몸만 한 크기의 검은 구슬이 만들어져 날아왔다. 브란더는 그 구슬이 터지는 순간, 맞은 당사자는 물론이고 주위에 있는 친구들이 한꺼번에 대여섯 명씩 미라처럼 말라 죽은 걸 기억하고 소리쳤다.

"피하시오."

그러나 아이린은 뽑은 칼을 휘두르는 것만으로 그 검은 구슬을 없애 버렸다. 보는 기사들이 허탈할 정도로 아무 일도 일어나지 않았다.

"아즈윈, 길을 뚫어라. 로일, 던멜. 날 보호하라. 로크의 배신자를 죽여야겠다."

아이린의 말이 떨어지자마자 대기하고 있던 세 명이 앞으로 달려나갔다. 죽여도 죽지 않는 검은 기사들은 지체 없이 말 머리를 돌려 세 명에게 달려들었다.

브란더는 다음 순간 벌어진 일을 보고도 믿을 수가 없었다. 방패를 든 여자는 검은 기사들이 내리치는 공격을 모조리 막아 내며 길을 뚫었고 그 뒤를 따르는 남자 둘은 아예 괴물 같은 말과 거기 타고 있는 기사들을 한꺼번에 베어 버렸다.

그 세 사람이 뚫은 길로 아이린이 달려갔다. 그녀는 가벼운 몸놀림으로 앞의 세 사람을 따라잡아 나르베니에게까지 이르렀다. 당황한 나르베니가 손을 앞으로 내밀었다. 시커먼 암흑이 바닥까지 집어삼키며 아이린을 향해 뻗어 갔다. 그녀는 몸을 앞으로 날리며 칼을 횡으로 그었다. 붉은빛이 사방으로 뻗어 나가며 암흑을 두 조각 내버렸다.

나르베니는 날개를 펼쳐 뒤로 날아오르려 했다. 그러나 아이린은 그녀의 목을 한 손으로 잡아 바닥에 메다꽂았다. 나르베니는 쓰러지면서도 날개를 퍼덕거렸다.

아이린은 칼날을 그녀의 목에 댔다. 나르베니는 비명도 못 지르고 굳어 버렸다.

"너, 넌 누구냐? 그 칼은……."

"베나 에사르크. 네가 모시는 주인보다 더 높은 분의 검이며 나는 네가 모시는 그 주인을 죽이러 온 죽음의 신이다."

"나의 주인은 모든 죽지 않는 자들의 군주시다! 죽음 따위 이미 초월한……."

"어디 죽나 안 죽나 보게, 네가 먼저 죽어 봐!"

아이린은 칼을 짧게 그었다. 그 정도로 충분했다. 떨어져 나간 나르베니의 머리는 바닥을 몇 번 구르더니 머리카락부터 시작해 까맣게 타들어 갔다. 아이린이 밟고 있는 목 없는 몸도 고통스럽게 몸부림치며 타올랐다. 그 불길 속에서 나르베니의 비명이 영원히 계속될 것처럼 메아리쳤다.

아이린과 그녀를 지키는 세 명의 기사는 어둠과 붉은빛과 황금빛이 서로의 영역을 어지럽히는 중심에 서 있었다. 그들의 모습이 수백 년 만에 드러난 고대의 벽화처럼 아름답게 떠올랐다. 그리고 곧 브란더의 앞에 황금빛 드래곤이 바닥을 울리며 다가왔다.

드래곤은 고개를 천천히 낮추어 브란더와 시선을 맞췄다. 드래곤의 가는 시선이 드래곤 기사단의 기사들을 훑어보았다.

"나의 아이들이구나."

드래곤이 말했다. 어떤 기사는 할 말을 잃어 벌린 입을 닫을 줄 몰랐고 어떤 기사는 환희로 몸을 떨고 있었다. 오래전 드래곤을 잃어버리기 전에 자신들이 신처럼, 스승처럼, 어머니처럼 모시고 있던 드래곤이 다시 돌아오길 얼마나 바랐던가? 로크의 기사가 아니고서는 그 간절함을 알 수 없었다.

"드래곤의 기사 중 한 명으로서 여쭙나이다. 그 고귀하신 존함을 저희에게 알려 주십시오."

브란더가 떨리는 목소리를 수습하여 물었다.

"레-가넬-란도르. 처음 그대들에게 이름을 내려 줬던 드래곤이다. 너희들의 캡틴은 어디 있느냐?"

드래곤의 질문에, 브란더는 목이 메어 쉽게 대답하지 못했다.

'데라둘, 우리들이 그토록 기다리던 분께서 오셔서 당신을 찾습니다.'

브란더는 무릎을 꿇고 가까스로 입을 열었다.

"캡틴 데라둘은 이틀 전의 전투에서 돌아가셨습니다. 그러니 그분을 대신하여 드래곤 기사단의 주인께, 당신의 하인이자 당신의 이름을 따르는 기사 브란더가 인사드립니다. 아침의 드래곤이시며 아로크의 수호자시여."

브란더의 뒤에 있던 기사들도 모두 무릎을 꿇었다. 드래곤은 천천히 고개를 끄덕이며 날개를 펼쳤다.

"여신 나디우렌의 명으로 고대의 적과 싸우기 위해 하늘 산맥을 내려왔다. 다시 한번 나, 가넬에게 그대들의 힘을 빌려주어야겠다. 아로크의 기사들이여."

드래곤의 기사들은 드래곤 앞에 고개를 숙이고 명을 받았다. 리마성 앞의 너른 평원은 천 년 만에 돌아온 가넬의 황금빛으로 물들었다.